中华文学史料 第四辑

主　编 ○ 刘跃进
副主编 ○ 陈才智　孙少华

中国社会科学出版社

图书在版编目（CIP）数据

中华文学史料. 第四辑/刘跃进主编. —北京：中国社会科学出版社，2019.3
ISBN 978-7-5203-4056-4

Ⅰ.①中… Ⅱ.①刘… Ⅲ.①中国文学—文学史—史料学—文集 Ⅳ.①I209-53

中国版本图书馆 CIP 数据核字（2019）第 028220 号

出 版 人	赵剑英
责任编辑	郭晓鸿
特约编辑	张金涛
责任校对	李　莉
责任印制	戴　宽

出　　版	中国社会科学出版社
社　　址	北京鼓楼西大街甲 158 号
邮　　编	100720
网　　址	http://www.csspw.cn
发 行 部	010-84083685
门 市 部	010-84029450
经　　销	新华书店及其他书店
印　　刷	北京明恒达印务有限公司
装　　订	廊坊市广阳区广增装订厂
版　　次	2019 年 3 月第 1 版
印　　次	2019 年 3 月第 1 次印刷
开　　本	710×1000　1/16
印　　张	21
插　　页	2
字　　数	278 千字
定　　价	88.00 元

凡购买中国社会科学出版社图书，如有质量问题请与本社营销中心联系调换
电话：010-84083683
版权所有　侵权必究

目 录

推动古籍整理和研究事业蓬勃开展（代序） ... /1

文学史料整理

整理《陆机集校笺》的几点做法 　　　　　　　　　　　　　　　杨　明／3
别集整理的失范之作
　　——评吴伟斌《新编元稹集》　　　　　　　　　　　　　　周相录／13
《韩偓集系年校注》勘补 　　　　　　　　　　　　　　　　　　陈才智／36
《苏轼资料汇编》之纪昀评《苏文忠公诗集》勘正
　　——兼及《苏诗汇评》　　　　　　　　　　　　　　　　　徐美秋／52
新出土唐代诗人墓志叙录补编　　　　　　　　　　　　胡可先　杨　琼／65
元代杨维桢及其行书墨迹《张栻城南诗卷》　　　　　　　　　　文师华／97

史料具体研究

浅论《尚书·梓材》的乱简问题　　　　　　　　　　　　　　　唐旭东／107
王逸《楚辞章句》引《尔雅》考辨　　　　　　　宴秀艳　高　婷　苏映映／115

《苏氏易传》四大难卦断章臆说　　　　　　　　　　海　滨／130

《太平广记引用书目》考
　　——兼及《太平御览经史图书纲目》　　　　　　熊　明／137

吴晗《胡应麟年谱》订误　　　　　　　　　　　　高金霞／155

中原戏曲文物的戏剧史价值　　　　　　　　　　　元鹏飞／170

马时芳交游考　　　　　　　　　　　　　　　　　张　艳／185

史料综合研究

中国古典诗歌意境论　　　　　　　　　　　　　　屈　光／201

儒道"天人合一观"文本再读　　　　　　　　　　王保国／228

《吕氏春秋》中的名家人物及其思想　　　　　　　俞林波／237

从挽歌欣赏看两晋士人的死亡审美化　　　　　　　黎　臻／248

中唐儒士群体形成、传承与集序写作　　　　　　　蒋金珅／267

论《坛经》中弘忍形象书写对惠能的影响　　　　　方新蓉／285

史料学及方法

史料学三题　　　　　　　　　　　　　　　　　　罗家湘／301

程千帆《唐代进士行卷与文学》研究方法片谈　　　周　璐／311

编后记　　　　　　　　　　　　　　　　　　　　　　　／325

推动古籍整理和研究事业蓬勃开展

（代序）

古籍整理和古籍研究是中国传统学术的重要门类之一，中华人民共和国成立以后更受到党和政府以及学术界的重视。20世纪五六十年代，国务院成立古籍整理出版规划领导小组，组织出版过"二十四史点校本"等古籍整理成果，以及大型工具书和资料性丛书等。

改革开放不久，党中央审时度势，作出一系列重大决策，在推进社会主义文化事业繁荣和发展方面，印发了《关于整理我国古籍的指示》（中发〔1981〕37号），明确指出："整理古籍，把祖国宝贵的文化遗产继承下来，是一项十分重要的、关系到子孙后代的工作。"基于此，全国古籍整理出版规划领导小组组织启动了《汉语大词典》《汉语大字典》《甲骨文合集》《中国历史地图集》《中华大藏经》《中华大典》等重大项目；全国高校古籍整理领导工作委员会部署了跨世纪古籍整理工程"八全一海"（《两汉全书》《全唐五代诗》《全宋诗》《全宋文》《全元文》《全元戏曲》《全明文》《全明诗》《清文海》）。

进入21世纪，新一代党中央对于弘扬民族文化，增强国家软实力有了更加成熟的认识。2007年，党的十七大报告中强调指出，"加强对各民族文化的挖掘和保护，重视文物和非物质文化遗产保护，做好文化典籍整理工作"，以"推动社会主义文化大发展大繁荣"。党的十八大以来，以习近平同志为核心的党中央，更加重视传统文化对于增强民族凝聚力、向心力的重要意义。2013年8月，习总书记在全国宣传思想工作会议讲话中提出，"中华优秀传统文化是中华民族的突出优势，是我们最深厚的文化软实力"。国家第十三个五年规划提出构建中华优秀传统文化传承体系，实现传统文化创造性转化和创新性发展，要求大力实施中华古籍保护计划，基本完成古籍普查工作，推动古籍原生性和再生性保护，建设国家古籍资源数据库。2017年1月25日，中共中央办公厅、国务院办公厅发出通知，号召为建设社会主义文化强国、增强国家文化软实力、实现中华民族伟大复兴的中国梦，实施中华优秀传统文化传承发展工程。

随着中华优秀传统文化的承扬日受重视，传承优秀传统文化的基础性学术工作——古籍整理也被空前重视。继中华书局等68家出版社于2001—2005年出版（或出排）列入"国家古籍整理出版'十五'重点规划"的《全宋文》（巴蜀书社）、《全元文》（江苏古籍出版社）、《太平广记集注》（上海古籍出版社）、《中华道藏》（华夏出版社）等198种古籍后，全国古籍整理出版规划领导小组制定的《国家古籍整理出版"十一五"（2006—2010年）重点规划》又将8类196种古籍（其中，"文学艺术类"47种、"语言文字类"6种、"历史类"53种、"出土文献类"12种、"哲学宗教类"14种、"科学技术类"18种、"综合参考类"42种、"普及读物类"4种）列入出版资助计划。国家图书馆实施了文化部部署的"古籍数字化工程"，使古典文献的流通和利用将更加便捷。从2008年起，全国社科规划办除在一般项目、重点项目中开始受理古籍整理类项目申报外，还策划设立古籍整理类重大项目。

同时，古籍整理任务也增添了新内容。由于种种历史原因，千百年来流散境外的数量相当庞大：隋唐以来，不断有典籍流播海外；明清以来，日本等国的文化机构陆续来华大量采购；鸦片战争以后，列强以武力大批掠走。据统计，全球汉籍现存30万部中，境外所藏约11万部，其中港澳台地区约藏3.7万部，日韩约藏2.3万部，北美地区约藏1万部，欧洲约藏3.2万部，俄罗斯约藏8700部。境外所藏中，约有近千部著作为国内所无，数千种版本为国内所缺，数百种著述或版本可以实施各家馆藏间的合璧性缀合。利用数字化技术，实施境外古籍的再生性回归，与中国大陆所藏形成"合璧"，编修大型数字化汉籍丛书——《全球汉籍合璧》，并遴选珍本分批影印出版，为深入开展国际汉学研究奠定学术资料基础，成为古籍整理工作的新内容。

目前，全国古籍整理队伍庞大，有古籍整理研究机构百余个（其中全国高校古委会直接联系的古籍所有25个），专门从事古籍整理和研究的专职人员有千余人，加上从事古代文学、古代历史、古代哲学、古代科技等研究人员的部分参与，估计有近万人从事古籍整理和研究工作。

可以说，古籍整理研究出现了前所未有的新局面，具备了前所未遇的好条件。我们应当珍惜，更应当努力。努力推动古籍整理和研究事业的蓬勃开展，多多推出扎实可靠的古籍整理著作，实施海外中华古籍的数字化回归，多多产出创新性观点迭现的古籍研究作品，为传承发展祖国优秀传统文化，做出我们应有的贡献。

郑杰文
2017年10月

文学史料整理

整理《陆机集校笺》的几点做法

杨 明

（复旦大学中文系）

陆机是我国中古时期骈体文学大家，兼擅诗文，唐太宗誉之为"百代文宗，一人而已"。近人对于陆机诗文集的整理，可以举出郝立权《陆士衡诗注》、康荣吉《陆机及其诗》、金涛声《陆机集》和刘运好《陆士衡文集校注》数种。前二者仅注诗歌，《陆机集》系点校本，无注，《陆士衡文集校注》则校注陆机现存全部诗文。对于陆机这样的大家，整理其作品恐难毕其功于一役，笔者认为尚有进一步提高的余地，故穷数年之力，在上海古籍出版社的帮助、支持之下，完成了约70万字的《陆机集校笺》。

关于《陆机集校笺》的体例，书中已经说明，这里只就所据底本和笺注两项略加谈说。

先简单说一下所用底本的问题。

现存陆机集，大致分为两类：一为宋本系统。宋本系由《文选》《乐府诗集》《艺文类聚》《初学记》等总集、类书中辑录编成，南宋宁宗时徐民瞻曾予以刊刻。二为明清人重新加以编辑者。前者的宋刻本已不可见，只有明代翻宋本（陆元大翻刻徐民瞻本）和影宋抄本（今藏国家图书馆，据卡片著录，乃清代抄本①)。陆元大翻宋本已由《四部丛刊》影印，故容易见到；影宋抄本系鲍廷博旧藏，后归翁同书，曾经赵怀玉、卢文弨、严元照校勘，著有校语，诚为可贵。但正如赵氏所言："盖南宋刊本不能无舛，翻雕者不加覆勘，率以宋本为据，遂不免袭讹滋惑耳。"严氏亦云："讹脱颇多，虽（据）宋本，殊未尽善。"且其本显然与陆元大本同出一源，只是文字有所异同而已。故金涛声《陆机集》、刘运好《陆士衡文集校注》都还是将易觏之《四部丛刊》本作为底本，而取影宋抄本为校本。至于明清人所编辑者，虽比徐民瞻刻本数量增加，且重新编次，但并非别有珍本可据，所增加者皆辑自传世习见文献而仍有遗漏，反而添加讹误，或有擅改、擅自并合之处，因此并不适于作为底本使用。

《陆机集校笺》则并未取《四部丛刊》本或影宋抄本为底本，而是追溯渊源，分别以诸篇所从出之总集、类书为底本。因此，本书并无统一的工作底本。之所以这样做，原因有二：一则那些总集、类书编辑于南朝及唐代、北宋，时代较早，应该更接近陆机作品原貌；它们多有善本，曾经过学者的用心整理，较少讹误。二则就文字异同而言，《文选》为《陆机集》辑录之大宗，《文选》本身版本复杂，李善注本与五臣注本文字多有异同，而《陆机集》的《四部丛刊》本和影宋抄本，其文字有时与李善注本相同，有时又与五臣注本相同，并不整齐，《四部丛刊》本和影宋抄本二者之间，文字也时有不同，其实基本上也就是李善注本和五臣注本的不同。因此，与其用《四部丛刊》本或影宋抄本作底本以校其同异，不如用某一《文选》善本作底本，更能显示异文的源流，在引用清代《文选》学者的校勘成果时也显得顺当，较为方便。

《陆机集校笺》虽然不以翻宋刻本或影宋抄本为底本，但作品篇目、分

---

① 参考刘明《发现"宋本"陆机集侧记》，《国学茶座》2016年第2期。

卷、次第均依其旧，庶几略存宋本面目。

下面谈谈笺注的问题。

陆机诗文见收于《文选》者，有李善及五臣注，有《文选集注》中保存的唐人旧注（陆善经、《文选抄》等），个别的还有萧统编集时保留的旧注（如《演连珠》的刘孝标注）。其中最有价值的当然是李善注，《陆机集校笺》尽量加以利用。五臣、陆善经等以及明清和近人《选》学著作中的意见，旁及子部、集部书中言及陆机诗文者，还有当代学者的有关言论，本书也都予以择取。但是利用最多的还是李善注。不过，一般并不照录其原文，而是根据李善注所提供的线索检核原书，标出篇目。李善注所引用的文字有时与今本有异，有的可能是书籍流传过程中形成的差别，有的则由于李善引书可能只是节录，甚至有改动原文以合于正文的情况。本书则一般都据今本引录。因此，虽尽量利用李善注，但并不标出李善之名。

更为重要的是，在李善注之外，增加了相当多的补充和说明。李善注虽然富博，但大多只标出处、引原文，今天的读者仍难以透彻理解。也有少数地方李善的理解有误。因此，本书在仔细钻研的基础上，作了许多补充，力求为读者的正确理解提供线索和资料。至于笺注的方式，则仍取李善多引原始资料而少做串讲的做法，整理者以为这样做更适合专业读者的需要，同时可以留给读者较多思考的余地。下面就《陆机集校笺》这方面的工作举一些例子。

《皇太子宴玄圃宣猷堂有令赋诗》："自彼河汾，奄齐七政。"这是说自司马昭受封为晋公、晋王，至晋武帝受魏禅而称帝。对于后一句，李善只引《尚书》"璇玑玉衡以齐七政"及孔安国（《伪孔传》）"七政，日月五星各异政"之语，别无说明。本书的注释，首先是在注"七政"时改引郑玄语以代替《伪孔传》，因为陆机时《伪孔传》尚未出；还有是补引《尚书大传》以及郑玄、马融之语，说明《尚书·尧典》所谓"齐七政"，乃是观察天文以验政事当否之意，具体地说，就是观天文以知受禅是否合乎天意。这样，读者就更能明白陆机用此典故的用意。

《赠冯文罴迁斥丘令》："有颎者弁，千载一弹。"此用王吉、贡禹故事，谓二人同心交好，实为难得。李善只注出"王、贡弹冠"。本书则引鲍照《河清颂序》所引孟轲之语："千载一圣，是旦暮也。"千载之遥，犹如朝暮之近，愈见其事之难得。《庄子·齐物论》云："万世之后而一遇大圣知其解者，是旦暮遇之也。"也正是此意。陆机虽未言"旦暮"，但其心中可能有此意，故予以注出，供读者联想、参考。鲍照时代在陆机之后，但他引孟子之语，孟子时代当然早于陆机（鲍照所引，《日知录》以为或是《孟子外篇》）。

以上二例，都是补充李善注，以加深读者对于典故的理解。

《赠冯文罴迁斥丘令》："阊阖既辟，承华再建。"李善注于上句引《晋宫阁名》："洛阳城阊阖门。"下句引陆机《洛阳记》，谓承华乃太子宫中门名。他指出上句是说晋惠帝登基，下句是说愍怀立为太子，其说是。但注"阊阖"殊未明了。洛阳城西面北头之门名阊阖，见《洛阳伽蓝记》，而陆机此处所指乃是魏晋时的宫城门，与洛阳城门同名而异实。本书乃引《魏略》及《水经注》，说明魏明帝营治洛阳宫殿，有"阊阖门"之名；又引潘岳《藉田赋》及《杨荆州诔》，说明晋代仍沿用其名。如此，读者对于陆机此处所谓"阊阖"方能有明确的了解。

《赠尚书郎顾彦先》二首之二："朝游游层（一作曾）城，夕息旋直庐。"层城，李善未注；吕延济注："曾，重也。"据吕注，层城即重城、高城之意。但究竟是指何处的高城呢？陆机、顾彦先均在宫禁之中任职，这是说闲暇之时上城游玩吗？本书据陆机《祖道毕雍孙刘边仲潘正叔》"振缨曾城阿"及潘尼《桑树赋》"倚增城之飞观"等，认为层城当是晋宫城内的楼观名，在太极殿附近。下句李善注指出"直庐"乃直宿之处，本书更引《初学记》

《汉书·万石君传》等，说明汉代公卿以下每五日一休沐，得出宫归私邸，其他当直之日皆宿直于宫内直庐，并认为"汉制如此，晋时亦然"。这样，读者当可明了——"层城"或是陆机白天办公之处，"游层城"之"游"，并非游玩，乃是往、赴的意思。魏晋时宫城中是否有名为"层城"的楼阁，不见于其他文献记载，但本书所言，亦非纯为臆说，可供参考。

以上二例，皆补充资料以说明诗中涉及的小地名。

《答贾谧》："来步紫微。"李善注："紫微，至尊所居。谓为尚书郎。"其说是。本书征引资料说明紫微乃星垣名，天帝所居，故用以喻帝王宫禁。又引《晋书·天文志》所载晋武帝时星图，谓紫微垣门内有"五星，曰尚书"，并且说明：后汉以来尚书为近臣，职权颇重，其官舍在宫禁之内，故而星图亦有所反映。又引三国时应璩、韦诞所作文，均于言及尚书时便称"紫微"，以与陆机诗印证。如此，读者对诗句及李善注能理解得更为具体。

《答贾谧》："升降秘阁。"李善注引谢承《后汉书》，并说明："然秘阁即尚书省也。"《文选集注》引《钞》则曰："秘阁，即谓为秘书郎时也。"今人亦有认为此秘阁指秘书省者。本书认为将秘阁理解为秘书省，乃狃于后世习惯的称呼，陆机此处所言实指尚书省，李善说是；而李善之意，并非以秘阁为尚书台的代称，而是说陆机这里是指尚书官寺的高阁。秘是"中秘"即宫禁之内的意思。乃引《资治通鉴》胡注、王鸣盛《十七史商榷》予以说明；又引地理书《丹阳记》，说明洛阳宫殿高阁甚多，观阁之间多以复道相通；再引《晋书·纪瞻传》所载纪氏上疏辞尚书所云"升降台阁"之语，与陆机"升降秘阁"句参互并观。于是，陆机此处"秘阁"含义遂可明白无误。这一注解涉及此诗的系年，较为重要。

以上二例补充旧注，皆与所任官职有关。

《挽歌》三首之一："卜择考休贞，嘉命咸在兹。"此首描写下葬之日种种情景，此二句从择定葬日说起，谓通过占卜决定下葬的日期，占卜结果皆曰此日大吉。李善注引《仪礼·士丧礼》"卜若不从，卜择如初仪"云云，读者不易理解。本书的注，主要说明三点：其一，决定葬日、葬地时，皆先有所定，然后以卜、筮考其吉或不吉，若不吉，则另择而重新卜筮之。其二，李善所引系《士丧礼》，而陆机所述乃"王侯挽歌"，故不甚相匹配。乃据《礼记·杂记》及郑注，说明择墓地时，大夫用龟卜，下大夫与士用蓍筮；择葬日，则大夫与士均用龟卜。陆机所写既是王侯，则当与大夫较匹配，即择日、择地皆用龟卜。而据本诗所描述皆下葬日情景看来，"卜择考休贞"者应是择日。其三，诗云"嘉命咸在兹"，"咸在兹"是什么意思？有两种可能：第一种，《礼记·杂记》及郑注反映的是周代情形，后世可能有所变化，或许陆机时代择葬日时，不仅用龟卜，亦兼用蓍筮，故曰"咸在兹"，谓龟卜、蓍筮二者结果皆云此日为吉。如王筠《昭明太子哀册文》所说"简辰请日，筮合龟贞"，即兼用二者。王筠时代虽在陆机之后，但至少可以作为旁证，证明后世实际情况不全拘泥于《礼记》等。第二种，据《尚书·洪范》《士丧礼》《白虎通·蓍龟》等，为慎重起见，占卜者不止一人。诸占者皆告吉，故曰"咸在兹"。如此注释，庶几读者对此二句有较明确具体的理解。

《挽歌》三首之三："侧听阴沟涌，卧观天井悬。"二句以死者口气，写躺卧墓穴中的所见所闻。李善注："古之葬者于圹中为天象……天井，天象也。……《史记》曰：'始皇治骊山，以水银为江河，上具天文。'《天官星占》曰：'东井，一名天井。'"李善以秦始皇墓中情况为解，缺少普遍性。又举东井（南方朱雀七宿之井宿）以当天井，可能使读者以为诗中"天井"就是指井宿。故本书先引《黄帝占》《荆州占》，说明诗中天井，当非专指某星宿，而是指墓室顶部之藻井，以绘有天象，故曰天井。然后，引考古发掘报告，证实两汉及以后墓室顶部皆有绘画天象者。

以上二例，有关乎制度礼仪。

《吊魏武帝文》："元康八年，机始以台郎出补著作。"李善无注。本书对"台郎""出""著作"均加以注释。先引《通鉴》胡注："晋谓尚书郎为台郎。"陆机此前为中兵郎、殿中郎，皆尚书郎。次引《晋书·职官志》，以明西晋著作郎初属中书，自惠帝元康二年起改属秘书，故陆机作此吊文时为秘书著作郎。复引《唐六典》"自是秘书寺始外置焉"之语，说明惠帝时秘书寺在宫禁之外，故陆机云"出补著作"。但《晋书·华峤传》载峤"转秘书监……寺为内台"，似与《唐六典》"外置"之语矛盾，乃释之曰："峤卒于元康三年，此所云'寺为内台'，当是惠帝初置秘书监时事，后乃外置。"

《辩亡论》上："（刘备）覆师败绩，困而后济，绝命永安。续以濡须之寇，临川摧锐；蓬笼之战，孑轮不反。由是二邦之将丧气挫锋。""濡须之寇"指魏军入侵。李善注云："《吴历》曰：'曹公出濡须，作油船，夜渡洲上。权以水军围取，得三千余人，其沉溺者数千人。'"实误。濡须（今安徽无为北）为魏、吴必争之地，交战不止一次。李善所言，乃建安十八年（213）曹操亲率大军南侵的那一次，而陆机这里所述，在吴大破蜀军、刘备病死之后，时当黄初三年至四年（222—223），曹仁南侵被朱桓击败而溃退，是另外一次。本书纠正了李善之误。"蓬笼之战"，《三国志》所载只有一次，亦即李善注所云："《魏志》曰：'张辽之讨陈兰，别遣臧霸至皖讨吴，吴将韩当逆战于蓬笼。'"但该次战役据《资治通鉴考异》所考，在建安十四年（209），与陆机这里所述时代也不相吻合。本书指出陆机所说应是《三国志》所载黄武七年（228）陆逊大破曹休于石亭的那次战役。根据是：考《通鉴》胡注以及宋、明、清地志，可知石亭、蓬笼相去甚近（在今安徽潜山北）。因此陆机所说"蓬笼之战"，应就是此次战斗。

以上二例，补充或纠正旧注，皆有关于史事之考订。

《文赋》："诗缘情而绮靡。"李善注"缘情"云："诗以言志，故曰缘情。"其言是。《左传》昭公二十五年（前517）："是故审则宜类，以制六志。"杜预注："为礼以制好恶喜怒哀乐六志，使不过节。"孔疏："此六志，《礼记》谓之六情，在己为情，情动为志，情、志一也，所从言之异耳。"可见，古人并不判分情、志为二。但自朱自清先生《诗言志》之后，论者往往区而别之，认为凡说"言志"则多与政教有关，并且将陆机"缘情"之语视为与"言志"相对立的诗学主张。本书整理者不取其说，曾作《言志与缘情辨》专论其事，但本书笺释不宜展开辨诘，故仅于引李善注之后，加按语云："情、志均有'心之所思所感'之意，故善注云。"至于"绮靡"一语，今人所释亦颇纷纭，本书皆不取。李善注："精妙之言。"明而未融。本书引汉晋间若干用例及《广雅》所释，云："绮、靡二字均有美好、美丽义，平列合为一语，上下同义，且为叠韵。其语当自汉魏辞赋诗歌所多见之'猗靡'一语而来。"

　　《文赋》："必所拟之不殊，乃暗合乎曩篇。""必"字李善未有说解，今人有的解为必须、必要①，则此二句意为必须模拟古人而求其似，求其合。此解与上下文显然不能贯通。只有钱锺书先生明确指出：此"必"字乃假设语气，即"如""若"之义，且举书证云南宋文家已失其解。② 本书即用此解，不过因吴昌莹《经词衍释·补遗》"必"字下已有"若"义，故注释中引用吴说。

　　以上二例，补充旧注，阐释关键词语。

　　《君子行》："天损未易辞，人益犹可欢。"李善注："言祸福之有端兆，

---

① 见张少康集释《文赋集释》所引李全佳、徐复观语，人民文学出版社2002年版，第164页。
② 钱锺书：《管锥编》，中华书局1979年版，第1198、353—354页。

故天损之至，非己所招，故安之而未辞；人益之来，非己所求，故受之可为欢也。"按：李注未谛。二句互相补足其义。言损益之由乎天命者，人无所措其智力，故不可辞亦不可求，不足悲亦不足喜，唯安之而已；损益之牵乎人事者，自己可以参与其间，故可辞亦可求，足悲亦足喜，应当尽力以为之。此诗大意，谓人道艰难危险，但祸福常有征兆，并非无端而至，君子不可过于自信，而应当明察其兆头，防患于未然。此二句将损益分为天意与人力，正承上而言，谓祸福既有征兆，则君子当可尽人事，努力避祸趋福，辞损求益。

《演连珠》第八首："臣闻鉴之积也无厚，而照有重渊之深；目之察也有畔，而视周天壤之际。"李善未串讲大意，刘孝标注云："镜质薄而能照，目形小而能视，以其精明也。"吕向注与之同。按：陆机说的是镜之"累积"无厚度，不是说镜本身薄；说的是目之照察有边际（即视野有限），不是说眼睛小，故刘注不惬。陆机之意，谓镜无容积，只能受虚影而不能纳实物，却能照彻极深；目察有限，不能看见视野以外，却能看到极远。为何能够这样？因为它们是以内在之精神而不是以形器应接事物，从而说明君主应待人以诚，而不是徒然施以物质的恩赏。故本书注云："镜之纳物，乃物之虚像，故屡照屡纳而累积之，犹无厚也。非如一般容器之纳实物，然而可照重渊之深。"又云："谓目之视物，其视野虽有涯畔，然所见极为深远。"按：道家典籍如《文子》《庄子》都以镜之虚、镜之应物而不藏物为贵，以为圣人之用心应当如此。陆机《演连珠》第三十五首亦云"镜无畜影，故触形即照"，比喻应当"虚己应物"。而此首则以镜之不能积蓄容藏言其形器有限。这也就是钱锺书先生所谓比喻之二柄。

以上二例，纠正旧注理解文意之不确。

总之，陆机诗文载于《文选》者数量较多，李善等所作注释应该充分利用，但首先必须细读文本，对原文和注释都认真思考领会，务求透彻，这样就会发现，李注虽然精善，但也不是没有可以商榷之处，不是尽善尽美、全无缺陷，就今天读者的需要而言，更有应该增补资料予以细化深化之处。正是在这些方面，《陆机集》的笺注尚有很大的提高的空间，《陆机集笺注》正是朝这个方向努力的。

至于《陆机集》中未收入《文选》的不少诗文，包括徐民瞻本未收、辑佚所得的各首以及陆机的专著，没有旧注可以依傍，本书也广搜资料，力求给以翔实的解释。其中有的对于陆机研究较为重要，例如《行思赋》，整理者根据《水经注》所载佚文，得知陆机此次南行的路线，从而判断陆机为吴王郎中令时并未如有的研究者所云前往淮南，而是自洛阳直接归返吴地。有的作品笺释难度颇大，如《漏刻赋》，不可避免地要涉及古代科技方面的一些知识，整理者亦知难而上，将赋中描述的漏刻的形制、原理、作用等，尽力作出比较令人满意的解释。

在校笺《陆机集》的过程中。笔者深切地感到：方今电子检索的运用，为古籍整理带来了前人难以想象的莫大的便利，而同时向我们提出了新的更高的要求和任务，因为我们理应在充分尊重和继承前人成果的基础上，借助先进的工具，获得超越前人的成果。怎样才能达到这目的呢？笔者感到，最重要的，是绝对不能因工具的发达而降低对于自己学养的要求。阅读古籍的基本功夫、对于古代文史知识的掌握和熟稔，仍然极端重要。古人作品可能涉及的面非常广阔，我们了解、掌握的知识越多，就越利于做好古籍整理的工作。笔者自知在文史修养方面，欠缺还很多，因此《陆机集校笺》仍可能存在种种问题，希望学者们和广大读者给予指教。

（原载《古籍整理出版情况简报》2017 年第 9 期）

别集整理的失范之作

——评吴伟斌《新编元稹集》

周相录

（河南师范大学文学院）

去年，记不清在网上找什么东西的时候，无意间发现了一篇《论证严密新见叠出——〈新编元稹集〉序》，才知道了吴伟斌先生2015年出版了一部大部头的著作。据该序，吴伟斌先生研究元稹35年有余，已出版《元稹考论》《元稹评传》《元稹年谱》等多部著作，今又出版皇皇巨著《新编元稹集》。该序介绍《新编元稹集》时，将其优长之处总结为"选本得当""辑佚全面""校勘精细""笺注科学""引用广博""正误谨严""编年翔实"七个方面，谓其是"一部迄今最全、最新、最可信、最权威"的元集整理本。很快又看到一篇《颠覆名家旧说还原历史真相——〈新编元稹集〉序》，谓《新编元稹集》"独家辑佚一千二百八十三篇……这样，《新编元稹集》共收录元稹诗文二千五百六十六篇。是今存刘麟父子编集的《元氏长庆集》诗文的二点六倍，这在我国古代文学的整理中并不多见。……而且更为难得的是，他还对元稹全部诗文逐一编年，落实到年、季、月、日，极少例外，元稹三十九年诗文创作的'路线图'因此得以一一显现，还原一千多年之前元稹逐年逐月走过的创作道路，为读者认识元稹、了解元稹提供了可贵而又可信的资料"。在吴伟斌先生的《新编元稹集》出版之前，已有冀勤先生的《元稹集》（校点、辑佚，中华书局1982、2010年版），约50万字；杨军先生的《元稹集编年笺注》（校点、笺注、集评，诗歌卷，三秦出版社2002年版；散文卷，2008年版），共计157万字；周相录《元稹集校注》（校点、辑佚、注释，上海古籍出版社2011年版），共计118万字。但相对于吴伟斌先生著作的约702万字，规模都小得不成一个数量级。有两位学界重量级的学者如此详尽的推介，有规模如此之大的体量，又是国家"十二五"重点图书出版规划项目资助出版的图书，相信如我等对元稹研究比较感兴趣的读者，一定会毫不犹豫地掏腰包购买一套的——虽然它要花去你不菲的2600块大洋。然而，粗略翻阅之后，失望和笔者购买此书花的价钱一样大。吴伟斌先生主要的工作有校勘、编年、辑佚、笺注几个方面，下面笔者就从这几个方面谈谈粗略的"观感"。

一 校勘

作为一部古籍整理著作，笔者首先关注的是他的校勘底本及主要对校本。因为，如果底本与对校本选择不当，校勘的质量在不小程度上都将打折扣。据《新编元稹集·凡例》，吴伟斌先生选择的底本是明代马元调刊本《元氏长庆集》，但他接着又说"底本见诸《四库全书·元氏长庆集》"，其《前言》也说"所据底本就是《四库全书》选录的由马元调整理的《元氏长庆集》"，则吴先生以文渊阁《四库全书》本为明马元调刊本。但稍有文献常识者即能明白，马本是马本，库本是库本，库本是以马本为底本经四库馆臣校勘的整理本，二者岂能等同视之？如卷一《思归乐》：

明马元调刊本	文渊阁《四库全书》本	备注
我作思归乐	山中思归乐	钱谦益校云：嘉靖壬子东吴董氏用宋本翻雕，行款如一，独以其空缺字样，皆妄以己意揣摩填补，如首行"山中思归乐"，原空二字，妄增云："我作思归乐"，文义违背，殊不可通

续　表

明马元调刊本	文渊阁《四库全书》本	备注
应缘此寄迹	应缘此山路	
我不失乡情	我无失乡情	
寻丈可寄身	寻丈可寄形	
始对长安城	一到长安城	
久欲登斯亭	久闻岘山亭	
身外无所求	身外皆委顺	

显然，吴伟斌先生没有搞清楚马本和库本的关系，虽然吴伟斌先生说"底本见诸《四库全书·元氏长庆集》"，但他实际使用的校勘底本是马本而不是库本。如果吴伟斌先生稍微细心一些，将马本与库本稍作对勘，混淆马本与库本的错误就完全可以避免，而他既误以库本为马本，库本实际上就被他排除在了参校本之外。

校勘成果主要体现在校勘者撰写的校记上。校记"可以使校正者有据，误校者留迹，两通或多歧者存异"。虽然校记的具体写法没有一个绝对固定的操作程序，但基本的原则与基本术语还是有的。所谓基本原则，是说校记须去芜存精，简明扼要，能省则省，避免啰里啰唆罗列异本、异文。如果底本与主要对校本文字一致，则不宜出校。《新编元稹集》的校记，是笔者见过的古籍整理著作中最烦琐累赘、最没章法的校记。具体说来有三种情况。其一，无论底本与主要对校本有无异文，吴伟斌先生每篇诗文必有一条校记。甚至存目（吴伟斌先生称之为"辑佚"）诗文也有一条校记。如《新编元稹集》开篇《答时务策三道》，吴先生校记如下："答时务策三道：本佚失文所据

《旧唐书·礼仪志》的内容，又见《新唐书·选举志》《通志·选举略》《通典·选举》《唐会要·帖经条例》《文献通考·选举考》《近事会元·帖经》《玉海·唐明经举》《渊鉴类函·选举》，文字（指题目——引者注）基本相同；所据《旧唐书·元稹传》'十五两经擢第'之记载，又见元稹《诲侄等书》《同州刺史谢上表》、白居易《唐故武昌军节度处置等使正议大夫检校户部尚书鄂州刺史兼御史大夫赐紫金鱼袋尚书右仆射河南元公墓志铭并序》等，文字基本一致。"而且，一条校记往往短则数十字，长则数千字。如《有唐武威段夫人墓志铭》第一条校记，吴伟斌先生就写了2000多字，其中真正属于校记的文字，只有20余字，其余都是吴伟斌先生夹带进来的"私货"。其二，校记中的很多文字，其实与校勘工作无关，参前引。其三，将现代人的著述写在校记中。如第8197页《蔷薇》校记云："蔷薇：又见《元稹集》（指中华书局版《元稹集》，有1982年版与2000年版——引者注）、《全唐诗续补》（闻一多著）、《编年笺注》（杨军著，三秦出版社诗歌卷2002年版、散文卷2008年版），均不见异文。"按校勘通例，诸主要对校本没有异文，或没有重要异文，都不需出校。既然无异文可录，要这条校记干嘛？而且，现代人的著述，无论重要与否，都不宜列入主要对校本（《凡例》也没有将这些现代人的著述列入对校本），最多只能是校勘时的参考。前人整理本能列入对校本的，只有古代为数不多的校勘大家的精校本。

至于校记之撰写，吴伟斌先生同样过于随意。如《凡例》云："其中本书稿工作底本的马本《元氏长庆集》、杨本《元氏长庆集》、宋蜀本《元氏长庆集》（书名应为《新刊元微之文集》——引者注）、兰雪堂本《元氏长庆集》、丛刊本《元氏长庆集》，分别简称为'马本'、'杨本'、'宋蜀本'、'兰雪堂本'、'丛刊本'，以节约篇幅。"但在实际操作过程中，吴伟斌先生并未严守这一原则。如《西斋小松二首》校记："柔苤渐依条：宋蜀本《元氏长庆集》、兰雪堂本《元氏长庆集》、丛刊本《元氏长庆集》（以下分别简称'宋蜀本'、'兰雪堂本'、'丛刊本',以节约篇幅;同样,作为本书稿工作底本的马本《元氏长庆集》,亦一并简称为'马本';其他如杨本《元氏长庆集》、张校宋本《元氏长庆集》《全唐诗》《全唐文》《文苑英华》,因出现频率较高,为了节约篇幅,也一并简称为'杨本'、'张校宋本'、《全诗》《全文》《英华》)。"在一条校记中出现本应在"凡例"出现的文字,已属不当,何况这些文字刚刚在"凡例"中已出现过,此处再抄录一遍,更属违例,"节约篇幅"云云,从何谈起!

吴伟斌先生《新编元稹集》的校勘底本,选择的是明马元调本。马元调本"间或注释一二"(马本"凡例"),并不都是元稹之文字。既然如此,校勘者自宜详加鉴别,杜绝元集中混入马氏之文。除马本外,有不杂他人文字的残宋浙本(吴先生未见)、残宋蜀本、明杨循吉影抄宋本、明董氏苁门别墅本、明华坚兰雪堂活字本存世。只要将马本与他本细加比勘,剔除马氏注释之文字,是一件没有什么技术含量的事儿。但是,吴先生过于粗心了,有的地方马氏注释文字并未剔除。如第2194页《和乐天初授户曹喜而言志》,题下即有如下一段文字:"乐天为左拾遗,岁满当迁,帝以资浅且家贫,听自择官。乐天请以翰林学士兼京兆户曹参军以便养,诏可。"这段文字,元集其他版本(除文渊阁《四库全书》本之外)均没有。马元调《重刻元氏长庆集凡例》云:马氏自注文字"与公(元稹——引者注)自注语气自是不同,读者自喻,决无相乱之虑耳。"马元调没有说谎,马氏注释文字确实与元稹自注"语气"区别明显,但吴先生还是"相乱"了,这有点儿让人理解不了。

吴先生在《前言》部分曾自豪地介绍说:"传统意义的校勘,只是出示某一作家在不同版本的诗文集间的异文,不及其他。我们对元稹诗文集的校勘,不仅顾及《元氏长庆集》各种不同版本的异文,同时还兼及目前能够见到的有关元稹诗文的绝大多数文献。"并举例说,自己校勘元稹《才识兼茂明于体用策》,参校文献有12种之多,"分别比其他的同类著作如《元稹集》《编年笺注》校勘同一文篇多出九种和八种"。从事校勘工作的很多人都知道，参校文献不是越多越好，对参校文献也不应该一视同仁。不管萝卜白菜，统统放进锅里，煮成一锅大杂烩，不是一种明智的选择。且不说吴先生将清代嘉庆、道光时人徐松所著《登科记考》等列入重要参校文献合适与否，只说纳入参校文献的这些文献，他校勘时用的是何种版本，《凡例》中也没有任何说明。根据该书附录部分开列的约1500种文献，我们知道，吴先生较他人多出的参校文献，所用版本基本都是文渊阁《四库全书》本，而事实上，很多文献有比文渊阁《四库全书》本更早更好的版本存世。这从古籍整理上来说，遗弃更早更好的版本不用，而选择文渊阁《四库全书》本，是很不恰当的一种选择。因此，对吴先生颇为自豪的这一优点，相信很多熟悉古籍整理的人都是不能首肯的。

二 编年

编年是吴先生又一项颇为自豪的成绩。他在《前言》中说："《年谱》《编年笺注》《年谱新编》对元稹诗文的编年意见与我们《新编元稹集》对元稹诗文编年意见有很大的出入，差异在百分之九十以上。"吴先生似乎在暗示，卞孝萱先生、杨军先生和笔者对元稹诗文编年的结果，绝大部分不可靠甚至是错误的。如果一个人说，你们90%以上的人都错了，或者说你们90%以上的观点都错了，笔者认为，大多数人在震惊之余，一定不会首先怀疑他否定的人或观点的正确性，而会怀疑说这话的人所说结果的可靠性。吴先生为证实自己所说的可靠性，将他自己与《年谱》《编年笺注》《年谱新编》对元稹宝历元年所作诗歌之编年进行对比，得出《年谱》与《编年笺注》编年正确率为零，《年谱新编》编年正确率为5.26%。如果真如吴先生所说，之前的三部著作在某种程度上，就如乾隆皇帝讥讽钱谦益之诗时所说的那样——"真堪覆酒瓮"了。事实如何呢？其一，吴先生列出的19首作品，残诗一首，完整诗作两题三首，其余均为存目之作。其二，吴先生所谓的辑佚，也往往是不靠谱的。因为，他只要见到有人写作了有关元稹的作品，就以为元稹肯定有酬和之作，如果现存元集中没有，就断定已经散佚了，应该"辑佚"。如吴先生据徐凝《春陪相公看花宴会二首》，就认为"现存元稹诗文，未见元稹之酬篇，故据此补"。元稹观察浙东时，徐凝犹是布衣，当此之时，徐凝写一首诗歌，元稹有理由一定要酬和吗？一般来说，我们可以据酬和之作推断原唱之存在，却根本没有办法据原唱推断酬和之作的存在。且不说吴先生自豪的"辑佚"，并非真正的辑佚，只是做了一点儿"存目"的工作，更何况他对存目作品的推断存在逻辑上的严重失误，其结论绝大多数是站不住脚的。用自己往往站不住脚儿的所谓"辑佚"，指责他人编年的失误，这就不仅是方法上的失误了。其三，吴先生指责《编年笺注》没有编年《和浙西李大夫晚下北固山……》，实际上《编年笺注》编年于大和元年（827）；吴先生指责《年谱新编》未编年《修龟山鱼池示众僧》，实际上《年谱新编》编年于长庆三年至大和三年（823—829）。总之，吴先生自己往往粗心，对他人之编年视而不见，却指责他人粗心，漏编元稹作品。关于这一点儿，笔者仅以《新编元稹集》4册（左）、5册（右）为例，列表如下。

篇名及吴氏编年	《新编元稹集》	《元稹年谱新编》	篇名及吴氏编年	《新编元稹集》	《元稹年谱新编》
拟醉（元和四年）	未见《年谱新编》对本诗编年（P. 1514）	元和四年（P. 86）	和乐天初授户曹喜而言志（元和五年）	未见《年谱新编》对本诗的编年（P. 2204）	元和五年元稹贬江陵时所作诗（P. 109）
梦井（元和五年）	未见《年谱》《年谱新编》编年本诗。（P. 1686）	元和六年，（P. 115）	雨后（元和五年）	未见《年谱》《年谱新编》编年本诗（P. 2295）	元和四年元稹在洛阳所作诗（P. 86）
春鸠（元和五年）	未见《年谱新编》编年本诗，"无法编年作品"中也不见存录,大概是漏编。（P. 1821）	元和五年元稹西归途中所作诗（P. 106）	秋相望（元和五年）	未见《年谱》《年谱新编》编年本诗（P. 2308）	元和四年初秋在洛阳作（P. 84）

续 表

篇名及 吴氏编年	《新编元 稹集》	《元稹年 谱新编》	篇名及吴 氏编年	《新编元 稹集》	《元稹年 谱新编》
分流水（元和 五年）	《编年笺注》在《三泉驿》编年："周相录考证此诗作于元和五年。下同。"《三泉驿》之后是《分流水》，意即《分流水》就作于元和五年。《年谱新编》在元和五年"元稹西归途中所作诗"栏内列入《三泉驿》与《分流水》，但《三泉驿》之下无任何说明理由的文字。而在《分流水》题下仅作《分流水》归属元稹还是司空曙的考辨，并无编年理由的论证，不知《编年笺注》的"周相录考证此诗作于元和五年"的根据从何而来	元和五年，第94页有谱文"（三月）三日经三泉驿"，其下又有详细考订	酬翰林白学士代书一百韵（元和五年）	未见《年谱新编》编年本诗，但有谱文"十月，家居（一作信）至，白居易附信一封、诗一首，赞元稹和诗七章，元稹复次韵答之"（P.2473）	元和五年元稹贬江陵时所作诗（P.108）
襄阳为卢窦纪事（元和五年）	未见《年谱新编》编年本诗（P.2061）	元和八年自江陵赴襄阳拜谒山南东道节度使李夷简时，年谱正文有考订（P.125）	酬段丞与诸棋流会宿弊居见赠二十四韵	未见《年谱新编》对本诗编年，大概是疏忽导致的遗漏吧！（P.2553）	无法编年作品（P.282）
			冬夜怀李侍御王太祝段丞（元和五年）	未见《年谱新编》对本诗编年（P.2561）	无法编年作品（P.282）

在大约1/8的篇幅里，吴先生11次批评《年谱新编》没有给元稹作品编年，而事实是《年谱新编》都给元稹作品编年了，只是吴先生太粗心也太自信了，在没有细致翻检《年谱新编》的情况下，就直接判定他人的失误，这不是一个学人尤其是一个研究学问数十年的学人应该有的态度。

吴先生在很多地方自诩自己对元稹诗文的编年与《年谱》《编年笺注》《年谱新编》结论不同。其实，不同本身并不值得自诩，结论经得起时间的检验，能得到学界主流的认可才是值得肯定的事情。在笔者看来，吴先生在元稹作品编年上所犯的错误，远远超过他取得的成绩。吴先生所犯的错误有二：一是因为他对他人结论缺乏最基本的"了解之同情"（陈寅恪语），而对自己之研究又过于粗心和自信；二是因为学养方面存在欠缺。在此举两个例子。例一，元稹《除夜酬乐天》云："引馈绥筛乱毵毵，戏罢人归思不堪。虚涨火尘龟浦北，无由阿（珂）伞凤城南。休官期限原同约，除夜情怀老共谙。莫道明朝始添岁，今年春在岁前三。"吴先生系此诗于长庆三年（823），"理由有二（实应为三——引者注）：一，元稹长庆三年十月下旬到越州任，而白居易长庆四年（824）五月离杭州任，他们在杭越只有长庆三年一个除夜。二，白诗云：'明年半百又加三'。根据白居易的生平，本年白居易五十二岁，明年应该五十三岁。三，……因杭州与越州仅仅是隔江而接，白居易作于除夕早上的诗篇，元稹当天可能收到，并立即酬和。当然，寄给白居易可能已经是长庆四年的事情了"。吴先生的三条理由，第一条没有事实依据，因为从元稹诗中只能知道元稹时在浙东观察使任（"龟浦"），无论如何看不出白居易仍在杭州刺史任。第二条理由最早是由卞孝萱先生在《元稹年谱》中提出来的，但外证没有内证可靠。白居易《因继集重序》云："去年，微之取予《长庆集》中诗未对答者五十七首追和之，合一百一十四首寄来，题为《因继集》之一。"此序大和二年（823—828）十月撰，《白氏长庆集》乃长庆四年（824）十二月由元稹编成。这说明，白居易长庆四年十二月前写成的诗歌，元稹大和元年（827）才追和其中部分诗作。因此，根据原唱写作时间来判定酬和写作的时间，有时并不可靠。第三条既因为第一条的不可靠而无法完全成立，而且吴先生又曲解元白诗中的"除夜"以迁就自己的结论。事实上，白居易长庆三年（823）除夜写好诗作，其一，不大可能连夜寄送元稹；其二，即使马上寄给元稹，到达浙东也已是长安四年的初一，元稹怎么可能"除夜酬乐天"呢？其实，元稹诗中末句"今年春在岁前三"是此诗写作时间最可靠的证据。长庆三年至大和二年（828），立春在春节前三天的只有大和二年。又，"凤城"指长安，而大和二年，白氏正为官长安，与诗所写亦符。元稹此诗，白氏亦有酬和，其《和微之诗二十三首·和除夜作》云："君赋此诗夜，穷阴岁之余。我和此诗日，微和春之初。……君在浙江东，荣驾方伯舆。我在魏阙下，谬乘大夫车。"元诗大和二年除夜作，白诗次年春初作，时元在越州，白在长安。再者，白居易《和微之诗二十三首序》云"微之又以近作四十三首寄来，命仆继和"，如元稹《除夜酬乐天》作于长庆三年，距白居易大和三年酬和之时已经七年，白居易序能谓之"近作"乎？顺便说一点，吴先生说："未见《年谱新编》编年本诗，可能是因疏忽导致的遗漏。"其实，拙著第255页有考订，只是吴先生又一次粗心大意了。

例二，元稹《送友封》云："轻风略略柳欣欣，晴色空濛远似尘。斗柄未回犹带闰，江痕潜上已生春。兰成宅里寻枯树，宋玉亭前别故人。心断洛阳三两处，窈娘堤抱古天津。"吴先生编年于元和六年二月窦巩"前往黔州投奔兄长窦群"之时，其理由一是诗中有"江痕潜上已生春"，二是元稹《酬窦校书二十韵》《酬友封话旧叙怀十二韵》及窦巩《江陵遇元九李六二侍御纪事书情呈十二韵》《自京师将赴黔南》诸诗。笔者不敢苟同，理由有五：其一，送别之作，例写被送行者所去之地，从元诗尾联看，窦巩所去之地应是洛阳而不是窦群所在的黔南。其二，"斗柄未回犹带闰，江痕潜上已生春"。是说旧的一年尚未结束，还是闰十二月，但由于是闰年，春天来临得比较早。

考元稹在江陵期间，惟元和六年（811）闰十二月，因此，《送友封》应写作于元和六年十二月而绝不可能是"二月"。其三，宋蜀本《新刊元微之文集》总目录与清卢文弨所见宋本题作"重送友封"，非常正确，但没有引起吴先生足够的重视。元稹又有《送友封二首》，吴先生编年于元和七年（812）夏初，而实际上应写作于元和六年春末或夏初。《送友封二首》其一云："瘴云拂地黄梅雨，明月满帆青草湖。"其二云："若见中丞忽相问，为言腰折气冲天。""青草湖"即今洞庭湖之一部分，在湖南境内，则窦巩元和六年春末或夏初，自江陵南下，走水路赴其兄所在之黔南。元和六年九月，其兄窦群自黔州观察使贬开州刺史，窦巩遂再次经过江陵北返洛阳，元稹在江陵再次送别窦巩。其四，若如吴先生所言，窦巩元和七年春末夏初自江陵赴开州，开州即今重庆开州区，窦巩绝不应该自江陵南下湖南，而应该自江陵沿江西上，直达开州。而且，《送友封二首》题下有元稹自注："黔府窦巩字友封"。如果窦巩自元和六年春至元和七年春末夏初，一直在江陵待着，其兄贬开州刺史后，方从江陵赴开州，元稹此时自注"黔府窦巩"又是何意？其五，至于吴先生说："如果作于元和六年春天，此'三年'（马头五角已三年——引者注）从何算起？"吴先生难道不知道，元和四年三月，元稹出使东川，弹劾剑南东川节度使严砺等，轰动朝野，获罪于权贵，刚回长安，即被贬分务东台，所以，"马头无角"完全可以从元和四年分务东台算起。

《新编元稹集》没有设置"无法编年作品"一栏，从表面上看，吴先生为每一篇作品都编年了。而实际上，情况并不如此乐观。如《蔷薇》，吴先生编年时云："我们以为，两句虽然无法准确编年，但应该赋成于元稹生平内的春天，今暂时编列元稹武昌军节度使任内之大和五年之春天。"仅仅因为《蔷薇》"应该赋成于元稹生平内的春天"，就遽然将其编年于大和五年春天，岂不是过于勉强？这样的编年与不编年有何差别？又如《送刘秀才归江陵》，吴先生编年时云："两句确实无法准确编年，但有一点可以肯定，两句肯定不是元稹江陵任内所作。从诗人形象生动描绘江陵景色来看,元稹应该非常熟悉江陵的草木与风景,两句似乎应该赋成于元稹江陵任之后,今暂时编列在元稹武昌军节度使任内,赋作于大和四年或大和五年七月二十二日之前。"吴先生"肯定不是元稹江陵任内所作"的结论似乎难以成立,因为元稹元和五年至九年(810—814)任职江陵士曹参军期间,曾北上襄阳拜谒山南东道节度使李夷简,曾随荆南节度使严绶南下湖南讨张伯靖,当此之时,元稹均有可能"送刘秀才归江陵"。至于"从诗人形象生动描绘江陵景色来看""两句似乎应该赋成于元稹江陵任之后",更是一厢情愿之随意推测。因此,将《送刘秀才归江陵》编年于大和四年或大和五年,就是不能编年而强为之编年。

吴先生的思维很跳跃,有些地方根本无逻辑可循。如第1919页吴先生叙述元稹《正月十五夜呈幕中诸公》编年依据云:"《旧唐书·文宗纪》:'(大和元年)九月庚申朔……丁丑,浙西观察使李德裕、浙东观察使元稹就加检校礼部尚书。'而徐凝《奉酬元相公上元》仍然称元稹为'元相公',此与徐凝《春陪相公看花宴会二首》相一致,因此大和二年与大和三年的'正月十五夜'也应该排除。"元稹加"检校礼部尚书"与别人称呼元稹"相公"有什么关系,竟然据此推断该诗作于大和二年元稹加检校礼部尚书之前?笔者不知道吴先生此处是疏忽大意还是不懂"相公"与"尚书"的区别,在此笔者只想说明一点:唐人只要曾做过宰相,别人都可以呼之为"相公"。顾炎武《日知录》卷二十四:"前代拜相者必封公,故称之曰相公。"吴先生知之乎?

三 辑佚

啥叫辑佚?辑佚就是对以引用的形式保存在其他存世文献中的已经失传的文献加以搜集整理,使已经佚失的书籍文献得以恢复或部分恢复的工作。如果一个文献或文献中的一部分完全散佚,我们根本无法知道其内容,只知道(或大概知道)其书名或篇名,从而将这些书名或篇名集中起来,供后人了解这些文献产生时的"生态",这种工作应该叫"存目"而不是辑佚。但吴先生显然没有区分这两个不同的概念，而是将存目与辑佚混淆在一起，并从而指责他人搜罗不广，辑佚不力，这是不合适的，对他人也是不公平的。如据白居易《和微之诗二十三首》，可知元稹曾有《尝新酒》一诗，但这首诗早已散佚，不见诸任何文献，而吴先生却说："《元稹集》未收录，《编年笺注》未收录与编年。"《元稹集》《编年笺注》作为别集整理本，有辑佚，无存目，并无不当之处，吴先生将之当作《元稹集》《编年笺注》的一个缺陷，求之过当。此类例证甚多，恕不枚举。

吴先生的存目工作，做得并不细致，其中存在很多不恰当甚至错误的地方。第一，元稹的朋友写给元稹一首诗或一篇文，元稹有可能酬和或回复一首诗或一篇文，但并不一定会酬和或回复一首诗或一篇文。这不用过多解释，很多人都明白，可能性并不一定会变成现实性。但是，吴先生却以这种可能性为现实性，在这种错误理解的基础上进行他所谓的"辑佚"工作，不当或错误之处就是不可避免的了。如第5893页《酬乐天初除主客郎中知制诰中书同宿话旧感怀》，吴先生在【笺注】部分陈述其"辑佚"理由云："白居易《初除主客郎中知制诰与王十一李七元九三舍人中书同宿话旧感怀》：'闲宵静语喜还悲，聚散穷通不自知。已分云泥行异路，忽惊鸡鹤宿同枝。紫垣曹署荣华地，白发郎官老丑时。莫怪不如君气味，此中来校十年迟。'四人都是朋友，都是诗人，同宿中书省，白居易因初除主客郎中知制诰与朋友同宿中书省喜而感怀，元稹、王起、李宗闵三人在旁，岂有一言不发之情理？一夜之中，起而酬和在所必然，合情合理，否则倒有悖情理。巧合的是，王起、李宗闵两人的诗作散失几尽，王起仅存六首，李宗闵仅存一首。以元稹白居易的交情，元稹绝对不可能不酬和白居易的诗篇，但今存元稹诗文集未见，唯一合理的解释只有元稹酬诗的佚失，据补。"又如，第6274页《酬乐天中书连直寒食不归见忆》，吴先生在【笺注】陈述其"辑佚"理由云："白居易《中书连直寒食不归因忆元九》：'去岁清明日，南巴古郡楼。今年寒食夜，西省凤池头。并上新人直，难随旧伴游。诚知视草贵，未免对花愁。鬓发茎茎白，光阴寸寸流。经春不同宿，何异在忠州！'今存元稹诗文集中未见酬和之篇，据补。"白居易之诗"因忆元九"而作，诗成之后未必就一定寄给元稹，元稹更不一定会有酬和之作。古有"乘兴而行，兴尽而返，何必见戴"的故事，时人许以为雅，如何见得白居易不步王子猷之后尘？依吴先生之逻辑，元白交情至深，元稹回酬白居易，白居易不可能不再回酬元稹，如此，元白之间的诗篇往来就真的没完没了了。

吴先生真正属于辑佚的部分，细思也存在不少的问题。如第8026页《更拣好者寄来》，吴先生陈述辑佚理由云："白居易《白氏长庆集·因继集重序》：'今年予复以近诗五十首寄去，微之不逾月依韵尽和，合一百首又寄来，题为因继集卷之二，卷末批云：更拣好者寄来！盖示余勇摩砺以须我耳……（大和）二年十月十五日乐天重序。'元稹批语虽然只是只言片语，但今存《元氏长庆集》未见，应该是佚失，故据补。"须知，这是元稹的批语，不是一篇文章或一首诗歌，也不是某篇文章或诗歌中的残句，元稹编辑自己的作品集时，是不会将这些"片言只语"编进去的；后人辑佚元稹作品，也不会将这些"片言只语"当作辑佚成果展示出来的。只有当记录者说，被辑佚者某诗或某文曾有某某之语，辑佚者才把这些辑出来当作辑佚的成果来展示。同样的道理，第6954页吴先生据皇甫湜《韩文公神道碑》："王廷凑反，围牛元翼于深，救兵十万，望不敢前。诏择庭臣往谕，众慄缩，先生勇行。元稹言于上曰：'韩愈可惜！'"以"韩愈可惜"为元稹之佚文而辑出之，亦属不当。

吴先生之"辑佚"，还有因误解文献而误"辑"者。如第7721页【题法华山天衣寺】，吴先生在陈述"辑佚"理由时引《会稽掇英总集·天衣寺》之后云："下面列栏目：'律诗'，而律诗是诗体名，近体诗的一种，起源于南北朝，成熟于唐初。格律要求严格，分五言、七言两种，简称五律、七律，以八句为定格。每句有一定的平仄格式；双句押韵，以押平声为常，首句可押可不押。中间四句除特殊情况外必须对偶。……在'律诗'的栏目下，收录白居易《题法华山天衣寺》、元稹《题法华山天衣寺》、李邕《游法华寺》诸人诗篇诗歌，除李绅《题法华寺》是排律、皎然《宿法华寺》是绝句外，其余七人均是律诗，故疑元稹《题法华山天衣寺》也应该是一首律诗，《会稽掇英总集》仅存散佚之篇四句，另外应该还有四句佚失，今据此补。"吴先生在大讲律诗基本常识时，以四韵八句的狭义的律诗与排律为律诗，将绝句排除在律诗之外，然而常识告诉我们，唐代的绝句也是广义律诗的一种。《全唐诗续拾》卷二五已据宋孔延之《会稽掇英总集》卷八辑录元稹《题法华山天衣寺》七言绝句一首，《新编元稹集》也已收录，不知吴先生为何又怀疑另有一首四韵八句的七律《题法华山天衣寺》存在？《会稽掇英总集》"律诗"栏下既有李绅的排律，也有皎然的绝句，显然，《会稽掇英总集》将排律、律诗（四韵八句）、绝句都看作广义的律诗。既然如此，为何推断《会稽掇英总集》所载元稹《题法华山天衣寺》属于残篇，尚缺四句？它是一首绝句就不行吗？而且，从内容上看，《会稽掇英总集》所载元稹《题法华山天衣寺》神足气完，是一首完整的七绝，吴先生为何非要说它是一个残篇呢？其下又依据同样的理由，断定《会稽掇英总集》收录元稹《游云门》绝句不是律诗，因此属于遗失四句的残篇。吴先生既然整理元稹集，难道就不看看《元氏长庆集》的古代版本，它们不都是将绝句归于律诗一类吗？

  吴先生的辑佚，有时真的有点儿让人看不懂。如第 6241 页据《锦绣万花谷续集·节度使》辑得"先蠹青旌"。吴先生陈述辑佚依据云："《锦绣万花谷续集·节度使》：元蠹青旌：《元集》云：'麾盖铁棨。'又云：'先蠹青旌。'……而'麾盖铁棨'一句，又见于元稹《上兴元权尚书启》：'自陛下以环梁十六州之地授阁下，麾盖铁棨，玄蠹青旌，晨鱼符竹信，车朱左右辖。……'本句与元稹《上兴元权尚书启》中的'玄蠹青旌'，也仅仅一字之差。据此可证，本句及'设坛而拜，授钺以征。持卫青之印，即拜军中；授岑彭之节，行于阃外'六句，均应该出自元稹的手笔，据补。"《锦绣万花谷》（吴先生所据为文渊阁《四库全书》本）前文既云"玄纛青旄"，后面的"先纛青旄"之"先"，必定是"元"字之误。否则，前文当云："先纛青旄"。而清代康熙皇帝名爱新觉罗·玄烨，故康熙皇帝登基之后，文献皆避"玄"字。避讳的方法，一是"玄"字缺末笔，二是以"元"代"玄"。因此，"先纛青旄"实即"元纛青旄"，"元纛青旄"实即"玄纛青旄"。"玄纛青旄"既已见于《上兴元权尚书启》，而《上兴元权尚书启》已被明马元调辑在《元氏长庆集》补遗卷二。既然不佚，辑又何故？

阮阅《诗话总龟》引《唐贤抒情》："元白交道臻至，酬唱盈编。微之为御史，奉使往蜀，路旁见山花，吟寄乐天曰：深红山木艳彤云，路远无由摘寄君。恰如牡丹如许大，浅深看取石榴裙。又曰：向前已说深红木，更有轻红说向君。深叶浅花何所似？薄妆愁坐碧罗裙。"《新编元稹集》第1325页拟题为《山枇杷花二首》，依据是白居易有《酬和元九东川路诗十二首·山枇杷花二首》。吴先生校记云："《年谱》：'白居易《酬和元九东川路诗十二首》中有《山枇杷花二首》，元稹原唱佚。'没有在阮阅《诗话总龟·唐贤抒情》中发现元稹的这两首诗，是非常不应该的失误。《全唐诗补编》没有采录。……《年谱新编》认为'元稹原唱已佚'。"吴先生既然认定他所谓的元稹《山枇杷花二首》与白居易《山枇杷花二首》是唱和关系，就应该考察一下原唱与酬和是否存在或内容或用韵上的某种联系。如果原唱与酬和没有任何关系，那他在做出判断时就应该特别小心才是。遗憾的是，吴先生又一次独排众议、过于自信了。白居易有《山石榴寄元九》，诗云："拾遗初贬江陵去，去时正值青春暮。商山秦岭愁杀君，山石榴花红夹路。题诗报我何所云，苦云色似石榴裙。当时丛畔惟思我，今日栏前只忆君。"白居易"苦云色似石榴裙"，显然指元稹"浅深看取石榴裙"之句。因此，吴先生据《诗话总龟·唐贤抒情》，以为该诗元和四年（809）元稹出使东川途中所作，大误，实则应为元和五年（810）元稹贬谪江陵途中所作；题目也不应拟为《山枇杷花二首》，而应拟为《贬江陵途中见山石榴花吟寄乐天》；元稹《使东川·山枇杷花二首》已佚，《年谱》《年谱新编》不误；《全唐诗补编》已录，只是没有题作《山枇杷花二首》而已。

四 笺注

笺注是对影响读者理解文献的关键字、词、典故等的注释、说明、评议等，要求文字简洁，表述清晰，不能如汉儒注释儒家经典一样，解一字之"经"，动辄数十万言。吴先生对元稹作品的笺注，是笔者见过的现代人注释古代典籍中最为"细大不捐"的著作，典故等难解之处不用说了，就是一些较为通俗易懂的字词，吴先生也多方引用书证，详加注解。随手举两个绝对不是最详细的例子。《寄思玄子诗二十首》注诗题中之"诗"云："文学体裁的一种，通过有节奏、韵律的语言反映生活，抒发感情。最初诗可以唱咏。《书·金縢》：'于后公乃为诗以贻王，名之曰'鸱鸮'。《文心雕龙·乐府》：'凡乐辞曰诗，诗声曰歌'。"又注诗题中"首"云："量词，篇。《史记·田儋列传论》：'蒯通者，善为长短说，论战国之权变，为八十一首。'寒山《诗》二七一：'五言五百篇，七字七十九。三字二十一，都来六百首。'"大凡作者写书，都要有一个大体的定位：书是写给什么人看的。依笔者的理解，一般的古籍整理著作，都是给研究古代文献的专业人员看的，特别是有校、有注、有编年的古籍整理著作。如果笔者的理解不错，吴先生这样的"笺注"，岂不是有点儿多余？如果一个专业研究人员不知"诗"为何物，不知"首"为何意，那他或她还能研究出来什么东西？

浅显易懂，似乎没有必要进行"笺注"的地方，吴先生煞费笔墨地进行了"笺注"，而隐晦难懂，真正需要进行"笺注"的地方，他却略而不言，不该省却省了。真正需要进行"笺注"的地方，对疏解文意，帮助读者读懂该作品，甚至对编年作品，往往至关重要。缺而不注，无论是出于作者疏忽大意也好，还是作者没有读懂作品因而偷偷溜过去也好，都背离了对作品进行笺注的初衷。例如，第7530页《除夜酬乐天》"无由阿伞凤城南"一句，"阿伞"就应注而未注。也许吴先生不是疏忽大意漏掉了这个词汇，而是他在瀚如烟海的古代文献中根本就找不到这个词汇。吴先生写这部《新编元稹集》时，最倚重的古代文献数据库《文渊阁四库全书》，就找不到有人使用过这一词汇。既然古代无数的文人尤其是元稹之前的文人都没有使用过这一词汇，吴先生就应该怀疑这一词汇有问题——是不是有文字在文献传播过程中产生了讹误，并在此基础上进而查找到底是"阿"字错了还是"伞"字错了。如此，不但能够校正讹误的文本，更能顺利而正确地注释文本。但遗憾的是，笔者期望的这种情况没有出现，讹误的文本依然讹误，该注释的文本没有得到注释。又如，第7976—7977页《春分投简阳明洞天》"鳖解称从事"，吴先生只注"鳖"与"从事"，至于"鳖"何以"称从事"，则略而不言，让读者对这句诗的意思仍然丈二和尚摸不着头脑。

注释古代文献，最忌讳的就是将固定的词或词组拆开来分别注释，因为很多时候拆开之后分别注释的字词，将各自的义项加在一起，已经不是原来的意思了。不恰当地拆分词或词组，是注释者对注释的文献缺乏正确的理解造成的。例如，第21页《寄思玄子》，吴先生先注"思"字的三个义项：一是"怀念，想望。"引《史记·魏世家》、李白《静夜思》为证。二是"思索，考虑。"引《论语·为政》、苏辙《六国论》为证。三是"引申为寻味、体味。"引韩愈《太原王公神道碑铭》为证。之后，吴先生接着解释"玄子"："即道教所称神仙元君。"复引……为证。很显然，"思玄子"是一人名或字号，笔者在为元稹作品作注释时，推测"思玄子"或指张衡，因为张衡曾写作《思玄赋》。无论笔者的注释是否正确，但将"思玄子"作为一个人物来理解，应该是没有问题的。吴先生在笺注元稹《叙诗寄乐天书》时，没有为其中的"思玄子"作任何注释,也未注见于何处,而在笺注《寄思玄子》时,却将"思"与"玄子"拆分开来,实在是犯了注释家之大忌。又如,第五册第2186页注元稹《和乐天赠吴丹》"雌一守命门,回九填血脑"时,又将"回"与"九"拆分开来,只注"九":"《周易》以阳爻为九。"实际上,"雌一"为古代一种处阴柔之势而心专一守的修炼方法(吴先生谓雌一为"宗教用语,喻指女性神仙",亦误),"回九"为古代一种吸纳阳气的修炼方法。

注释古代文献,还需要注释者对所注释词语或典故的上下文有一个正确的理解,这样才能在正确的"语境"中正确地注释词语或典故。否则,对词语或典故所处的"语境"理解错了,对词语或典故的注释难免不发生错误。例如,元稹《和乐天赠吴丹》云:"不识吴生面,久知吴生道。迹虽染世名,心本奉天老。雌一守命门,回九填血脑。委气荣卫和,咽津颜色好。传闻共甲子,衰颓尽枯槁。独有冰雪容,纤华夺鲜缟。"吴先生笺注云:"共甲子:共甲子:共有同一个甲子周期。《编年笺注》以为是'共甲子即同龄人',不妥。……而据白居易《故饶州刺史吴府君神道碑铭并序》,吴丹'宝历元年六月'病故,'年八十二',以此推断,吴丹年长白居易二十八岁,年长元稹三十五岁,年龄差距如许之大,怎么还可以称为'同龄人'?但他们三人都出生在同一甲子周期之中,即吴丹出生于天宝三年(744),白居易出生于大历七年(772),元稹出生于大历十四年(779),亦即他们都出生在开元十二年(724,甲子)至建中四年(783,癸亥)这一甲子周期之内,故言。'共甲子'不等于'同甲子','同甲子'才是同龄人。"其实,元稹诗作的意思非常明白,是说吴丹"心本奉天老",注意养生,忘怀荣辱,所以与吴丹同龄的人都衰老了,而吴丹独能年老颜未老。吴先生没有读懂元稹之诗意,曲为之解,绕了一大圈子,结果不过是徒劳,错误的不是《编年笺注》而是他自己。郁贤皓先生为《新编元稹集》作序,举此例证明吴先生的学术研究"贵在证据，贵在严谨"，观点新颖，创获甚多，实则所谓的亮点反成污点了。

再举一个不顾上下文随意曲解文意的例子。元稹《连昌宫词》"尔后相传六皇帝"下明马元调注云："肃、代、德、顺、宪、穆"。吴伟斌认为："马元调的注文却脱离了当时的史实，有误。本诗其实并没有涉到唐穆宗，'尔后'应该包括玄宗本人在内，亦即应该是'玄、肃、代、德、顺、宪'。"吴先生"本诗其实并没有涉到唐穆宗"的观点，来源于史学家陈寅恪，是极为正确的看法，但接下来的"'尔后'应该包括玄宗本人在内，亦即应该是'玄、肃、代、德、顺、宪'"的看法，则极为荒诞不经。须知，《连昌宫词》在"尔后相传六皇帝"之前，有如下一段："明年十月东都破，御路犹存禄山过。驱令供顿不敢藏，万姓无声泪潜堕。两京定后六七年，却寻家舍行宫前。庄园烧尽有枯井，行宫门闭树宛然。""尔后"须从"两京定后六七年"算起。史载：玄宗天宝十四年（755）十一月，安禄山起兵反唐；次年（肃宗至德元年）七月，肃宗即位灵武；复次年九月，郭子仪收复长安。同年十月，收复洛阳。"六七年"后，即代宗广德元年（763）正月，史朝义败死，安史之乱平。曰"两京定后六七年"，显然自安史之乱后叙起，不含整个在位期间都在平定安史叛乱之肃宗在内甚为昭然。既如此，则"尔后相传"之"皇帝"，自指肃宗后、"今皇"即宪宗前之代德顺三宗。再言之，宪宗既见在，"到"与不"到"还是一个未知数，如何能遽然归之于"不到离宫"（已然语气）者之列？因此，《连昌宫词》"六皇帝"乃传写之误，应为"三皇帝"——代、德、顺——之讹。为此，笔者曾撰写《元稹〈连昌宫词〉"尔后相传六皇帝"辨正》详加考辨，杨军《元稹集编年笺注》曾引述该文主要观点。也许，吴先生不屑于细看，便肆意发挥，遂使"六皇帝"之旧迷雾未散，新迷雾又起。

吴先生不仅误解上下文导致笺注错误，还会因不懂唐代典章制度而错误笺注。例如，第6164页《授韩皋尚书左仆射制》，笔者在《元稹年谱新编》

里说过："既云'正名端揆'，当是自检校尚书右仆射即真，故题及'可守尚书左仆射，余如故'之'左'俱当为'右'之讹。"韩皋的职务变迁，《旧唐书·韩皋传》说得极为清楚："（元和十五年三月）加检校右仆射……长庆元年正月，正拜尚书右仆射。二年四月，转左仆射。"吴先生竟然认为："据本文，《旧唐书·韩皋传》之'正拜尚书右仆射'，应该是'正拜尚书左仆射'之误，《新唐书·韩皋传》措辞含糊，也疑有误。"如果《授韩皋尚书左仆射》之"左"不误，据《旧唐书·韩皋传》《旧唐书·穆宗纪》等，此制应该是长庆二年（822）作，而元稹早已于长庆元年十月由翰林学士转工部尚书，没有替皇帝起草制诰的权力，此制属于伪作无疑。更可笑的是，吴先生以制中"揆务""端揆"为宰相之职务，并引李峤《为左丞宗楚客谢知政事表》之"中台揆务"、白居易《加程执恭检校尚书右仆射制》之"职参揆务"、孙逖《授李林甫左仆射兼右相制》之'端揆之职，官之师长；宰辅之位，朕之股肱'为例。实际上，李峤制书中之"中台"指尚书省，尚书省最高长官为仆射，故"中台揆务"指宗楚客曾任尚书仆射之职；白居易制中之"程执恭"又名程权，从未做过宰相，况制书又为加检校尚书右仆射之制，"揆务"指仆射甚明；孙逖制书中更将"仆射"与"右相"两职务并举，"宰辅"指右相，"端揆"指仆射，更确然无疑。笺注至此，夫复何言！

虽然，吴先生只要一有机会就批评卞孝萱先生《元稹年谱》、杨军先生《元稹集编年笺注》与拙著《元稹年谱新编》，号称订正了三书非常多的错误，但他所谓的错误，绝大多数都不是前述著作的真正的错误。而前述著作中真正的错误，他反而没有发现改正，倒是继承了下来。例如，杨军《元稹集编年笺注·和乐天初授户曹喜而言志》"词曹直文苑"注云："词曹：同'词垣'，谓翰林署。"吴伟斌《新编元稹集·和乐天初授户曹喜而言志》云："词曹：指文学侍从之官，亦借指翰林。"白居易写诗给元稹的时候，刚刚迁京兆府户曹参军、翰林学士，"词曹"就是指题目中的"户曹"。元稹还有一首诗用过这个典故，其《阳城驿》云："词曹讳羊祜"。白居易《和阳城驿》云："荆人爱羊祜，户曹改为辞。"吴伟斌《阳城驿》"祠曹讳羊祜"校记云："陈寅恪据《晋书·羊祜传》，荆州百姓为祜讳名，改'户曹'为'辞曹'，以为'祠曹'疑为'词曹'之误。但《晋书·羊祜传》却云：'荆州人为祜讳名，屋室皆以门为称，改户曹为辞曹焉！'……看来陈寅恪的怀疑缺乏足够的根据。"不用多作解释，明眼人不难明白，错误的不是陈寅恪先生，而是吴先生。卢文弨所见宋本《新刊元微之文集》"祠"即作"辞"，"辞"通"词"。吴先生错误地否定了陈寅恪先生的正确解释，却继承了杨军先生的错误笺注。

吴先生笺注又一个让人不能首肯的地方，是洋洋洒洒，不殚辞费，过度笺注。也许，吴先生真的将《新编元稹集》当作一部百科全书来写了，但百科全书也不能解决所有问题，就像一部书不可能"老兄通吃"，幼儿园小孩儿与博雅君子都适合一样，还是读者群定位明确，写作时有所取又有所弃更好一些。现存元稹作品，包括残篇，充其量不超过1000篇（估计不超过30万字），而吴先生却将《新编元稹集》写成了一部16册701.6万字的著作，元稹原文与整理者文字的这种比例，恐怕创造了古代文献整理的一项吉尼斯纪录。当然，吴先生的不殚辞费，不仅是笺注如此，校记、编年同样如此，不过笺注更为典型罢了。为使读者印象深刻，笔者在此仅举三个例子：吴先生笺注元稹《三兄以白角巾寄遗发不胜冠因有感叹》之"三兄"，用了大约1300字；笺注元稹《叙诗寄乐天书》之"乐天"，用了近6000字；笺注元稹《遭风二十韵》，末尾附录了大约15000字的"回顾元稹一生所走过的现实主义创作道路"。笔者粗略地翻了一遍《新编元稹集》，初步的印象是，凡是遇到笺注与吴先生过去所写文章有关的文字，他都把过去文章中的一些文字毫不吝啬地"贴"在书里了（附录部分多达1300页）。为了展示自己的元稹研究成果，不惜破坏著述的体例，这不是一种明智的选择。

最后，附带说明三点。《新编元稹集》前置书影在董氏本《元氏长庆集》之后，是马元调本，其下又出现四部丛刊本，似以董氏本与四部丛刊本为两本。实际上，四部丛刊本即影印董氏本；书影谓宋蜀本名《元氏长庆集》，而实际上名《新刊元微之文集》；书后附录《元稹诗文编年目录索引》，谓"篇名首字以音序排列"，实则完全将书前目录（以写作时间先后为序）移植过来而未作任何改动。

《新编元稹集》篇幅太大，笔者没有精力、似乎也没有必要一一统计吴先生的各类不当与失误之处，在此笔者只是挂一漏万地谈谈自己对该书的粗浅看法：校勘并不"精细"，笺注并不"科学"，引用可谓"广博"但过于芜杂，正误丝毫也不"严谨"，编年"详"则有之而"实"则未必。在书中，吴先生"商榷鲁迅、陈寅恪、岑仲勉等名家的权威结论，提出了与传统观点截然不同的许多新观点"（《本书介绍》），但或理解错讹，或阐释有误，或证据不足，或逻辑混乱，所谓"破解""谜团"，解开疑案，自我期许甚高，而实则远未能也。十多年前，笔者曾撰文就吴先生大肆指责卞孝萱先生《元稹年谱》之所谓"失误"及吴先生对元稹生平之考订发表不同意见，谓吴先生对前人研究不能具备最基本"了解之同情"（陈寅恪语），不能充分吸收前人研究之合理成分，往往肆逞己意，"六经注我"，甚至断章取义以证成己说（《一篇存在严重文献与逻辑失误的考订文章——吴伟斌先生〈关于元稹知制诰以及翰林承旨学士任内的几个问题〉商榷》，《唐都学刊》2004年第6期）。很遗憾，这些问题在《新编元稹集》中依然存在。

《韩偓集系年校注》勘补

陈才智

(中国社会科学院文学研究所)

继齐涛先生《韩偓诗集笺注》(山东教育出版社2000年版)、陈继龙先生《韩偓诗注》(学林出版社2001年版)之后,吴在庆先生《韩偓集系年校注》(中华书局2015年版)后出转精,成为目前收集韩偓诗文最完整、校勘注释最全面、资料最详瞻的整理本。然瑜中偶有微瑕,谨列笔者认为可勘可补之处如下,以求正于前辈。

一 可勘者

1. 卷一(第61页)《冬至夜作》集评,"《五代诗话》引《瀛奎律髓》",乃郑方坤《五代诗话》卷六《补瀛奎律髓》。又,按语引吴汝纶《吴评韩翰林集》:"是时昭宗幸凤翔,朱全忠自河中率兵围凤翔,奉表迎驾,所谓'阴冰莫向河源塞'也。'阳气今从地底回'者,谓李茂勋救凤翔,王师范讨朱全忠诈为贡献,包束兵仗入汴西至陕、华也。末句恐勤王之师又将尾大不掉尔。"当从全书体例,收入集评。

2. 卷一(第100页)《寄湖南从事》集评,周咏棠辑《唐贤小三昧集》:"此时此景难为情。"景,当为境。

3. 卷一《小隐》(第120页),注释6引庄子《齐物论》"虽然方生方死"，疑应作"虽然，方生方死"。

4. 卷一《秋深杂兴》（第 208 页），"把钓覆棋兼举白，不离名教可颠狂"，注释 6 引《后汉纪》及嵇康《释私论》"越名教而任自然"注"名教"。其实此句乃用《世说新语·德行篇》乐广斥当时放达辈"名教中自有乐地"之典。权德舆《知非》诗："名教自可乐，缙绅贵行道。何必学狂歌，深山对芳草？"冬郎此诗作于天祐三年（906）深秋去福州之后，正是"深山对芳草"之际。

5. 卷二《南浦》（第 340 页），集评引许学夷《诗源辩体》卷三十二，"上源于李商隐、温庭筠七言古诗，余之变止此"，疑应作"上源于李商隐、温庭筠七言古，诗余之变止此"。

6. 卷二《深院》（第 356 页），集评引蔡绦《西清诗话》卷下"退念藏书数万，不能贮心亦病也"，疑应作"退念藏书数万，不能贮心，亦病也"。

7. 卷二《安贫》（第 394 页），集评引郑杰《闽诗录》甲集卷五流寓"诗'谋身'云云此也"，疑应作"诗'谋身'云云，此也"。"全忠以为薄已"，疑应作"全忠以为薄己"。又，郑杰《闽诗录》乃转引自徐倬《全唐诗录》卷九十三，不若径录《全唐诗录》。

8. 卷二《安贫》（第 395 页）；卷四《思录旧诗于卷上凄然有感因成一章》，第 881 页，两诗集评皆引清冯浩《玉溪生诗详注》卷二"余编义山诗，而后之读者果取史书文集事会其通语，抉其隐，当知确不可易耳"，疑应作"余编义山诗，而后之读者果取史书文集，事会其通，语抉其隐，当知确不可易耳"。

9. 卷二（第 469 页）《惜花》集评引"此篇句句是写惜花，句句是写自惜意，读之可为泪下"，出处标为"元好问编，郝天挺注《唐诗鼓吹笺注》"，然此实为清人朱三锡所评，或应标作"元好问编，清朱三锡评订《东岩草堂评订唐诗鼓吹》卷二"。

10. 卷二（第492页），《雨》，按语引文之"共谁咏"，底本原文作"共谁论"。

11. 卷二（第495页），《江行》注释1"吴汝纶注，此为韵律诗"，疑应作"吴汝纶注，此为三韵律诗"。

12. 卷三《守愚》（第630页），据《文苑英华》卷三八四引钱珝《授司勋郎中兼侍御史知杂事赐绯鱼韩偓本官充翰林学士制》"惟是求已之多，播于群誉矣"，疑作"惟是求已之多，播于群誉矣"。

13. 卷三《已凉》（第700页）、卷四《天凉》（第976页）重出。

14. 卷三《访明公大德》（第705页），集评"又；词臣谪去堕天南"，"又"字之后疑应作冒号。

15. 第715页书侧，"卷三春尽日"，应作"卷四春尽日"。

16. 卷四《别绪》（第719页），注释3"韩集旧钞本下校"后，遗漏冒号。

17. 卷四《别绪》（第721页），集评"佯佯脉脉是深机"后，遗漏逗号。

18. 卷四《见花》（第724页），集评"此三诗（指《倚醉》《见花》《有忆》）"，"《倚醉》"后，遗漏顿号。

19. 卷四《马上见》（第728页），集评"孰谓《周南》正风"，遗漏书名号。

20. 卷四《夏日》（第775页），第一则集评引宋章深《槁简赘笔》，"岂不闻俚语云"后，遗漏冒号。"时有幽禽自唤名"之后，据一百二十卷本《说郛》卷二十四上，遗漏"又云：'遥知小阁还斜照，羡杀乌龙卧锦茵。'"出处标为"吴士玉《骈字类编》卷二〇七"，不若径标《说郛》，或"郑方坤《全闽诗话》卷一"，或"郑方坤《五代诗话》卷六"。

21. 卷四《咏浴》（第784页），集评引震钧《香奁集发微》"三百篇之遗法"，"三百篇之西方美人"；附录二，第1302页，清陆世仪《思辨录辑要》

卷三十五"而蕴藉得三百篇意";第1304页,清庆桂《国朝宫史续编》卷八十三"故《三百篇》之旨,一言蔽以无邪"四处之"三百篇",遗漏书名号。

22. 卷四《懒卸头》(第802页),按语引《新五代史·唐六臣传》:"梁王衮冕南面,臣文蔚、臣循奉册升殿进读已,臣涉、臣策奉传国玺,臣贻矩、臣光逢奉金宝以次升进,读已降,率文武百官北面舞蹈再拜贺",应作"梁王衮冕南面,臣文蔚、臣循奉册升殿,进读已,臣涉、臣策奉传国玺,臣贻矩、臣光逢奉金宝以次升,进读已,降,率文武百官北面舞蹈再拜贺"。

23. 卷四《效崔国辅体四首》其三(第852页),集评引陈元龙《详注片玉集》卷四《法曲献仙音》"凝情处,时闻打窗雨(小注:《文选》云:'落落穷巷士,抱影守空庐。'韩偓诗:'欲明花更寒,东风打窗雨')","凝情处"之前,遗漏"向抱影"三字。又,下复引陈仁锡(1579—1634)《类选笺释草堂诗余》卷三《法曲献仙音》,内容与之完全雷同,略之可也。

24. 卷四《六言三首》其三(第872页),校记3:《全唐诗》,遗漏前半书名号。校记4"曾、曹编著《全唐五代词》",疑应作"曾、曹等编著《全唐五代词》"。

25. 卷四《六言三首》其三(第874页),集评引施蛰存《读韩偓词札记》"余以为此三章必致光有意拟谪仙怨而作",《谪仙怨》,遗漏书名号。

26. 卷四《思录旧诗于卷上凄然有感因成一章》(第881页),"当以贾生忧国,阮籍途穷之意读之","贾生忧国"与"阮籍途穷"之间,应为顿号(参见第394页)。

27. 卷四《无题》之二(第957页),注释9中李贤注引《风俗通》"京师翕然皆放效之"之"放",疑应作"仿"。

28. 卷四《无题》之二(第957页),集评引钟惺、谭元春辑《唐诗归》卷三十六晚唐四"人艳诗命妙"之"命"字,疑误。"便是一味痴"之"痴"之后还有一字,无法辨识,疑应作"便是一味痴□"。

29. 卷五《浣溪沙》（第957页），集评引"叶申芗辑《闽词钞》卷首《序》"，宜作"冯登府《闽词钞序》，见叶申芗辑《闽词钞》卷首"。

30. 卷五《浣溪沙》（第1004页），集评录震钧《香奁集发微》引《离骚》所谓"心忆君兮不知"之"兮"后，遗漏一"君"字。

31. 卷五附录二《思归乐》，第1017页，徐𤏡《榕阴新检》；第1019页，"……徐𤏡题（徐𤏡《红雨楼题跋》卷上《陈后金凤外传·跋》）"；附录二"韩偓研究资料选编"之生平传记资料，第1223页，韩偓《翰林集》附录引明徐𤏡《笔精》；主要引用书目录，第1526页，"笔精 明徐𤏡撰"；1548页，"榕阴新检 明徐𤏡辑"，此六处之"𤏡"，疑应作"𤊹"。

32. 卷五附录二《思归乐》（第1018页），集评引欧阳修著、清彭元瑞注《五代史记注》卷六十八"寅缘与金凤通"之"寅"，疑应作"夤"。

33. 卷五附录二《思归乐》（第1018页），集评引鲁曾煜《（乾隆）福州府志》卷七十五《外传》"李仿怨陈金凤负已"之"已"，疑应作"己"。

34. 卷七（第1114页），"按，以下'备考'四则"，疑应属下页。

35. 附录二（第1216页），宋王应麟《困学纪闻》卷十四：

> 庆历中诏官其四世孙奕。若璩按：王氏晚岁自撰志铭，有曰："其仕其止如偓如图"，闻者咸以为实录。偓即韩偓，图则卷二十之司空表圣。丘迹求云："庆历当作景祐，盖庞籍为漕时奏上偓诗，始得官其裔孙也。"

疑应作：

> 庆历中，诏官其四世孙奕。若璩按：王氏晚岁自撰志铭，有曰："其仕其止，如偓如图"，闻者咸以为实录。偓即韩偓，图则卷二十之司空表圣，丘迹求云。"庆历"当作"景祐"，盖庞籍为漕时奏上偓诗，始得官其裔孙也。

36. 附录二（第1219页），宋王象之《舆地纪胜》卷一百三十《泉州·人物》"唐韩偓"后，遗漏一句号。

37. 附录二（第1220页），宋王应麟《玉海》卷一百六十七，"韩偓《金銮密记》曰：'召入院试文五篇'"，为原文之注释，应加括号，或小一号字排版。

38. 附录二（第1220页），宋王应麟《玉海》卷二百二《辞学指南》"又诗赋各一道，号曰五题。后唐停诗赋。白居易入翰林，以所试制《加段祐兵部尚书领泾州》，韩偓试《武臣授东川节度制》""舍人不试，多自学士迁"，亦为原文之注释，亦应加括号，或小一号字排版。

39. 附录二（第1223页），明陈鸣鹤《东越文苑》卷一，"蔚按《十国春秋》，偓卒于南安龙兴寺，葬葵山之麓"，为原文之注释，应加括号，或小一号字排版。

40. 附录二（第1227页），清张维屏《国朝诗人征略二编》卷六引《四库提要》，重见于第1324页《四库提要》。

41. 附录二（第1230页）；主要引用书目录；第1560页，两处"明朱睦㮮《万卷堂书目》"之"桔"，应作"㮮"。

42. 附录二（第1232页），引清徐乾学《传是楼书目》，末尾遗漏"一本"二字。

43. 附录二（第1236页），"《四部丛刊》影钞本"之前，"故附于南越四家之后"之后，或应省略号。

44. 附录二（第1236页），"非致尧原集矣"之后，"晁公武《读志》云"之前，或应有省略号。

45. 附录二（第1236页），"但叶梦得却又以《香奁》系韩熙载所作"之后，或应有省略号。

46. 附录二（第1237页），引宋薛季宣《浪语集》卷三十《香奁集·叙》

"京本诗、赋二篇",疑应作"京师本赋二篇"。"秘阁本同亡诗十篇",疑应作"秘阁本同,亡诗十篇"。"以朱墨辨,阁、京本皆已刊正可传",疑应作"以朱墨辨阁、京本,皆已刊正可传"。

47. 附录二(第 1238 页),引宋薛季宣《浪语集》卷三十《香奁集·叙》"信笔谈者虽甚",《笔谈》,遗漏书名号。

48. 附录二(第 1239 页),纪昀《纪文达公遗集》卷十一《书韩致尧翰林集后》数则,重见于第 1287 页。

49. 附录二(第 1241—1242 页),引录清方浚颐《二知轩文存》卷四《书韩偓传后》,并非属于"历代序、跋、提要",应移至"历代评述"部分,代之以清全祖望《鲒埼亭集外编》卷三十三《跋韩致光闽中诗》。

50. 附录二(第 1242 页),引赵衡《韩翰林集叙》"其忠孝大节形于文墨者,非唯义山不能与抗颜行而调适,上遂追及杜公轶尘,并殿全唐为后劲,则今所传《韩翰林诗集》是也",疑应作"其忠孝大节形于文墨者,非唯义山不能与抗颜行,而调适上遂,追及杜公轶尘,并殿全唐为后劲,则今所传《韩翰林诗集》是也"。

51. 附录二(第 1243 页),引赵衡《韩翰林集叙》"吴先生表章之不容已也",应作"吴先生表章之不容以已也"。

52. 附录二(第 1245 页),引宋联奎、王健、吴廷锡《韩翰林集跋》篇末"江宁吴廷锡"后,遗漏一句号。

53. 附录二(第 1245 页),第 1262 页,两处引孙原湘《天真阁集》诗,宜合并至一起。

54. 附录二(第 1257 页),引孙治《无题次韩偓韵四首》小引"嗣后虎臣驰黄飞涛鸿征间作",应作"嗣后虎臣、驰黄、飞涛、鸿征间作"。

55. 附录二(第 1262 页),据《雪桥诗话余集》引陆乡石《读五代诗杂题·韩偓》,与第 1254 页陆元铉(宁乡石)《读五代诗杂题其后十六首·韩偓》重出，宜删。

56. 附录二（第 1263 页）：

陈曾寿《偶题冬郎小像二首》其一起云："为爱冬郎绝妙词，平生不薄晚唐诗。"其二结云："憔悴如斯终不死，书生留命亦符天。"其《尤物》诗云："诗中尤物成双绝，惟有冬郎及玉溪。"（《苍虬阁诗集》）

应作：

陈曾寿《秋夜对瓶荷一枝，雨声淙淙，偶题冬郎小像二首》：
为爱冬郎绝妙词，平生不薄晚唐诗。
一枝一影灯前看，正是秋花秋露时。
可怜陆九（贽）同文笔，却与朱三（温）共岁年。
憔悴如斯终不死，书生留命亦符天。（陈曾寿《苍虬阁诗集》卷五）

按：所引据上海古籍出版社 2009 年版《苍虬阁诗集》，第 159 页。陈曾寿（1878—1949），字仁先，号耐寂、焦庵，别署苍虬，湖北蕲水人。陈沆曾孙。少肄业两湖书院，师事梁鼎芬。光绪二十九年（1903）进士。用主事分刑部。旋应经济特科，得高等，调学部。累迁员外郎、郎中。宣统三年（1911），授广东道监察御史。辛亥后，遁归湖北，旋挈家至沪。母病，移居杭州，构屋于南湖，与俞明震比邻，时以诗唱酬。民国六年，张勋复辟，授学部右侍郎。事败南还。十四年，北赴天津，随溥仪至长春，命管陵园事。晚岁仍南归。卒于上海。

57. 附录二（第 1271 页），宋胡寅《致堂读史管见》卷二十六"卢携之结高骈"之"携"，应作"㩗"。"张浚"之后，应为顿号。

58. 附录二（第 1272 页），宋胡寅《致堂读史管见》卷二十七"一品之贵"之后，应为顿号。"免死于逆乱之手"之后，遗漏逗号。

59. 附录二（第1271页），宋李弥逊《筠溪集》卷二十二《舍人林公时旸集句后序》"章句之士溺于所长，以自窘束，不肯弃绳度坏藩维"，"弃绳度"之后，应有句读。

60. 附录二（第1274页）"魏庆之"，第1275页"岳珂"，两处姓名之前，漏标年号"宋"。

61. 附录二（第1285页），清纪昀《四库全书总目》卷一五一《唐英歌诗》三卷，与第1323页，清永瑢《四库全书总目》卷一百五十四，"《唐英歌诗》三卷"云云，重出。后者更详备，但卷数有误，应从前者作"《四库全书总目》卷一百五十一"。

62. 附录二（第1288页），"清朱彝尊《静志居诗话》"，遗漏卷数，应补"卷十九"三字。

63. 附录二（第1296页），"江顺怡辑《词学集成》"，应作"江顺诒《词学集成》卷五"。

64. 附录二（第1296—1297页），清江顺诒《词学集成》卷一所引，截取自王昶《国朝词综自序》，不若径引《春融堂集》卷四十一之原文。

65. 附录二（第1297页），清江顺诒《词学集成》卷一引《词绎》，与第1301页，清刘体仁《七颂堂词绎》重出。

66. 附录二（第1299页），引录《韩偓论》之出处"清李祖陶《石庄先生文录》卷三"，应作"陈弘绪《石庄先生文录》卷三，见李祖陶《国朝文录》"。

67. 附录二（第1306页），"郑方坤"姓名之前，漏标年号"清"。

68. 附录二（第1318页），清郑方坤《五代诗话》卷六补《后村诗话》，"以备金銮记之阙"之"金銮记"，应加书名号。

69. 附录二（第1325页），《四库全书总目》卷一百九十六"方坤既巳刊削"之"巳"，应为"已"。

70. 附录二（第1327页），清张维屏《国朝诗人征略二编》卷六转引《四库提要》，与第1324页，清永瑢《四库全书总目》卷一百八十一"《蕊云集》一卷，《晚唱》一卷"云云，重出。

71. 附录二（第1332页），清黄子云《野鸿诗的》"动以美人香草为护身符帖"之前，遗漏"至义山，专求有娀、皇英之喻而推广之，倡为妖淫靡曼之词"，"未学"应为"末学"，《三百篇》应加书名号。

72. 附录二（第1332页），引录清邹祇谟《倚声初集》卷三，尚未完整，其后尚有数句：

> 余戏谓阮亭云：公畡曾为此论，何以又作《词绎》一书？然苕文又云："弹棋赋诗，俱是恶业，但日诵《楞严经》一卷，便足了事。信如此言，尽当扫却文字禅耳。"

73. 附录二（第1332页），引录清惠栋《渔洋山人自撰年谱注补》卷上，实为转引清汪琬所撰《说铃》，见《啸园丛书》一卷本，第十九页；上海书店版《丛书集成续编》第96册，第107页，故不若改引《说铃》原书。

74. 附录二（第1333页），引录清嵇曾筠《雍正浙江通志》卷二百五十一："《香奁诗草》二卷。（梅墟别录周履靖继妇桑贞白月姝著，归安茅鹿门为之序。）"并非"历代评述"，据其内容，应归并至第1364页，明祁承𤏡《澹生堂藏书目》"《香奁诗》二卷，桑贞白撰"之后。又，"梅墟别录"，应加书名号和冒号。

75. 附录二（第1334页），引录清王士禛《带经堂诗话》卷二十六，"倡和每至数百首"之"百"，应作"十"。"刘公体仁"，应作"刘公畡体仁"。所引见《古夫于亭杂录》卷五（《王士禛全集》第6册，第4921页），不若径引原书。

76. 附录二（第1335页），引录清谭宗浚《荔村草堂诗钞》卷三《过庭集》上，《补元遗山王渔洋论诗绝句》：

丁卯诗名末造夸，风云气少似张华。从来甜俗投时易，争赏徐熙没骨花。（"许浑诗李远赋，不如不作"，唐人已有定评。而陈云伯大令《颐道堂集》，论诗极推尊之，深不可晓）

不应接排，须另起一段。或径删去，因内容与韩偓无关。

77. 附录二（第1340页），《塞上吟序》"刘勰明诗"，应为"刘勰《明诗》"。"南宋李彝之《梅花衲蒻绡集》"，应为"南宋李彝之《梅花衲》《蒻绡集》"。

78. 附录二（第1340页），据清朱彝尊《明诗综》卷八十四，引《寄远》"陌头杨柳望中多"之后，应为句号。

79. 附录二（第1345页），"（钟秀《观我生斋诗话》）"字号与前后不一。

80. 附录二（第1441页），林旭《送春拟韩致光》，未标出处，应补"清林旭《晚翠轩集》"。

81. 附录二（第1441页），"陈曾寿亦依韩偓《惜春》原韵作《绿阴》诗"云云，诗题应作《春尽日蔷薇花下作》，未标出处，可补"陈曾寿《苍虬阁诗集》卷二，上海古籍出版社2009年版；《20世纪诗词文献汇编：诗部第2辑第5册》，陈曾寿一百五十七首，巴蜀书社2011年版，第93页"。"残红满架"，集作"残红一架"；"愁烟里"，集作"愁烟雨"。

82. 主要引用书目录，按照书名首字拼音排序，然不知为何首字相同者常常并不接排，而是分列各处。

83. 主要引用书目录（第1527页），"《崇文总目辑释》，宋王尧臣撰"之后，应补充"清钱东垣等辑释"。

二　可补者

1. 卷二（第469页）《惜花》集评，可补充：

周弼列为结句体。周珽曰："致尧诗清奥孤迥，此诗意调足玩。"珽按，韩偓在唐末，志存王室，朱温恶之，贬濮州司马。天祐中，复招，不敢入，因挈家依王审知，悯时伤乱，往往寄之吟咏；此借惜花以寓意也。首喻君子恋国忧君之念常殷。次喻士类见逐殆尽，不免茂贞之凶。三喻己暂得所依，犹恐贻累所及。末喻朝廷今虽空有名号，终为奸雄，不日当变易其宗社矣。（周珽《唐诗选脉会通评林·晚七律》）

此借惜花以寓意也。首言皱白之离情辞高树而自切，腻红之愁态依静地而尤深。况片片沿流，枝枝被雨，安得不令人伤悲哉！若幸而得苍芜以遮红艳，犹慰吾意；否则沾泥土以污容色，更伤我心矣。故临阶之酒为春去而送之，至明日则绿阴满树，无复红紫之可见矣，不亦重可惜乎！（钱牧斋、何义门《评注唐诗鼓吹》卷二）

2. 卷四（第728页）《马上见》集评，可补充：

宋人说诗不知言外之恉，故所作诗亦无汉魏以来比兴讽谕之法。即如《汉广》之诗云："之子于归，言秣其马。"《郑笺》："谦不敢斥其适己，于是子之嫁，我愿秣其马，致礼饩，示有意焉。"其义明白曲甽。盖上云"不可求思"之"求"，即《关雎》"寤寐求之"之"求"，其求游女与求淑女无异也。至不敢求而慕之无已，犹之"寤寐思服"也，乃不敢斥其归己，而云其归也，我愿秣其马，以致礼饩。此发乎情，止乎礼义，忠厚悱恻之至矣。而欧阳文忠更之云："出游而归，愿秣其马，犹古人言虽为执鞭，犹欣慕焉。"此则韩冬郎诗之"自怜输厩吏，余暖在香鞯"，为香奁䙝辞矣。朱子、吕成公皆从之，不可解也。（严华谷谓秣马

指将来亲迎之人，尤无谓。)（李慈铭《越缦堂读书记》）

3. 卷四（第775页）《夏日》集评，可补充：

《续仙传》："韦善俊携一犬，号乌龙，化为龙，乘之飞升而去。"古谚云"拜狗作乌龙"，或本诸此。白少傅《梦游春》诗："乌龙卧不惊，青鸟飞相逐。"韩偓诗："洞房深闭不曾开，横卧乌龙作妒媒。"又："相风不动乌龙睡，时有幽禽自唤名。"又："遥知小院还斜照，羡杀乌龙卧锦茵。"（明焦周《焦氏说楛》卷五）

4. 卷五（第997页）《句联》"千寻瀑布如飞练，一簇人烟似画图。"可补充：

按：明何乔远《闽书》卷十二《方域志》永春县："马跳风山。高崖壁立，瀑布下垂，前仅小石桥可渡，桥名马跳。旧传未桥时，民避贼者，骑马至此，马跃而遇，因以名桥，亦以名山。宋绍兴中，邑人陈知柔改建，易名曰高骞。旧有留题：'千寻瀑布如飞练，一簇人烟似画图'"（福建人民出版社1994年版，第一册，第281页）。清郑一崧《永春州志》卷二山川志："马跳风山有巨石，中空，似另嵌入一石，撼之可动，石壁上镌'一夫关'三字。《闽书》：'高崖壁立，瀑布下垂……旧有留题：千寻瀑布如飞练，一簇人烟似画图'（或云二语乃朱子题陈岩者。以陈岩有石柱，东映白水漈，南望万家烟也。未知孰是）"（乾隆五十二年刊本，第五页；台北成文出版社《中国方志丛书·华南地方》第222号，福建第42种，第137页）。郑翘松《永春县志》卷十七艺文志（附金石）："陈岩山有石柱，刻一联云：'千寻瀑布如飞练，一簇人烟似画图'。宋朱子所书也"（民国十九年铅印本；台北成文出版社《中国方志丛书·华南地方》第231号，福建第51种，第584页）。1939

年，弘一法师致函高文显云：永春陈山岩之"一簇人烟入画图"之楹联石刻。《永春县志》误作朱晦翁题，前李芳远童子亲至陈山岩寻觅，见石刻署款之处，原有"玉山樵人"之名，竟为他人涂去，复改刻晦翁之名。童子归而检阅《人名大辞典》，乃知"玉山樵人"即偓之别字也。（林子青《弘一法师书信》，生活·读书·新知三联书店1990年版，第278页）

发现此联为韩偓之诗者，李芳远（1924—1981），福建永春人，家居厦门鼓浪屿。时弘一法师卓锡鼓浪屿日光岩，偶与其邂逅，奇其幼慧，常相往来，故称为"李芳远童子"。弘一法师寂后，集其遗文，编成《弘一大师文钞》一册。1943年入私立福建学院，获法学学士学位。1947年任厦门鼓浪屿中山图书馆馆长。后去香港从事文化工作。1949年回内地。50年代中期到北京为人民文学出版社编校笺注古籍。"文革"中归闽。著述有诗集《大方广室诗存》《人民》；专著《香奁集研究》及《韩偓全集浅注》《香奁集疏注》《香奁集索引》《六朝诗词选注》《离骚经异义录》《离离斋诗话》《空照庵诗话》《南山本行记》《展谷幽先录》《晴翠山庄随笔》《弘一大师本行记》。事见陈全忠《我所知道的李芳远先生》（收入中国人民政治协商会议厦门市鼓浪屿区委员会编《鼓浪屿文史资料》第六辑，2001年1月版）。

5. 附录二历代赠酬题咏诗文，第1252页，可补充：

"濮王不利利辉王，天子还宫召致光。终作濮州司马去，不知何事佐淄郎"（杨士云《咏史·韩偓》，《杨弘山先生存稿》卷二，上海书店《丛书集成续编》第114册，第730页）。按：杨士云（1477—1554），字从龙，云南太和人。正德丁丑（1517）进士，授庶吉士，改工科给事中，历户科左给事中。遂乞归。里居二十余年，甘贫自乐，不入城府。乡人不知婚嫁礼节，云教之，遂易侈为俭。所居环堵萧然，与诸弟相友爱，自少至老，手不释卷。自号九龙真逸，坐卧小楼，订《尚书》蔡传之得失。自春秋以来迄于元季，历代人物各咏以诗，又取天文、历象、律吕及皇极经世书、地志，皆分题成咏。有《杨弘山先生存稿》《皇极天文律吕咏史》《黑水集记》。

6. 附录二第1263页，可补充：

陈曾寿《泪（拟义山）》：

万幻犹（一作唯）余泪是真，轻弹能湿大千尘。不辞见骨酬天地，信有吞声到鬼神。文叔同仇唯素枕，冬郎知己剩红巾。桃花如血春如海，梦里西台（一作飞入宫墙）不见人。（陈曾寿《苍虬阁诗集》卷五，第160页）

陈曾寿《题翰林集》：

把卷微吟辄断肠，一生同病只冬郎。分明坐久槎犯斗，不待归来海已桑。

无限幽情随暮雨，几多清泪湿红芳。颠连莫为唐昭惜，正有随身孤凤凰。（陈曾寿《苍虬阁诗集》卷五，第258页）

陈曾寿《梅泉诗来引用唐昭宗谓韩偓"朕左右无人"之语偶有所感遂成一绝句》：

朱梁跋扈异阴柔，分手君臣泪暗流。强断股肱心未夺，濮州犹觉胜中州。（陈曾寿《苍虬阁诗集》续集卷上，第302页）

陈曾寿《尤物》：

诗中尤物成双绝，惟有冬郎及玉溪。癖爱神交相感应，故应往往亦凄凄。（陈曾寿《苍虬阁诗集》续集卷上，第315页）

吴在庆先生绍承其业师周祖譔先生遗志，从2008年年底开始着手进行

《韩偓集系年校注》，历时七年方克出版，其校勘之精确，注释之全面，资料之详赡，皆有目共睹。以上点滴意见，皆无关宏要，亦仅供参考，容有不妥，敬请赐正。

《苏轼资料汇编》之纪昀评《苏文忠公诗集》勘正
——兼及《苏诗汇评》

徐美秋

（江苏大学文学院）

四川大学中文系唐宋文学研究室编的《苏轼资料汇编》（以下简称《汇编》），一共五册，引书近600种，为我们研究苏轼的生平和作品及其影响与接受带来了极大的方便。这在当今电子文献发达的互联网时代依然是不可替代的。但正如编者《前言》所说，这套《汇编》"因成于众手，在选择资料、校正字词、统一体例方面，仍存在不少问题"[1]。笔者以过录的粤东省城翰墨园藏板纪昀评《苏文忠公诗集》与《汇编》的对校，再核以"以纪昀评《苏文忠公诗集》为底本"[2]的《苏诗汇评》（以下简称《汇评》），发现《汇编》所录纪评《苏文忠公诗集》（以下简称"《汇编》纪评"）的确存在许多讹误和遗漏，夸张一点可以说"触目惊心"了。据笔者粗略统计，共有错别字65处，脱写之文12处，衍文1处，遗漏纪评28处，删去纪昀所引查慎行评语或观点101处。此外，几乎一半的纪评没有注明所评诗句，又有许多注而未明的、若干误注的，以及若干纪评前后次序不当的，笔者尚未能一一尽数。这

---

[1] 四川大学中文系唐宋文学研究室编：《苏轼资料汇编》，中华书局1994年版（2004年重印），第3页。

[2] 曾枣庄主编：《苏诗汇评·前言》，四川文艺出版社2000年版，第12页。

些讹误和遗漏会对苏轼诗歌和纪昀诗评的研究带来很多费解、误解和缺憾，亟须勘正。

错别字、脱衍文和遗漏属于硬伤，大概是由于粗心所致，只要细心对校就能一一更正（详见附录），《汇评》也基本上没有这些硬伤。至于删去纪昀所引查慎行评语或观点（以下简称"查评"），显然是《汇编》编者有意为之，涉到编纂的体例；未注或误注所评诗句，则涉及对诗歌和诗评的理解，需略加辨析。

一 删去纪昀所引查评不妥当

纪评苏诗采录了不少查评，计117处，绝大多数冠以"查云"二字。采录的情况大致有三种：最多的一种是直接引用，内容多样，包括摘句评赏、章法脉络分析、整体风格概括和东坡特色的揭示等；第二种是在点评之后，引查评加以补充说明；第三种是对查评加以评论或辨析。①《汇编》于前两种皆删去，只录入第三种。第三种共有15处，然《汇编》却录入了18处。卷六《送任伋通判黄州兼寄其兄孜》纪昀直接引："查云：'结句于义未洽。然当日引用，必有所指。'"而《汇编》以为查评的后句转折是纪昀的辨析，视为第三种情况，故未删去。此外，15处中又有1处，纪昀将汪师韩评误记为查评而加以批评。②

《汇评》对于纪昀引用的查评，处理的方式大体上与《汇编》一样。《汇编》和《汇评》删去纪昀所引查评，与两种著作的汇总性质及编纂体例有关。两者在纪昀《苏文忠公诗集》之前都已有查慎行《初白庵诗评》，从苏轼研

---

① 可参见拙著《纪昀评点诗歌》之《纪昀评点苏轼诗歌》，花木兰文化出版社2013年版，第187页。

② 《汇编》卷八《朱寿昌郎中少不知母所在刺血写经求之五十年去岁得之蜀中以诗贺之》，纪昀评："（起七句）格意俱鄙。初白先生极赏之，非末学所知。"其实，极赏此诗的不是查初白，而是汪师韩，纪昀误记。参见《汇评》所录查、汪二人评语可知（第285—286页）。

究的立场来看，似没必要再重复录入纪昀所引查评。① 但是这样的处理方法，其实损害了纪评苏诗的完整性②，并最终影响了苏轼诗歌的接受研究。

　　清人评注苏诗成风，其中以纪昀最为用力，5 年间 5 次尽评苏轼 2700 多首诗歌，影响很大③，在苏诗接受史上非常重要。纪评苏诗不仅以查慎行《补注东坡先生编年诗》为底本，而且点评三次后，"续于门人葛编修（正华）处得初白先生手批本，又补写于罅隙之中"，共 100 多处。可见，纪昀对查慎行评注苏诗的肯定和重视。纪昀评《苏文忠公诗集》中约有 16 首诗，只引用了查评，未作其他评论。纪昀认同并采用查慎行的评析，这些查评也就成了他的看法。但《汇编》和《汇评》因删去纪昀所引查评，导致二书于这 16 首诗没有纪评。④ 这样一来，不录纪昀引用查评带来的讹误就很明显了。纪昀还不时地在一首或一组诗中多次引用查评，如卷二十一《次韵孔毅父久旱已而甚雨三首》，完整的纪评如下：

　　　　三首皆排宕兀傲，奇气纵横，妙俱从自己现境生情，不作应酬泛语。
　　　　凡和诗，最忌作应酬，人与己两无涉。

---

　　① 纪昀所引查评，少数不见于《初白庵诗评》和《初白庵苏诗补注》的，《汇评》则予以录入。如卷二十三《龙尾砚歌》纪昀两处引查评，即（"锦茵玉匣俱尘垢"四句）查云"信手曲折，善于解嘲"和（"碧天照水风吹云"以下），又云"忽为砚吐语，笔阵开拓，匪夷所思"。后评见于《初白庵诗评》，故《汇评》于纪昀《苏文忠公诗集》下不再录入，也不作说明，只录入了前评。《汇编》则都未录入。

　　② 这似乎违背了《汇评·前言》所说"使读者得一完整的纪昀评《苏文忠公诗集》"（第 12 页）的初衷。

　　③ 如早在嘉庆二十二年（1817）就有赵古农的《纪批苏诗择粹》，后来赵克宜《角山楼苏诗评注汇钞》也是"全载纪评，兼采众说"（《角山楼苏诗评注汇钞序》）。可参见拙著《纪昀评点诗歌研究》（复旦大学 2009 年博士论文）之《清代学者对纪评苏诗的接受》，第 216—221 页。

　　④ 这 16 首诗分别是：卷六《傅尧俞济源草堂》，卷八《和人求笔迹》和《赠孙莘老七绝》（其二），卷十三《和章七出守湖州二首》（其一），卷十四《玉盘盂》（其二），卷十九《御史台榆槐竹柏四首·竹》，卷二十《雨中看牡丹三首》（其二），卷二十一《次韵孔毅父久旱已而甚雨三首》（其一），卷二十二《海棠》，卷二十五《溪阴堂》，卷三十一《次韵钱越州》，卷三十四《赵德麟饯饮湖上舟中对月》，卷三十七《次韵曾仲锡承议食蜜渍生荔支》，卷三十八《壶中九华诗》和《新酿桂酒》，卷四十四《李伯时画其弟亮工旧隐宅图》。

（其一）查云："首章说久旱。"①（"阴阳有时雨有数"四句）查云："可称词达。"（"可怜明月如泼水"四句）查云："从《云汉》之诗化来。"

（其二）查云："此章方说雨。"（"腐儒"句至末）查云："操纵在我，笔力透极，与前篇'太岁在西'四句作大开合；末又补出筑堤贮水，见人力既至天不能灾，此意乃题所未有。"（"破陂漏水不耐旱"以下）忽地跳出题外，仍是题中，笔力恣逸之至。若顺手写雨足景象一番，便是凡笔。

（其三）查云："末章方说雨甚，章法井然。"②（"不如西州杨道士"六句）苦雨，却借一不苦雨者，对面托出，用笔巧妙。若说如何苦雨，便凡笔。（"夜来饥肠如转雷"以下）苦雨，偏以豪语作收，是极力摆脱处。此事天然凑泊，苦雨、饮酒两边俱到。

纪昀点评这组诗引用了六处查评，特别是第一首诗，除了圈点符号和所引查评，纪氏未作其他评论，因此这六处查评已成为完整纪评的一部分。而《汇编》和《汇评》两书删去了六处查评，使纪昀对这组诗的解评变得单薄，并导致第一首诗没有纪评。因此，删去纪评所引查评的处理方式是不严谨，也是不妥当的。

二　未注或误注纪昀所评诗句辨析

《汇评》于所评诗句都一一注明（虽然偶有误注），大有利于读者理解苏轼诗歌和历代学者诗评。《汇编》所录纪昀评《苏文忠公诗集》，在这方面处理有些混乱。大概来说，一半纪评注出了所评诗句（其中又有近一半注而未

---

① 这是第一首总评，《汇评》录《初白庵诗评》以为指"可怜明月如泼水"四句而言（第942页），误。观纪昀之引"查云"，可为佐证。
② 《汇评》将"章法井然"四字放在第二首查评"此章方说雨"后（第943页），误。

明），一半纪评未注所评诗句；而且经常在同一首诗中，同时存在有注和无注的情况。这对多数读者而言，是个很大的考验。

例如，卷十五《京师哭任遵圣》的完整纪评如下：

> 先写情怀，次入任遵圣，倍加凄悯。笔笔作起落之势，无一率句。中有真情，故语语深至。（"哀哉命不偶"四句）一落千丈，强。【"宦游久不乐"四句】拓得开。【"此怀今不遂"四句】合得紧。【"平生惟一子，抱负珠在掌。见之龆龀中，已有食牛量。他年如入洛，生死一相访。惟有王浚冲，心知中散状"八句①】又蘸余波，收得满足。

方括号【】中的加注文字是《汇编》没有的，仅有纪昀"拓得开""合得紧""又蘸余波，收得满足"三处简略评语，多数读者很可能"莫名其妙"。

又如，卷十六《雨中过舒教授》完整纪评是：

> （"疏疏帘外竹"四句）淡远，有王韦之意。（"归来北堂暗，一一微萤度"②）查云："诗境细静，耐人玩味。"

而《汇编》只有"淡远，有王韦之意"七字，读者一般会误以为这七字乃就整首诗而言，进而有的读者因此疑惑不解，有的读者即以此为准。因此，不注明纪评所针对的诗句，会给读者带来许多费解和误解。

《汇编》和《汇评》对纪昀所评诗句都有一些误注。例如，《汇编》录卷十三《怀西湖寄晁美叔同年》纪评为：

> （"何不屏骑从"）即次山"莫道车马来，使我鸟兽惊"意，说来太直致，便似尊己凌人。

---

① 《汇评》认为指"他年如入洛"四句，误。
② 《汇评》以为查评指的是"此生忧患中，一晌安闲处"二句（第688页），误。

《汇评》于圆括号内诗句后多"以下"二字①。《汇编》少"以下"二字，正是其"注而未明"的地方。笔者认为二书此处所注有误。纪昀此评应指"君持使者节，风采烁云烟。清流与碧巘，安肯为君妍？何不屏骑从，暂借僧榻眠。读我壁闲诗，清凉洗烦煎"一段而言，前四句是次山诗意，后两句"似尊己凌人"。

又如，卷十五《答任师中家汉公》中间一段："我时年尚幼，作赋慕相如。侍立看君谈，精悍实起予。岁月曾几何，耆老逝不居。史侯最先没，孤坟拱桑榆。我亦涉万里，清血满襟袪。漂流二十年，始悟万缘虚。独喜任夫子，老佩刺史鱼。"纪昀评前四句："又插入自己，生波萦绕。"评后十句："转落脉理秩然，笔力亦极沉郁顿挫之致。"《汇编》只于上评前注出（"我时年尚幼"），于下评无注。《汇评》分别注为（"我时年尚幼"以下）、（"侍立看君谈"以下）②，误。

误注诗评所指诗句，大概是难免的。正如业师杨明先生所言："鉴赏诗歌，理解其内容、含义，大约还相对容易；欣赏其艺术表现之美，并且说出个门道来，有时就颇觉困难。好的评点正在这方面能发挥很大的作用。但因其往往点到即止，所以要理解那些评语，又必须涵咏于作品中，在作品、评点二者之间沉潜往复。"③ 要准确注明纪昀所评诗句，也需要编者在苏诗和纪评之间来回反复品读。但资料汇编的性质，大概通常不允许编者如此费时费力。

附录一　错别字勘正

（下画线为错别字，圆括号内文字为正确用字）

《汇编》中《苏文忠公诗集》的错别字有以下60例共65处，其中前51例见于纪昀评语，后9例见于诗题诗句。有音近而误，形近而误，意近而误，

---

① 《汇评》，第527页。
② 同上书，第622页。
③ 《纪昀评点诗歌研究·序》，第2—3页。

还有电脑输入而误（如例14、例17）等。除了意近的错别字（如第3、第21、第26、第30、第35、第37、第39、第45、第49等）对原意影响不大，多数错别字则会导致费解、不解和误解，尤其是第12、第23、第24、第25、第28、第36、第41、第44、第46、第47例等。

1. 今岁六月，<u>至</u>（自）乌鲁木齐归，长昼多暇，因缮此净本，以便省览。……乾隆辛卯八月，纪<u>昀</u>（晓岚）记（卷首纪昀自序）。

2. "遗风"二字（句）亦不自然（卷一《屈原塔》）。

3. 借<u>譬</u>（喻）蕴藉（卷二《岘山》）。

4. 其格<u>刱</u>（倡）自辋川，<u>其</u>（尔）后辗转相摹，渐成窠臼（卷三《次韵子由岐下诗》）。

5. "市人"二句有所托，而文<u>意</u>（义）颇觉突兀（卷四《和子由蚕市》）。

6. 东坡诗<u>偶</u>（间）有疏于律处（卷四《中隐堂诗》其五）。

7. 一气相生，化尽<u>推</u>（堆）排之迹（卷四《是日自磻溪将往阳平……》，按：《苏诗汇评》无此评，P. 137）。

8. 太不成语，恐非真本，编<u>集</u>（诗）者搜辑以炫博，转为古人之累（卷五《大老寺竹间阁子》）。

9. 意新<u>意</u>（语）创，得此一起，并下四或字习调亦<u>学</u>（觉）生趣盎然，不为耳目之厌（卷八《焦千之求惠山泉诗》）。

10. 谨严而不局促，<u>请</u>（清）利而不浅薄，自是用意之作（卷八《和欧阳少师寄赵少师次韵》）。

11. 敛才以效古人（,）音节、意旨，遂<u>旨</u>（皆）去之不远（卷八《秋怀二首》。按："古人"处当断句。参见《苏诗汇评》P. 278）。

12. <u>庄</u>（狂）语近粗（卷九《唐道人言天目山上俯视雷雨每大雷电但闻云中如婴儿声殊不闻雷震也》）。

13. 此首为诗话所传（盛）推，然犷气太重（卷十《有美堂暴雨》）。

14. "倒状休（牀/床）"字亦太粗（卷十《宿海会寺》）。

15. 三（二）首蛇足（卷十一《和述古冬日牡丹四首》其三按：指三、四首）。

16. 偶然（书）戏语，岂可摭以入集（卷十一《观子玉郎中草圣》）。

17. 此首（太）狐矿（犷）气（卷十一《监洞霄宫俞康直郎中所居四咏·遯轩》）。

18. （一起）① 连作三比，而头绪秩然，非前首夹杂之比（卷十二《二公再和亦再答之》）。

19. 如此寓（写）"步"字神妙（卷十三《出城送客不及步至溪上二首》其一）。

20. 此老健不易效，无其火候而效之便入香山门径（户）（卷十三《谢郡人田贺二生献花》）。

21. 五句滞拙（笨）（卷十四《立春日病中……倚几于其间观诸公醉笑以拨滞闷也》其一）。

22. 悬空掷笔而下，起势极为起（超）拔（卷十四《寄黎眉州》）。

23. （后八句）一联（连）对偶格始于齐梁，而成于初唐（卷十六《送孔郎中赴陕郊》）。笔者按，《汇编》未注明所评诗句，更让读者疑惑何为"一联对偶格"？有些读者大概会误以为此评乃直承上评"二句写景自好"，是指"十里长亭闻鼓角，一川秀色明花柳"二句而言的。

24. （"去年逾月方出书"）"书"字（音）俟考（卷十六《次韵舒教授

---

① 笔者按，《汇评》亦脱二字。《汇编》未注明所评诗句，《汇评》圆括号注明"指起四句"，误。当指起八句。参见拙著《纪昀评点诗歌研究》第192页。为便读者，现抄录如下：按此诗起云："寒鸡知将晨，饥鹤知夜半。亦如老病客，遇节尝感叹。光阴等敲石，过眼不容玩。亲友如抟沙，放手还复散。"首四句一比，五、六两句一比，七、八两句一比，是为"三比"。三句"亦如"二字、五句"等"字、七句"如"字将三个比喻表达得清楚明了，而且三比也有着内在的紧密联系：诗人感叹自己身处异乡，又在病中逢年过节，在这样的时刻，尤其惊觉时间的飞逝，尤其忧叹亲友的离散。

寄李公择》）。笔者按，可参见《苏轼诗集合注》冯应榴案语云："转韵古诗，每转首句亦皆押韵。今'书'字无上声，未知何据，再考。"①

25. 末（未）（疑当作起）数句太激（卷十七《次韵王巩留别》）。笔者按，"（疑当作起）"是《汇编》编者所加。其实纪评是指此诗第四句"未数蔡充儿"而发的。此句之典，可参见《苏轼诗集合注》王注引《晋书·王导传》（P.851）。

26. 中四句少味，亦乏（少）力（卷十八《雪斋》）。

27. 此从前者（首）"而我本无恩"二句生出（卷十八《罢徐州往南京马上走笔寄子由五首》其二）。

28. （"舟人水鸟两同梦"）妙景中有妙语（悟）；（"大鱼惊窜如奔狐"）写景（鱼）却不是写景（鱼）（卷十八《舟中夜起》）。

29. 起结俱（甚）别（卷十九《送孙著作赴考城兼寄……》）。

30. 丧家之狗，"丧"字原有平仄二读，如作平则不协律，如作去，则删去"家"字殊不妥（安）（卷十九《次韵周开祖长官见寄》）。

31. 忽作清音，却仍用本色，不规规于王孟形似（模）（卷十九《与王郎昆仲及儿子迈遶城观荷花……》）。

32. 八章皆出入陶杜之间而参以本色，不摹古而气象（息）自古（卷二十一《东坡八首》）。

33. 结用陶公"冥报相贻"意，查云文（立）言"失体"，亦是（卷二十一《东坡八首》其八）。

34. （"豆稭灰"）实（究）非雅语（卷二十一《岐亭道上见梅花戏赠季常》）。

35. 此言（批）固是，然东坡之意，只为补写二李生平，以虚笔托出耳

---

① 冯应榴辑注，黄任轲、朱怀春校点：《苏轼诗集合注》，上海古籍出版社2001年版，第810页。

（卷二十三《过建昌李野夫公择故居》纪昀评查评）。

36. 三首语皆真至，虽远（短）幅，而情理曲曲邕（卷二十三《别子由三首兼别迟》）。

37. 二句（语）却警（卷二十四《赠潘谷》）。

38. 如以此语（意）炼作数语……原是奇语（卷二十六《杨康功有石状若醉道士，为赋此诗》）。

39. （其二）真（直）似山谷，非东坡本色（卷二十九《次韵米黻二王书跋尾二首》）。

40. （"终以明自膏"）此句不妥，况阮亦未尝要（婴）疾（卷三十《题李伯时渊明东篱图》）。

41. 寄（奇）情幻景，笔足以达之（卷三十《书王定国所藏烟江叠嶂图》）。

42. 三诗趁韵而成，殊乏精彩（警策）（卷三十一《哭王子立，次儿子迨韵三首》）。

43. 常意而写来起（超）脱（卷三十二《次京师韵送表弟程懿叔赴夔州运判》）。

44. 清诗（思）袅袅，静意可掬，不似俗手貌似惝恍语（卷三十四《九月十五日观月听琴西湖示坐客》）。

45. 至此更难下笔（语），只好蹙起旁波（卷三十四《喜刘景文至》）。

46. （"嗟龙与我辈，用意岂远哉"）忽入比（此）意，警动异常（卷三十四《祷雨张龙公既应，刘景文有诗，次韵》）。

47. 气机疏畅，东坡七绝（律）之本色，所乏沉实之致耳（卷三十五《次韵林子中春日新堤书事见寄》）。

48. 太平纯（钝）（卷三十八《无题》）。

49. 诗人自写胸臆（怀），托之论古，不妨各出意见（卷四十《和陶咏三良》）。

50. 除此（次）首"本（木）固无胫"二句自露本色外，余皆居然是陶，猝不易别（卷四十《和陶时运》）。

51. 论者未看上下文意（义）耳（卷四十四《赠郑清叟秀才》）。

52. 卷二十《初到杭（黄）州》。

53. 卷二十三《庐山二胜·楼（栖）贤三峡桥》。

54. 卷二十七《送陈睦之（知）潭州》。

55. 卷三十九《龙尾石研（砚）寄犹子远》。

56. "门前罹稏（罢亚）十顷田"（卷二十五《寄吴德仁兼简陈季常》）。

57. "交情谁（虽）似雪柏坚"（卷三十四《用前韵作雪诗留景文》）。

58. "不自（目）全"欠妥（卷三十四《新渡寺席上次赵景贶、陈季常韵……》）。

59. "传观慎忽（勿）许"（卷三十六《仆所藏仇池石……》）。

60. "回（未）知陶彭泽"（卷四十二《和陶游斜川》）。

附录二　脱衍文删补

（下画线的为衍文，当删；圆括号内加黑字为脱写之文，当补）

1. "容椀"用滥觞意，"如帛"用飞练意，（意）皆可通，而语皆不工（卷二《荆门惠泉》）。

2. 寄托诺兀傲（卷三《次韵子由岐下诗·杏》）。

3. （"仅存骨与皮"）仗马不应如此说，虽是托喻，亦不可（不）比附（卷八《次韵孔文仲推官见赠》）。

4. （"偶然信手皆虚击"二句），"偶然"与"皆"字不合，（句亦未炼，）病在"本"字（卷八《画鱼歌》）。

5. 三四是到地宋格，在东坡不妨，（一）学之便入恶趣（卷十一《除夜野宿常州城外二首》其二）。

6. 此首（太）狐矿（犷）气（卷十一《监洞霄宫俞康直郎中所居四咏·遯轩》）。

7. （后半）太激便伤雅（卷十三《孔长源挽诗二首》其一）。按：《汇评》亦脱此二字；以此评指五六句，亦小误。

8. "儿童"（二）句乃互文，非惠连用相如长卿，越石用宣尼孔某之比（卷十五《司马君实独乐园》）。

9. （"到郡诗成集"）"到郡"，谢康乐所选诗名（**诗集**），见《隋书·经籍志》，此切永嘉也（卷十七《次韵子由送赵㞦归觐钱塘遂赴永嘉》）。

10. 勿以王、孟（一）派概尽天下古今之诗（卷十七《送参寥师》）。

11. 《声画集》载此诗，自"西来望太白"以下为一首（**而僧洪觉范《禁脔》谓此诗只一首**），一韵七句方换韵，与旧本同（卷三十七《书丹元子所示李太白真》）。

12. 此太（**板**）腐（卷四十二《子由生日》）。

13. 缴还本位，（**完**）密（卷四十二《和陶连雨独饮》其二）。

附录三 遗漏的纪昀评语

1. （后八句）收入俗径（卷一《过宜宾见夷牢乱山》）。

2. （"鬼谷"句）未雅。（"使彼"句）未稳（卷一《寄题清溪寺》）。

3. （五句"江侵平原断"）复"平川"（次句"楚地尽平川"）（卷二《荆州十首》其一）。

4. 东坡何忽钝拙乃尔？（卷二《朱亥墓》）。

5. （"苍茫瞰奔流"之"瞰"字）上声（卷三《壬寅二月有诏令……》）。

6. （"尽为湖所贪"）趁韵不妥（卷四《凤翔八观·东湖》）。

7. （末六句）有"安问狐狸"之慨（卷五《竹〈鼠卯〉》）。

8. （"水清石凿凿"二句）十字亦酷肖（卷十六《读孟郊诗二首》其一）。

9.（"饥肠自鸣唤"二句）十字神似东野（卷十六《读孟郊诗二首》其二）。

10.（"岁晏风日暖"二句）二句如画。〇末二句不贯上文（卷十七《祈雪雾猪泉出城马上作赠舒尧文》）。

11.（"亦知洞府嘲轻脱"四句）亦颇赖此一结（卷二十《石芝》）。

12.（"又向邯郸枕中见，却来云梦泽南州"）"州"字不对"见"字（卷二十《今年正月十四日与子由别于陈州五月子由复至齐安以诗迎之》）。

13. 有兀傲之气（卷二十《迁居临皋亭》）。

14.（首二句）咄咄怪事（卷二十七《次韵朱光庭喜雨》）。

15.（"诸儒"二句）二句太率易（"玉堂"四句）四句上下转关（卷二十九《九月十五日迩英殿讲〈论语〉终篇……》）。

16.（"青衣江畔人争扶"）句外句（卷三十《庆源宣义王丈以累举得官……》）。

17. 次句不成语（卷三十四《和刘景文雪》）。

18.（"竟识彦道不"二句）借用好（卷三十四《新渡寺席上次赵景贶、陈季常韵……》）。

19. 次句拙而腐，末句亦牵强（卷三十六《次天字韵答岑岩起》）。

20.（"霜枝谢寒暑"二句）关合小样（卷三十六《生日蒙刘景文以古画松鹤为寿……》）。

21.（"仙风振高标"二句）入得清楚（卷三十六《王仲至侍郎见惠稚栝……》）。

22.（"我岂无长镵"六句）颇有古意（卷三十九《与正辅游香积寺》）。按，《苏诗汇评》认为四字乃评"起处"，误。这六句在中段。

23.（"归路在脚底"）句俚（卷四十《和陶东方有一士》）。

24.（"苦雨终风也解晴"）比也（卷四十三《六月二十日渡海》）。

25.（起处）此十一字依调谱点句。又一谱以圜字、响字、言字点三句，万红友已驳之（卷四十八《醉翁操》）。

新出土唐代诗人墓志叙录补编

胡可先　杨　琼

（浙江大学中文系）

有关唐代诗人的传记资料，主要集中于《旧唐书》《新唐书》和《唐才子传》中的诗人传记。这些诗人传记，千百年来已经被研究者进行过充分的利用。然而，新出土的唐代诗人墓志，则是唐代诗人生平研究的重要材料。与史书传记相较，传记属于编纂文献，墓志属于原始文献，因而更具有原典的价值。笔者近年来集中力量从事唐代诗人墓志的研究，总共辑录了170余方，以编成《出土文献所见唐代诗人墓志校证》，每篇墓志之后有"叙录"一项。前此曾将部分叙录汇集成《新出土唐代诗人墓志叙录》一文，集中了121位诗人，刊于《中文学术前沿》第十辑（浙江大学出版社2015年版）。后来又不断检讨新出墓志，所获更多，故将前文未及者辑为"补编"。其行文顺序仍按时代先后排列。

1.《阴弘道墓志》

阴弘道（574—640），字彦卿，武威姑臧（今甘肃武威）人。官至奉义郎、行太常博士、骑都尉。贞观十四年二月三日卒于京师长兴里之私第，享年67岁，同月二十九日葬于长安高阳原。墓志青石质，正方形，志、盖等大，高、广均44厘米。志盖盝顶，厚9厘米。墓志2004年5月11日出土于西北大学长安校区工地二号墓。拓片见于《长安高阳原新出隋唐墓志》，第52页。释文见于同书第53页。志云："公著书论、算术、诗赋凡百余卷，盛行于世。"知其为唐初诗人，并有诗集。但其诗今已不存。

2.《崔岳墓志》

崔岳（611—663），字固山，博陵安平（今河北安平）人。官至卫州新乡县令。龙朔三年（663）四月□日卒，享年53岁，长安三年（703）二月二十八日与夫人卢氏合葬。墓志楷书，高71厘米，宽72厘米。37行，行36字。盖篆书阳文4行16字。志题"大唐故卫州新乡县令崔府君墓志铭并序"，末署"大周长安三年岁次癸卯二月癸巳朔廿八日庚申"。志石藏洛阳九朝刻石文字博物馆。拓片载于《洛阳新获墓志二〇一五》，第140页。墓志云："惟公敬爱置至，忠贞暗得，闺庭雍睦，群族同炊。坐有胜宾，家无常子。雅好丝竹，托情觞咏。遒文逸兴，闲王萧然。芳树春朝，极林泉之赏契；菊潭秋月，尽琴酒之佳游。凡所制述，多不编次，传诸好事，盖数百篇，足以流播管弦，贻诸缃素矣。"是其颇擅诗文，只是不加编次，故流传无多，今已无诗传世。

3.《孙处约墓志》

孙处约（603—671），字茂道，千乘乐安（今山东博兴）人。官至西台侍郎，知军国政事，少司成。咸亨二年五月四日，薨于河南县宽□坊之私第，享年69岁，三年（672）十一月二十二日迁厝于洛州洛阳县清风乡邙山。《孙处约墓志》，长100厘米、宽98厘米，45行，行47字，行书。题为《唐故司成孙公墓志铭》，无撰书者题署。1943年冬在今孟津县朝阳公社小梁村南被盗出。《考古与文物》1982年第1期最初公布墓志拓片。释文载于《唐代墓志汇编附考》第八册，第233—246页；《全唐文补遗》第四册，第369—371页；《唐代墓志汇编》，第557—559页。墓志拓片今藏国家图书馆。又，孙处约之孙孙守谦墓志亦已出土，载于《秦晋豫新出墓志搜佚续编》，第646页；

又，孙俊墓志亦已出土，载于《全唐文补遗》第三册，第69页。又，其犹子孙令名墓志亦出土，见《全唐文补遗》第二册，第584页。孙处约是初唐重要文学家，能诗擅文。墓志称"又尝御制诗，面奉敕令和。和讫表进，蒙手敕曰：'朕才轻《黄竹》，辞浅《白云》。直以驻跸兹川，遂为此作。卿栖情□海，浪秋月而华金；瀁志言泉，花春露而皎玉。本望润色，故示斯文。忽见比温洛于短章，喻荣河于拙句。十枝照景，□□□星。色以真龙，音之仪凤。循虚顾鄙，何褒饰之过耶？'"说明其诗颇受唐高宗的重视，在当时颇有影响。然其诗已不存于世。

4.《冯承素墓志》

冯承素（617—672），字万寿，长安信都（今陕西西安）人。唐代著名书法家。官至中书主书。咸亨三年十月五日卒于京城通化里第，享年56岁，同年十一月十五日葬。墓志首题"唐故中书主书冯君墓志铭并序"。志石长55厘米，宽55厘米。现藏于大唐西市博物馆。冯承素是唐代著名书家，以摹王羲之《兰亭序》闻名于世，该摹本至今尚存。有关《冯承素墓志》，江锦世、王江《新出土唐〈冯承素墓志〉考释》，载《中国书法》2009年第10期，第131—135页；许伟东有《从〈冯承素墓志〉推测冯承素生平及兰亭序"神龙本"作者问题》，载《中国书法》2012年第1期，第155—157页；从思飞《〈冯承素墓志〉及相关问题考论》，载《中国书法》2012年第11期，第122—123页。墓志未载其能诗，而西安碑林"桃花依旧——唐代诗人墓志特展"将其放在"青石不朽，斯人永恒：墓志上的诗人影像"的第一篇。查考墓志有"抠衣鼓箧，已见赜而言几；缀想储精，亦菲华而挨藻"之语，"挨藻"本于谢朓《齐敬皇后策文》"托乘同舟，连舆接席，摛文挨藻，飞觞泛醳。"意即施展文采，铺陈辞藻。盖其亦能诗擅文。基于此，本文亦将冯氏墓志加以叙录。

5.《刘应道墓志》

刘应道（614—681），字玄寿，广平易阳（今河北永年）人。官至秘书少监。开耀元年七月四日卒，享年68岁，同年十一月七日，葬于雍州明堂县少陵原，合葬于其妻闻喜县主旧茔。墓志云："献臣贪及残喘，粗陈实录。志意荒僻，言无诠次。遗烈余风，百不书一。相王府司马、弘文馆学士临淮刘祎之，学府文宗，声高朝右。于孤子有累业宗盟之好，敦死丧孔怀之情，敢祈鸿勒铭终古。"是知志文为刘献臣撰，铭文为刘祎之撰。墓志1988年与其妻李婉顺墓志同时出土于长安县大兆乡东曹村。现存长安博物馆。长安博物馆馆长穆晓军于此志石著录最详："墓志青石质地，分为志盖、志石两部分。志盝顶，方形，下底边长73.5厘米，上底边长54.5厘米，厚8.5厘米，刹长10厘米，呈平顶覆斗状。盖面上分三行四列篆书'大唐故秘书少监刘府君墓志'，四刹刻蔓草纹，雍容大度。志在长72厘米，方形，厚13.5厘米，四侧刻蔓草，造型生动。志文楷书阴刻，分49行，满行49字，纵横有方格线，每格边长1.4厘米，共2401格，其中空白110格，又有十格写二字，实有2301字，残泐5字。志面完整无缺，边角略有残溢。"墓志拓片载于《隋唐五代墓志汇编》陕西三，第93页；《长安碑刻》，第66页；《长安新出墓志》，第112页。释文载于《全唐文补遗》第三辑，第20—23页；《唐研究》第四卷，第165—168页；《长安碑刻》，第401页；《长安新出墓志》，第113—115页。刘瑞、穆晓军有《唐秘书少监刘应道墓志考释》，载《唐研究》第四卷，北京大学出版社1998年版，第165—174页。墓志云："仪凤调露之际，笔削于史官，专其事者，府君及甥侄三人而已。古今未有此，比文学者用为美谈。寻又奉敕掌御集。朝廷以府君文章高绝，仪凤中降敕，与中书薛令君及当时文匠数人，制郊庙乐章。府君所制祀黄帝青歌，并编乐官，奏于郊祀。"是高宗时的一些郊庙乐章为刘应道所撰。但刘应道诗今已不存于世。

6. 《淮南公主李澄霞墓志》

李澄霞（621—689），唐高祖之女，太宗之妹，高宗之姑。封淮南长公主。载初元年一月十八日卒，享年69岁，天授二年（691）正月十二日陪葬昭陵。志现藏陕西富平县文物管理所。志、盖均呈正方形，志边长116厘米，盖边长94厘米。志题"大唐故淮南大长公主墓志铭并序"，题署"驸马都尉封言道撰"。盖文4行，满行3字，篆书"大唐故淮南大长公主墓志铭"。志文48行，满行48字，楷书。按，李澄霞载初元年一月十八日去世，而当年九月九日武则天称帝，改国号为周。而次年（690）一月下葬时，志盖和志题文字仍然为"大唐"。而李澄霞之夫封言道卒葬于武周圣历二年（699），其墓志志题直接称"周"，志盖亦残存"周故"二字。故而李澄霞和封言道夫妇墓志是武则天以周代唐的重要实物见证，对于唐代政治史研究意义重大。墓志拓片见《陕西碑石精华》，第77页，《西安碑林全集》196卷，第1053页。《富平碑刻》，载有《李澄霞墓志》拓片（第9—10页）和释文（第130—132页）。《华夏考古》2008年第2期亦载《李澄霞墓志》拓片（图版一八）和释文（第134—136页）。王其祎、周晓薇《唐代公主墓志辑略》（《碑林集刊》第三辑，第64—65页）载有部分录文。李澄霞之夫封言道墓志亦同时出土，岳连建、柯卓英《唐淮南大长公主驸马封言道墓志考释》，载《考古与文物》2004年第4期，第66—68页。郭海文有《唐淮南大长公主墓志铭研究》，载《社会科学战线》2017年第10期，第84—93页。志文记载李澄霞在宫廷中参与作诗的过程，如"又于洛城门陪宴，御制《洛城新制》，君臣并和，亦令公主等同作。公主应时奉和云：'承恩侍奉乐嘉筵。'凡诸敏速，皆此类也"。是研究唐代初期诗歌发展的重要文献。李澄霞诗，《全唐诗》及《全唐诗补编》均不载。

7. 《李亶墓志》

李亶（642—702），字景信，陇西成纪（今甘肃静安）人，凉武昭王之九代孙。官至给事中、太子中允。大足元年六月二十四日卒，享年60岁。长安二年（702）正月十四日葬。墓志首题"周故给事中太子中允李府君墓志铭并序"，题署"朝议大夫行春官郎中知凤阁制诰清河崔融撰"。墓志32行，满行32字。59厘米×60厘米。志盖篆书"大周故李府君墓志铭"。3行，行3字。40厘米×39厘米。2006年春，河南省偃师市出土。墓志云李亶："生而聪晤，幼而孝友，美风仪，工草隶，猎书传，能文章。髫龀，丁舍人府君忧，水浆不入于口者四日，亲戚敦喻，以毁灭非礼，于是乃进溢米焉。唐显庆中，以门调选千牛。时宰燕国于公闻君词藻，因试咏《后行雁》，揽笔立成，深加叹赏，乃补太子右千牛，时年十六。"是知其为早慧的诗人。又李亶为中唐大诗人李益曾祖父，李益及其子李当墓志亦已出土，李当亦有诗存世。故李亶家族是数代相承的文学世家。惜李亶已无诗歌存世。

8.《高瑾墓志》

高瑾，生卒年不详。渤海蓨（今河北景县）人。高士廉之孙。终于巩县令。墓志原题"唐故洛州巩县令高府君墓志新铭并序"，题署"孝孙朝散郎试大理评事子金撰"。墓志长宽均40厘米，24行，满行25字。据言出土于陕西省西安市。拓片图版载于《秦晋豫新出墓志搜佚续编》，第925页。浙江大学图书馆碑帖中心藏有《高瑾墓志》拓片。高瑾，唐代诗人，为《高氏三宴诗集》作者之一。《全唐诗》存诗4首。

9.《崔释墓志》

崔释（655—698），字研几，清河东武城（今山东武城）人。官至洛州永昌县丞。圣历元年一月十六日卒，享年44岁，二月十一日葬。墓志云："友给事中中山刘宪，言行动天，文章经国，惠此哀铭，情深操诔。"知为刘宪撰。墓志2005年秋，河南省偃师市万安山北出土。青石质，方形，边长58厘米，厚11厘米。楷书28行，行28字，计777字。拓片载于《河洛墓刻拾零》，第147页；《洛阳古代铭刻文献研究》，第291页；《洛阳新获七朝墓志》，第 122 页。墓志云："精窍朝政，辩章国体。工于论事上书，善于词赋议驳。注《周易》《礼记》《孝经》《论语》，撰《律历正朔书》，著《经史稽疑》。尝有览楚汉诗，词气顿挫，甚为知音所许，庶几得诗人之风焉。"惜其诗今已不传于世。

10.《安乐公主墓志》

安乐公主（684—710），唐中宗之女，封安乐公主。因毒杀其父唐中宗，在景云元年唐隆之变中为李隆基所杀，并追贬为"勃逆宫人"。墓志首题"大唐勃逆宫人志文并序"。2008 年出土于陕西省西安市长安区郭杜镇。志石青石质，方形，无盖，高 55 厘米。石面磕损严重，有方形界格。志文楷书，撰文、书丹及刻石人俱无。拓片、释文载于《长安新出墓志》第 144—145 页；又载于《长安碑刻》第 90 页、第 441 页。志文首题"大唐故勃逆宫人志文并序"，正文 16 行，满行 19 字。孟宪实《安乐公主墓志初探》，陈晓婕《安乐公主墓志读考》，可以参考。安乐公主能诗，唐中宗《景龙四年正月五日移仗蓬莱宫御大明殿会吐蕃骑马之戏因重为柏梁体联句》，其中有安乐公主所作"秦楼鲁馆沐恩光"之句。

11.《李浑金墓志》

李浑金（661—710），字虚，陇西姑臧（今甘肃武威）人。官至并州阳曲县令。景云元年九月十四日卒，享年 50 岁。同年十二月三十日葬于洛阳。墓志首题"大唐故通直郎行并州阳曲县令陇西李府君墓志铭并序"，题署"朝议郎行洛州缑氏县丞卢若虚撰"。墓志高宽均 73 厘米，厚 17 厘米。志文共 28 行，满行 28 字，志盖高、宽均 76 厘米，篆书"大唐故李府君之志铭"，3 行，行 3 字。拓片载于《秦晋豫新出墓志搜佚续编》，第 494 页。浙江大学图书馆碑帖中心藏有《李浑金墓志》拓片。墓志载李浑金作诗过程云："年廿一，乃求古岷嶓，访道巴汉，行至成都，作《春江眺望》诗曰：'明发眺江滨，年华入望新。地文生草树，天色列星辰。烟雾澄空碧，池塘变晓春。别有栖遑者，东西南北人。'时蜀中有李崇嗣、陈子昂者,并文章之伯,高视当代,见君藻翰,遂丧魄褫精,不敢举笔。则天闻其风而悦之,追直弘文馆学士。"

12.《刘宪墓志》

刘宪(655—711),字符度,高阳(今属河北)人。官至太子詹事兼修国史。墓志全称"大唐故正议大夫守太子詹事兼修国史崇文馆学士赠使持节都督兖州诸军事兖州刺史上柱国中山刘府君墓志铭并序",题署"刑部尚书修文馆学士兼修国史汝南郡开国公岑羲撰"。志石高宽均90厘米,40行,行40字。楷书。志盖篆顶,篆书"大唐故刘府君墓志铭",四刹装饰蔓草纹及和鸳鸯、鸿雁、狮子等动物。拓片载于《洛阳新获七朝墓志》,第151页。又,毛阳光有《新出土唐刘宪墓志疏证》,并载拓片和录文。见《中原文物》2013年第1期,第80—87页。刘宪所撰墓志,近年亦见出土,《长安碑刻》载《大唐故卫尉卿并州大都督淮阳王京兆韦府君(泂)墓志铭并序》,题署"太中大夫守秘书监修国史修文馆学士上柱国臣刘宪奉敕撰"。刘宪亦擅书法,新出土《大唐赠韦城县主韦氏墓志铭并序》,题署"太中大夫守秘书监修文馆学士臣刘宪奉敕书"。刘宪诗,载于《全唐诗》卷七一,第779页。

13.《戴令言墓志》

戴令言(659—714),字应之,本谯郡谯(今安徽亳州市谯城区)人也,徙吴兴武原,后寓居长沙。官至朝议大夫、给事中。开元二年正月廿日终于洛阳审教里之私第,享年56岁,同年十二月七日葬于洛阳清风乡原。墓志首题"故朝议大夫给事中上柱国戴府君墓志铭并序",题署"太常博士贺知章撰"。拓片志长、宽均84厘米,盖长63厘米,宽62厘米。拓片载于《隋唐五代墓志汇编》洛阳卷第八册,第190页;《北京图书馆藏中国历代石刻资料汇编》第二一册,第26页;录文载于《唐代墓志汇编》,第1156页;《全唐文补遗》第七辑,第32—33页。墓志云:"府君素尚难拔,犹怀江湖,因著《孤鹤操》以见志,名流高节者多和之。"知戴令言曾作《孤鹤操》,并有名流相和。然戴令言诗今已不传于世。陈尚君先生曾说:"真正具有文学研究价值的,是近代以来出土的贺知章撰文的唐代墓志,达 12 篇之多,内容极为丰富"(《新出墓志告诉了我们什么》,《文汇报》2015 年 7 月 10 日)。而《戴令言墓志》是贺知章所撰墓志中最早的一篇。

14.《樊俋俋墓志》

樊俋俋(658—719),字俋,南阳(今属河南)人。官至梁州刺史。开元七年冬十一月七日卒,享年 62 岁,开元九年(721)二月七日与夫人韦氏合葬于河南县万安山之南原。墓志高宽均 86 厘米。共 31 行,行 31 字。墓志首题"大唐故太中大夫使持节都督梁凤兴洋等四州诸军事守梁州刺史上柱国南阳樊公墓志铭并序",题署"朝议郎行秘书省秘书郎博陵崔尚撰",末署"男恒书,时年一十六"。志石现藏洛阳九朝刻石文字博物馆。拓片见于《洛阳新获墓志二〇一五》,第 162 页。墓志云:"公博极坟典,尤精词律,有集二十卷,行之于代。"知其擅长作诗,并有集二十卷传世。惜其诗今已不存。

15.《崔日用墓志》

崔日用(673—722),字日用,其先博陵(今河北博野)人。官至并州大都督府长史。开元十年卒,十一年二月十三日葬。《崔日用墓志》见于网络。墓志原题"唐故银青光禄大夫并州大都督府长史摄御史大夫赠吏部尚书齐国公博陵崔公墓志铭并序",题署"朝散大夫守中书舍人高阳许景先撰。国子监丞郭谦光书"。末题"开元十一年岁次癸亥二月丁酉朔十三日己酉窆"。新出土许景先所撰墓志已见三方,另两方为《洛阳新获墓志续编》所载《大唐开府仪同三司紫微令梁国公姚公(崇)夫人刘氏墓志铭》,题署"左补阙许景先撰"。北京图书馆藏拓片《唐故通议大夫行广州都督府长史上柱国朱君(齐之)墓志铭并序》,题署"朝议郎殿中侍御史高阳许景先词"。许景先本人墓志也已出土,参胡可先《出土文献与唐代诗学研究》第七章《许景先墓志笺证》。崔日用墓志称:"公之在冢宰也,尝奏《封禅书》,陈以盛德之事;后之从朝觐也，尝赋《五君咏》，叙以君臣之际。"崔日用诗，《全唐诗》卷四六，存10首，加《赠武平一》残句1则。按，南朝颜延之写了《五君咏》诗，分别吟咏阮步兵、嵇中散、刘参军、阮始平、向常侍。唐朝张说亦写《五君咏》诗，分别吟咏魏元忠、苏颋、李峤、郭元振、赵彦昭。墓志所言"以叙君臣之际"，知所咏乃张说之诗。新出土墓志也可见崔日用撰文，《长安高阳原新出隋唐墓志》载《大唐故银青光禄大夫行右庶子上柱国南皮县开国男韦公（维）墓志铭并序》，题署："汝州刺史上柱国齐国公崔日用撰。"墓主开元四年十二月二十九日卒，六年七月十日葬。是时崔日用为汝州刺史，墓志缺载。

16.《陆景献墓志》

陆景献（687—725），字闻贤，吴郡吴（今江苏苏州）人。官至大理正。开元十三年四月十八日终于东都敦化里第，享年39岁，五月十四日葬于河南龙门之北原。墓志首题"大唐故大理正陆君墓志铭并序"，题署"礼部侍郎贺知章词"。墓志2009年春河南洛阳市龙门镇出土。正书。拓片长宽各44厘米，24行，行25字；盖篆书，阳文，3行，行3字。载于《秦晋豫新出墓志搜佚》，第402页；拓片又载于《唐史论丛》第十四辑，第171页，录文载于第169—170页。王丽梅有《新出唐大理正陆景献墓志铭考略》，载《唐史论丛》第十四辑，第169—175页。《墓志》云："君幼便秀颖，雅有理识，爱在妙年，早闻词赋，未及弱冠，能而老成。经淮中及使蜀，篇什盛传于代，风体雅丽，坐致高流。"张九龄有《酬通事舍人寓直见示篇中兼起居陆舍人景献》诗，是知陆景献与著名诗人张九龄有所往还，诗歌在当时颇有影响，惜其诗今已不存于世。

17.《阳修己墓志》

阳修己，右北平无终（今河北玉田）人。官至工部员外郎。生卒年不详，天宝四载（745）十月二十五日改葬。墓志出土于洛阳。高62厘米、宽63厘米，36 行，行 35 字。盖篆书 3 行 9 字。首题"唐故工部员外郎阳府君墓志铭"，题署"犹子通直郎左补阙内供奉润撰"。末署"从侄曾书"。拓片载于赵君平、赵文成《邙洛墓刻拾零》，第 360 页；齐运通《洛阳新获七朝墓志》，第 265 页。浙江大学图书馆碑帖中心藏有《阳修己墓志》拓片。胡可先个人亦藏有该志拓片。释文载于《新出唐墓志百种》，第 186 页。墓志载其与崔融赠答诗："至如清河崔融、琅琊王方损、长乐冯元凯、安陆郝懿，并相友善。尝遗笔于崔，并赠诗曰：'秋豪调且利，霜管贞而直。赠子嗣芳音，揽搦时相忆。'崔还答云：'绿豪欣有赠，白凤耻非才。况乃相思夕，疑是梦中来。'词人吟绎以为双美。"志石现藏于洛阳九朝刻石文字博物馆。

18.《陈周子墓志》

陈周子（724—743），字研几，清河东武城（今山东武城）人。天宝二年十月廿四日卒，享年 20 岁，其年十一月十四日葬于寿安积善乡。墓志云："父洛阳县尉齐卿述焉。"知为陈齐卿撰。墓志出土河南宜阳，端方旧藏，1965 年归北京故宫博物院。正书，18 行，行 17 字。拓片 36 厘米×35 厘米。端方《陶斋藏石记》卷二四有著录，罗振玉《东都冢墓遗文》亦有著录。拓片载于《北京图书藏藏石刻拓本汇编》第二五册，第 43 页；《隋唐五代墓志汇编》洛阳卷第十一册，第 31 页；《故宫博物院藏墓志》，第 92 页。墓志云："其所制杂诗及《至人无心数赋》共一卷，并漆琴一张，置乎楄柎。"惜其诗今已不传于世。

19.《李霞光墓志》

李□（？—746），字霞光，赵郡（今河北赵县）人。官至太子舍人。天宝五载十二月卒。墓志首题"大唐故太子舍人李府君墓志铭并序"，题署"前王屋县尉崇文馆直学士尹□撰"。墓志正书，27 行，满行 26 字。拓片长、宽均为 43 厘米。拓片载于《北京图书馆藏中国历代石刻拓本汇编》第二五册，第 116 页；《洛阳出土历代墓志辑绳》，第 542 页。释文载于《唐代墓志汇编》，第 1600 页。墓志云："行诣禅匠，讲求真筌，新赋《道诗》27 篇，尽师子吼也。其余文集廿卷，言补于世。"知其曾作《道诗》27 篇，惜已不存于世。

20.《蒋洌墓志》

蒋洌（701—764），字清源，乐安（今山东博兴）人，官至尚书左丞。广德二年六月廿一日寝疾薨于平康里之私第，享年 74 岁。大历三年（768）十一月改窆于东都偃师县西北亳邑乡。《蒋洌墓志》拓片见网络发布，未见刊本著录。蒋洌为唐代诗人，《全唐诗》存诗七首。又新出土《蒋鏒墓志》："君讳鏒，字圆丘，阳羡人也。曾祖绘，皇郑州司兵。祖挺，皇延州都督。父洌，谏议大夫。君即谏议之第四子也。不幸短命，总角云亡。以唐开元廿一年夏六月二日，染疾而终，年十二岁。殡于洛城东伊川乡。以今天宝六载十月七日，陪葬于延州都督府君之茔。"蒋鏒早亡，没有列入蒋洌墓志诸子名次。

21.《韦元甫墓志》

韦元甫（710—771），字宣宪，京兆杜陵（今陕西西安市雁塔区）人。官至中书侍郎、同中书门下平章事。大历六年七月乙酉终于淮南节度使任，享年 62 岁。七年正月乙酉葬于杜陵之南原。墓志长宽均 80 厘米。盖题"大唐赠户部尚书韦公墓志铭"12 字。墓志题名"大唐故金紫光禄大夫扬州大都督府长史兼御史大夫淮南节度观察处置使彭城郡开国公赠户部尚书韦公墓志铭并序"，题署"银青光禄大夫守中书侍郎同中书门下平章事集贤殿崇文馆大学士兼修国史上柱国颍川郡开国公元载撰"。末署"朝散大夫守都水使者集贤殿学士上柱国史惟则书并篆盖"。浙江大学图书馆碑帖中心藏有《韦元甫墓志》拓片，录文根据拓片。金鑫《新见唐史惟则书〈韦元甫墓志〉〈辛杲墓志〉考释》，载《中国书法》2017 年第 6 期，第 86 页。韦元甫为唐代诗人，《全唐诗》存其《木兰歌》一首。然该诗尚有真伪之争，龚延明有《北朝本色乐府诗〈木兰歌〉发覆——兼质疑〈全唐诗〉误收署名韦元甫〈木兰歌〉》，载《浙江大学学报》2010年第1期。

22.《郑老彭墓志》

郑老彭（702—771），字殷贤，其先荥阳（今属河南）人。官至鄄城县尉。大历六年十二月十二日遘疾终于渑池官舍，春秋七十。七年二月九日葬于河南县万安山之阳。墓志见于网络发布，墓志首题"唐故濮阳郡鄄城县郑府君墓志"，题署"侄左武卫仓曹参军叔规文"。末题"大历七年二月九日"。志云："少好学，涉猎经籍，习草隶篆籀，尤工五言诗。体道任真，旁通多可。恂恂穆穆，有士君子之常。"知其擅长五言诗，惜其诗今已不传于世。

23.《郑洵墓志》

郑洵，字洵，荥阳（今属河南）人。官至监察御史，贬谪岳阳。大历丙辰终于扬州江阳县私第。墓志共有两方，记载其卒年及享年不同。郑洵墓志，长宽各37厘米，高17厘米。志盖盝顶，盖顶长宽各18.5厘米。志盖篆文"大唐故郑府君其时志铭"九字，字周饰几何纹，四杀饰卷叶纹，志石长宽各37厘米，厚8厘米。志26行，行25字。郑洵夫妻合祔墓志，志石长宽各为56厘米，厚9厘米。四边刻海石榴及水涡纹。志文33行，行34字。志盖盝顶形，长宽各为56厘米，盖与石通高24厘米。盖顶长宽各35厘米，阴刻篆文"大唐故郑府君墓志铭"。字周饰几何纹，四杀单线浅刻海石榴及水涡纹。两方墓志拓片均载于《考古》1999年第12期。《偃师杏园唐墓》第302页载于郑洵夫妇合祔墓志拓片，第301—303页载有释文。同书第300页载有郑洵墓志拓片，第298—300页载有释文。释文又载于《全唐文补遗》第63—64页。陶敏有《唐郑洵墓志考释》，载《咸宁师专学报》1999年第2期。墓志云："肃宗初建储君，撰《东宫要录》十卷奉进，存于秘阁。琴者，正情辅性，君子所狎。君擅九弄，更作其谱。所著述及诗赋，共成二十卷。"刘长卿有《巡去岳阳却归鄂州使院留别郑洵侍御侍御先曾谪居此州》诗："何事长沙谪，相逢楚水秋。暮帆归夏口，寒雨对巴丘。帝子椒浆奠，骚人木叶愁。惟怜万里外，离别洞庭头。"惜其诗今已不存于世。另，郑洵之子郑深亦撰写一方《郑洵墓志》，没有记载其作诗情况。

24.《元载墓志》

元载（713—777），字公辅，凤翔岐山（今属陕西）人。代宗时官至中书侍郎、同中书门下平章事。大历十二年三月二十八日卒，时年六十五。同年闰十月二日与夫人太原王氏合祔于万年县洪原乡少陵原。《元载墓志》原题为"唐故中书侍郎平章事颍川郡公元府君墓志铭并序"，题署"银青光禄大夫行兵部侍郎李纾撰，朝议郎前行扬州大都督府户曹参军阴冬曦书"。《元载墓志》拓片，见新浪博客"黄的貔貅"。浙江大学图书馆碑帖中心藏有《元载墓志》拓片。元载亦为诗人，《全唐诗》卷一二一载其《别妻王韫秀》诗一首。

25.《耿湋墓志》

耿湋（736—787），字公利，河东（今山西）人。官至京兆府功曹参军。贞元三年［十］一月二十六日，暴殁于常乐里私第，享年52岁，其年十二月三十日葬于京兆府万年县义善乡清明里凤栖原。墓志拓片长、宽均39厘米，志文楷书，共20行，满行22字，全篇386字。志盖篆书"大唐故耿府君墓志铭"9字。首题"唐故京兆府功曹参军耿君墓志铭并序"，题署"前国子监主簿侯钊撰"。浙江大学图书馆古籍碑帖研究与保护中心藏有《耿湋墓志》拓片。耿湋是"大历十才子"之一，《全唐诗》卷二六八、卷二六九存诗二卷。

26.《李纵墓志》

李纵（729—790），字佩弦，河南（今河南洛阳）人。其先为赵郡人。官至金州刺史。贞元六年八月三日卒，享年62岁。宝历二年（827）迁葬于东都畿之河阳县太平乡龙台村。墓志共34行，满行33字。高宽均为58厘米。

拓片无首题。志盖长宽均30.5厘米，篆书"唐故金州刺史赠吏部郎中高邑公墓志"，4行，行4字。志石现藏洛阳九朝刻石文字博物馆。拓片见于《秦晋豫新出墓志搜佚续编》，第1109页；《洛阳流散唐代墓志汇编》，第542页；《洛阳新获墓志二〇一五》，第289页。释文见于《洛阳流散唐代墓志汇编》，第543页。李纵为唐代诗人，墓志云："资孝而能慈，□行而成文，深得诗人之旨。"证其早年即能作诗。现存大历时期以皎然为首的联句诗，多有李纵参加。如皎然有《建元寺西院寄李员外纵联句》《与潘述集汤衡宅怀李司直纵联句》等。李纵参加的联句亦有《冬日建安寺西字喜昼公自吴兴至联句一首》《建安寺夜会对雨怀皇甫侍御联句》《建安寺西院喜王郎中遘恩命初至联句》等。皎然、卢纶、戴叔伦等都有与李纵交往的诗作。李纵之先世李敬玄，曾为中书令，又有诗作传世。李纵之弟李纾是大历时期的重要诗人，对于中唐诗风具有引领作用，因而李纵一族也是从初唐到中唐的一个传承有绪的文学家族。

27.《殷亮墓志》

殷亮（735—792），字符明，陈郡长平（今河南西华）人。官至杭州刺史。唐贞元八年八月十六日卒，享年58岁，九年二月十二日葬。墓志拓片高60厘米，宽59厘米。志文46行，行46字，共2417字。首题"唐故正议大夫使持节杭州诸军事守杭州刺史上骑都尉殷公墓志铭并序"，题署"弟朝散大夫侍御史永述"。拓片见《书法》2014年第1期，第36—37页。释文见陈尚君《殷亮墓志考镜》，载《第三届中国古典文献学国际学术研讨会论文集》，台湾东吴大学出版社2014年版，第230—233页。浙江大学图书馆碑帖中心藏有《殷亮墓志》拓片。研究论文有陈尚君《殷亮墓志考镜》；田熹晶《新出土唐殷亮墓志考释》，载《书法》2014年第1期，第34页；张宗子《殷亮墓志出土时地考》，《书法》2017年第8期，第68页。墓志称："李太尉屯于邙山，官军失守，遂间道归阙，因上《乱臣诗》卅首，肃宗嘉之，命使于襄阳郡。"是其曾撰写过组诗《乱臣诗》卅首。又称："所制文笔，务于雅实，以情理为先，精密温畅，得古今之中。"是其诗文风格雅实，精密温畅，会通古今，情理兼融。考《旧唐书》卷一三《德宗纪》下：贞元四年八月，"戊申，晋慈隰观察使崔汉衡加都防御使名。癸丑，赐百僚宴于曲江亭，仍作《重阳赐宴诗》六韵赐之。群臣毕和，上品其优劣，以刘太真、李纾为上等，鲍防、于邵为次等，张蒙、殷亮等二十人又次之。唯李晟、马燧、李泌三宰相之诗不加优劣。"新出土《大唐故广平郡邯郸县主簿殷府君（朏）墓志铭并序》，题署"从孙崇玄生亮撰"。志载《秦晋豫新出墓志搜佚续编》，第883页。千唐志斋博物馆新藏《唐故摄福昌县令蒋君（伦）墓铭并序》，题署："监察御史殷亮撰。"大历四年（769）十月迁葬。《全唐诗》卷二七四戴叔伦有《赠殷亮》诗云："日日河边见水流，伤春未已复悲秋。山中旧宅无人住，来往风尘共白头。"然殷亮诗，《全唐诗》《全唐诗补编》已不存。

28.《陈元造墓志》

陈元造（763—802），字遂古，颍川（今河南许昌）人。一生不仕。贞元十八年四月二十九日卒于台州官舍，享年40岁。墓志首题"唐故秀才举颍川陈府君墓志铭并序"。正书，20行，行20字；盖隶书，3行，行3字。拓片48×50厘米。1999年8月河南洛阳北邙山出土，现藏长安区博物馆。拓片载于《新中国出土墓志》河南三《千唐志斋壹》，第248页。释文载于《全唐文补遗·千唐志斋新藏专辑》，第297页。墓志云："以果行优悠，纂撰《古今表记》卅卷，所缀风什五百余篇。其或遗简脱编，往往他处，未及成缀。□舍得者，亦数百余纸。备详世人之口，故无能言之。"是其作诗五百余篇，惜已不存于世。

29.《刘伯刍墓志》

刘伯刍（757—817），广平（今河北邯郸）人。官至刑部侍郎。元和十二年卒，享年61岁，同年葬于长安县小姜村高阳原。志高76.5厘米、宽76

厘米、厚12.5厘米，铭文43行，行45字，楷书，四侧十二生肖。无盖。首题"通议大夫尚书刑部侍郎赐紫金鱼袋赠工部尚书广平刘公自撰志文并序"。志文前半为自撰，后半为其子刘宽夫所补。因刘伯刍自撰墓志后还活了18年。志藏大唐西市博物馆。刘伯刍为唐代诗人。其诗虽不传于世，而韩愈有《虢州给事使君三堂新题二十一咏》序，虢州给事即刘伯刍，说明其曾作《虢州给事使君三堂新题二十一咏》组诗。墓志称其"著《后集》十二卷"，当亦包括诗作。墓志拓片载于《大唐西市博物馆新藏墓志》，第792页；释文载同书第793—794页。又高慎涛有《西安新出刘伯刍墓志及相关问题考释》（《中国国家图书馆馆刊》2014年第11期，第71—77页），亦载墓志拓片与释文。据岑仲勉《唐人行第录》、陶敏《唐人行第录补正》、陈尚君《贞石诠唐》，刘伯刍即作《奉酬窦三中丞见赠》诗之刘伯翁。

30.《郑错墓志》

郑错（759—830），字公武，其先荥阳开封（今属河南）人。官至度支云安都监。大和四年九月十五日卒，享年72岁，大和五年十一月二日葬。墓志高宽均61厘米。共35行，行34字。盖3行9字。墓志首题"唐故度支云安都监官试大理评事兼监察御史郑府君墓志铭并序"，题署"子婿通直郎守大理司□直上护军杨无朋撰"。盖题"唐故郑府君墓志之铭"。志石藏洛阳九朝刻石文字博物馆。拓片载于《洛阳新获墓志二〇一五》，第301页。志云："人方趋于时，公独啸傲于物。凿枘既异，云山云来，西入三蜀，仅乎一纪。乃跌宕于物外，亦放旷于人寰，寄情琴筋，且乐鱼鸟，根乎六义，业彼五言，丽句佳篇，散在人口。"是知郑错擅长五言诗，惜其诗今已不存。

31.《卢公亮墓志》

卢公亮（782—832），字子佑，范阳涿（今河北涿州）人。官至集贤校理、京兆府万年县尉。大和六年二月二十三日终于京师安仁里之寓居，享年50岁，同年七月十二日葬于河南府河南县万安山之南原。卢公亮墓志为虎头龟身形，长118厘米，宽75厘米，龟座为卢公亮志文，龟内背文为卢公亮夫人志文。这合墓志是目前国内仅存的四合龟墓志之一，而且是鸳鸯墓志，属于国宝级文物。现藏于河南新安县铁门镇千唐志斋博物馆。笔者于2016年8月4日考察千唐志斋，得以拍摄并加以录文。录文又见马雯《我亦不死，与尔始终——唐代卢公亮夫妻墓志及相关问题考证》，载《志海探秘——千唐志斋历史文化研讨会论文集》（中州古籍出版社2015年版）。胡可先、徐焕有《新出土唐卢公亮墓志考疏》，载《浙江大学学报》2017年第1期，第5—17页。卢公亮能诗，墓志称其"优游于云、代之间，以诗酒自适"。《洛阳新获墓志》载有卢震撰《卢韬墓志》："公于余为仲兄，幼而歧嶷，季父故集贤校理公亮尝赠诗以嘉之。"然卢公亮诗今已不存于世。

32.《李虞仲墓志》

李虞仲（772—836），字见之，赵郡（今河北赵县）人。"大历十才子"李端之子，官至吏部侍郎。开成元年四月九日薨于长安永崇里之私第，享年65岁。同年七月二十三日祔葬于河南县罼圭乡。墓志首题"唐故正议大夫守尚书吏部侍郎赞皇县开国男食邑三百户赐紫金鱼袋赠吏部尚书赵郡李公墓志铭并序"，题署"门生朝散大夫使持节华州诸军事守华州刺史兼御史中丞充潼关防御镇国军等使上柱国赐紫金鱼袋卢钧撰，朝散大夫守给事中上柱国郭承嘏书"。墓志楷书，志文34行，满行34字。长、宽均79厘米。据说出土于河南省洛阳市龙门镇。墓志拓片载于《秦晋豫新出墓志搜佚续编》，第1159页。新出土文献还可见李虞仲撰文五篇：《全唐文补遗·千唐志斋新藏专辑》载有《李方乂墓志》题署："再从弟京兆府蓝田县尉武骑尉虞仲撰。"同书又载有《唐故昭义军节度巡官试太常寺协律郎赵郡李府君故夫人范阳卢氏墓志》，题署"任荆南观察判官将仕郎监察御史里行武骑尉虞仲纂"。《文博》2014年第2期《唐太府少卿郭锜夫妇墓发掘简报》载有《唐故太府少卿上护军赐绯鱼袋太原郭公墓志铭并序》，题署"朝议郎行太常博士上护军李虞仲撰"。《文博》2014年第2期《唐太府少卿郭锜夫妇墓发掘简报》载有《唐京兆府仓曹太原郭公故夫人范阳卢氏墓志铭并序》，题署"崇文馆校书郎武骑尉李虞仲篆"。盛世收藏网还公布了《唐故检校司空兼太常卿赠司徒郭公墓志铭并序》，题署"正议大夫使持节华州诸军事守华州刺史兼御史中丞充潼关防籞镇国军等使上柱国赞皇县开国男食邑三百户赐紫金鱼袋李虞仲撰"。李虞仲诗，载《全唐诗》卷七四九，第5487页。

33.《李潘墓志》

李潘（791—840），字藻夫，先世赵郡赞皇（今属河北）人。开成五年八月三日卒于弋阳之官舍，享年50岁，其年十二月二十四日葬于洛阳县平阴乡从心里之原。墓志首题"唐故朝议郎使持节光州诸军事守光州刺史赐绯鱼袋李公墓志铭兼序"，题署"亲兄将仕郎前守京兆府武功县尉恭仁撰"。末署"处士萧子真书"。墓志正书，38行，行字不等。拓片长63厘米、宽62厘米。河南洛阳出土，现藏河南新安县铁门镇千唐志斋博物馆。拓片载于《千唐志斋藏志》，第1074页；《北京图书馆藏中国历代石刻拓本汇编》第三一册，第71页；《隋唐五代墓志汇编》洛阳卷一三册，第169页。释文载于《唐代墓志汇编》，第2205页。墓志云："策中有司别敕同孝廉登第，时才年八岁。其后讨览经籍，九流百家之语，靡不该通，著诗业文，名显当代。……又尝所著述，零落未集，必将托诸亲旧，编序而成，不负吾心，永慰幽昧。"是李潘少年时即能作诗，卒后其亲旧亦曾有编集的打算，惜其诗已不存于世。

34.《王鲁复墓志》

王鲁复（800？—848），字梦周，王羲之后裔。官至亳州城父县令。大中二年五月二十三日卒，享年未详。陈尚君先生考订为生于贞元十六年（800），享年49岁。王鲁复是晚唐诗人，《全唐诗》卷四七〇收其诗四首。墓志云："著诗二千七百首，文二百卅篇，后必有叹韩非者。"王鲁复墓志录文，承陈尚君先生在2017年10月30日在"纪念西安碑林930周年华诞学术研讨会"上相赠。陈尚君有专门研究论文《诗人王鲁复的进取与落寞》，刊载于《古典文学知识》2018年第1期。又王鲁复亦能撰文，《隋唐五代墓志汇编》陕西卷第二册有《唐故吉州司法参军黄府君墓志铭并序》，题署"将仕郎前守河南府新安县尉王鲁复撰"。

35.《李潜墓志》

李潜（810—855），字德阳，江夏（今属湖北）人。官至西川观察推官、监察御史里行。墓主大中九年春建寅月五日终于长安新昌里第，五月十三日葬。墓志首题"唐故西川观察推官监察御史里行江夏李君墓志铭并序"，题署"右补阙张道符述"，末署"从外甥乡贡进士裴梗书"，盖题"唐故江夏李府君墓志"。河南洛阳出土。志文正书，36行，行39字；盖正书，3行，行3字。墓志长宽64.5厘米×64.5厘米，志盖长宽67.5厘米×67厘米。李潜为李邕曾孙，亦为唐代诗人。墓志拓片载于《秦晋豫新出墓志搜佚续编》，国家图书馆出版社2015年版，第1223页。李邕家族墓志出土者共有11方，参见胡可先《新出石刻与唐代文学家族研究》（北京大学出版社2017年版）第十章《洛阳出土李邕家族墓志考论》。

36.《田章墓志》

田章（789—857），字汉风，雁门郡（今山西右玉）人。官至琼、果二州刺史，福王傅。大中十一年十月十八日，终于京兆府万年县之私第，享龄六十有九。大中十二年闰二月二十八日葬于京兆府万年县洪固乡胄贵里东违曲村毕原上。墓志题名《大唐故朝议大夫检校国子祭酒侍御史兼王府傅琼果二州刺史赐紫金鱼袋雁门郡田府君墓志铭并叙》，题署"范阳卢纵之撰"。墓志拓片载于《隋唐五代墓志汇编》陕西卷第四册，第143页。释文收入《唐代墓志汇编续集》，第1016页。陈尚君《最近十五年来出土石刻所见唐诗文献举例》以为此田章即《唐诗纪事》卷三《和于兴宗夏杪登越王楼望雪山见寄》诗之作者田章。

37.《马琬墓志》

马琬（835—858），字德卿，其先扶风（今属陕西）人。姚潜之妻。大中十二年三月二十一日卒于东都道化里之私第，享年24岁，其年五月十六日葬于河南府河南县伊汭乡尹樊里万安山南原。墓志青石质，长方形，高47.5厘米、宽48厘米、厚9.5厘米。志文楷书，31行，满行30字，计九909字。首题"唐姚氏故夫人扶风马氏墓志铭并序"，题署"夫乡贡进士姚潜撰"。志侧刻石榴纹。墓志拓片载《洛阳新获墓志续编》，第250页；释文载同书第499—500页。墓志云："始太夫人为世女师，夫人能□其性，强记夙成。读《论语》《诗》《礼》、浮图、《老子》书，博观史传，皆略通大指。又杂讽诸诗数百篇。学柳氏书，笔力遒劲。龆龀中，闻人读陈思王《公宴诗》，诗叙夜景云：'好鸟鸣高枝。'发难曰：'夜中鸟鸣，讵是善句？'闻者惊服其天然慧悟如此。潜少学古今诗，实自克苦，每成篇，为夫人所佳者，果为高识赏异。斯非学所能致也。善丝桐曲，多古雅声。余性拙，尤不通时事，每谋可于夫人，必得其宜。"是马琬亦能作诗，惜其诗今已不传于世。

38.《皇甫炜墓志》

皇甫炜（815—865），安定朝那（今属宁夏）人。官至抚州刺史。咸通六年十月二十二日卒于抚州官舍，享年51岁。其年七月三十日归窆于河南县伊汭乡黄花原。墓志青石质，方形，高、宽均70厘米、厚15厘米。志文楷书，33行，满行33字。首题"唐故朝议郎使持节抚州诸军事守抚州刺史柱国皇甫公墓志铭并序"，题署"朝议郎在补阙内供奉柱国刘允章撰"。末题"承议郎前行河南府伊阙县丞李管书"。1993年8月出土于伊川县彭婆乡许营村西北，现藏伊川县文管会。陶敏有《唐皇甫澈家族墓志研究》："《皇甫炜墓志》称赞他说：'爰在童丱，即耽典坟。下帷而园圃不窥，嗜学而萤雪助照。穷经暇日，工为八韵。前后所缀，逾数百篇。体物清新，属词雅正，虽士衡称其浏亮，玄晏为之丽则，不是过也．'陆机《文赋》：'赋体物而浏亮．'志中所谓'八韵'，显然是指律赋而言。皇甫澈、皇甫曙父子以能诗传誉，曙子皇甫炜以律赋擅场，皇甫炜之子皇甫枚却又以笔记名世，一个文学世家在创作方面的这种嬗变实际上反映了中唐到唐末间时代政治与社会风气的剧烈变化，其中的因缘关锁是很值得我们今天的古代文学研究者推详的"（《衡阳师范学院学报》2012年第5期）。墓志虽未言其能诗，但从其文学成就及其与白居易家族关系推测，其能诗应为情理中事，故本书将其墓志收入。

39.《李朋墓志》

李朋（804—865），字子言，武阳（今四川彭山）人。官至河南尹。咸通六年卒，年六十二。其年十月二十二日归窆于长安县义阳乡第五村。志高93.5厘米、宽92.5厘米、厚16厘米，铭文53行，行57字，楷书，四侧十二生肖。无盖。2011年入藏大唐西市博物馆。墓志首题"唐故正议大夫守河南尹柱国赐紫金鱼袋赠礼部尚书武阳李公墓志铭并序"，题署："中大夫守河南尹柱国赐紫金鱼袋杨知温撰，中散大夫使持节常州诸军事权知常州刺史柱国杨知至书。"李朋为晚唐诗人，《全唐诗》卷五六四收其《奉酬绵州于中丞以江山小图远垂赐及兼寄诗》。

40.《杨筹墓志》

杨筹（815—865），字本胜，虢州弘农人（河南灵宝）。官至监察御史。咸通六年四月卒，年五十一。墓志首题"唐故监察御史弘农杨君墓志铭并叙"，题署："朝议郎守洛阳县令柱国赐绯鱼袋李都撰。"末署："季弟山东东道节度掌书记、将仕郎、监察御史里行范书，第十四行第七八字代书。"墓志拓片及录文载于《西安曲江缪家寨唐代杨筹墓发掘简报》，《文物》2016年第7期，第15—22页。墓志青石质，方形，志盖盝顶，四周各阴线刻一朵团花，四刹阴刻四神图案，左白虎，右青龙，上朱雀，下玄武，四神周围为如意卷云纹。底边长60厘米、盝顶边长40厘米、厚5厘米。顶面刻3行，行3字，篆书"唐故弘农杨君墓志铭"。志石近方形,边长58—60.5厘米、厚9厘米。四侧阴刻十二生肖图案。志文楷书,40行,满38字,共1376字。墓志载其与著名诗人殷尧藩唱和情况:"元和中,有殷尧藩由进士科历柱下史,从君伯氏游,善章句于五七言,往往流于群唱,雅有遗君诗,其大略曰:'假如不共儿童戏,争肯长将笔砚亲。'自尔炯然有名,字骧首于弟兄间。"然杨筹诗已不传于世。张小丽有《唐杨筹墓志考》,载《文物》2016年第7期,第85—90页。新出土《唐故正议大夫使持节渠州诸军事守渠州刺史兼侍御史上柱国太原郡郭府君(琼)墓志铭并序》,题署:"前乡贡进士柳翰撰,子塤乡贡进士杨筹书。"墓主于大中七年(853)二月八日卒,十六日葬。是杨筹亦颇擅长书法。

41.《姚潜墓志》

姚潜(821—865),字德卿,其先扶风(今属陕西)人。咸通乙酉(六年)正月十九日卒,享年45岁,其年四月五日,归葬于河南府河南县伊汭乡万安山南原。墓志首题"唐故摄河东节度推官前试大理评事吴兴姚公墓志铭并序",题署"朝议郎前守太原府晋阳县令常钁撰"。志侧刻十二生肖像。墓志青石质,方形,高宽均52.5厘米、厚10厘米。志文楷书,25行,满行25字,计527字。墓志拓片载于《洛阳新获墓志续编》,第258页;录文载于同书第506页;又载于《全唐文补遗》第八辑,第294—205页。按姚潜夫人马琬墓志云:"潜少学古今诗,实自克苦,每成篇,为夫人所佳者,果为高识赏异。"证知姚潜能够创作古今诗,惜其诗今已不传于世。

42.《李凝墓志》

李凝(838—866),字成用,其先赵郡(今河北赵县)人。未官。咸通七年三月一日卒,四月二十日葬。墓志题名"唐故乡贡进士赵郡李府君墓志铭并序",题署"友人乡贡进士张峻撰,友人乡贡进士郑蟫书",末署"乡贡进士高鹄篆盖",盖题"大唐故李府君墓志铭"。墓志共28行,满行31字,长 52.5 厘米、51.5 厘米。志盖 3 行，行 3 字。长 54.5 厘米、宽 54.5 厘米。拓片图版载于赵文亮、赵君平《秦晋豫新出墓志搜佚续编》，第 1261 页。浙江大学图书馆碑帖保护中心藏有《李凝墓志》拓片。志称："业奥于经史，行著于姻族，旁通文赋，尤工于五字句诗。片水孤峰，揣摩于意表；白云明月，踩跻于毫端。吟风咀雪，往往得尘外语，大为时之作者所伏。"是李凝是一位诗人，然其诗已不存于世。

43.《皇甫燠墓志》

皇甫燠（806—864），字广烈，安定（今甘肃泾川）人。官至福建观察使。咸通五年十二月二十四日卒，享年 59 岁，四年二月十六日归祔于河南府河南县龙门乡伊汭里。墓志首题"唐故福建都团练观察处置等使中大夫使持节福州诸军事守福州刺史兼御史中丞柱国安定县开国男食邑三百户赐紫金鱼袋赠左散骑常侍安定皇甫公墓志铭并序"，题署"朝议郎使持节歙州诸军事守歙州刺史赐绯鱼袋刘允章撰"。墓志录文载于《全唐文补遗·千唐志斋新藏专辑》，第 408—410 页。墓志云："公孜孜于篆刻，拳拳以讽咏。讲穑奥旨而视若慊然，率蹈前修而用若不足。信可以魂交古昔，踵武神期，俟我而三彰日暮于千载者也。"则其亦颇能诗。惜其诗现已不传于世。因皇甫家族出土文学家墓志甚多，其著者即有皇甫澈、皇甫映、皇甫炜、皇甫燠。

44.《李涣墓志》

李涣（806—861），字群之，陇西成纪（今甘肃静安）人。官至中书舍人。咸通二年十二月五日卒于靖恭里第，享年 56 岁，四年二月四日窆于京兆府万年县洪固乡贵胄里。志盖长 74 厘米，宽 75 厘米，篆书"唐故中书舍人李府君墓志铭"，4 行，行 3 字。志石长 74 厘米，宽 75 厘米，楷书，凡 41 行，满行 42 字，全文近 1600 字。墓志首题"唐故朝议大夫守中书舍人柱国赐紫金鱼袋赠尚书礼部侍郎陇西李公墓志铭并序"，题署"翰林学士朝议郎守尚书兵部郎中知制诰柱国赐绯鱼袋刘邺撰"。末题"第五弟浙江西道都团练判官文林郎试大理评事柱国沇书，摄荆南观察推官将仕郎试秘书省校书郎柳说篆盖"。墓志录文载于《文献》2017年第5期，第89—91页。墓志云："著《陈纪》十三卷行于代，诏、诰、诗、赋、赞、述、表、檄凡七百首。"则其亦颇能诗。惜其诗现已不传于世。新出土《唐故河东裴氏夫人墓志铭并序》，题署："朝请郎行河南府河南县□□集贤殿校理李涣撰。"载于《西安碑林博物馆新藏墓志续编》，第588—589页，为李涣所撰其妻墓志铭。李涣与唐代诗人许浑颇有交游，许浑有《宴饯李员外诗序》云："李群之员外从事荆南，尚书杨公诏征赴阙，俄为淮南相国杜公辟命，自汉上舟行至此郡，于白云楼宴罢解缆，阻风却回，因赠。"这里的"李群之"就是李涣。参黄清发《新见李涣墓志考释》，载《文献》2017年第5期，第89—100页。

45.《李縠墓志》

李縠（832—866），字德用，陇西（今属甘肃）人。未官。咸通七年八月六日卒，享年35岁。墓志首题"唐故乡贡进士陇西李府君墓志铭"，题署"长兄将仕郎守京兆府兴平县尉縠撰"。志文25行，满行26字，正书。志长、宽均为39.5厘米。墓志拓片见于赵文亮、赵君平《秦晋豫新出墓志搜佚续编》，第1261页。高慎涛撰有《洛阳新出的〈李縠墓志〉与李氏家族文学》，刊于《南昌大学学报》2014年第5期，第123—126页。文中亦载拓片和释文。李縠能诗，墓志称："僻意风雅，常蘸百层纸，随录所赋，名曰《粃句》，自为之序。思苦，读之令人怨世。设纵饮一斗，愁吟一联，谈棊永日，呼卢百战，不暂忘《粃句》于膝间也。咸通五年，贡文两通，歌诗百首，举进士，爥为名人。"

46.《谢迢墓志》

谢迢（839—866），字升之，寿春（今安徽寿县）人。秘书省正字欧阳琳妻。咸通七年三月十日殁于河南府洛阳县毓财里之私第，享年28岁，咸通九年（868）七月十二日葬于河南府河南县平乐乡杜翟村邙山之南原。墓志首题《唐秘书省欧阳正字故夫人陈郡谢氏（迢）墓志铭并序》，题署"长兄承昭撰"。拓片长、宽均37厘米。拓片载于《北京图书馆藏中国历代石刻拓本汇编》第三三册，第81页；录文载于《全唐文补遗》第一辑，第396—397页；《唐代墓志汇编》，第2429页。陈尚君《石刻文献与唐代文学研究》云："晚唐时谢承昭撰写的谢迢墓志，是一个女诗人的传记，说'夫人生秉雍和，长而柔顺，组绁之暇，雅好诗书'。针线活很好，也会写诗著书。'九岁善属文，尝赋《寓题诗》曰：永夜一台月，高秋千户砧。其才思清巧，多有祖姑道蕴之风，颇为亲族之所称叹。'很近谢道韫，保存了她的两句诗，这位诗人，我们现在看到的也就是这两句诗"（《华夏文化研究》第九辑，第17页）。

47.《张建章墓志》

张建章（806—866），字会主，中山北平（今河北满城）人。官至蓟州刺史兼御史大夫。咸通七年九月十日卒于官舍，享年61岁，八年（867）二月二日迁窆于府城东南七里邓村之原，中和三年（883）十月十六日自邓村原又改葬于幽都县礼贤乡高梁河北原。拓片志长95厘米，宽96厘米，阴长94厘米，宽95厘米；盖长100厘米，宽112厘米。1956年11月出土于北京市西城区德胜门外冰窖口，现藏首都博物馆。墓志首题"唐幽州卢龙节度押奚契丹两蕃副使摄蓟州刺史正议大夫检校太子左庶子兼御史大夫上柱国赐紫金鱼袋安定张公墓志铭并序"，题署"从兄幽州节度掌书记中散大夫检校尚书工部员外郎兼侍御史赐绯鱼袋珪撰，弟前幽州节度衙前散兵马使总章书"。徐自强有《张建章墓志考》，载《文献》1979年第2期，第187—197页；罗继祖有《张建章墓志补考》，载《黑龙江文物丛刊》1983年第3期，第61—62页；李鸿宾有《北京出土的张建章墓志》，载《学习与探索》1980年第4期；张中澍《张建章墓志铭文考释》，载《博物馆研究》1982年创刊号；《关于张建章墓志考释的几点辨析》，载《北方文物》1983年第3期，第63—64页；

佟柱臣有《〈渤海记〉著者张建章墓志考》，载于《黑龙江文物》1981年第1期，第16—22页；赵其昌有《唐张建章墓志续考》，载《首都博物馆丛刊》第十八期，北京燕山出版社2004年版，第15—30页。墓志云："年十六，云水兴高，风月吟苦。旋自试于秋赋，明敏著名，尚持疑□春□，琢磨益厉。"是其少年即能作诗。墓志又云："（大和）九年仲秋月，复命，凡所笺、启、赋、诗，盈益缃帙，又著《渤海记》，备尽岛夷风俗，宫殿官品，当代传之。"是其大中九年（868）出使渤海回京亦曾赋诗，并著《渤海记》在当时颇有影响。惜其诗今已不存。

48. 《卢子献墓志》

卢子献（843—868），字子献，名不详，涿郡范阳（今河北定兴）人。一生未仕。咸通九年九月七日，卒于鄂州武昌县行次，享年26岁，十年五月三日葬之于河南府河南县万安山之南。墓志青石质，方形，高宽均40.5厘米，厚7.5厘米。楷书，42行，满行39字，计1368字。首题"唐故范阳卢氏元昆子献墓志铭"，题署"长弟孤子裔龟谨撰"。志侧刻衬以花草的兽抱笏的十二生肖像，上为猪鼠牛，下为蛇马羊，左为猴鸡狗，右为虎兔龙。墓志云："百氏之典，研极精微。□窗夜烛，志勤其学。不啻十年，业亦大就。赋讼笺檄，传在人口。尤善讽刺，偏攻五言。凡为诗数百首，皆韵契宫笛，调凄金石。或旅次寓题，游行纪事，见之者莫不缀简附策而去。"是卢子献擅长五言诗，且创作数百首。惜其诗不存于世。

49. 《陈魴墓志》

陈魴（814—870），字中远，其先颍川郡（今河南许昌）人。官至河东节度副使。咸通十一年卒，其年十一月葬于京兆府万年县洪原乡曹赵村。墓志高、宽均73厘米，厚9厘米，志文楷书37行，行40字。四侧十二生肖。志盖盝顶，盖高75厘米、宽74.5厘米、厚12厘米。篆书3行，行3字。四周莲花纹，四杀云纹。2011年入藏大唐西市博物馆。墓志首题"唐故前河东节度副使朝散大夫检校尚书屯田郎中兼侍御史柱国赐紫金鱼袋陈公府君墓志",题署"平判第四上等文林郎前守京兆府长安县尉冯湄撰"。墓志拓片载《大唐西市博物馆新藏墓志》,第992页,释文载同书第993页。其夫人冯履均墓志亦已出土,题为"大唐故冯氏夫人墓志",题署"夫义成军节度副使检校尚书屯田郎中兼侍御史柱国陈鲂撰"。牛来颖有《帝陵营造与京畿奉陵——以〈陈鲂墓志〉为中心》,载《唐研究》第二一卷,北京大学出版社2015年版,第327—338页。陈鲂卒年,《大唐西市博物馆新藏墓志》定为咸通十年(869),牛来颖文作了详细考订,改定为咸通十一年,今从之。志云:"公仁义之外,酷好赋诗,属字精新,声意微密。虽不登文第,而词人、诗僧,往往敛衽请教,其或座上运思,寓物寄情,则观鹦、然豆之捷,又无以加焉,信乎人各有能者矣。"《全唐诗》《全唐诗补编》不载陈鲂诗。

50.《蔡勋墓志》

蔡勋(804—870),字世绩,官至银州刺史兼度支营田使。咸通十一年七月十二日卒,享年67岁,八月□日葬。墓志首题"唐故朝议郎使持节都督银州诸军事守银州刺史兼度支营田使上柱国蔡府君墓志铭",题署"婿乡贡进士陈当撰"。盖题"大唐故蔡府君墓志铭"。墓志高宽均54厘米。楷书,共30行,行35—38字不等。盖亦楷书,3行9字。志石现藏洛阳九朝刻石文字博物馆。拓片载于《洛阳新获墓志二〇一五》,第354页。浙江大学图书馆碑帖保护中心藏有《蔡勋墓志》拓片。墓志云:"银川府君学行生知,天机神授,歧嶷及冠,倜傥不群,善裁七言诗,尤精绝句。家贫少孤,文战不果取胜,终鲜故也。"是蔡勋长于七言诗,尤精绝句,惜其诗今已不存。

51.《裴滈墓志》

裴滈(807—874),字为川,河东闻喜(今属山西)人。官至平卢军节度副使。咸通十五年六月卒,同年九月葬。墓志出土于焦作市博爱县城东北隅酒奉村。志题"唐故平卢军节度副使检校国子博士兼侍御史赐绯鱼袋裴府君墓志铭并序",题署:"季弟忠武军节度副使朝议郎侍御史内供奉赐绯鱼袋澈撰"。盖题"唐故青州副使裴府君墓志铭"。墓志为一合两石,志盖、志石均为青石质,方形,盝面,边长69厘米。四面斜刹上线刻青龙、白虎、朱雀、玄武四神图案,四角有线刻花卉图案。志文楷书,35行,满行35字,共1225字。志石四侧面线刻花卉和十二生肖图,每侧三个生肖。生肖均为人形兽面,身穿宽袖长袍,头戴生肖冠。墓志言"公则赋诗司射,延接宾客,尽名教之乐府,□□门下典仪",知其能诗。然其诗今已不传于世。

52.《李当墓志》

李当(799—877),字子仁,世为陇西狄道(今甘肃临兆)人。中唐著名诗人李益之子。官至刑部尚书。乾符四年五月二十六日遘疾薨于上都永宁里第,享年79岁。同年十月十八日,合祔于河南府偃师县毫邑乡北原。墓志共51行,满行51字。长、宽均为91厘米。首题"唐故金紫光禄大夫刑部尚书上柱国陇西县开国子食邑五百户赠尚书左仆射姑臧李公墓志铭并序",题署"从侄中大夫权知尚书礼部侍郎上柱国赐紫金鱼袋昭撰"。末署"嗣子藻书。亲侄朝议郎前使持节复州诸军事守复州刺史柱国洧题讳。处士崔循篆盖"。墓志据言出土于河南省偃师市。墓志拓片,载《秦晋豫新出墓志搜佚续编》,第1312页。李当为唐代诗人,墓志称:"前后赋诗七百篇,并制诰、表疏、碑志,勒成四十卷,行于世。"今湖南零陵朝阳岩尚有咸通十四年(873)李当诗刻。李当夫人墓志业已出土,题为《唐故范阳君夫人卢氏墓志铭并序》,题署:"夫金紫光禄大夫检校尚书右仆射兼太常卿上柱国陇西县开国子食邑五百户李当撰。"载《秦晋豫新出墓志搜佚续编》,第1313页。

53.《薛崇墓志》

薛崇(826—877),字愚山,河东汾阴(今山西万荣)人。官至天平军节度使。乾符四年八月十五日薨于郓之官舍,享年52岁。其年十二月十九日葬于万年县神禾乡神禾原。墓志长宽均73厘米,48行,满行53字。墓志盖题"唐故郓州节度使赠吏部尚书薛公墓铭",首题"唐故天平军节度郓曹濮等州观察处置等使中大夫检校户部尚书兼紫金鱼袋赠吏部尚书薛公墓志铭并序",题署"通议大夫守尚书左丞上柱国赐金鱼袋韦蟾撰"。末署"从父弟乡贡进士岳奉遗旨书"。墓志出土于陕西西安。浙江大学图书馆古籍碑帖研究与保护中心藏有《薛崇墓志》拓片。墓志云:"举进士,史官杜牧以文己任,见公《续儒行篇》,大称于时。明年升上第。杜刺湖州,揖曰:'不腆江郡,可为诗酒侣。'无□,公曰:'某朝无近亲,三年挈所业,遑遑长安,由阁下一言成事,敢忘恩耶!'吴兴溪山秀媚,酒醇醲,倡冶袨靓。公少年次举,眼窥视簿书外,旬以程试自课。岁余罢归,三篇积缣缃矣。"是知薛崇亦能诗。杜牧为湖州刺史时,当将薛崇置于属下。杜牧有《早春赠军事薛判官》《代吴兴妓春初寄薛军事》,"军事薛判官""薛军事"疑即薛崇。

54.《李茂昌墓志》

李茂昌(831—880),字明中,陇西(今属甘肃)人。寿州团练判官、试太常寺协律郎。广明元年七月六日卒于许州,享年50岁,同年十一月十六日葬于河南县万安山。墓志首题"唐故寿州团练判官试太常寺协律郎陇西李府君墓志铭并序",题署"弟乡贡进士李茂升撰"。墓志释文载于《全唐文补遗》第八辑,第227—228页。墓志云:"时公生才十余岁,问安居长,能怡悦晨昏,亟咏坟籍。惇和之气,发为文华。故言歌诗,作赋颂,罕遗道义,足播国风。又篆隶致工,妙传楷法。……成应用十卷,目为《小山集》。"知李茂昌能作歌诗赋颂,又著有《小山集》,惜其歌诗已不传于世。

55.《张读墓志》

张读(833—889),字对朋,常山(今属浙江)人。官至尚书左丞。龙纪元年六月二十日卒,享年57岁,七月二十五日葬。墓志高、宽均77厘米,47行,行47字,正书。志题"唐故通议大夫尚书左丞上柱国赐紫金鱼袋赠兵部尚书常山张公墓志铭并序",题署"银青光禄大夫行御史中丞上柱国东海县开国男食邑三百户徐彦若撰"，末署"外甥将仕郎守右拾遗席梲书"。墓志拓片载于《洛阳新获墓志二〇一五》，第364页。志石藏于洛阳九朝刻石文字博物馆。陈尚君有《〈宣室志〉作者张读墓志考释》，《岭南学报》复刊第七辑，上海古籍出版社2017年版，第75—94页。墓志记载其著作有"《西狩录》十卷、《神州总载》十五卷、《宣室志》十卷、制诰、诗赋、杂著凡五十卷"，是其著有文集，包括"制诰、诗赋、杂著"。然其诗作今已不传于世。

56.《冯晖墓志》

冯晖（894—953），字广照，邺都高唐人（今属山东）也。官至朔方军节度使、中书令，封卫王。卒于后周广顺三年五月二十五日，显德五年（958）葬于邠州新平县临泾乡禄堡村。墓志于1992年5月在彬县底店乡二桥村前家嘴冯家沟出土，石藏彬县文化馆。墓志题为"周朔方军节度使中书令卫王故冯公墓志铭"，题署"朔方军节度掌书记朝议郎试大理司直兼监察御史赐绯鱼袋刘应撰"。墓志为沙石质。志盖方形盝顶，边长91厘米、厚21厘米，盖顶面无文字。志石，近正方形，边长95厘米、宽93厘米、厚23厘米。志文楷体47行，满行47字。墓志发掘报告为《五代冯晖墓》，重庆出版社2001年出版。拓片载于该书第53页，释文载于第62—64页。冯晖为五代时独镇一方的朔方节度使，而《全唐诗》尚载其诗作一首。

57.《赵偓墓志》

赵偓（885—958），字尧真，天水（今属甘肃）人，徙家邵武（今属福建）。官至福州节度巡官。显德五年六月十六日终于黄巷私第，春秋74岁，其年八月二十八日葬于闽县（今福建闽侯）感应乡钦德里双牌之原。墓志出土于福州，墓志原石藏于私人手中。志文楷体，26行，满行31字。志题"福州故节度巡官天水赵府君墓志铭并序"，题署"将仕郎秘书省□□□赐绯鱼袋林□□□□"。墓志释文见《唐史论丛》第二五辑。胡耀飞有《五代的"通判"与"判"——从福州出土〈赵偓墓志〉谈起》，载于《唐史论丛》第二五辑。志云:"府君通经属辞,为时之誉,有文集数百首,行于世。"所谓"属辞"即指其能够作诗,故墓志有言"文集"是其诗文合集。惜其诗已不传于世。

元代杨维桢及其行书墨迹《张栻城南诗卷》

文师华

（南昌大学人文学院中文系）

杨维祯（1296—1370），浙江绍兴（原籍浙江诸暨）人，字廉夫，号东维子、铁笛道人。泰定四年（1327）进士及第。授天台县尹，历任杭州四务提举、建德路总管推官。元末农民起义爆发，杨维桢避寓富春江一带。张士诚屡召不赴，后隐居江湖，在松江筑园圃小蓬壶、草玄阁等胜景。江南一带才俊之士造门拜访者络绎不绝，每日客满。他又周游山水，头戴华阳巾，身披羽衣，坐于船上吹笛，或呼侍儿唱歌，酒酣以后，婆娑起舞，人们把他看作"神仙中人"。

杨维桢是元代文学家、书法家，他的诗文纵横奇诡，别具一格，名擅一时，号"铁崖体"。著有《东维子文集》《铁崖古乐府》等。

杨维桢是元代中后期的书坛怪杰，他的书法在宗法晋唐的元代也以"狂怪"闻名。他把汉晋人有隶意的章草笔法、唐代欧阳询楷书挺劲的笔力和瘦长的结体自然地融化到行草书中，并借鉴了晚唐五代杜牧行书斜侧而放纵的气势、杨凝式行书自由闲散的意趣，形成了奇崛朴拙的独特风格，尤其是草书作品，显示出放浪形骸的个性和抒情意味。应该说他是法古求新的书法革新者。刘璋《皇明书画史》称："廉夫行草书虽未合格，然自清劲可喜。"这里说他的书法"未合格"，显然是指元人崇尚的唐人、晋人的"格"，即赵孟頫、鲜于枢一路,并不是晋代书法的全部。说他的书法"清劲可喜",则是中肯的评价。他的传世作品有《晚节堂诗》《张栻城南诗卷》等。

杨维桢行书墨迹——南宋张栻《城南杂咏二十首》长卷(简称《张栻城南诗卷》),纵31.6厘米,横216.6厘米,后有明代陈献章等人跋语。现藏北京故宫博物院。

张栻(1133—1180),字敬夫,一字钦夫,又字乐斋,号南轩,学者称南轩先生,谥曰宣,后世又称张宣公。南宋汉州绵竹(今属四川)人,右相张浚之子。张栻是南宋初期学者、教育家。宋孝宗乾道元年(1165),居潭州(今长沙)主管岳麓书院教事,并构建城南书院,主讲岳麓、城南两书院,从学者达数千人。其学自成一派,与朱熹、吕祖谦齐名,时称"东南三贤"。

张栻构建城南书院后,创作《城南杂咏二十首》,朱熹在宋孝宗乾道三年(1167)八月游历城南胜景后,创作《奉同敬夫兄城南之作》20首。朱熹的《奉同敬夫兄城南之作》墨迹笔者已写文章阐述。这里重点介绍张栻的《城南杂咏二十首》。

杨维桢所书张栻《城南杂咏二十首》墨迹本释文:

原原锡潭水,汇此南城阴。岸花有开落,水盈无浅深。——纳湖
团团凌风桂,宛在水之东。月色穿林影,却下碧波中。——东渚
四序有佳趣,今古盖共兹。桥边独微吟,回首忘所之。——咏归桥
窗低芦苇秋,便有江湘(湖)思。久已倦垂纶,游鱼不须避。——船斋
长哦伐木篇,伫立以望子。日暮飞鸟归,门前长春水。——丽泽
艺兰北涧侧,涧曲风纤徐。愿言植根固,芬芳长慰予。——兰涧
叠石小峥嵘,修篁高下生。地偏人迹罕,古井辘轳鸣。——山斋
高楼出林杪,中有千载书。昔人不可见,倚槛意何如。——书楼
开轩仅寻丈,水竹亦萧疏。客来须起敬,题榜了翁书。——蒙轩
流泉自清写,触石短长鸣。穷年竹根底,和我读书声。——石濑

云生山气佳，云卷山色静。隐几亦何心，此意相与永。——卷云亭

前年种垂柳，已复如许长。长条莫攀折，留待映沧浪。——柳堤

危栏明倒景（影），面面涌金波。何处无佳月，惟应此地多。——月榭

夫容（芙蓉）岂不好，濯濯清涟漪。采之不盈把，怊怅暮忘饥。——濯清亭

系舟西岸边，幅巾自来去。岛屿花木深，蝉鸣不知处。——西屿

幽谷竹成阴，悬流着石清。不妨风月夕，来此听琤琤。——琤琤谷

亭亭堤上梅，历历波间影。岁晚忆夫君，寂寞烟渚静。——梅堤

风吹渡头雨，搣搣蓬上声。忻（欣）然会心处，端复与谁评。——听雨舫

散策下亭阿，水清鱼可数。却上采菱舟，乘风过南浦。——采菱舟

湘水接洞庭，秋山见遥碧。南阜时一登，搔首意无斁。——南阜

右张宣公《城南杂咏廿首》，子朱子尝所属和者也。南沙虞子贤氏受朱子诗翰于其眷棣钱广，而宣公真迹逸矣。余来娄，贤介其友王师道持卷来征余言。余适于宣公集中得其元唱。贤且躬至余邸次，请余追和。未及，先为补书宣公诗。时至正壬寅冬十二月。东维叟杨桢谨拜书。

余既写诗已，临复素，余评两前哲诗。朱子之辞不敢评，不意张荆州为乾道道学君子，而矢口小章，亦有古风人思致。如"岸花有开落，水流（盈）无浅深""日暮飞鸟归，门前长春水"；又如"古井辘轳鸣"，虽开元诗人不能到。至"卷云"一章，惟许晋处士，代代词人不敢企也。桢赘评。[1]

---

[1]《杨维桢书城南唱和诗》，上海书画出版社2002年版。

说明：组诗中"（）"中的字，依据北京大学古文献研究所编《全宋诗》45册第27934—27936页校对。

以上20首诗全是即景诗，内容包括自然景物，人工景观，有的诗景中寓情，表现了张栻这位理学大师对纯朴、幽静境界的赏爱，以及悟道的心境。各首具体内容如下：

《纳湖》描写南湖春色：花开花落，湖水荡漾。
《东渚》写东渚桂子飘香，月照林间，碧波如镜。
《咏归桥》写在桥边赏景吟诗，流连忘返。
《船斋》写秋日泛舟湖中，观赏芦苇、游鱼，怡然自得。
《丽泽》写在丽泽堂吟诗，观赏日暮飞鸟和门前春水，境界幽静。
《兰涧》写北涧兰花根深叶茂，芬芳四溢。
《山斋》写山斋中的叠石、修竹、古井，地处偏僻，游人稀少，十分幽静。
《书楼》写书楼藏书丰富，倚栏观赏，发思古之幽情。
《蒙轩》写蒙轩面积狭小，水竹萧疏，客人到此，都十分恭敬地欣赏当时理学家陈了翁题写的匾额。
《石濑》写石渠中清流曲折奔流，终年环绕竹林，水声伴着读书声，悦耳动听。
《卷云亭》写坐在几案前远望山上云卷云舒，心境悠然。
《柳堤》写湖边杨柳低垂，倒映在清澈的水中，柔美多姿。
《月榭》写在水榭楼台上欣赏湖中的明月，月照湖中，碧波荡漾，天上水中，相映生辉。
《濯清亭》写清澈的湖水和水中亭亭玉立的荷花。

《西屿》写在岛屿上闲游，欣赏花木，静听蝉鸣。

《琮琤谷》写幽谷中翠竹成荫，石壁悬流琮琮琤琤的声响。

《梅堤》写湖边亭亭玉立的梅花和水中的倒影，赋予梅花充满相思、孤独寂寞的情怀。

《听雨舫》写在石舫上听雨，欣然心会、难以言表的美妙感觉。

《采菱舟》写乘坐采菱的小舟到湖中游玩，湖水清澈见底，鱼儿自由自在地游动。

《南阜》写登上南阜，放眼湘水洞庭和遥远的秋山美景，意境开阔。

从诗体上看，张栻诗中近体五绝仅2首，即《山斋》《琮琤谷》，古体五绝18首。从艺术技巧上看，大多采用白描手法，语言简洁朴素，风神淡雅，但含蓄之美不及朱熹的和诗。

杨维桢跋语有几个词须解释一下。其一，眷棣：亲属弟弟。其二，娄：可能是娄江，西起苏州娄门，东至昆山、太仓交界的草芦村，横穿苏州境域腹地。邸次：旅舍住宿处。其三，张荆州：张栻46岁任荆湖北路转运副使，故可称为"张荆州"。其四，矢口：开口。

从杨维桢所书《城南杂咏二十首》末尾的题记可知，朱熹《奉同敬夫兄城南之作》20首墨迹在元代由钱广传给虞子贤，而张栻的《城南杂咏二十首》墨迹当时已经失传。至正二十二年（壬寅）（1362）冬十二月，杨维桢来娄江（今苏州一带），虞子贤介绍他的朋友王师道拿着空白的手卷，请杨维桢题写和张栻《城南杂咏二十首》的诗。杨维桢刚好从张栻文集中找到《城南杂咏二十首》，于是在题写和诗之前，先挥毫补书张栻的《城南杂咏二十首》。

杨维桢在《城南杂咏二十首》末尾的题记中称赞张栻"矢口小章，亦有古风人思致"，认为"岸花有开落，水流（盈）无浅深""日暮飞鸟归，门前长春水""古井辘轳鸣"等诗句,"虽开元诗人不能到";至于"卷云亭"一章,有东晋处士陶渊明的境界,"代代词人不敢企"。可见,他对张栻的诗评价甚高。

杨维桢行书《城南杂咏二十首》是一件力作,书法个性特征十分突出。运笔老辣,起笔落笔淋漓痛快,露锋很多,墨色浓重,时时带出枯笔。笔画扭动盘曲,忽紧忽松,尖锐的笔画在纸上左冲右突,如铁丝盘绕,刚硬勇猛。结体欹侧丑怪,变化多姿,难以辨识。字距、行距紧密,尤其是行与行之间相互拥挤冲突,如乱石堆叠,幸好每首诗题上下留有空白,形成密中有疏、紧张中偶有宽舒的特殊章法。全篇的风神气象狂怪、险峻、刚猛、拙朴,流露出桀骜不驯、愤世嫉俗的性格。

从杨维桢补书理学家张栻《城南杂咏二十首》的现象可知,宋代朱熹等理学家思想在元代后期受到文人士大夫广泛重视。理学始于宋代,它以正统儒学为本,并吸收了佛学和道教中的若干学说,因此不妨说是正统儒学的变种。朱熹是理学的集大成者,有"朱学"之称。但终宋之世,理学始终没有被封建政府正式立为法定的官学。到了元代,程朱理学才定为一尊,正式成为官学。元王朝统治者从接受儒学到独尊理学,从根本上说是为了统治的需要,忽必烈未即帝位时,就承认三纲五常是"人道之端,孰大于此?失此则无以立于世矣"①。元仁宗曾举起拳头对臣下说:"所重乎儒者,为其握持纲常,如此其固也。"② 从仁宗延祐元年(1314)开始,正式举行科举,"明经""疑经"和"经义"考试都规定用朱熹注。虞集《道园学古录·跋济宁李璋所刻九经四书》说:"朱氏诸书,定为国是,学者尊信,无敢疑二。"程朱理学于是成为元代官方学说,并对文人士大夫的思想和文学艺术风尚产生直接或间接的影响。

---

① 《元史》卷一五八《窦默传》。
② 《元史》卷一七五《李孟传》。

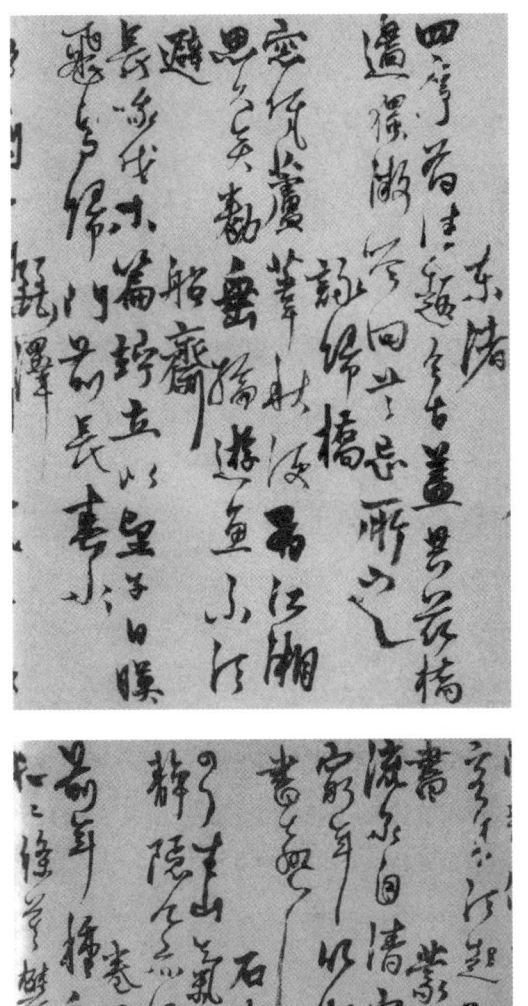

附图　杨维桢所书《城南杂咏二十首》局部

史料具体研究

浅论《尚书·梓材》的乱简问题[①]

唐旭东

(周口师范学院文学院)

《尚书·梓材》是一些断简残编的组合。前代学者对此也有一定认识,但究竟尚不够深入,不够到位。兹据《梓材》相关内证及相关文献对此加以探讨,以就教于大方之家。

据《梓材》语句与内容析本篇为一条成文,三条残文,一句残语,兹逐条简析如下。

一 成文:《梓材》(或《明德之诰》《养民恬民之诰》)

自"王启监,厥乱为民"至"惟王子子孙孙永保民"。这是占《尚书·梓材》篇绝大部分篇幅的文字。虽然"王启监"前缺失了对讲话人的记录,但"王启监,厥乱为民"当为开篇立论,提出论点,周公类似的其他训辞如《无逸》亦为开篇立论提出论点"呜呼!君子所其无逸",前文似无缺失。又末句"惟王子子孙孙永保民",周代金文多此类表述,而且通常都在结尾末句。故此以为本条成文基本为完帙。

[①] 基金项目:2013 年度河南省教育厅人文社会科学研究重点项目"今文《尚书》文系年辑证"(项目编号:2014 – ZD – 124)。

关于《尚书·梓材》篇之题名，本条成文中"若作梓材，既勤朴斫，惟其涂丹雘"句或为前人将《尚书·梓材》篇命名为《梓材》之所据。因为"梓材"二字出现在本条成文之中，所以《尚书·梓材》实际上应当主要就是指本条成文，故本条成文亦可沿用旧题为《梓材》。同时本篇为训体（详见下文），训体为重臣训诫教导帝王之词，就本条成文而言，其主要内容是告诫"王"应该用明德，文中周公阐述其在诸诰中反复强调的"敬德保民"思想，勉励成王继承先王遗德，怀保小民，千秋万代永葆天命，子子孙孙永为天下之主。文中两次提到"用明德"，一次提到"王惟德用"，且"无胥戕，无胥虐，至于敬寡，至于属妇，合由以容""引养引恬""王惟德用，和怿先后迷民，用怿先王受命"等可以视为"明德"的具体表述，"明德"可以视为本条成文的"文眼"或曰核心词，故本条成文也可以拟题为《明德之训》。"明德"可以一言以蔽之曰"养民恬民"，通过"养民恬民"，以和怿先后迷民，"养民恬民"可以视为达到"明德"的具体途径和方略，故本条成文亦可拟题为《养民恬民之训》。

就文中反复称呼"王"而言，显为训王之词，而非诰诫康叔之辞，因为根据周代礼制的规定，不能以"王"来称呼卫康叔封，卫康叔封只是一邦之封君，不可能也没有资格被称为"王"。仅就此一点而言，《康诰》《酒诰》《梓材》合序就是有问题的。因为"梓材"二字所出之文根本不是训诰卫康叔的。由此也可以判定《史记·周本纪》谓周公命康叔，作《梓材》之说及书《序》谓成王以殷余民封康叔作《梓材》之说皆与本文文本内容不合。但与《书·梓材》篇王曰："封，以厥庶民暨厥臣，达大家。汝若恒越"等文字相合，说明《书·梓材》篇在先秦得名之前已为来自不同篇章的断简残编之杂凑拼合。

关于本文创作主体，根据文中表达的一些思想、情感、行文风格及讲话之语气等与其他篇章之相同，当为周公旦。如文中"无胥戕，无胥虐，至于敬寡，至于属妇，合由以容"与《康诰》"不敢侮鳏寡""敬明乃罚"的思想一致；"合由以容""引养引恬"与《康诰》"保乂民""康保民"的思想一致；"皇天既付中国民越厥疆土于先王"与《康诰》中"天乃大命文王。殪戎殷，诞受厥命越厥邦民"及其他处反复讲述文王以德受命的内容相一致；"若稽田"一段与《大诰》"若考作室"一段都强调要继承先王遗德，完成先王遗业，意思相同；"无攸辟"与成康之治40余年刑辍而不用之史实及孔子所归纳的"刑期于无刑"思想相一致。而且，本文行文风格和讲话语气亦与周公其他诰辞相类似，故定本文作者为周公。

至于所训诰之"王"为谁，此以为即周成王姬诵。理由有二：其一，周公旦在世期间为周天子者无非周文王、周武王和周成王，就文中提及"先王"与"今王"，说明"今王"之前还有"先王"，则"今王"只能是周武王或者周成王。其二，文中提到周王朝"庶邦享作，兄弟方来""后式典集，庶邦丕享"的政治局面，此不当为周武王时的政治局面，要说周公旦执政七年致政成王之后天下已经安定，出现此种局面倒更加合情合理。故此以为此篇为周公训导成王之词。

关于本文作时，此以为周公既已称其为"王"，则当作于成王诵受周公致政之后，姑据首句"王启监"系于周公七年之次年，即周成王元年（前1042）。此条成文作于周成王已经登基之后，天下已定，需要行文德以养民恬民，就像以梓材做器具，已经辛勤剥皮砍削，还要给它涂上丹雘，又像建造房屋，"既勤垣墉，惟其涂塈茨"，故善用比喻、类比，生动说理，深入浅出，循循善诱为本文论证方面之重要特色。

二 残文一：下情上达之诰

自"封"至"汝若恒越"。《尚书》它篇无"越曰"连用之例，"汝若恒越曰：我有师师、司徒、司马、司空、尹、旅"为句亦自不通，故自"越"分断。原文为残文，杂于《尚书·梓材》篇之中，无标题，兹据残文主题初步拟为《下情上达之诰》。

《尚书·梓材》篇于本条残文正文前有"王曰：封"三字，据《康诰》《酒诰》与《梓材》三篇之合序，与见于《康诰》中的"王若曰：孟侯，朕其弟，小子封""王曰：呜呼，小子封""王曰：呜呼！肆汝小子封""王若曰：往哉，封"与多次出现的"王曰：呜呼！封""王曰：封"和《酒诰》中多次出现的"王曰：封"具有一致性，而且，在周武王去世之后，能够被称为"王"且能够称卫康叔封为"朕其弟"的，唯有据《逸周书·度邑解》《五儆解》《五权解》《尝麦解》《明堂解》《尚书·康诰》《酒诰》等相关史料①曾经践祚称王七年的周公旦，则"王"当指周公旦，当为周公告诫卫康叔封之词，实为断简残篇。既编入与《康诰》《酒诰》合序的《梓材》篇，又与《康诰》《酒诰》在称呼上有诸多相同，故初步判定此残文当为与《康诰》《酒诰》同时之文，或为周公封卫康叔于卫之时对卫康叔的告诫之词，故姑据《尚书大传》"四年建侯卫"之说系于周公四年。

关于此残文之命名，兹据本段残文之内容与主题。经："王曰：'封，以厥庶民暨厥臣，达大家。'"孔《传》："言当用其众人之贤者与其小臣之良者，以通达卿大夫及都家之政于国。"谨按：孔《传》释"厥庶民暨厥臣"为"其众人之贤者与其小臣之良者"，经本未提及"贤者"与"良者"，实属增字为训，其实不可取。实际上是说把庶民和臣的意见反映给卿大夫。经："以厥臣达王，惟邦君。"孔《传》："汝当信用其臣以通王教于民。言通民事于国，通王教于民，惟乃国君之道。"孔《疏》："王曰：'封，汝为政，当用其众人之贤者与其小臣之良者，以通达卿大夫及都家等大家之政于国，然后汝当信用其臣以通达王教于民，惟乃可为国君之道。汝为君道，故当使上下

---

① 关于周公称王问题，自古及今好多学者进行过讨论。兹据《逸周书·度邑解》《五儆解》《五权解》《尝麦解》《明堂解》，《尚书·康诰》《酒诰》，《礼记·文王世子》等文献，认为周公旦的确在周武王去世之后践祚称王七年。在这七年里，周公旦是唯一的王，武王小子姬诵过继为周公旦之子，为周公旦所教养，既无"王"之名，亦无践祚执政之实。

顺常。'"亦延续了孔《传》之说。谨按：此处孔《传》所增"以通王教于民"亦为经所无之意，亦属增字为训，实亦不可取。经此句之意为：（通过卿大夫）把臣的意见反映给王和邦君。实际上是说的下情上达的问题。故据此暂拟题为《下情上达之诰》。

据《国语》《左传》《诗经》《周礼》《礼记》等文献，西周犹秉民主之遗制，有下情上达之一系列机制与措施。如《国语·周语上》："为民者宣之使言，故天子听政，使公卿至于列士献诗，瞽献曲，史献书，师箴，瞍赋，矇诵。"《晋语六》："于是乎使工诵谏于朝，在列者献诗。"襄公十四年《左传》"史为书，瞽为诗，工诵箴谏，大夫规诲。"昭十二年《左传》载周穆王时"祭公谋父作《祈招》之诗，以止王心。"《诗·大雅·民劳》："王欲玉汝，是用大谏。"《小雅·节南山》："家父作诵，以究王訩。式讹尔心，以畜万邦。"《周礼·夏官·训方氏》："训方氏：掌道四方之政事，与其上下之志，诵四方之传道。正岁，则布而训四方。"《礼记·王制》：天子"命大师陈诗，以观民风"。周公告诫康叔姬封通达上下之情，不但是更是周公的政治远见，也反映了周公对诸侯邦君在通达上下之情方面的枢纽作用的充分认识和对政治关键的高超把握能力。即在后代，上下通达、政令畅通一直是历代统治者非常重视并致力之大问题。

三　残文二：慎杀之诰

即"曰：予罔厉杀人"。"予罔厉杀人"前又有"曰"字，与前文"曰：'我有师师、司徒、司马、司空、尹旅'"相连属，殊为不通，前一"曰"字领起的不过是一组称谓，并无实际内容，下面紧接着又出现一个"曰"字，领起"予罔厉杀人"一句，所言应当并非一事，故此句与前文亦为断简残编之杂凑，亦非同篇之文。

此条残文只是一句表白或者一句意向表达，意思是：我不暴虐，不乱杀无辜，亦即孔《传》所言之"我无厉虐杀人之事"，或者也可以作为一句意向表达之言,理解为"我不会(或不要)去做厉虐杀人之事",说话时间与背景皆不详。就其表达的对象而言,似乎为帝王或者邦君对于诸侯或者下臣所言,杂于《尚书·梓材》篇之中,无标题,兹据残文主题初步拟为《慎杀之诰》。

本条作为残文,"予罔厉杀人"与《康诰》之"敬明乃罚"及周公诸诰中表达的"明德"、慎杀思想一致,且先儒将它编入《梓材》,则可能为与《康诰》《酒诰》同时之文,故姑系于周公四年(前1039),作为周公告诫某位诸侯(如卫康叔封)或者其他臣下之词。

四 残文三:帅身以正之诰

自"亦厥君先敬劳"至"戕败人,宥"。创作年代与创作背景皆不详。经"亦厥君先敬劳,肆徂厥敬劳",意思是说,要想臣下恭敬勤政,那么国君就要先做到恭敬勤政,这样臣下才会跟着国君的榜样去学,跟着做到恭敬勤政。经"肆往,奸宄杀人,历人宥。肆亦见厥君事,戕败人宥",意思是说,臣下出现把那些"奸宄杀人,历人"者给宽恕赦免了,那也是因为他们曾经见到他们的国君把那些戕败人者给宽恕赦免了,虽然这些人本不该被赦免。意思是,国君做什么事情,会对臣下产生示范作用,所以国君如果行事不正,那么臣下就会学着国君的样子行事不正。如果国君恭敬勤政,行事端正,那么臣下就会学着国君的样子恭敬勤政,行事端正。本条残文内容为强调君王应该帅身以正,为臣下做出好的表率,兹据此对本残文拟题为《帅身以正之诰》。就其与《康诰》之"亦惟君惟长不能厥家人越厥小臣、外正;惟威惟虐,大放王命"所反映之思想,以及后来《论语》"政者,正也。子帅以正,孰敢不正"与"君子之德风,小人之德草。草上之风必偃"阐述之思想一致,"君"的身份又与卫康叔的身份具有高度一致性,且先儒将它编入《梓材》,则很可能为与《康诰》《酒诰》同时相连之文,故姑系于周公四年,作为周公告诫卫康叔之词。

领导者要帅身以正的思想渊源久远。远古氏族、部落及部落联盟首领皆经群体选举有德有才者任之，其言行即须符合群体认可之正德。周公继承此种思想并以之告诫康叔。后来孔子将它归纳发展为帅身以正之思想。后来民谚之"上梁不正下梁歪"则是从反面角度对此种思想的生动表述。

五 残句

"曰：'我有师师、司徒、司马、司空、尹、旅'"，此句为残句。创作时间与创作背景亦皆不详。

按：《尚书》中的确有"××曰：我＋一连串官职名称"这种句式。如《牧誓》："王曰：'嗟！我友邦冢君、御事、司徒、司马、司空，亚旅、师氏，千夫长、百夫长，及庸、蜀、羌、髳、微、卢、彭、濮人。'"《牧誓》的作者为周武王，则其称呼的一长串官职，实际上皆其下属担任各官职的官员们。《梓材》中的这句残句，不但句式结构与《牧誓》中的句式几乎完全相同，甚至好多官职，比如"司徒、司马、司空"等官职在《牧誓》中也出现过，则以此类推，则"曰"字前面的主语应该也很可能是"王"，而这种句式通常见于誓类或者诰类文体，则此残句当亦可能是某篇誓词或诰词之遗文。谨按：周公旦曾东征三年，其出师东征之时亦必有誓师辞，但迄今尚未发现，此句很有可能为其残句。当然，也有可能不是，而是其他不知道某位作者创作的某篇誓诰之词的逸文。总的来说，《尚书·梓材》篇各成文、残文、残句虽创作主体（作者）有可能皆为周公旦，但有的毕竟只是出于推测，并没有确证。

虽然本论文对《尚书·梓材》篇的文本切分未必为确论，但《尚书·梓材》篇各成文、残文、残句确为针对不同对象、作于不同时间的不同篇章之内容的合编，实为断简残编之拼凑这一事实还是基本可以认定的。由于简编断残，多篇文章成了残文，甚至只留下几个称呼。既有诰康叔之言，亦有训王之言，甚至有其他内容，既非全帙，亦非《梓材》之纯。故尽管前人对其百般进行解说，想在统一独立文篇这一认定基础上对其进行整合式解说，但毕竟违碍难通，问题的关键在于没有认识到本篇实为断简残编之拼凑。今后研读者需要对此加以认识并细致区分，切不可再将《尚书·梓材》篇中不同的成文、残文、残句的创作时间、创作背景、创作客体（讲话针对的对象）以及相关文本的认识等问题混为一谈。

王逸《楚辞章句》引《尔雅》考辨

窦秀艳　高婷　苏映映

(青岛大学文学院)

王逸，南郡宜城（今湖北江陵）人，大致生活于东汉和帝（88—105）至桓帝（146—167）时期，历仕安帝、顺帝、桓帝三朝。安帝元初（114—119）中，举上计吏，后为校书郎，顺帝时为侍中，著《楚辞章句》行于世，还著有赋诔书论、杂文、汉诗100多篇，行于世。邓太后（81—121）称制，召马融、刘珍、刘𫘧骏等校书东观，这次图书整理活动规模较大，盛况空前，王逸时任校书郎，亦应参与其中，然而《后汉书》王逸本传及刘珍等传均未提及，或因当时王逸尚属青年才俊，而马融、刘珍、刘𫘧骏等皆已是前辈大儒、政学两界成名人物。此次校书，刘珍等统领五经博士，"校定东观五经、诸子诸本，传记、百家艺术，整齐脱误，是正文字"①，是对当时国家藏书进行一次彻底的清理。能够与名儒共事，得其言传身教，有机会遍览东观秘籍，并且亲自从事大量的校勘实践，为王逸积累了坚实的文献整理经验，丰富了他的学识和阅历，同时为他撰作《楚辞章句》（以下简称《章句》）奠定了基础，《章句》"旧本题'校书郎中'，盖据其注是书时，所居官也"。②

---

① （南朝·宋）范晔：《后汉书·安帝纪》，中华书局1973年版，第215页。
② （清）永瑢：《四库全书总目》下册，中华书局1999年版，第1267页中栏。

西汉刘向典校群书,整理屈原、宋玉的作品及汉代淮南小山、东方朔、王褒、刘向本人的模仿屈原、宋玉的作品,汇集成《楚辞》16卷,其后扬雄、班固、贾逵等人对《楚辞》研究,皆有注本。王逸在任校书郎、从事整理东观秘籍期间,阅读到了班固、贾逵等人的《离骚》经章句,王逸认为,班固、贾逵等人虽重视研究《离骚》,然其余15卷阙而不论,且"以壮为状,义多乖异,事不要括",于是王逸"复以所识所知,稽之旧章,合之经传,作十六卷章句,虽未能究其微妙,然大旨之趣,略可见矣"。① 后王逸增入己作《九思》,成17篇,王逸《楚辞章句》遂成为后世通行之本,也是现存《楚辞》注本中最早的一部。《楚辞章句》原书散逸,唐李善注《文选》全录"王逸注",亦非足本。宋洪兴祖作《楚辞补注》,与《章句》合刻,基本保持了《章句》的原貌,补《章句》之未备,校勘传本文字异同,保留了洪氏以前《楚辞》研究者的遗说,成为公认的《楚辞》研究善本。洪兴祖《补注》已汲古阁本最善,中华书局1983年校本出版,本文以此为工作本,并参以中华书局2007年出版的《楚辞章句疏证》、光绪三年崇文书局本《楚辞集注》。

《尔雅》是我国现存最早的词典,两汉时期已经成为学者们解读古文献的重要的工具书,孔安国《尚书传》、司马迁《史记》、扬雄《方言》、许慎《说文》、马融、贾逵、郑众之注经皆援引《尔雅》②,这些旧注,大多不明引《尔雅》,有的已经失传,有的散逸于群书注释之中,对存世史料征引《尔

---

① (宋)洪兴祖:《楚辞补注》,中华书局1983年版,第48页。
② 清代学者邵晋涵所言:"传《尔雅》者,汉初诸儒授受不绝,故贾(谊)、董(仲舒)之书训释经文,悉符《雅》义。至于太史公受《尚书》于孔安国,其为《本纪》《世家》,征引《尚书》者,辄以训诂之字阐释经义,悉依于《尔雅》。……然古者传以释经,史迁所训释,盖即孔安国《书传》,而孔《传》本于《尔雅》,则知古人释经未有舍《尔雅》而别求字义者"(《尔雅正义》,续修四库全书本,第187册35上)。黄侃亦云:"刘、贾、许、颖之《左传》,杜、郑、马、郑之《礼》,所用训诂,大抵同于《尔雅》,或乃引《尔雅》明文"(《黄侃论学杂著》,中华书局1964年版,第367—369页)。

雅》进行全面考察研究,是当前《尔雅》学研究的主要路径和重要方面,尤其对《尔雅》流传研究,必须建立在断代研究的基础上,才更扎实、更可靠。王逸作《楚辞章句》,注释上千条,多引自《尔雅》《毛传》《三家诗》《今文尚书》等经典,其中引《尔雅》260余条,这些征引材料是《尔雅》在汉代流传情况的旁证,也是今天研究《尔雅》版本异文的重要资料,同时,通过《尔雅》与《楚辞》文字古今变化的比较,也可考见《楚辞》与《尔雅》传本文字间的复杂关系。基于此,本文首先对《章句》征引《尔雅》的方式、特点作了总结,又从共时、历时角度对《尔雅》与《楚辞》文字关系作了详细的考察研究。

一 王逸征引《尔雅》的方式特点

(一)明引《尔雅》

两汉至魏晋时期,学者征引《尔雅》明引较少,以暗引为主,从目前存世文献看,许慎《说文》、郑众《周官解诂》(见郑玄《周礼注》引)、王充《论衡》、郑玄《三礼注》等明引《尔雅》不到100例,虽然较少,却是《尔雅》研究的第一手材料,具有重要的史料价值。王逸注《楚辞》广引《尔雅》释词解句,其中仅有5例注明出自《尔雅》。这5例虽与今本相同,我们对这5例一一研究,庶几可见王逸引《尔雅》目的和意义。

例一,王褒《九怀·危俊》"将去烝兮远游",王注:"违离于君,之四裔也。《尔雅》曰:'林、烝,君也。'"[1] 王注引见《尔雅·释诂》王逸解句中已经释"烝"为"君",又引《尔雅》佐证,并关联引出"林,君也"之释。又,屈原《天问》"伯林雉经,维其何故",王逸注:"伯,长也。林,君也"[2]。此处连引《尔雅·释诂》两条训词,亦释"林"为"君",其解句

---

[1] (宋)洪兴祖:《楚辞补注》,中华书局1983年版,第271页。
[2] 同上书,第115页。

明"伯林"复指晋储君申生。

《尔雅》"林、烝"释为"君",此释清代以来争议最大,从现存典籍看,王逸首次明引《尔雅》此条,并释之为君,开启了"林、烝"是否为"君"的争端。清代学者郝懿行、王引之认为,《尔雅·释诂》:"林、烝、天、帝、皇、王、后、辟、公、侯,君也"条,"君"有二义;一为群聚之"群","林、烝"是也;二为君上之"君","天、帝、皇、王、后、辟、公、侯"是也。王逸此两条注释,显然认为"林、烝"为君上之"君",尽管后世《楚辞》研究者对王逸注释颇有看法,但从《尔雅》流传来看,这是继《毛传》之后①,明确引用《尔雅》此训较早的材料,也经常被学者们作为"林、烝"有"君"义的确证。

例二,屈原《楚辞·远游》"夕始临乎於微闾",王逸注:"《尔雅》曰:'东方之美者,有医无闾之珣玗琪焉。'"② "医无闾"之名仅见《尔雅·释地》《周礼·职方氏》③,《淮南鸿烈·坠形》篇又作"醫毋闾"。

王逸最早把《尔雅》之"医无闾"与《楚辞》之"於微闾"系联为一地。据郝氏《尔雅义疏》:"《楚辞·远游》篇云'夕始临乎於微闾',王逸注东方之玉山也,引《尔雅》为释。'医无闾'作'於微闾',语声之转也。《坠形》篇作'醫毋闾',《释文》'李本作毉',并声借字也。"④

据郝注,我们对三者的音韵关系做以分析:其一,"於",古音影母鱼部,"醫",古音影母之部,"毉",醫之或体。"於""醫"(毉)声同,韵母鱼之旁转。其二,"微",古音明母微部,"无",古音明母鱼部,"无"(毋)、"微",皆明母,声同;其韵"鱼""微"对转。由此可见,"於微闾""醫无

---

① 《大雅·文王有声》"文王烝哉",毛传:"烝,君也。"《小雅·宾之初筵》"有壬有林",毛传:"林,君也。"
② (宋)洪兴祖:《楚辞补注》,中华书局1983年版,第169页。
③ 《周礼·职方氏》:"幽州其山镇曰医无闾,其泽薮曰貕养。"
④ (清)郝懿行:《尔雅郭注义疏》,山东友谊社1992年版,第632页。

间""醫毋间",三者是音同或音近的异文,确为一地。

例三,屈原《九歌》"抚长剑兮玉珥,璆锵鸣兮琳琅",王逸注:"璆、琳、琅,皆美玉名也。《尔雅》曰有'璆、琳、琅、玕焉'。"此处王逸略引《尔雅》,证明其说源自《尔雅》。洪兴祖曰:"《尔雅》曰:'西北之美者,有昆仑虚之璆琳琅玕焉。'"① 补足王氏所引,并进一步对王逸注释加以甄别,"璆、琳,美玉名。琅、玕,状似珠也",非皆为"玉名"。

例四,屈原《招魂》"盛鬋不同制,实满宫些",王注:"宫犹室也。《尔雅》曰:'宫谓之室。'"②《释文》云:"郭云:'皆所以通古今之语,明同实而两名。'案古者,贵贱同称宫,秦汉以来唯王者所居称宫焉。"③ 王注引《尔雅》明屈原时"宫"与"室"同,与王逸所处时代已经不同。

例五,屈原《大招》"鲕鳙短狐,王虺骞只",王注:"王虺,大蛇也。《尔雅》曰'蟒,王蛇'也。"④ 王氏引《尔雅》意在表明"虺"与"蟒"为蛇类,"王"有"大"意,因此,郭注《尔雅》"蟒,蛇最大者,故曰王蛇"。

此5例是王逸为了证成己说而引《尔雅》,虽然与后世传本相同,没有变化,但也可见王逸重视《尔雅》,把《尔雅》当作释词解句的重要依据。

(二)暗引《尔雅》

《四库全书总目》称:"逸注虽不甚详赅,而去古未远,多传先儒之训诂。"⑤ 王逸注多引《尔雅》《诗》《毛传》《尚书》《论语》《左传》《淮南子》等,除了证明己说、特别强调外,多不明引。我们对王逸所释1100余个词条与《尔雅》进行了比较,发现相同者260余条,这260条中,有30余条又与《毛传》《说文》相同。《毛传》《说文》也在王逸注《楚辞》之前,那

---

① (宋)洪兴祖:《楚辞补注》,中华书局1983年版,第55页。
② 同上书,第205页。
③ (唐)陆德明撰,黄焯汇校:《经典释文汇校》,中华书局2006年版,第868页。
④ (宋)洪兴祖:《楚辞补注》,中华书局1983年版,第217页。
⑤ (清)永瑢:《四库全书总目》下册,中华书局1999年版,第1267页下栏。

么这些词条能否归为《尔雅》？我们对这个问题略作说明。

以《说文》为例，从王逸释词看，约有十余条既见于《尔雅》，又见于《说文》，如"朕，我也""降，下也""路，道也""永，长也""继，续也""菉，王刍也"等，我们认为这些《尔雅》《说文》共有的词条归为《尔雅》。理由有二：其一，许慎《说文》作于永元十二年（100），建光元年（121）始成，并由其子许冲献给朝廷。而王逸此时刚入职东观，正与马融等当时名儒一起校书，应该见到了《说文》，然而从《章句》释词解句看，完全与《说文》相同的词条远远少于《尔雅》[①]，大概是由于这部字典刚刚撰成，且用与当时通行的汉隶相佐的篆文，应用起来不如《尔雅》便利。其二，许慎《说文》"类聚群分"的编排体例、收字、释词皆参取了《尔雅》[②]，《说文》不但明引《尔雅》33例[③]，释词与《尔雅》完全相同者有二三百条，《尔雅》是《说文》的源头活水。因此，王逸引《尔雅》《说文》相同的词条，归为《尔雅》亦无不可。

同样，王逸释词引与《毛传》相同者，如"严，敬也""均，调也""尤，过也""寤，觉也""违，去也"，约数十条，其中与《尔雅》相同者也有十余条，如"揆，度也"等。《尔雅》成书早于《毛传》，两汉以来，学界已有定论，因此，我们把王逸引《尔雅》与《毛传》相同的词条亦归为《尔雅》。

宋洪兴祖为《楚辞章句》作补注，对王逸暗引《尔雅》释词的现象，以"见《尔雅》""并见《尔雅》"等形式作了个别揭明，如《离骚》"摄提贞于孟陬兮"，王注："太岁在寅曰摄提格。于，於也。正月为陬。"洪补注曰

[①] 王逸释词征引与《说文》完全相同的，如"历，过也""期，会也""讯，告也""览，观也"，约数十条。

[②] 邵晋涵《尔雅正义》谓："两汉小学之书，惟许氏《说文解字》悉宗雅训，或与雅训互相证明，惟其得《尔雅》之传，故能明六书之恉也。"（《续修四库全书》第187册，第38页）

[③] 参见窦秀艳的《雅学文献学研究》（中国社会科学出版社2015年版，第1—10页）、《汉代文献征引〈尔雅〉考论》（《东方论坛》2016年第6期）。

"并出《尔雅》"。① 但大多数并未予以指明。王逸注先释词，后解句，比较简明扼要，大多引《尔雅》一个训式较多，然而亦有连引《尔雅》两或三个训式的，如屈原《离骚》"帝高阳之苗裔兮，朕皇考曰伯庸"，王注："朕，我也。皇，美也。"② 此两条皆见《尔雅·释诂》。又，"摄提贞于孟陬兮"，王注："太岁在寅曰摄提格。于，於也。正月为陬。"③ 此三条见《释诂》《释天》。屈原《天问》"干协时舞，何以怀之"，王注："干，求也。协，和也。怀，来也。"④ 此三条见《释诂》《释言》。又，《离骚》"薋菉葹以盈室兮"，王注："薋，蒺藜；菉，王刍。"此两条见《尔雅·释草》。洪补注曰："薋，《尔雅》亦作茨，《尔雅》云'菉，王刍'。"⑤ 郝懿行疏曰："王逸注用《尔雅》。"⑥ 这种情况大约30余处，占王逸暗引《尔雅》总数的15%以上，它也表明王逸训释《楚辞》，确实以《尔雅》为训解依据。

另外，《楚辞》经文为《尔雅》训词，鉴于《尔雅》被释词与释词大多是同义词的关系，王逸引《尔雅》被训词为释，颠倒了《尔雅》训式。如屈原《招魂》"魂兮归来！反故居些"，王注："反，还也。故，古也。"⑦《释言》："还，返也"；《释诂》："古，故也"。⑧ 屈原《离骚》"百神翳其备降兮，九疑缤其并迎"，王注："翳，蔽也。"⑨ 今《尔雅·释草》"蔽者，翳"。⑩ 东方朔《七谏》"夫何执操之不固"，王注："固，坚也。"⑪《尔雅》

---

① （宋）洪兴祖：《楚辞补注》，中华书局1983年版，第3页。
② 同上。
③ 同上。
④ （宋）洪兴祖：《楚辞补注》，中华书局1983年版，第106页。
⑤ 同上书，第19页。
⑥ （清）郝懿行：《尔雅郭注义疏》，山东友谊书社1992年版，第726页。
⑦ （宋）洪兴祖：《楚辞补注》，中华书局1983年版，第202页。
⑧ 《说文》："反，覆也。""故，使为之也。"
⑨ （宋）洪兴祖：《楚辞补注》，中华书局1983年版，第37页。
⑩ 《说文》："翳，华盖也。"
⑪ （宋）洪兴祖：《楚辞补注》，中华书局1983年版，第252页。

"坚，固也。"①

（三）王逸以《尔雅》解句

王逸引《尔雅》释词，并在解句中根据被训词、训词词义相同的特点，把它们组合成复音词连用，也许这些被训词、训词在当时的语言中已经成为复音词，不论何种情况，都表明了《尔雅》以单音节词为主的性质以及王逸时代已经进入了复音词蔚起的事实。王逸《楚辞章句》以《尔雅》被训词、训词联合解句，大致分为两种情况：一是按《尔雅》被训词、训词顺序而解；二是训词在前，被训词在后倒译而成。后一种情况，多因《楚辞》经文为《尔雅》训词而成。例如，屈原《九章》"愿陈志而无路"，王注："愿，思也。路，道也。欲见君陈己志，又无道路也。"② 王所释词分见《释诂》《释宫》。以"道路"释"路"。《楚辞》中"路"字多作"道路"解，在此句中，王逸所释之"道路"已经引申为途径、方法，"屈子'路'字使用，亦足见其政治、人伦、修养诸端之思想脉络"。③

屈原《天问》"何卒官汤，尊食宗绪？"王注："卒，终也。绪，业也。④言伊尹佐汤命，终为天子，尊其先祖，以王者礼乐祭祀，绪业流于子孙。"⑤《尔雅·释诂》"业，绪也""绪、业，事也"，从王注及解句可见，"绪业"连用为复音词，为事业、遗业之意。《史记·周本纪》："武王即位，太公望为师，周公旦为辅，召公、毕公之徒左右王，师修文王绪业。"⑥ 此二处"绪业"即指"事业""遗业"，"绪"与"业"已经同义连用，王逸所见所知之复音词解句。

---

① 《说文》："固，四塞也。""坚，刚也。"
② （宋）洪兴祖：《楚辞补注》，中华书局1983年版，第124页。
③ 姜亮夫：《楚辞通故》第二册，云南人民出版社1999年版，第397页。
④ "卒，终也"，见《释诂》，《说文》："卒，隶人给事者衣为卒。""绪"，《说文·系部》："绪，丝端也。"
⑤ （宋）洪兴祖：《楚辞补注》，中华书局1983年版，第115页。
⑥ （清）司马迁：《史记》第一册，中华书局1963年版，第120页。

屈原《九章》"曰君可思而不可恃",王注:"恃,怙也。①言君诚不可思念,为竭忠谋,顾不可怙恃,能实任己与不也。"②《尔雅·释言》:"怙,恃也。"

屈原《大招》"穉朱颜只",王注:"穉,幼也。③言美女仪容娴雅,动有法则,秀异于人,年又幼穉,颜色赤白,体香洁也。"④《尔雅释文》作"幼,穉也",唐石经、单疏本、雪窗本作"幼,稚也",盖"穉""稺""稚"并同。王逸倒《尔雅》释"穉"为"幼",并以复音词形式解为"幼穉"。

二 从王逸《章句》征引看《尔雅》与《楚辞》文字关系

《尔雅》产生于战国后期至秦汉间,收词以儒家经典为主,兼收《庄子》《管子》《穆天子传》《尸子》《吕氏春秋》以及屈原、宋玉等人的楚辞作品词语,为之训释,因此,《尔雅》与早期楚辞作品有一定的关系。南宋郑樵甚至据《离骚》"令飘风兮先驱,使涷雨兮洒尘""暴雨谓之涷"等句,断定《尔雅》专为《离骚》释,"《尔雅》在《离骚》后,不在《离骚》前"。⑤ 王逸整理《楚辞》,为之训释,深知《楚辞》与《尔雅》的关系。王逸历仕安帝、桓帝、灵帝三朝,安帝时曾任校书郎,长于校勘,熟知经典版本源流统系,因此,王逸注释《楚辞》必然广泛参考了众家传本,其征引《尔雅》,同样也应该是参考了《尔雅》通行本、重要的传本,因此,在一定程度上,《章句》保存了《楚辞》《尔雅》之面目。然而,受语言文字发展、古籍传刻、学者相互征引等因素的影响,《尔雅》《楚辞》两部经典在后世流传过程中传本文字各有变化,又互有影响,极其复杂。如王逸注《楚辞》引《尔雅》,

---

① 《说文·心部》:"恃,赖也。"
② (宋)洪兴祖:《楚辞补注》,中华书局1983年版,第124页。
③ 《说文·禾部》:"穉,幼禾也。""稚""穉","稺"之异体。
④ (宋)洪兴祖:《楚辞补注》,中华书局1983年版,第222页。
⑤ 宋郑樵《尔雅注后序》:"《尔雅》所释尽本《诗》《书》,见《尔雅》,自可见,不待言也。《离骚》云:'令飘风兮先驱,使涷雨兮洒尘。'故释风雨云:'暴雨谓之涷。'此句专为《离骚》释,知《尔雅》在《离骚》后,不在《离骚》前。"见《文渊阁四库全书·经部·小学类》。

郭璞注《尔雅》也多引《楚辞》及王注，李善注《楚辞》亦广引《尔雅》，洪兴祖《补注》亦多引《尔雅》及郭注为证，清人注释研究《尔雅》也多以《楚辞》、王逸注等相发明。因此，骚、雅文字之关联，千丝万缕，孰先孰后，孰正孰借，从王逸所引《尔雅》入手，我们对《楚辞》《尔雅》的一些重要传本做了考察，并对其中20余处文字异同情况作了深入研究①，大致分为以下三种情况。

（一）《楚辞》经文与今《尔雅》传本不同

从王逸征引看，其所释《楚辞》之经文，与《尔雅》被训词不同，而训词相同，这两个被训词不无关系。如以下四种情况。

1. 攘、襄

屈原《离骚》"忍尤而攘诟"，王注："尤，过也。攘，除也。含忍罪过而不去者，欲以除去耻辱，诛谗佞之人。"② 今《尔雅》作"邮，过也"③"襄，除也"。

郝懿行《尔雅义疏》："襄者，《谥法》云：'辟地有德曰襄'，辟即开除之义，故《诗·墙有茨》及《出车传》并云'襄，除也'。通作攘。《离骚》云'忍尤而攘诟'，《诗·车攻序》'外攘夷狄'，《史记·龟策传》'西攘大宛'，并以攘为除也。《龟策传》集解徐广曰'攘，一作襄'，是襄、攘通。《尔雅释文》'襄，四羊反或而羊反'，'而羊'即攘字之音。"④ 据郝疏可知，《离骚》之"攘"，为借字，本字当为"襄"，《章句》"攘，除也"之释，当取自《尔雅》"襄，除也"；从《尔雅释文》为"襄"所注音看，《尔雅》本又作"攘"。

---

① 洪兴祖《楚辞补注》，在"补曰"前，多以"A，一本B"形式，指出《楚辞》传本异文现象，这是我们研究《楚辞》版本异文的重要依据。
② （宋）洪兴祖：《楚辞补注》，中华书局1983年版，第16页。
③ "邮，过也"考辨，见下文。
④ （清）郝懿行：《尔雅郭注义疏》，山东友谊出版社1992年版，第343页。

按，《说文》"攘，推也"，本为"推让（讓）"之"讓"，引申为推却，使人退让，除去，故《广韵》作"攘，除也"。又，《说文》："襄，解衣耕谓之襄。"引申为除去。"襄"与"攘"在"除去"之义上皆可通用，毋庸假借，后世经典多以"攘"代"襄"。

2. 揭、藒

屈原《离骚》"畦留夷与揭车兮"，王注："揭车，亦芳草，一名芎䓖。"洪补注："揭一作藒。"① 可见，《楚辞》经有"揭""藒"两异文。

今《尔雅·释草》"藒车，芎䓖"，郭注："藒车，香草。见《离骚》。"可见，《尔雅》此条释《离骚》文，经字与王逸《章句》本不同，与洪氏所谓"一作"本同。郝氏义疏："《离骚》云'畦留夷与揭车兮'、《上林赋》云'揭车衡蘭'，揭与藒同，假借字耳。"② "揭"当为古借字，"藒"为其后起的区别字。

3. 肇、肈

屈原《离骚》"肇锡余以嘉名"，王注："肇，始也。锡，赐也。嘉，善也。"③ 王逸所引，皆见《释诂》。

《尔雅》传本有二："肇"，见宋陆佃《尔雅新义》、姜兆锡《尔雅注疏参议》、任基振《尔雅注疏笺补》、戴蓥《尔雅郭注补正》、刘玉麐《尔雅校议》等传本；"肈"，见《尔雅释文》、唐石经、邵《正义》、郝《义疏》《尔雅校笺》等传本。姜亮夫《楚辞通故》："至王逸训为'始'者，依《尔雅·释诂》说也。其实'肇'亦借字，其本字当作'肁'，始开户也。"④

按，《说文》："肁，始也。"段玉裁注："肁，引申为凡始之称。凡经传言肇始者，皆肁之假借，肇行而肁废矣。"《说文》："肇，击也。""肈"下段

---

① （宋）洪兴祖：《楚辞补注》，中华书局1983年版，第10页。
② 同上书，第795页。
③ 同上书，第4页。
④ 姜亮夫：《楚辞通故》第4册，云南人民出版社1999年版，第187页。

注:"按,古有肇无肈,从戈之肈,汉碑或从殳,俗乃从攵作肇。"由此可见,"肁,始也","肈"与"肇"皆"肁"之借字,"肇"为"肈"的俗字。王逸所引或依经改雅,或所见本使然。

4. 御、迓

"帅云霓而来御",王注:"云霓恶气,以喻佞人。御,迎也。言己使凤鸟往求同志之士……又遇佞人相帅来迎,欲使我变节以随之也。"补注:"御读若迓。"

今《尔雅·释诂》:"迓,迎也。"郭注:"《公羊传》曰跛者迓跛者。"《校勘记》:"迓,唐石经、单疏本、雪窗本同。《释文》'讶,五驾反,本又作迓。'按《说文》'讶,相迎也。从言牙声。'《周礼》曰诸侯有卿讶。迓,讶,或从辵。又《周礼·掌讶》注'讶,迎也。郑司农云讶读为跛者讶跛者之讶',此经当从陆本作讶,为正字,注引《公羊传》跛者迓跛者,亦当作讶,与郑司农所引同。贾公彦、邢昺所据《公羊》皆作迓,浅人遂援以改注,而并以改经矣。按《说文》本无迓篆,今有者,徐铉所增十九文之一也。"①《诗·召南·鹊巢》:"之子于归,百两御之。"郑玄笺:"御,迎也。"陆德明释文:"御,本亦作讶,又作迓。"可见《诗经》本有作"御""讶""迓"三异文者。《集韵·祃韵》:"讶,《说文》相迎也。或作迓、御。"《书·顾命》:"太史秉书,由宾阶陟,御王册命。"孙星衍疏:"御与讶通,讶之言迎,迎则向也。"

"御""讶"(迓)古音皆疑母、鱼部,音同,声近义通,因此,王逸释"御"以"迎也",用《尔雅》,郑玄等从之,洪兴祖深明王意,故曰"御读若迓",明其通用。

(二)《楚辞》经文与今《尔雅》传本不同,而与历史上某个传本相同

从王逸征引看,所释《楚辞》经文与今《尔雅》传本相同,但与历史上

---

① (清)阮元:《尔雅校勘记》,续修四库全书本,第183册,第339页上。

某个时期的传本有异。如以下两种情况。

1. 悴、顇

屈原《九叹·远逝》"山木摇落，时槁悴兮"，王注："悴，病也。言飘风转运，扬起尘埃，摇动草木，使之迎时枯槁，茎叶被病，不得盛长也。"①

今《尔雅》传本皆作"顇，病也"，而《尔雅释文》云"顇，或作悴"，可见，陆德明时代，《尔雅》传本有两异文，王逸或据作"悴"之本，或依经改雅。

2. 猒、厭

屈原《招魂》"二八侍宿，射递代些"，王注："射，猒也。"②

今《尔雅》传本，《释文》、雪窗本、闽本、监本、毛本作"厭"，唐石经、单疏本、元本作"猒"。郝氏义疏云："厭者，猒之或体也。《说文》云：'猒，饱也。'通作厭……"段注："厭专行而猒废矣……猒、厭古今字。"③按《说文》"厭，笮也。从厂、猒声"，段注："《竹部》曰'笮者，迫也'，此义今人字作壓，乃古今字之殊。"徐灏笺："猒者，猒饫本字，引申为猒足、猒恶之义。俗以厭为厭恶，别制饜为饜饫、饜足。"可见，"猒"为古本字，"厭"为借字，《尔雅》传本两异文兼有之，王注所据，或为古之一本。

（三）《楚辞》经文与今本《尔雅》不同，二书皆有两异文

1. 尤、邮

屈原《远游》"绝氛埃而淑尤兮，终不返其故都"，王注："超越垢秽，过祖先也。淑，善也。④ 尤，过也。言行道修善，所以过祖先也。"⑤ 补注

---

① （宋）洪兴祖：《楚辞补注》，中华书局1983年版，第295页。
② 同上书，第204页。
③ （清）郝懿行：《尔雅郭注义疏》，山东友谊书社1992年版，第177—178页。
④ "淑，善也"，《释诂》文，此处王逸连引《尔雅》。
⑤ （宋）洪兴祖：《楚辞补注》，中华书局1983年版，第165页。

"尤，一作邮"①，则《楚辞》有"尤""邮"两种异文。

今《尔雅·释言》作"邮，过也"，据郝懿行《尔雅义疏》："邮者，古本作尤。《文选·吊屈原文》注引犍为舍人《尔雅注》曰：'尤，怨也。'《列子·杨朱》篇释文引《尔雅》亦作'尤，过也'。是皆邮本作尤之证。……郭缘词生训，以邮为邮驿之邮误矣。"② 由此可见，《尔雅》传本亦有作"尤"者。

"邮"，郭注"道路所经过也"，郝氏认为"缘词生训"，而邵晋涵则认为"郭氏以邮为邮亭，过为经过，于义亦通"。③ 邵、郝认识不一，皆因对"邮""尤"二字的本义、引申义及借义的理解有不同。据《说文》："邮，境上行书舍。"本义当为传递文书，供应食宿、车马的驿站，引申有传递、经过义；《说文》："尤，异也。"本义特异的、突出的，引申为过失、罪过、怨恨等。因此，此二字除表示它们本义、引申义以外，其余义皆为其假借。《楚辞章句》与《尔雅》传本皆是"邮""尤"二异文并存，究竟孰先孰后，如今难以断定。至于时"尤"为"超过"，亦通，如此，作"邮"为本字，作"尤"为借字。

2. 薋、茨

屈原《离骚》："薋菉葹以盈室兮"，王注："薋，蒺藜也。菉，王刍也。"洪补注曰："今《诗》薋作茨，《尔雅》亦作茨。"④

王逸注此两释文皆见《释草》，朱熹《楚辞集注》云"薋"一本作"茨"，则《楚辞》有两异文。

洪氏所见《尔雅》本作"茨"，与《楚辞》他本同。按，《尔雅释文》：

---

① 朱熹《楚辞集注》、林西仲《楚辞灯》、陈本礼《楚辞精义》等注本皆作"邮"，与今本《尔雅》同。
② （清）郝懿行：《尔雅郭注义疏》，山东友谊书社1992年版，第357页。
③ （清）邵晋涵：《尔雅正义》，续修四库本，第187册，第96页上。
④ （宋）洪兴祖：《楚辞补注》，中华书局1983年版，第19页。

"茨，或作薋，同。"黄焯汇校："茨，《一切经音义》十、十二、又十六引作薋。"① 则《尔雅》传本亦有两异文。

此外，我们由王逸所解句旨"三者皆恶草，以喻谗佞盈满于侧者也"看，王逸释"薋"为恶草，为名词。按，《说文》"薋，草多貌"，徐锴《系传》："薋，犹积也。"段玉裁注："《离骚》曰：'薋菉葹以盈室兮。'王注'薋，蒺藜也'……据许君说，正谓多积菉葹以盈室兮。"则"薋"又为动词，本义为草多、积聚，《离骚》此处作"积菉葹"，为动宾式，非《尔雅》所释之名词。

3. 谅、亮

"惟此党人之不谅兮，恐嫉妒而折之"，王注："谅，信。② 言楚国之人，不尚忠信之行，共嫉妒我正直，必欲折挫而败毁之也。"③ 洪补注曰"一作亮"。可见，《楚辞》有"谅""亮"两异文。今《释诂》："亮，信也。"郝懿行义疏："亮者，谅之假借也。……《一切经音义》十七引《尔雅》旧注云'谅，知之信也'。"④ 则《尔雅》亦有两异文。"谅"为本字，"亮"借字，《尔雅》经文为借字。

---

① （唐）陆德明撰，黄焯汇校：《经典释文汇校》，中华书局2006年版，第900页上。
② "谅，信也"，见《毛传》《说文》。
③ （宋）洪兴祖：《楚辞补注》，中华书局1983年版，第40页。
④ （清）郝懿行：《尔雅郭注义疏》，山东友谊书社1992年版，第54页。

《苏氏易传》四大难卦断章臆说

海 滨

（海南大学文学院）

薪火相继，三苏传《易》，东坡既成于儋；屯坎蹇困，四卦称难，子瞻证以百年。某断章取义，试臆说之。

苏子瞻，远绍栾城遗脉，独得天府毓秀；眉山养志，弱冠出峡；文章耸动天下，龙颜开解；释褐始于乾乾，凤翔签判。在朝九年，奉仁宗、英宗、神宗、哲宗，以贤良方正之初心，谔谔于朝廷；因不合时宜之主见，謇謇于党争。历典八州，黾勉于杭密徐湖，鞠躬尽瘁，造福一方；经营乎登颍扬定，夙兴夜寐，泽被百姓。三度贬谪，平生功业黄惠儋；七载岭南，兹游奇绝冠平生。

故有山谷赞曰：子瞻堂堂，出於峨眉，司马班扬。金马石渠，阅士如墙。上前论事，释之冯唐。言语以为阶，而投诸云梦之黄。东坡之酒，赤壁之笛，嬉笑怒骂，皆成文章。解羁而归，紫微玉堂。子瞻之德，未变於初尔，而名之曰元祐之党，放之珠崖儋耳。方其金马石渠，不自知其东坡赤壁也。及其东坡赤壁，不自意其紫微玉堂也。及其紫微玉堂，不自知其珠崖儋耳也。九州四海，知有东坡。东坡归矣，民笑且歌。一日不朝，其间容戈。至其一丘一壑，则无如此道人何。

彼苍者何，独爱东坡，六十四卦，百年遍历其境；天行有常，私厚子瞻，四大卦难，一生屡涉其险。险之又险，在琼岛四面环水之坎间，苏子汲引老泉，陶铸子由，化为胸臆；切近人事，卦合爻别，出以己见。故曰：《苏氏易传》径称《东坡易传》可也。

东坡传《屯》，可臆者三

其一，雷雨溃乱，若将害之，霁而后见其功。

曰："物之生，未有不待雷雨者，然方其作也，充满溃乱，使物不知其所从，若将害之，霁而后见其功也。天之造物也，岂物物而造之？盖草略茫昧而已。"

天之造物，草略茫昧，无偏无私，云蒸雨降，万物沾溉；昭阳德泽，草木无遗。《乾》《坤》两卦之后，即为万物始生之《屯》卦；天地阴阳交憾，鼓之以雷霆，润之以风雨，万物始生。此亦先后之次序，亦表里之逻辑。奈何万物不解，以为溃乱浸淫，或将害之，惶恐不知所从；云销雨霁，天朗气清，春芽破土，蛰虫竞作，始知造物者之功德。

证之以人事，东坡罹乌台诗案，如闻晴天霹雳，几乎投江于途中，绝命于囹圄。此时之东坡，如处淫雨霏霏连月不开，如临列缺霹雳丘峦崩摧，焉知否泰转瞬，剥后有复！焉知其人生尚有汴京之朝堂轩冕，西湖之苏堤春晓，赤壁之文章锦绣，岭南之脱钩参悟，儋耳之三书功业！

东坡在儋耳，传《屯》走笔至此，不觉哑然失笑。

其二，不患有德无位，患有位无德。

曰："初九以贵下贱，有君之德而无其位，故盘桓居贞以待其自至。惟其无位，故有从者，有不从者。……民不从吾，而从吾所建，犹从吾耳。"

苏轼贬黄惠儋，均不得签书公事，而居儋尤甚，是其"无位"也；相较尸位素餐之衮衮诸公，东坡"食无肉，病无药，居无室，出无友，冬无炭，夏无寒泉"，徒余一穷命，犹然未敢自弃，盘桓之间，惟"居贞"——"守其初心，始终不变"，躬耕亦劝耕，自励亦励人，移风易俗，施行教化，是其"有德"也。无位，故民难舆乘相从；有德，故民皆闻风相悦，从其大德，土著相从相游者如黎子云、姜唐佐，跨海追随请益者如刘沔、葛延之，忘年而从游者如吴复古，千载之下相从者更无计其数。故曰"从吾所建，犹从吾耳"。

其三，苟非吾之所有，虽一毫而莫取。

"六三……苟不可得而强求焉，非徒不得而已，后必有患。……故曰：君子几，不如舍之。"

得失之辨，舍得之别，人人时时处处莫能逃。

东坡赤壁赋云："盖将自其变者而观之，则天地曾不能以一瞬；自其不变者而观之，则物与我皆无尽也，而又何羡乎！且夫天地之间，物各有主，苟非吾之所有，虽一毫而莫取。惟江上之清风，与山间之明月，耳得之而为声，目遇之而成色，取之无禁，用之不竭，是造物者之无尽藏也，而吾与子之所共适。"

疑东坡此时恐是解悟，亦有体悟，尚未证悟。

观东坡如下二小品，皆清丽恬淡，却深浅各异。

坡在黄州夜游承天寺："元丰六年十月十二日，夜，解衣欲睡，月色入户，欣然起行。念无与为乐者，遂至承天寺，寻张怀民。怀民亦未寝，相与步于中庭。庭下如积水空明，水中藻荇交横，盖竹柏影也。何夜无月？何处无竹柏？但少闲人如吾两人者耳。黄州团练副使苏某书。"

坡在儋州夜游城西："己卯上元，予在儋州，有老书生数人来过，曰：良月嘉夜，先生能一出乎？予欣然从之，步城西，入僧舍，历小巷，民夷杂糅，屠沽纷然。归舍已三鼓矣。舍中掩关熟睡，已再鼾矣。"

二者何其相似乃尔！所异者，儋州夜游后犹有文字："放杖而笑，孰为得失？过问先生何笑，盖自笑也。然亦笑韩退之钓鱼无得，更欲远去，不知走海者未必得大鱼也。"

忘怀得失，至此证悟。前篇后篇之间，堪称桥梁者惟惠州松风亭所谓"由是如挂钩之鱼，忽得解脱。"

东坡传《坎》，可臆者二

其一，有常形者常变形，其形不信；无常形者恒无形，其无形信。

终东坡身，自问自答者夥矣！

东坡尝自许为文之状："吾文如成斛泉源，不择地而出，在平地滔滔汩汩，虽一日千里无难；及其与山石曲折，随物赋形，而不可知也。所可知者，常行于所当行，常止于不可不止，如是而已。其他，虽吾亦不能知也。"一日千里，可行可止，文心自会，诗人皆知，然则"不可知也"者，"其他，虽吾亦不能知也"者，何哉？

曰："行险而不失其信。万物皆有常形，惟水不然。因物以为形而已。世以有常形者为信，而以无常形者为不信。然而方者可斫以为圆，曲者可矫以为直，常形之不可恃以为信也如此。今夫水，虽无常形，而因物以为形者，可以前定也。是故工取平焉，君子取法焉。惟无常形，是以忤物而无伤。惟莫之伤也，故行险而不失其信。由此观之，天下之信，未有若水者也。"

水无常形，因物以为形者，所谓"随物赋形"也。此东坡旧意重题。

"惟无常形，是以忤物而无伤。惟莫之伤也，故行险而不失其信。由此观之，天下之信，未有若水者也。"此则所谓"不可知也"者，"其他，虽吾亦不能知也"者也。

前篇为文而后篇为物为人为君子，前篇知其然而后篇知其所以然。有常形者常变形，其形不信；无常形者恒无形，其无形信。秋水时至，百川灌河，无常形，莫之伤，行险而不失其信，本也，体也；文如泉涌，随物赋形，末也，用也。本立而道生，则文如其人也。

其二，物之窒我者有尽，而是心无已，则终必胜之。

曰："维心，亨；乃以刚中也。所遇有难易，然而未尝不志于行者，是水之心也。物之窒我者有尽，而是心无已，则终必胜之。故水之所以至柔而能胜物者，维不以力争而以心通也。不以力争，故柔外；以心通，故刚中。"

坎中满，外阴内阳，外雌内雄，外柔内刚，外弱内强，以天下至柔软驰骋天下至刚强，何哉！水虽无形而行险，然恒志于行，是其心，有其信；物虽有形而窒水，然有形则有尽，有尽则无信；以无形有信之水，战有形无信之物，不以外力争，专以内心通，必完胜。

证以东坡，在朝九年，历典八州，三度贬谪，七载岭南，是皆物之窒也，安能桎梏东坡精神，牢笼东坡气质，藩篱东坡风标！非但不能，适相反相成之也，或谓东坡过海虽为不幸，乃鲁直之大不幸，信哉斯言！

　　东坡传《蹇》，可臆者二而一

曰："利见大人……大人者不择其地而安，是以立于险中而能正邦也。"

曰："九五：大蹇，朋来。险中者，人之所避也，而己独安焉，此必有以任天下之大难也。"

二者皆着笔于"险中"与"安"。分述之。

东坡三贬，堪称三蹇。蹇之为卦，利西南，不利东北。帝京恒居东北，黄惠儋迤逦西南。为人欲求生，帝京死穴，西南活路；为臣欲尽忠，帝京月圆，西南险途。利与不利，可翻可覆。

试问岭南应不好？且看东坡笔下说：

"吾始至南海，环视天水无际，凄然伤之，曰：何时得出此岛耶？已而思之：天地在积水之中，九州在大瀛海中，中国在少海中，有生孰不在岛者？

覆盆水于地，芥浮于水，蚁附于芥，茫然不知所济。少焉水涸，蚁即径去；见其类，出涕曰：几不复与子相见。岂知俯仰之间，有方轨八达之路乎？念此可以一笑。"

初则凄然伤之，终以达观笑之。

"岭南天气卑湿，地气蒸溽，而海南为甚。夏秋之交，物无不腐坏者。人非金石，其何能久？"

亦凄然伤之。

海岛为险中之象，大难之地，人人避之唯恐不及，九五君子如东坡，何以处之泰然湛然熙熙然！

唯一"安"也："大人者不择其地而安"；"人之所避也，而己独安焉"。

故东坡复曰："儋耳颇有老人，年百余岁者往往而是，八九十者不论也。乃知寿夭无定，习而安之，则冰蚕炎鼠皆可以生。吾当湛然无思，寓此觉于物表，使折胶之寒无所施其冽，流金之暑无所措其毒，百余岁岂足道哉！"

循其本，无非"习而安之"。

安之若素，安之若故，无往不适，如是而已。

故曰：此心安处，便是吾乡。

要之，帝京、岭南、西南、东北，皆一时观物取象而已；达者苏轼，无往不适，不择其地而安。

东坡传《困》，可臆者二而一

曰："困者，坐而见制、无能为之词也。"

曰："泽无水，命与志不相谋者也，故各致其极，而任其所至也。"

屯之难：筚路蓝缕，以启山林；坎之难：惊涛锁孤岛，欲济无舟楫；蹇之难：山重水复疑无路，折肱跛足难自顾；困之难：穷厄委顿，动辄得咎。东坡在朝为官，虽险犹有余地可争；外放诸州，虽远或能自专职志；惟乌台诗案与贬黄惠儋，真正坐困愁城也。惊魂未定，命若悬丝；惊魂初定，不知何之；惊魂已定，坐而见制，无以伸展手足，几近坐以待毙。处此命与志不相谋不相侔之泽水困，与其怨天尤人，感时伤世，未若委运任化，与道消息——驾得小舟从此逝，江海波涛任平生，报道先生春睡美，不妨长作岭南人，此命之所极也；未若反身而诚，与民苦乐——和陶盥濯息檐下，敲门试问野人家，循迹牛矢觅归路，诸黎同赏含笑花，此志之所极也。任其命志两至所极，相妨亦无悔，相济亦无憾，胜固欣然，败亦可喜。如是而已。

合四卦而言，难诚难也；终东坡一生，解悟体悟证悟之而传于《易》，诚不易也。履正体大，终无难事，复如山谷之赞，曰：眉目云开月静，文章豹蔚虎炳；逢世爱憎怡怡，五朝公忠炯炯。

《太平广记引用书目》考

——兼及《太平御览经史图书纲目》

熊 明

（辽宁大学文学院）

《太平广记》谈恺刻本卷前有《太平广记引用书目》，列举了《太平广记》引用的部分具体典籍，当然，结合《太平广记》正文，这个《太平广记引用书目》与正文所注出处并不完全相合，或《太平广记引用书目》书目有而正文所注出处却无者，或正文所注出处有而《太平广记引用书目》却无者，如此等等，因而就有必要对《太平广记引用书目》作一番细致的考察。

一 《太平广记引用书目》的争议

要分析探究《太平广记》的引书类型及其原则，通行本《太平广记》（谈恺刻本为基础）前的《太平广记引用书目》，就是一个十分重要的切入点。那么，《太平广记》前的这个《太平广记引用书目》与《太平广记》到底是一个什么样的关系就必须首先弄清，即这个《太平广记引用书目》到底是原书所有，还是后来的整理刊刻者所加？另外，与之同时编纂的《太平御览》，今通行本即影宋庆元五年（1199）蜀刊本前有《太平御览经史图书纲目》，也有类似问题。二书同为李昉主持编纂，参纂人员也基本相同，故如编纂的指导思想应是一致的。也就是说，如果《太平广记》与《太平御览》其中一书在编纂时就有引用书目，那么另一种也当有引用书目。故此可一并讨论。

关于《太平广记引用书目》与《太平御览经史图书纲目》问题,目前学术界有如下三种观点。

第一,认为引用书目成书时既有,为编纂者所制作。

洪迈《容斋随笔·五笔》卷七"国初文籍"云:"国初承五季乱离之后,所在书籍印版至少,宜其焚炀荡析,了无孑遗。然太平兴国中编次《御览》,引用一千六百九十种,其纲目并载于卷首,而杂书、古诗赋又不及具录,以今考之,无传者十之七八矣,则是承平百七十年,翻不若极乱之世。"①

《四库全书总目》子部类书类著录《太平御览》,引用洪迈之说,特于"其纲目并载于卷首"下按云:"此则今本前列旧目,乃宋时官本之旧。"②

第二,引用书目成书时尚无,乃后人所撰集。

郭伯恭《宋四大书考》云:"《御览》卷首所载《经史图书纲目》,详列引用诸书,征诸四部丛刊影宋本即已附存,是《纲目》之作出诸太宗朝原纂诸儒之手矣。然细核之,殊有疑问:考纂修《御览》时,《唐书》仅有刘昫所修一种,初无旧与新之分;至仁宗嘉祐五年(1060),欧阳修等重修《唐书》成,刘书始被冠以'旧'字,而欧书或冠以'新'字,或直称《唐书》,今按《纲目》中并列《唐书》及《旧唐书》之名,则知其必非修书时所拟进,乃仁宗以后雕印时好事之人所撰集者也。"③

胡道静《中国古代的类书》认为《太平御览》:"这个《纲目》,宋本即有,其为宋时所编无疑,但也绝不是修书当时所编,而为仁宗赵祯时代以后的好事者所撰辑的。这是因为《纲目》中并列着《唐书》和《旧唐书》之名。方修《御览》时,《唐书》只有刘昫撰修的一种,初无旧与不旧之别;

---

① (宋)洪迈:《容斋随笔·五笔》卷七"国初文籍",中华书局2006年版,第908页。
② (清)永瑢等:《四库全书总目》卷一三五子部类书类一"太平御览"条,中华书局1995年版,第1145页上。
③ 郭伯恭:《宋四大书考》,商务印书馆1940年版,第26页。

至仁宗嘉祐五年（1060），欧阳修等重修《唐书》成，刘书始被冠以'旧'字，而欧书或冠'新'字，或直称《唐书》，至于《御览》所引，只能是刘昫的《唐书》，且亦决无'旧'字冠于其上。这不过是编《纲目》者的杜撰。然而因这一错误，遂知《纲目》之编，定必在仁宗时代以后。"①

冯方、王凤华《引用书目发展述略》赞同胡道静之说，并云："应当是宋仁宗赵祯以后的人所编，最起码编于宁宗庆元五年（1199）以前，因为《太平御览》宋蜀刊本已将《纲目》刊于卷首，此本刊于庆元五年，故有此论。"②

陈鳣于《太平广记引用书目》校批云："宋本无此五页，谈恺增入。"③

张国风《太平广记版本考述》云："根据现有资料，我们至少可以认为：即便《太平广记》编纂时确有《引用书目》，亦非T本书前所列书目。现在看到的《太平广记引用书目》，十之八九为谈恺所加。"④ 然后在其《太平广记会校》中，删去了《太平广记引用书目》。⑤

牛景丽《太平广记的传播与影响》说："尽管无法肯定宋本《太平广记》必无《引用书目》，即便有，亦非谈本之《引用书目》，现在看到的很可能是谈恺所加。"⑥

第三，引用书目成书时既有，又为后人所增补。

郭伯恭《宋四大书考》说："《御览》卷首之《经史图书纲目》，为仁宗以后好事者所加，今细考之，《广记》之引用书目亦然"；一番考辨后又说：

---

① 胡道静：《中国古代的类书》，中华书局1982年版，第122—123页。
② 冯方、王凤华：《引用书目发展述略》，《图书馆学刊》1991年第5期。
③ 陈鳣校宋本《太平广记》批语，见张国风《太平广记版本考述》，中华书局2004年版，第115页。
④ 张国风：《太平广记版本考述》，中华书局2004年版，第116页。
⑤ 张国风：《太平广记会校》，北京燕山出版社2011年版。张国风《太平广记会校》一书，在学界尚未达成共识的情况下，就删去在谈恺刻本中存在的《太平广记引用书目》，窃以为略显轻率。
⑥ 牛景丽：《太平广记的传播与影响》，南开大学出版社2008年版，第19页。

"由是知《广记引用书目》，不特为宋仁宗以后好事者所加，且其内容亦复经后人陆续增补也。至为其书目所无而书中实有者，如《新唐书》之类，则为后人增补之材料，更彰明较著者也"①。

邓嗣禹《太平广记引得·序》云："夫《书目》既为原有矣，不致遗漏百数种；若为后人补列，更不当遗漏如是之多。此则好学精审之士，终不免有介于怀焉。由是知《太平广记引用书目》，脱云原来所有，亦经后人陆续增补，盖无疑也。"②

张华娟《太平广记研究》说："但笔者以为这个引用书目应该是原先所有，但经过后人增补的一个书目。"③

二 李昉等编订《太平广记引用书目》

《太平广记引用书目》与《太平御览经史图书纲目》当均为成书时既有，为李昉等编纂者所编订理由有以下三点。

首先，《太平广记引用书目》与《太平御览经史图书纲目》所列书目，均与《太平广记》与《太平御览》正文中的实际引书不一致，存在引用书目列出而实际引用无之或引用书目无载而实际引用有之的情况。这一点，许多研究者已有考察和统计。针对《太平广记引用书目》，如邓嗣禹说："有书目所有而书中无者十五种，有书目所无而书中实引之者，约百四十七种；合而计之，现存《太平广记》引用之书，实有四百七十五种"。郭伯恭说："然细检原书，其引用书实不止此，其中有书目所有而书中无者十五种，有书目所无而书中实引之者，约百四十七种；合而计之，现存《太平广记》引用之书，实有四百七十五种。其中存者约百分之四十七不存，而史志未著录者亦百种有奇"。马念祖《水经注等八种古籍引用书目汇编》："《太平广记》前载引用

---

① 郭伯恭：《宋四大书考》，商务印书馆1940年版，第64、65页。
② 邓嗣禹：《太平广记引得》序，上海古籍出版社1990年版，第8页。
③ 张华娟：《太平广记研究》，博士学位论文，山东大学，2003年，第88页。

书目三百四十一种，核实有五百二十六种"。卢锦堂说："……引书之见于历代书志著录而引用书目复有者，凡二百五十五种，引书之见于历代书志著录而引用书目无者，凡四十八种，引书之未见于历代书志著录而引用书目有者，凡五十八种，引书之未见于历代书志著录而引用书目亦无者，凡五十八种，合计四百一十九种"。①《太平御览经史图书纲目》也存在这样的现象，此书末有计云："右计一千六百九十件，外有古律诗、古赋、铭、箴、杂书等类，不及具录"②。范希曾《书目答问补正》云："此中引书二千八百余种，民国十一年（1922）北京大学研究所尽为辑出，存校中，未刊"。胡道静说："那是把诗、赋、铭、箴之类都算进去了，但其中也不免有重复"。马念祖《水经注等八种古籍引用书目汇编》："《太平御览经史图书纲目》所载引用书目一千七百九十九种，而核实则有二千五百七十九种"。③

对于《太平广记引用书目》与《太平御览经史图书纲目》存在的这种与实际引书不一致现象，正如邓嗣禹所言，"夫《书目》既为原有矣，不致遗漏百数种；若为后人补列，更不当遗漏如是之多"④。也就是说，如果《太平广记引用书目》与《太平御览经史图书纲目》非出李昉等原编纂者之手，为后来好事者（刊刻者或者抄写者）所编，则其必据正文所引编制，因而当与正文中的实际引书一致才符合情理。由此可知，《太平广记引用书目》与《太平御览经史图书纲目》当不是后来好事者（刊刻者或者抄写者）所编，而是成书时既有。

---

① 邓嗣禹：《太平广记引得》序，上海古籍出版社1990年版，第7页；郭伯恭：《宋四大书考》，商务印书馆1940年版，第63页；马念祖：《水经注等八种古籍引用书目汇编》序言，中华书局1959年版，第1页；卢锦堂：《太平广记引书考》，（台湾）花木兰文化出版社2006年版，第302页。

② 李昉等：《太平御览》，中华书局1998年重印涵芬楼影宋本，第20页。按：所列书实为17689种。

③ （清）张之洞撰，（清）范希曾补正，徐鹏导读：《书目答问补正》卷三，上海古籍出版社2001年版，第188页；胡道静：《中国古代的类书》，中华书局1982年版，第124页；马念祖：《水经注等八种古籍引用书目汇编》序言，中华书局1959年版，第1页。

④ 邓嗣禹：《太平广记引得》序，上海古籍出版社1990年版，第4页。

那么,《太平广记引用书目》与《太平御览经史图书纲目》中书名的罗列是否有规律或者说是否有所依据呢？郭伯恭针对《太平御览经史图书纲目》说:"撰者之意,似欲使引用书目因类相从,故首列经纬,次诸子,次诸史,而殿以道家诸书。惟以不谙目录之学,致驳杂凌乱,莫可究诘:如陆德明《经典释文》列于子书之后,昭明太子《文选》窜入史类之前;其例甚多,不胜枚举。尤可笑者,往往因书名首字或末字相同,不问其性质若何,即妄予汇列一处。如《晋史》之后,列有干宝《晋纪》,张敞《晋东宫旧事》,何法盛《晋中兴书》,郭颁《晋世语》等,凡书首有'晋'字之书凡四十余种。又如,太史公《素王妙论》之后,列有曹植《汉二祖论》,王婴《古今通论》,蔡邕《月令论》,成公绥《钱神论》等,凡书末有'论'字之书约七十种:实目录分类之别开生面者也。"①

《太平广记引用书目》与《太平御览经史图书纲目》确实没有按照业已成熟并广泛使用的四部分类法进行编排。这或许是因为,"引用书目"当出李昉等人首创②,作为一种新目录种类,李昉等试图为这一新事物创造一种全新的编排顺序,故而在排列顺序中没有使用既有的四部分类之法。但正如郭伯恭所言,《太平广记引用书目》与《太平御览经史图书纲目》的编排还是有一定规律的。《太平御览经史图书纲目》,在总体上大致按照经、子、史、佛道的顺序排列,但并不追求精确。其别开生面之处,是按照书名首字或末字排列各书,这一原则十分明显。除郭伯恭所举诸例,又如书名以"春秋"结尾之书与书名以"春秋"开头之书,先后并列一处,书名以"故事""旧事"结尾之书并列一处,书名以"图"结尾之书并列一处,书名以"注"结尾之书并列一处等,且均不计其书性质。《太平广记引用书目》中书名的排列原则

---

① 郭伯恭:《宋四大书考》,商务印书馆1940年版,第26—27页。
② 冯方、王凤华在《引用书目发展述略》(《图书馆学刊》1991年第5期)认为,汪藻为《世说新语》所作《叙录》中有刘孝标注引用书目为最早,这一结论是建立在他认定《太平广记引用书目》与《太平御览经史图书纲目》为"应当是宋仁宗赵祯以后的人所编"基础上的。

与《太平御览经史图书纲目》一致。以传统四部目录分类体系观之，《太平广记引用书目》所列之书，大部分属于史部和子部书，有少量别集。除去少量正史，基本都可以纳入刘知幾《史通》的"偏记小说"之中①，其先后顺序也大致按照偏记小说的类型简单归类排列。如《史记》等正史之外，是《晋阳秋》《晋春秋》《赵书》等"偏纪"之书，《益部耆旧传》《汝南先贤传》《会稽先贤传》等"郡书"之书，《应验记》《搜神记》《灵鬼志》等"杂记"之书，《十道记》《成都记》《南雍州记》等"地理书"之书，《新津县图经》《渝州图经》《陇州图经》等"都邑簿"之书，《神仙传》《续神仙传》等仙传、僧传之书和《庄子》等子书以及《白居易集》等别集，《续江氏传》《蔡邕别传》《郑德璘传》等"别传"之书，《世说》《世说新语》《语林》等琐言之书。

《太平广记引用书目》与《太平御览经史图书纲目》是一种新的目录类型，其有不甚完善之处，也在情理之中。

其次，《太平广记引用书目》与《太平御览经史图书纲目》在宋抄或宋刻的《太平广记》和《太平御览》中，已经存在。《太平广记》今存多个版本，张国风先生有考述。②其中有一个"孙潜校宋本"，其所校底本"是谈本，孙氏是在这个谈本上留下了校批"，其"所据宋抄显系南宋高宗时抄本"（1127—1162）。据张国风先生所言，这个孙校本"没有《太平广记表》，也没有在《太平广记引用书目》和总目录上留下校批"。③据此可知，孙潜所据宋抄本应该是有《太平广记引用书目》的，按照孙潜校勘之例，二本不同之处，他应会加批注说明。一个明显例证，《太平广记》卷三一五引《吴兴掌故

---

① 刘知幾将"偏记小说"分为十类："爰及近古，斯道渐烦，史氏流别，殊途并骛，榷而为论，其流有十焉：一曰偏纪，二曰小录，三曰逸事，四曰琐言，五曰郡书，六曰家史，七曰别传，八曰杂记，九曰地理书，十曰都邑簿。"见刘知幾撰，浦起龙释《史通通释》卷一○《杂述》，上海古籍出版社1978年版，第273页。
② 张国风：《太平广记版本考述》，中华书局2004年版，第16—73页。
③ 同上书，第18页。

集》条，孙潜校本于是条上有眉批云："此条抄本缺。"由此可知，孙潜校勘时，凡宋抄本与其底本有相异处，特别是涉及二者有无差别时，是会批注的。其在《太平广记引用书目》上没有留下批注，说明其所据宋抄本与其底本是一致的。也就是说，这个宋抄本《太平广记》应当是有《太平广记引用书目》的。且这个《太平广记引用书目》当是宋抄本固有，因为如其为增补，孙潜也是应当说明的。如陈鱣的《太平广记》校本，其所据宋本缺《太平广记引用书目》，陈鱣即明确批注云："宋本无此五页，谈恺增入。"① 陈鱣是"根据一个残宋本来校勘一个许自昌本"②，残宋本无引用书目，也可能是由于散佚而不是本来就没有造成的。《太平御览经史图书纲目》，据胡道静推测，是"仁宗赵祯时代以后的好事者所撰辑的"，即"仁宗嘉祐五年（1060），欧阳修等重修《唐书》成"后。③《太平御览》今有宋刻闽本、蜀本，蜀刊本为庆元五年（1199）七月，锦屏蒲叔元刊于成都，此本前有《太平御览经史图书纲目》，李廷允跋云："古书逸者多矣，迟任之言，南陔之义，已弗睹其全，托诗书以传者止此耳，非幸欤？《太平御览》一书皆纂辑百氏要言，凡可帙名者一千六百有九十，而一篇一章闻见特出者弗与，皆承平缣素之盛，多人间未见之书……"④ 提到《纲目》及其所列之书，但未言《太平御览经史图书纲目》为后来者所加，蒲叔元序亦不及此。如《太平御览经史图书纲目》非出原书，为其他人所增补，或蒲叔元刊刻时所加，蒲叔元序及李廷允跋当会略加说明，特别是引用书目作为著作中的一种新例，如为他人增补或其刊刻时所补，无一字言及是不合理的。故《太平御览经史图书纲目》在蒲叔元刊刻依据的《太平御览》底本上是应当存在的，其是底本所固有。

引用书目之兴，冯方、王凤华《引用书目发展述略》以为在宋代，并认

---

① 张国风：《太平广记版本考述》，中华书局2004年版，第115页。
② 同上书，第21页。
③ 胡道静：《中国古代的类书》，中华书局1982年版，第122—123页。
④ （宋）李昉等：《太平御览》，中华书局1998年重印涵芬楼影宋本，第1—2页。

为"当以汪藻《世说新语》刘孝标注所引书目为最早"。汪藻是崇宁二年（1103）进士，卒于绍兴二十年（1150），"此目之作当在此之前"。[1]但我们知道，两宋之交的阮阅曾著《诗总》（后刻易名为"诗话总龟"），此书成于宣和五年（1123），胡仔《苕溪渔隐丛话》录阮阅自序，其云："宣和癸卯春，来官郴江，因取所藏诸家小史、别传、杂记、野录读之，遂尽见前所未见者。至癸卯秋，得一千四百余事，共二千四百余诗，分四十六门而类之。"[2]《诗总》卷首有《集一百家诗话总目》，此目当出阮阅无疑，其言"取所藏诸家小史、别传、杂记、野录读之"，而后完成《诗总》，故其将其所据之书目列出，置于卷首，在情理之中。阮阅《诗总》已有引用书目，其成书或不在汪藻之后。而阮阅《诗总》体例，如其自言"分四十六门而类之"，"但类而总之"，然后摘抄诸书旧文，不加增损，明显模仿《太平广记》《太平御览》的类编体例。那么，其《集一百家诗话总目》，或亦当是仿《太平广记引用书目》与《太平御览经史图书纲目》而制作。

最后，《太平广记引用书目》与《太平御览经史图书纲目》当非出宋抄、宋刻或宋人之好事者所加，如前所言，引用书目之兴在宋代，如果以阮阅《集一百家诗话总目》或汪藻《世说新语》刘孝标注所引书目为最早，阮阅《诗总》的完成是宣和五年（1123），而刊刻则要到"南宋高宗绍兴年间"（1131—1162）[3]，汪藻崇宁之作的完成是在其卒年（绍兴二十年，1150）之前。也就是说，阮阅《诗总》的流行应在其完成甚至刊刻之后，它们对著书、刻书广泛影响的产生也应当在此之后。假设《太平广记引用书目》与《太平御览经史图书纲目》为宋抄、宋刻或宋人之好事者所加，那么应当发生在《诗总》成书、刊刻或汪藻著作完成之后，即宣和五年（1123）以后，甚至

---

[1] 冯方、王凤华：《引用书目发展述略》，《图书馆学刊》1991年第5期。
[2] （宋）阮阅：《诗话总龟》附录，人民文学出版社2005年版，第323页。
[3] （宋）阮阅：《诗话总龟》前言，人民文学出版社2005年版，第1页。

绍兴年间（1131—1162）及其以后。而《太平广记》孙潜校勘"所据宋抄显系南宋高宗时抄本"（1127—1162），就已有《太平广记引用书目》，《太平御览经史图书纲目》在仁宗嘉祐五年（1060）以后就可能出现，至少，蒲叔元庆元五年（1199）七月刊刻《太平御览》依据的底本也已有《太平御览经史图书纲目》，所以，《太平广记引用书目》与《太平御览经史图书纲目》受阮阅《集一百家诗话总目》或汪藻《世说新语》刘孝标注所引书目影响而出现，就显得十分牵强，甚至不合情理。且如此，这几部引用书目出现的时间，特别是阮阅的《集一百家诗话总目》和《太平广记引用书目》的出现相差无几，《太平御览经史图书纲目》甚至有可能在其之前就已存在，而言《太平广记引用书目》与《太平御览经史图书纲目》是受阮阅的《集一百家诗话总目》启发而为人增补，显然于理不通。其事实应当是，《太平广记引用书目》与《太平御览经史图书纲目》为原书既有，为李昉等编纂者制作。阮阅撰《诗总》，模仿《太平广记》《太平御览》等书体例，也包括了模仿《太平广记引用书目》与《太平御览经史图书纲目》而作《集一百家诗话总目》。如此，则《太平广记引用书目》与《太平御览经史图书纲目》才是"引用书目"之肇始。

三　《太平广记引用书目》后人增补之迹

《太平广记》成书于太平兴国三年（978），《太平御览》成书于太平兴国八年（983），前人指出《太平广记引用书目》与《太平御览经史图书纲目》中出现了《太平广记》与《太平御览》成书之后的后世之书。

《太平广记引用书目》后人增补之迹，早有学人注意到了，邓嗣禹《太平广记引得·序》云："更有《吴兴掌故集》，明徐献忠撰，《太平广记》引此书，只卷三一五'狄仁杰'一则，今查在《吴兴掌故集》卷七艺文类，原题作'檄告西楚霸王文'，其中文句，自首至尾，全无差异。以宋初修成之书，而有明代中叶之著作，岂非诧闻？然舍徐氏之作外，别无类似之书名。孙潜校本于是条上有眉批，云：'此条抄本却。'因疑今所见《太平广记》是条非原有者。又查《说郛》所录《朝野佥载》有此而文字稍异，岂《太平广记》所引原出《朝野佥载》，后因阙佚而为明人（或谈恺）依徐献忠书所录补之欤？"① 卢锦堂云："又卷三一五狄仁杰檄，注出'吴兴掌故集'，查《吴兴掌故集》卷七'檄告西楚霸王文'，文句与此无异，但《吴兴掌故集》，乃明徐献忠撰，不宜见收其文于《太平广记》"。又云："又卷一九四《僧侠》，原注'出《唐语林》'，明抄本、孙潜校本作'出《酉阳杂俎》'，案《唐语林》撰者王谠，《四库提要》云其为宋徽宗时人，则其书非《广记》编者所能征引及之，疑经后人窜改。查此条未见于今本《唐语林》，而今本《酉阳杂俎》卷九有之"。②

《太平御览经史图书纲目》中有《唐书》和《旧唐书》，胡道静《中国古代的类书》认为这是后人增补明证，详见本书第136—137页。

今所见《太平广记》，已非李昉等所编定的原貌，谈恺所刻《太平广记》，是最为全备的，然而，在谈恺校勘刊刻时，即已非完帙。谈恺刻序云："近得《太平广记》观之，传写已久。亥豕鲁鱼，甚至不能以句。因与二三知己秦次山、强绮胜、唐石东，互相校雠。寒暑再更，字义稍定。尚有阙文阙卷，以俟海内藏书之家，慨然嘉惠，补成全书。庶几博物洽闻之士，得少裨益焉。"③ 其所见《太平广记》不仅错误百出，而且"尚有阙文阙卷"。

其时，《太平广记》卷一四一已全部佚失，后来陈鳣所据校的宋刻本"不但卷一四一连正文带篇目全部遗失，而且卷一四〇也残缺不全"。孙潜所据校的宋抄本"也没有卷一四一"。故张国风先生推测；"而T本则将宋本卷一四二一分为二，变成T本的一四一、一四二两卷（当然也不能完全排除这样一

---

① 邓嗣禹：《太平广记引得》序，上海古籍出版社1990年版，第4页。
② 卢锦堂：《太平广记引书考》，（台湾）花木兰文化出版社2006年版，第160、180页。
③ （宋）李昉等：《太平广记》谈恺刻序，中华书局2003年版，第2页。

种可能性：T本所据的底本已是如此）。"卷一五〇也已佚失，"宋本的卷一五〇有目无文，Y本将宋本的卷一四八一分为二，变作Y本的一四八、一四九两卷，将宋本的一四九充作Y本的一五〇卷。T本则承袭Y本的做法，又补充了一些新的篇目，加以充实。"① 另外，《太平广记》卷二六一至卷二六五、卷二六九、卷二七〇共计七卷，也已散佚。谈刻《太平广记》第一次印本中（汪氏所谓后印本）②，谈恺在卷二六五卷前识云："余闻藏书家有宋刻，盖阙七卷云，其三卷余考之得十之七，已付之梓。其四卷仅十之二三。博洽君子其明以语我，庶几为全书云。隆庆改元秋七月朔日十山谈恺志。"卷二七〇卷前亦有识语，其云："此卷宋版原缺，予考家藏诸书得十一人补之，其余缺文尚俟他日，十山谈恺志。"③ 也就是说，谈恺校刻时，这七卷已亡佚，谈恺多方搜求也无法补全。胡应麟也说："《广记》稍前刻于锡山谈中丞。谈于此书颇肆力雠校。又藏书家有宋本，故虽间有舛讹，视《御览》则天渊。第中阙嗤鄙类二卷、无赖类二卷、轻薄类一卷，而酷暴阙胡澴等五事，妇女阙李诞等七事。谈恺遍阅藏书家悉然，疑宋世已亡。余读《新唐书》，尚有数事得之《广记》者，如宋之愻辈，皆《旧唐书》所无，盖或阙于元世，或近代失之耳。"④

可见，谈恺刊刻时，《太平广记》已无法找到完整的全帙，谈恺刻本多次修订重印，⑤ 对所阙卷次的内容进行了多次修补。其修补时，补入之文或有宋

---

① 张国风：《太平广记版本考述》，中华书局2004年版，第74—76页。
② 关于谈恺刻本三种印本，汪绍楹先生校定的中华书局版《太平广记·点校说明》中有判定，但这个判定不准确，盛莉对此有详辨，本文从之（盛莉：《谈本〈太平广记〉三种印本考辨》，《南京大学学报》2016年第4期）。
③ （宋）李昉等：《太平广记》卷二六五谈恺识语，中华书局2003年版，第2069、2116页。
④ （明）胡应麟：《少室山房笔丛》卷三五己部《二酉缀遗上》，中华书局1958年版，第467页。
⑤ 汪绍楹发现，谈恺刻本先后有三次印本，三次印本差别仅在卷二六一至卷二六五、卷二六九、卷二七〇上有区别。见李昉等《太平广记》点校说明，中华书局2003年版，第2页。张国风见到四种谈恺刻本，"不断修补的，就是这七卷，其余各卷，均用原版印刷"。见张国风《太平广记版本考述》，中华书局2004年版，第77页。

时存而其时已亡佚者，因而只能据所见之书补益。比如卷二七〇，其识语即云"予考家藏诸书得十一人补之"。对此，汪绍楹案云："本卷原阙，谈氏初印本有此卷，未知所出，后印本撤出，附增识语云云。"卷二六五亦案云："本卷原阙，谈氏初印本有此卷，不知据何本补入，后印本将此卷抽去，另采他书补入十二条，故文末不注出处，并于卷首附增识语，以示区别。"① 谈恺的这些补益之文，初印或不注出处，后印或补出处，然时或与他本相异。如卷二七〇"高彦昭女"一条，谈恺补入时"原阙出处，许刻本作出《广德神异录》"。② 正如张国风先生总结："南宋初社会上流传的宋刻或宋抄已非完帙。尽管抄本与抄本之间、刻本与刻本之间、抄本与刻本之间，在卷次和篇目的存佚方面，不尽相同；但仍有一些共同性的问题。卷一四一连目录和正文以其亡佚；卷一五〇一半篇目有目无文，卷二六一、二六二、二六三、二六四、二六五有目无文，卷二六九、二七〇部分篇目亡佚，这些就是南宋本《太平广记》普遍存在的问题。"如何处理这些缺失？"在 T 本中我们可以看到，刊刻者一面在补充已经亡佚的篇目，例如二六一、二六二、二六三、二六四、二六五、二六九、二七〇等卷，一面在消除篇目亡佚的痕迹。办法很简单，就是将有目无文的篇目从目录中抹掉。或是将一卷分成两卷，或是从数卷中抽出若干篇目，生造出一个伪卷。"③ 很显然，在补益时，很可能就使用其所能见到的出于《太平广记》成书以后的著述。比如，卷二七〇"周迪妻""周待徵妻"，就采录了《新唐书》之文，汪绍楹即注云："未详出处，谈氏

---

① （宋）李昉等：《太平广记》卷二六五谈恺识语，中华书局 2003 年版，第 2116、2069 页。张国风以为汪绍楹"所谓'后印本'其实乃是'第一次印本'（Ta）；所谓'初印本'，其实乃是真正的'后印本'（以下简称 Tb），汪先生所谓'最后印本'，7 卷俱在，尽管其中的篇目并非尽是宋本原貌，显然在 Ta、Tb 以后，笔者将其简称为 Tc"。见张国风《太平广记版本考述》，中华书局 2004 年版，第 80 页。
② （宋）李昉等：《太平广记》卷二六五谈恺识语，中华书局 2003 年版，第 2122 页。
③ 张国风：《太平广记版本考述》，中华书局 2004 年版，第 80、81 页。

引自《新唐书》。"①

由于卷一四一、卷一五〇、卷二六一至二六五、卷二六九、卷二七〇等卷亡佚严重，故谈恺在补益时加以特别说明。《太平广记》多达500卷，因而其他卷帙存在零星散亡也是有可能的。那么，如卷三一五"狄仁杰檄"条原引之文，也可能谈恺刊刻时就已亡佚，然其目尚存，故而谈恺乃据目搜求，补入《吴兴掌故集》这种后出之文，是完全有可能的。卷二七〇的"周迪妻""周待徵妻"二条，补入《新唐书》之文，就是明证。只不过这种少量阙佚，谈恺在刊刻时则忽略不注，或者故意隐瞒也是有可能的。谈恺刻本《太平广记》卷四六三"冠鬼"条采录《海录碎事》之文，当也与此相似。且明抄本《太平广记》"冠鬼"条，就注出《地野记》而非《海录碎事》②，足见此条注出《海录碎事》，或谈恺刊刻时所见诸本此条都已亡佚，或谈恺未曾见此条尚存的《太平广记》抄本，即以《海录碎事》之文补益，但也未加说明。卷一九四《僧侠》的情况也当如此，谈恺刻本注出《唐语林》，汪绍楹注云："明抄本作出《酉阳杂俎》。"③ 则谈恺所见各本此条原文亡佚，谈恺乃据《唐语林》之文补益，因而注出《唐语林》，然此条在另一个谈恺未见的明抄本中并未亡佚，孙潜所见宋抄本原文也未亡佚，且注出《酉阳杂俎》。既然对正文可以用出于《太平广记》成书以后的《吴兴掌故集》和《海录碎事》进行补益，那么，进而在《太平广记引用书目》中补入此两部书名，也在情理之中。当然，此类补益，也有可能发生在谈恺刊刻之前，即谈恺所见已然如此。

所以，《太平广记引用书目》既为李昉等修纂《太平广记》时制作，然在后世流传过程中，显然又经过增补，这是无疑的。郭伯恭就说："由是知

---

① （宋）李昉等：《太平广记》点校说明，中华书局2003年版，第2117、2118页。
② （宋）李昉等：《太平广记》卷四六三"冠鬼"，中华书局2003年版，第3809页。
③ （宋）李昉等：《太平广记》卷一九四"僧侠"，中华书局2003年版，第1455—1456页。

《广记引用书目》，不特为宋仁宗以后好事者所加，且其内容亦复经后人陆续增补也。至为其书目所无而书中实有者，如《新唐书》之类，则为后人增补之材料，更彰明较著者也。"① 判定《太平广记引用书目》存在后人增补的情况。邓嗣禹亦云："由是知《太平广记引用书目》，脱云原来所有，亦经后人陆续增补，盖无疑也。"② 卢锦堂也肯定地说："如《海录碎事》，宋叶庭珪撰，珪为徽宗政和五年进士，远在太平兴国三年《广记》成书之后；又如《吴兴掌故集》，则为明人徐献忠所撰。上述二书，其条文虽皆见引于今本《广记》，当为后之好事者所加无疑。"③

胡道静以《太平御览经史图书纲目》中列《唐书》和《旧唐书》之名，乃称"遂知《纲目》之编，定必在仁宗时代以后"④。冯方、王凤华赞同胡道静之说，并云："应当是宋仁宗赵祯以后的人所编，最起码编于宁宗庆元五年（1199）以前，因为《太平御览》宋蜀刊本已将《纲目》刊于卷首，此本刊于庆元五年，故有此论。"⑤

从《太平御览经史图书纲目》中列有《唐书》和《旧唐书》之名，遂判定《太平御览经史图书纲目》出于宋仁宗以后而非李昉等制作，是经不起推敲的。

刘昫之书，在其面世后即被直接称作《唐书》，而刘昫之《唐书》成书之前，还有几部唐代史也被称作《唐书》。《崇文总目》卷三正史类著录至少著录了两部《唐书》：其一，"《唐书》一百三十卷"，解题云："唐韦述撰，初，吴兢撰《唐史》，自创业迄于开元，凡一百一十卷，述因兢旧本，更加笔削，刊去《酷吏传》，为纪志、列、传一百一十二卷，至德、乾元以后，史官

---

① 郭伯恭：《宋四大书考》，商务印书馆1940年版，第64、65页。
② 邓嗣禹：《太平广记引得》序，上海古籍出版社1990年版，第4页。
③ 卢锦堂：《太平广记引书考》，（台湾）花木兰文化出版社2006年版，第302页。
④ 胡道静：《中国古代的类书》，中华书局1982年版，第122—123页。
⑤ 冯方、王凤华：《引用书目发展述略》，《图书馆学刊》1991年第5期。

于修烈又增《肃宗纪》二卷，而史官令狐峘等复于纪志传后随篇增辑而不加卷帙。今书一百三十卷，其十六卷未详撰人名氏。"其二，"《唐书》二百卷"。一是《唐书》，其实包括吴兢《唐史》一百一十卷、韦述一百一十二卷、于修烈等《唐书》一百三十卷，三部《唐书》。二是《唐书》二百卷，即刘昫所著。可见，宋前至少已有四部《唐书》存在，而且刘昫之书直称《唐书》。欧阳修的《新唐书·艺文志》史部正史类著录《唐书》两部："《唐书》一百卷""又一百三十卷"，注云："兢、韦述、柳芳、令狐峘、于修烈等撰"；著录唐时《国史》两部："《国史》一百六卷""又一百一十三卷"。不著录刘昫《唐书》。可见，在宋初编纂《太平广记》及《太平御览》之时，有关唐代的纪传体史书至少有四五部，且均称《唐书》或《国史》。

将刘昫之《唐书》冠以"旧"字，并不是在欧阳修完成《唐书》之后很快出现的事情，在相当长的一段时间里，刘昫之书仍然是被称作《唐书》的，仅欧阳修之书被冠以"新"字，称《新唐书》，这从北宋和南宋的几部目录学著作的著录可以得到验证。《郡斋读书志》及《直斋书录解题》二书著录均如此。《郡斋读书志》卷五正史类：著录"《唐书》二百卷。"解题云："右石晋刘昫、张昭远等撰，因韦述旧史增损以成，繁略不均，校之实录，多所漏阙，又是非失实，其甚至以韩愈文章为大纰缪，故仁宗时删改，盖亦不得已焉。"又著录"《新唐书》二百二十五卷。"解题云："右皇朝嘉祐中曾公亮等被诏删定，欧阳修撰纪，宋祁撰列传。旧书约一百九十万，新书约一百七十四万，而其中增表。故书成上于朝，自言曰：'其事则增于前，其文则省于旧'也。而议者颇谓永叔学《春秋》，每务褒贬，子京通小学，惟刻意文章，采杂说既多，往往抵牾，有失实之叹焉。"[1]《直斋书录解题》卷四正史类著录"《唐书》二百卷""五代晋宰相涿郡刘昫等撰"，又著录"《新唐书》二

---

[1] （宋）晁公武撰，孙猛校证：《郡斋读书志校证》，上海古籍出版社2005年版，第192、193页。

百二十五卷","翰林学士庐陵欧阳修永叔、端明殿学士安陆宋祁子京撰"。①另外，不仅刘昫、欧阳修所撰《唐书》如此，刘昫与欧阳修所撰《五代史》也是如此，如《郡斋读书志》著录"《五代史》一八五试卷"。解题云："右皇朝薛居正等撰。开宝中，诏修梁、唐、晋、汉、周书，卢多逊、扈蒙、张澹、李昉、刘兼、李穆、李九龄同修，居正监修。"又著录"《五代史记》七十五卷"。解题云："右皇朝欧阳修永叔以薛居正史繁猥失实，重加修定，藏于家。永叔没后，朝廷闻之，取以付国子监刊行。《国史》称其可以继班固、刘向，人不以为过。特恨其《晋出帝论》，以为因濮园议而发云。"②《直斋书录解题》著录"《五代史》一百五十卷"，解题云："宰相薛居正子平撰。开宝中卢多逊、扈蒙、张澹、李昉等所修。居正盖监修官也。"又著录"《新五代史》七十四卷"，题"欧阳修撰"。③

直到郑樵《通志·艺文略》著录刘昫、欧阳修之书时，才在刘昫之书上冠以"旧"字。《通志·艺文略》史部正史类著录六部《唐书》："《唐书》一百卷，吴兢撰""《唐书》一百三十卷，韦述等撰""《国史》一百六卷""《国史》一百十三卷""《旧唐书》二百卷，刘昫张昭达等撰""《新唐书》二百二十五卷，欧阳修、宋祁等撰"。而在《宋史》著录时，仍然成刘昫之书为《唐书》，欧阳修书为《新唐书》，但在书中称引时，则冠以"旧""新"别之。

可见，宋仁宗嘉祐五年（1060）以后至宁宗庆元五年（1199），刘昫之书应该多以《唐书》称之，至少正式的书目等在其书前是没有冠以"旧"字的，但有一点是肯定的，那就是欧阳修之书，在两宋几部重要的目录学著作

---

① （宋）陈振孙著，徐小蛮、顾美华点校：《直斋书录解题》，上海古籍出版社2006年版，第102—103页。
② （宋）晁公武撰，孙猛校证：《郡斋读书志校证》，上海古籍出版社2005年版，第194页。
③ （宋）陈振孙著，徐小蛮、顾美华点校：《直斋书录解题》，上海古籍出版社2006年版，第104页。

中著录时是没有称《唐书》的情况存在的。所以，很显然，《太平御览经史图书纲目》中的《唐书》，当不是指欧阳修之书，很有可能是指刘昫之书。而《旧唐书》之称，则很有可能是李昉等在编定书目时，为示区别，将刘昫之前的诸家《唐书》，即吴兢、韦述、柳芳、令狐峘、于修烈等所撰之书称作《旧唐书》。即使《旧唐书》是指刘昫之书，《唐书》也可能是指吴兢、韦述、柳芳、令狐峘、于修烈等所撰之书，而不是欧阳修之书。故胡道静从《太平御览经史图书纲目》中列《唐书》和《旧唐书》判定《太平御览经史图书纲目》为后来好事者非李昉等编订，是有问题的。《太平广记引用书目》中所列《唐书》，由于刘昫之书与吴兢、韦述、柳芳、令狐峘、于修烈等所撰之书均称《唐书》，则实不能确认此《唐书》为谁氏之书。谈本《太平广记》卷二三九"苏循"注出《唐书》，所叙之事刘昫《旧唐书》及欧阳修《新唐书》之《苏循传》均不见载，明抄本及孙潜校本注出《北梦琐言》，卢锦堂存疑，而张国风《太平广记会校》则改注出《北梦琐言》。[①]两《唐书》既不见，其或指吴兢、韦述、柳芳、令狐峘、于修烈等所撰之书。

　　《太平广记引用书目》及《太平御览经史图书纲目》当为李昉等修纂《太平广记》及《太平御览》时所编订，汇集列举书籍的"引用书目"，并将其附录于书中作为书的一部分，李昉等有开创之功。作为一种新的书目形式，《太平广记引用书目》及《太平御览经史图书纲目》还显得十分稚嫩和粗糙，还有许多不完善之处，且因其时代久远，在流传过程中又经后人窜乱增补，故《太平广记引用书目》及《太平御览经史图书纲目》无疑有其独特的目录学与文献学价值，值得深入考察与辨析。

---

① 卢锦堂：《太平广记引书考》，（台湾）花木兰文化出版社2006年版，第39页；张国风：《太平广记会校》卷二三九"苏循"，北京燕山出版社2011年版，第3779页。

吴晗《胡应麟年谱》订误

高金霞

（滨州学院人文学院）

《胡应麟年谱》是著名明史专家吴晗立志于明史研究的开端①。而吴晗得以撰成《胡应麟年谱》则源于以下两种主客观条件。其一，吴晗慕其乡贤胡应麟之学问人品。胡应麟乃浙江兰溪人，吴晗乃浙江义乌人，兰溪、义乌同属金华。金华古称婺州，婺中自古人文荟萃、学术昌兴，乃浙东学术重镇。吴晗在燕京大学图书馆中日文编考部做馆员时，因查考吴之器所著《婺书》而发现关于胡应麟卒年的新材料。他翻阅查考《婺书》当是有意为之，因《婺书》专为婺中先贤立传扬名。胡适曾经说："元瑞（胡应麟字元瑞）是个了不得的人，他的《四部正讹》批评那些专作假书的，顾颉刚把他印出来，当年吴晗考取中国公学的时候，他因敬佩他的乡贤胡元瑞，带来一本《胡应麟年谱》给我看。我很鼓励他。"② 其二，吴晗与胡适、顾颉刚两位先生的师生情谊。在吴晗作《胡应麟年谱》之前，胡适、顾颉刚两位先生已对胡应麟有较多的关注和研究。胡适因研究中国古代小说而开始关注胡应麟。他在《百二十本〈忠义水浒传〉序》一文中推测胡应麟的卒年道："他的死年不可

---

① 苏双碧、王宏志：《吴晗传》，上海人民出版社1998年版，第15页。
② 胡颂平编著：《胡适之先生年谱长编初稿》，台湾联经出版事业公司1984年版，第3722页。

考,他的文集里无万历庚子(一六〇〇)以后的文字,他死时大概年约五十岁。"① 1929 年顾颉刚将胡应麟的《四部正讹》点校并收入他主编的《古籍考辨丛刊》第一集。在点校本《四部正讹》序文中,顾颉刚认为"实在他(指胡应麟)的寿有六十多岁呢"②。吴晗在求学道路上深蒙两位先生关切,对两位先生都比较关注的胡应麟产生研究兴趣也是情理中事。吴晗在中国公学求学时,因学习认真刻苦、成绩优秀,引起了胡适的注意,尤其是他最后一学期的论文《西汉的经济状况》深得胡适青睐,并被胡适介绍给大东书局出版,得了 80 元稿费。这给当时生活窘迫的吴晗莫大的帮助,也给立志走学术道路的吴晗莫大的激励。1930 年胡适离开中国公学,吴晗也追随胡适来到北平。吴晗写于 1950 年的《我克服了"超阶级"观点》一文中回忆道:"他一走,我想在中国公学再念下去也无聊,刚巧有了这笔稿费就糊里糊涂跑到北平……呆了一个时期之后,由顾颉刚先生介绍到燕京图书馆中日文编考部作馆员,读了半年线装书。"③ 正是在这半年读线装书期间,吴晗发现了《婺书》第四卷《文苑传·胡应麟传》中关于胡应麟卒年的新材料。在此基础上,吴晗花了近半个月的工夫,认真阅读了胡应麟的著作全集《少室山房全集》和王世贞的《弇州四部稿》,同时参考了与胡应麟交游甚密的汪道昆、陈文烛等人的诗文集,以及《兰溪县志》《金华经籍志》等地方志和其他各类史料,对胡应麟的生平行迹、学术思想进行了系统梳理,写成了四万字的《胡应麟年谱》初稿。这是学界第一次对明代中晚期著名学者、藏书家、诗人、文学理论家胡应麟的生平、思想、学术成就进行全面观照和系统研究。这部《胡应麟年谱》资料翔实、全面,考证缜密、细致,生动地再现了胡应麟嗜书如命、潜心著述的一生。此谱草成之后,吴晗于 1931 年 5 月 5 日将《胡应麟年

---

① 胡适:《胡适文存三集》,黄山书社 1996 年版,第 314 页。
② 顾颉刚主编:《古籍考辨丛刊》(第一集),社会科学文献出版社 2010 年版,第 154 页。
③ 吴晗著,常君实编:《吴晗全集》(第 8 卷),中国人民大学出版社 2009 年版,第 50 页。

谱》初稿寄给了胡适,并附信说明写作过程。胡适于第二天便回信,对《胡应麟年谱》激赏有加,并约吴晗商量修改事宜。此后,胡适鼓励原本想研究秦汉史的吴晗从事明史研究,并对如何进行明史研究(包括史料、方法、课题等)进行了悉心、细致的指导。《胡应麟年谱》发表于《清华学报》1934年第一期,吴晗因此谱获得了学界的认可,从此走上了明史研究之路,终成一代明史研究大家。《胡应麟年谱》可谓吴晗明史研究的敲门砖。

《胡应麟年谱》对胡应麟及明代中晚期学术研究产生了重要影响,现当代胡应麟研究者参考、引述颇多。然智者千虑必有一失,吴谱仍有核校未精之处,遂致纰缪间出。前辈学者已对吴晗《胡应麟年谱》(以下简称"吴谱")的疏漏、讹误进行了不同程度的考辨、补正。如湘潭大学吕斌教授于2004年发表《吴晗〈胡应麟年谱〉补正举隅》[1]一文,对吴谱中的文字讹误进行了订正,对系年不完整之处作了补充,对吴谱中未注明出处的引文以按语形式作了补正。吕斌教授此文资料翔实、考订缜密,对吴谱进行了较为全面的补正,使读者对胡应麟家世、生平有了更为深入的了解。重庆三峡学院陈卫星教授于2006年发表《〈胡应麟年谱〉补正》[2]一文,对吴谱中的胡应麟"晚更字明瑞"说进行了辨证。扬州大学王嘉川教授于2009年先后发表《明代浙东史家胡应麟生平考辨》[3]和《胡应麟生平考辨三题》[4]两篇论文,对胡应麟的生卒年、字号,胡应麟与王世贞初次会面时间、王世贞对胡应麟的影响等问题进行了有理有据的考辨。

以上三位先生对吴谱的考辨、补正为学界提供了丰富、翔实的胡应麟生平资料,对胡应麟研究及明代中晚期学术研究有重要意义。笔者在阅读吴谱

---

[1] 南京大学古典文献研究所编:《古典文献研究辑刊》,凤凰出版社2004年版,第189—198页。
[2] 陈卫星:《胡应麟年谱补正》,《陕西师范大学学报》(哲学社会科学版)2006年第2期。
[3] 王嘉川:《明代浙东史家胡应麟生平考辨》,瞿林东、葛志毅主编《史学批评与史学文化研究》,黑龙江人民出版社2009年版,第49—58页。
[4] 王嘉川:《胡应麟生平考辨三题》,《保定学院学报》2009年第6期。

及其他相关资料过程中，发现吴谱中仍存在一些疏漏、讹误。兹试订正之。

一　胡应麟家世系年订误

（一）胡应麟母宋宜人病卒日期订误

吴谱"一五八九年，万历十七年己丑，先生三十九岁"条，纪事具体到了月份，分别纪四月、六月、七月、十一月事。其中"十一月条"云：

> 十一月初一日午，宋宜人卒。距生嘉靖辛卯年五十九岁。《庄岳委谈》二卷成书。①

吴晗此条所据资料一为《少室山房类稿》卷九十一《先宜人状》，一为《庄岳委谈引》。吴晗所据《少室山房类稿》为《续金华丛书》本，笔者今查《续金华丛书》本《少室山房类稿》卷九十一《先宜人状》，关于宋宜人去世情状描述如下：

> 己丑仲冬朔，晨起语不肖："夜梦观世音大士，导而往西方，鼓吹音乐从者以百数。何祥也！岂所称极乐界耶？"不肖唯唯，然喜不胜忧。七之日，忽风眩作于脾，亭午，正襟跌坐，奄然逝伤哉。②

《文渊阁四库全书》本《少室山房集》卷九十一《先宜人状》文字亦同③。据胡应麟此文，胡母仙逝时间为"己丑仲冬"月"七之日"。胡母宋宜人去世后，与胡应麟交谊甚密的汪道昆为之作《明封宜人胡母宋氏墓志铭》（《太函集》卷五十七），此墓志铭云："宜人自宽，既则火蒸蒸上炎，苦风

---

①　吴晗：《胡应麟年谱》，《清华学报》1934 年第 1 期。
②　（明）胡应麟撰：《少室山房类稿》卷 91，民国十三年（1924）永康胡宗懋校刻《续金华丛书》本。
③　（明）胡应麟撰：《少室山房集》，《影印文渊阁四库全书》，台湾商务印书馆 1986 影印本，集部，第 1290 册，第 666 页。

眩，卒不治，己丑十二月七日也。"① 汪文所记宋宜人忌日为万历己丑十二月七日。关于胡母宋宜人之去世日期，吕斌教授《吴晗〈胡应麟年谱〉补正举隅》一文在对胡应麟家世进行辨证时，认为宋宜人"卒于万历己丑（1589）二月七日"②。

观上述史料，关于胡母宋宜人卒日有胡应麟的"己丑仲冬七之日"、汪道昆的"己丑十二月七日"、吴晗的"己丑十一月初一日"、吕斌教授的"己丑二月七日"四种说法。究竟哪种说法正确呢？

首先，吕斌教授的"二月七日"说，乃误引原文得出的结论。吕教授在此条下所补入史料，一为影印《文渊阁四库全书》本胡应麟《少室山房集》卷九十一《先宜人状》③，一为《续修四库全书》本汪道昆《太函集》卷五十七《明封宜人胡母宋氏墓志铭》④。吕教授只列举了这两处史料，而未作分析、辨证。笔者今查吕教授所列举史料，一云宋宜人己丑仲冬"七之日，忽风眩作于脾，亭午，正襟趺坐，奄然逝伤哉"。⑤ 一云"卒不治，己丑十二月七日也"⑥。两处史料均未有言"二月七日"者。吕教授将汪道昆《明封宜人胡母宋氏墓志铭》中"十二月"误作了"二月"。

其次，吴谱的"己丑十一月初一日"说，系未细检下文而得出的结论。吴晗所引胡应麟原文明言"七之日，忽风眩作于脾，亭午，正襟趺坐奄然逝

---

① （明）汪道昆撰：《太函集》卷57，《四库全书存目丛书》，齐鲁书社1997年影印本，集部，第117册，第679页。
② 南京大学古典文献研究所编：《古典文献研究辑刊》，凤凰出版社2004年版，第193页。
③ （明）胡应麟撰：《少室山房集》卷91，《影印文渊阁四库全书》，台湾商务印书馆1986年影印本，集部，第1290册，第666页。
④ （明）汪道昆撰：《太函集》卷57，《续修四库全书》，上海古籍出版社2002年影印本，集部，第1347册，第444页。
⑤ （明）胡应麟撰：《少室山房集》卷91，《影印文渊阁四库全书》，台湾商务印书馆1986影印本，集部，第1290册，第666页。
⑥ （明）汪道昆撰：《太函集》卷57，《续修四库全书》，上海古籍出版社2002年影印本，集部，第1347册，第444页。

伤哉"①。"己丑仲冬朔"乃上文胡母与应麟谈所梦之事的日期，而非胡母病卒日。

那么胡母宋宜人病卒日期究竟是胡应麟《先宜人状》所记的"己丑仲冬七之日"，还是汪道昆《明封宜人胡母宋氏墓志铭》所写"己丑十二月七日"呢？以情理推之，胡应麟对其生母之忌日当铭记于心，因此胡应麟自作之《先宜人状》所记谅必不诬。故胡应麟母宋宜人卒于万历己丑（万历十七年，1589）十一月七日更为合理。吴谱所系"十一月初一日午，宋宜人卒"，误。

（二）胡应麟之父胡僖仕途经历系年订误

吴谱将"副宪公以忤张居正旨，左迁云南按察佥事，回里小住"②系于万历五年（1577）。胡僖于万历五年"回里小住"当无误，胡应麟自撰之《石羊生小传》云：

> 丁丑夏，北还，杜门溪上。适王太常先生自吴中来，顾谓宪使公："阿戎安在？吾愿就与语。"浃谈竟两晨夕。③

由是知胡僖于万历丁丑北还。然，胡僖因忤张居正被降级调任云南按察佥事却非丁丑事。胡应麟《家大人历履迹》云：

> 而二郡故江陵相里也。江陵相新得柄，威福甚。诸奉檄楚者伏谒视家臣，而家君过其门仅一刺。江陵父治第宅，四方馈饷币山积，家君公觐外毫不私。江陵子若弟赴省试，诸司率毁阶级降礼貌。家君曰："吾天子藩臬也，不复能折腰事权贵。"由是江陵积怒，而当事者遂上章，按家

---

① （明）胡应麟撰：《少室山房类稿》卷91，民国十三年（1924）永康胡宗懋校刻《续金华丛书》本。
② 吴晗：《胡应麟年谱》，《清华学报》1934年第1期，第200页。
③ （明）胡应麟撰：《少室山房类稿》卷91，民国十三年（1924）永康胡宗懋校刻《续金华丛书》本。

君督饷亡状。例运艘渡江三月、淮五月，后期，责所司。而是岁楚艘皆先月度，道路扼腕。而江陵从中主，竟夺级调云南按察佥事。①

《明神宗实录》卷三十六云：

> 万历三年三月……庚戌……巡按直隶御史王光国劾奏：湖广督粮参议胡僖、把总张书绅过淮愆期，江西把总朱维祺粮已至淮，本官未到，迟慢疏玩之罪。奉旨，胡僖降一级，朱维祺、张书绅革任回卫。②

由是可知，胡僖因不肯谄媚得罪了权相张居正。张居正安排"当事者"直隶御史王光国上章劾奏，神宗下旨胡僖降级调任云南按察佥事。据上述史料，胡僖由湖广右参议降级调任云南按察佥事当系于万历三年（1575）。吴谱将胡僖"左迁云南按察佥事"系于万历五年，误。

吴谱将"副宪公在滇以平刁氏叛事为台使所重，复官藩参"③ 系于万历八年（1580），将"副宪公迁官云南按察副使"④ 系于万历九年，两处系年所据史料乃王世贞《胡观察传》。《胡观察传》仅言"台使大悦，上书称公仁勇有安民略，遂复故官，再迁按察副使"，而未有确切系年。《明神宗实录》卷一百一十一曰：

> 万历九年四月甲午……辛丑……升四川副使范燧为河南右参政，云南佥事胡僖为本省右参议。⑤

---

① （明）胡应麟撰：《少室山房类稿》卷89，民国十三年（1924）永康胡宗懋校刻《续金华丛书》本。

② （明）顾秉谦等编：《明神宗实录》，"中央研究院"历史语言研究所1962年影印本，第841—842页。

③ 吴晗：《胡应麟年谱》，《清华学报》1934年第1期，第209页。

④ 同上书，第210页。

⑤ （明）顾秉谦等编：《明神宗实录》，"中央研究院"历史语言研究所1962年影印本，第2121页。

《明神宗实录》卷一百三十曰:"万历十年十一月……庚午……升云南右参议胡僖为云南副使。"①

则"副宪公在滇以平刁氏叛事为台使所重,复官藩参"当系于万历九年;"副宪公迁官云南按察副使"当系于万历十年(1582)。吴谱两处系年均误。

吴谱将"副宪公以与同列不合,自滇致仕归"②系于万历十年壬午。而胡应麟《家大人历履迹》云:

> 然家君为人持大体捐小苛,乐拊循恶迎合。属僚自守令椽丞感刺骨靡二。而同列文深,与直指贵倨者往往枘凿。癸未,大计卒从,不及论疏,有"满腔赤子"等语。家君慨然曰:"阳城心劳抚字,吾岂以鹰鹯易鸾凤哉?且吾行年六十,间关万里博一官一级,何异味鸡肋?今者吾得我。"即日拂衣还里中。③

胡僖"自滇致仕归"应在万历十一年癸未。

二 胡应麟及其交游者著作成书时间订误

(一)《庄岳委谈》二卷成书时间订误

吴晗将"《庄岳委谈》二卷成书"系于万历十七年(1589)十一月。《庄岳委谈》正文前有《庄岳委谈引》,记作者作是书之动因、成书之过程及是书基本内容。胡应麟于《庄岳委谈引》文末云:"己丑阳月朔日识。"④

---

① (明)顾秉谦等编:《明神宗实录》,"中央研究院"历史语言研究所1962年影印本,第2424页。
② 吴晗:《胡应麟年谱》,《清华学报》1934年第1期,第212页。
③ (明)胡应麟撰:《少室山房类稿》卷89,民国十三年(1924)永康胡宗懋校刻《续金华丛书》本。
④ (明)胡应麟撰:《少室山房笔丛》,中华书局1958年版,第535页。

阳月，当指十月，而非十一月。《尔雅·释天》云："十月为阳。"① 郭璞注曰："纯阴用事，嫌于无阳，故以名云。"② 邢昺疏云："释曰'纯阴用事，嫌于无阳，故以名云'者，以《易》言之，五月一阴生，十月纯坤用事，故云'纯阴用事'也。云嫌者，君子爱阳而恶阴，故以阳名之。无阳而得阳名者，以分阴分阳，迭用柔刚，十二月之消息，见其用事耳。其实阴阳常有，《诗纬》曰：'阳生酉仲，阴生戌仲。'是十月中兼有阴阳也。"③ 小胡应麟16岁的谢肇淛在其《五杂俎·天部二》中对农历十月何以又名"阳月"有自己的看法，他认为"十月谓之阳月，先儒以为纯阴之月，嫌于无阳，故曰阳月，此臆说也。天地之气，有纯阳必有纯阴，岂能讳之？而使有如女国讳，其无男而改名男国，庸有益乎？大凡天地之气，阳极生阴，阴极生阳。当纯阴纯阳用事之日，而阴阳之潜伏者已骎骎萌蘖矣，故四月有亢龙之戒，而十月有阳月之称。即天地之气，四月多寒，而十月多暖，有桃李生华者，俗谓之小阳春，则阳月之义断可见矣。四月麦熟，阳中之阴也。十月桃李花，阴中之阳也"④。故"阳月"为十月之别称，自先秦时代一直沿用至明清。《庄岳委谈引》所云"己丑阳月朔日"当为万历十七年十月一日，"《庄岳委谈》二卷成书"也当系于万历十七年十月而非十一月。

故，吴谱将"《庄岳委谈》二卷成书"系于万历十七年十一月，误。

（二）《石羊生小传》撰写时间订误

吴谱将胡应麟"即自草《石羊生小传》，备述生世学养"⑤ 系于万历十四年丙戌（1586），且未援引任何材料来支持这一说法。《石羊生小传》乃胡应

---

① （晋）郭璞注，（宋）邢昺疏：《尔雅注疏》，《十三经注疏》（下册），上海古籍出版社1997年版，第2608页。
② 同上。
③ 同上。
④ （明）谢肇淛：《五杂俎》，上海书店出版社2009年版，第28页。
⑤ 吴晗：《胡应麟年谱》，《清华学报》1934年第1期。

麟自作传记，此传详述胡应麟家世履历，是研究胡应麟生平、思想的重要资料。此传作于何时，关系到传中所记相关事件的系年。因此，通过考订相关史料以确定《石羊生小传》撰写时间极为必要。胡应麟《少室山房类稿》卷一百一十《周公瑕书王司寇〈石羊生传〉跋》云：

> 戊子（1588）冬，余卧痾京口，不食者载阅月。长公屡使过存，余因丐作小传。长公慨然属草，信宿文成。淋漓万言，咸谓极笔。余揽诵，沉痾顿减，已稍进匕箸。己丑春，还溪上，舟过吴门，周处士公瑕来访，语次及长公新作，读之大诧："子何幸！以一痎致千秋。吾兹且乐附骥尾。"余亟请公瑕以蝇头录之。①

万历十六年戊子（1588）冬，胡应麟病甚，虑将不久人世，故自作小传述平时履历志向，冀王长公（王世贞）据此小传为自己立传以传名后世。王世贞据此小传"慨然属草"、信宿成文，是为《石羊生传》。万历十七年己丑（1589）春，胡应麟请周公瑕将王世贞《石羊生传》以蝇头小楷书之。《石羊生传》后经修改收入王世贞文集《弇州四部稿》更名为《胡元瑞传》。王世贞《石羊生传》及《胡元瑞传》也对此事有详细记载。《石羊生传》曰：

> 戊子冬，复以按察公命赴公车。至瓜洲而病，病积久不愈。慨然曰："吾其殆乎？"谓余："知应麟者唯子，幸及吾之身而传我，使我有后世，后世有我也。"②

《胡元瑞传》曰：

---

① （明）胡应麟撰：《少室山房类稿》卷110，民国十三年（1924）永康胡宗懋校刻《续金华丛书》本。
② 据民国十三年（1924）胡宗楙刻《续金华丛书》本《少室山房类稿》正文前《石羊生传》。此传题"弇州山人王世贞撰"。

> 戊子冬，复应公车，至瓜州而病，病积久不愈。慨然曰："吾其殆乎？"谓余："知应麟者惟子，幸及吾之身而传，我使我有后世，后世有我也。"①

由上述胡应麟与王世贞所记，知胡应麟于万历十六年戊子冬病甚且积月不愈，故急作《石羊生小传》。因胡应麟当时病情危重，王世贞据小传作《石羊生传》也是"信宿成文"，亦乃急为之。故胡应麟作《石羊生小传》与王世贞作《石羊生传》皆在万历十六年戊子冬。吴谱将胡应麟"自草《石羊生小传》"系于万历十四年丙戌（1586），且云"后两年王世贞所撰《胡元瑞传》即据此粉饰成"，误。

（三）王世贞《艺苑卮言》成书时间订误

胡应麟的诗学理论与主张受王世贞《艺苑卮言》影响颇大，因此，胡应麟年谱中有必要厘清《艺苑卮言》的成书及刊刻情况。吴谱将"王世贞《艺苑卮言》六卷刊成"②系于"嘉靖四十五年丙寅"。

《艺苑卮言》之成书，情况较为复杂。王世贞于隆庆六年（1572）夏所作《艺苑卮言》序文中云：

> 余始有所评骘于文章家曰《艺苑卮言》者，成自戊午耳。然自戊午而岁稍益之，以至乙丑而始脱稿。里中子不善秘，梓而行之。③

由此知《艺苑卮言》初稿成书于嘉靖三十七年戊午（1558）。关于此初稿的相关情况，王世贞《艺苑卮言》戊午年六月所作序文云：

---

① （明）王世贞撰：《弇州续稿》，《影印文渊阁四库全书》，台湾商务印书馆 1986 年影印本，集部，第 1283 册，第 24 页。
② 吴晗：《胡应麟年谱》，《清华学报》1934 年第 1 期。
③ （明）王世贞著，罗仲鼎校注：《艺苑卮言校注》，齐鲁书社 1992 年版，第 2 页。

> 又明年,复之东牟,簏箱者宛然尘土间。出之,稍为之次,而录之合六卷。凡论诗者十之七、文十之三。①

嘉靖三十七年(1558)初稿内容为诗论和文论,共计六卷。之后经过增益修订,嘉靖四十四年乙丑(1565)《艺苑卮言》修订稿成书并刊行。此次刊印,是《艺苑卮言》首次付梓。此初刻本的卷数,王世贞于《艺苑卮言》诸序文中没有明确说明,但据《艺苑卮言》及其他著述诸序文内容可推之。王世贞隆庆六年序文但云"自戊午而岁稍益之,以至乙丑而始脱稿"②,并未提及从戊午初稿到乙丑稿的卷帙变化。王世贞在《宛委余编》卷一云:

> 余故有《艺苑卮言》六卷,其第六卷于作者之旨亡所扬抑表著。第猎取书史中浮语稍足考证,甚或杂而亡裨于文字者,念弃之,为其敝帚不忍。而会坐上书,浮系招提。中无他书足携,间于二藏遗编小有所泛澜,或时绎腹笥之遗,合之别成四卷。晋游以后,复日有所笔,因更益之为十卷。最后里居复得六卷,名之曰《宛委余编》。③

由此知《宛委余编》乃将六卷本《艺苑卮言》之第六卷的部分内容抽出并逐步扩充而成。王世贞抽出六卷本《艺苑卮言》第六卷部分内容始自"会坐上书,浮系招提"的隆庆元年(1567)。④ 由此可以推之,从嘉靖四十四年初刻到王世贞对第六卷内容进行整合之前,《艺苑卮言》仍为六卷。因此可以断定,嘉靖四十四年初刻本为六卷本。故"王世贞《艺苑卮言》六卷刊成"应系于嘉靖四十四年乙丑,吴谱系于嘉靖四十五年丙寅,误。

---

① (明)王世贞著,罗仲鼎校注:《艺苑卮言校注》,齐鲁书社1992年版,第1页。
② 同上书,第2页。
③ (明)王世贞:《弇州山人四部稿》,台湾伟文图书出版社有限公司1976年影印世经堂本,第7095—7096页。
④ 《明史》卷二百八十七《王世贞传》云:"隆庆元年八月,兄弟伏阙讼父冤,言为嵩所害。大学士徐阶左右之,复忬官。"

三 明代相关史实订误

吴谱"一五七二，隆庆六年壬申，先生二十二岁"① 条，谈及胡应麟父胡僖因反对朱缙𬘩袭封肃王事而遭权臣扇谤而由礼部仪制司郎中出为湖广参议事。吴谱云：

> 穆宗崩，一时登极、改元、覃恩、赐赦、山陵、经筵，几务旁午。副宪公应之沛然，于是当以大典劳迁九卿，铨曹虚席待，会肃王袭封之事起。先是，嘉靖三十四年肃怀王薨，无子。高祖制：诸亲王庶子封郡王，亲王绝而将军中尉继者仍故封不在例。诸郡王于支远者不当袭，而近者乃靖王第四子弼柿子辅国将军缙𬘩，中尉贱，例不封，且属从父不宜袭。②

吴谱言肃怀王于嘉靖三十四年薨，无子，遂有怀王从父缙𬘩请袭封事。此事《明实录》《明史稿》《明史》均有记载。

《明世宗实录》卷五百三十六云：

> 嘉靖四十三年七月辛丑……丁卯，肃王绅堵、吉安王厚燔薨。上辍朝，遣官治丧葬如例，谥肃王曰怀、吉安王曰肃简。③

《明史·诸王世表》云：

> 怀王绅堵，昭庶一子，嘉靖四十二年袭封，四十三年薨，无子。从叔缙𬘩立。④

---

① 吴晗：《胡应麟年谱》，《清华学报》1934 年第 1 期，第 195 页。
② 同上。
③ （明）徐阶等编：《明世宗实录》，"中央研究院"历史语言研究所 1962 年影印本，第 8706 页。
④ （清）张廷玉等撰：《明史》，中华书局 1974 年标点本，第 2685—2686 页。

《明史》卷一百一十七《列传第五·诸王二·太祖诸子二·肃王楧》云：

> （简王禄埤）子恭王贡錝嗣，嘉靖十五年薨。世子真淤、长孙弼桓皆早卒，次孙定王弼柍嗣，四十一年薨。子缙炯先卒，孙怀王绅堵嗣，逾二年薨，无子。靖王第四子弼柿子辅国将军缙𦈡，以属近宜嗣。礼官言，缙𦈡，怀王从父，不宜袭。①

《明史稿·列传第三·诸王一·肃庄王楧》云：

> （定王弼柍）嘉靖四十一年薨。子缙炯先卒，孙怀王绅堵嗣，追谥父缙炯为昭王，四十三年薨。②

以上史料均言肃怀王朱绅堵卒于嘉靖四十三年（1564）。1977年，甘肃省博物馆文物考古队对位于兰州榆中县来紫堡乡的明肃王墓群7号墓进行了发掘，出土了大量文物，其中包括肃怀王及王妃王氏墓志铭各一合。肃怀王墓志为御赐，四周阴刻龙纹，志盖阴刻篆书"御赐肃怀王墓志"，下块为楷书墓志《御赐肃怀王圹志文》。③ 其文曰：

> 王讳绅堵，乃肃昭王之子……嘉靖三十七年闰七月初一日封为肃世孙。嘉靖四十二年正月十二日袭封为肃王。嘉靖四十三年六月二十七日薨逝，享年一十七岁。④

此圹志文云肃怀王于"嘉靖四十三年六月二十七日薨逝"，证实了《明实录》等史料所言不诬。吴晗《胡应麟年谱》云肃怀王薨于"嘉靖三十四年"，

---

① （清）张廷玉等撰：《明史》，中华书局1974年标点本，第3585—3586页。
② （清）王鸿绪等撰：《明史稿》（第三册），（台北）文海出版社1962年影印清敬慎堂刊本，第35页上栏。
③ 施连山：《明肃王墓考略》，《西北史地》1997年第4期，第57页。
④ 林健：《甘肃省博物馆藏明肃王家族墓志考略》，《陇右文博》2001年第1期。

当是"嘉靖四十三年"之笔误。

四 相关人物之间的关系订误

吴谱"隆庆六年壬申"条在谈及胡应麟藏书时提及虞守愚、虞德烨[①]，并称"义乌虞守愚侍郎、德煜参政父子"[②] 云云。吴谱所据乃清查慎行所著《人海记》。《人海记》称义乌虞守愚侍郎、德烨参政父子。[③]《嘉庆义乌县志》卷十五《政事》有虞守愚、虞德烨传。《虞守愚传》末云："孙德烨，后有传。"[④]《虞德烨传》云："虞德烨，字光卿，号绍东，守愚孙。"[⑤] "（德烨）父觉翁，慕宗忠简公为人，因名之。十六补诸生，有学行。"[⑥] 可见，虞守愚、虞德烨乃祖孙而非父子，虞德烨父为虞觉翁。吴谱称"虞守愚侍郎、德煜参政父子"，误。

[①] 按：吴谱作"虞德煜"。吴谱所据乃清华大学藏抄本《人海记》。北京古籍出版社1989年据光绪七年湖北崇文书局刊《正觉楼丛刻》本标点印行之《人海记》卷下"藏书之厄"条作"德烨"。《明实录》《嘉庆义乌县志》等均作"德烨"。

[②] 吴晗：《胡应麟年谱》，《清华学报》1934年第1期。

[③] （清）查慎行撰：《人海记》，北京古籍出版社1989年版，第63页。

[④] 嘉庆《义乌县志》卷15《政事》，《中国地方在集成·浙江府县志辑》第53册，上海书店出版社2011年影印本，第752页。

[⑤] 同上书，第753页。

[⑥] 同上书，第754页。

中原戏曲文物的戏剧史价值

元鹏飞

(西北大学)

中国戏剧要到元代才能进入文学史,这是因为我们现在能看到的最早剧本就是元代刊本。中国戏剧史学科的开山之祖王国维先生在其戏剧史名著《宋元戏曲史》中就有如下论断:"虽谓真正之戏剧,起于宋代,无不可也。然宋金演剧之结构,虽略如上,而其本则无一存。故当日已有代言体之戏曲否,已不可知。而论真正之戏曲,不能不从元杂剧始也。"[①] 统计数据表明,有名目的元杂剧作品保守估计有600余部,而传世元明刊本则有160余部。因此,文学史对中国戏剧发展状况的呈现是有根据,符合事实状况的。

但是,也有学者对常用的"元杂剧"提法提出质疑,认为应该更加符合实际地称其为"金元杂剧"。原杭州大学徐朔方先生力倡此说,依据的理论则是中国古代小说戏剧创作的"世代累积型集体创作说"。这一理论首先在小说研究领域得到了认可,最典型的例证就是《三国演义》《水浒传》和《西游记》等。对于今所见最早的元刊杂剧剧本,徐朔方先生以《元曲选》及其补编所收162种杂剧为准,发现以河南为背景的杂剧数量大大超过大都(今北

[①] 王国维:《宋元戏曲史》,上海古籍出版社1998年版,第61页。

京）及中书省所属各地；同时结合元代周德清的《中原音韵》（1324）及其自序说："欲作乐府，必正言语；欲正言语，必宗中原之音。"指出洛阳、开封为历代古都所在，历史悠久。大都音虽然同中州音相差不大，如果以它为标准，无论如何比不上中原或中州作为它的地区标志。最关键的是，徐先生详尽分析了以下 21 本杂剧的情况，为论定"金元杂剧"这一提法，奠定了坚实的基础①。这 21 个剧目为：

1. 石君宝《秋胡戏妻》
2. 石君宝《紫云庭》
3. 石君宝《曲江池》
4. 李直夫《虎头牌》
5. 郑廷玉《后庭花》
6. 无名氏《杀狗劝夫》
7. 王仲文《救孝子》
8. 关汉卿《拜月亭》
9. 王实甫《丽春堂》
10. 杨显之《酷寒亭》
11. 无名氏《货郎旦》
12. 无名氏《村乐堂》
13. 无名氏《射柳捶丸》
14. 张国宾《合汗衫》
15. 关汉卿《救风尘》
16. 无名氏《神奴儿》
17. 贾仲名《金安寿》

---

① 徐朔方：《金元杂剧的再认识》，《徐朔方集》第一卷，浙江古籍出版社 1993 年版，第 90—108 页。

18. 孟汉卿《魔合罗》

19. 孙仲章《勘头巾》

20. 张国宝《罗李郎》

21. 高文秀《遇上皇》

徐先生从制度名号、习用语言和地理特征等方面，详尽论证了这些刊刻于元代的剧本中的宋金时代的印记特征，指出：

> 中国小说戏曲史的另一引人注目的现象是相当多的作品在书会才人、说唱艺人和民间无名作家在世代流传以后才加以编著写定。文人的编写有时在重新回到民间、更加丰富提高之后，才最终写成。本书把这一类作品称之为世代累积型集体创作。继中国戏曲史开创者王国维之后，胡适、鲁迅、郑振铎等早期学者在六七十年前就在《三国志演义》《水浒》《西游记》以及《西厢记》等个别作品的研究中提出这样的论点。今天已经成为文学史常识了。然而在具体研究中影响甚微。这是说，许多研究者一面承认这些作品是世代累积型集体创作，另一面在实际上却又无形中把它们作为个人创作看待……承认《三国志演义》《水浒》《西游记》等个别的具体作品为世代累积型集体创作是一回事，进而揭示这类创作是中国小说戏曲史上体现某种规律性的重要现象则是另一回事……只有立足于更多的事实依据之上，这种现象才可能受到充分的重视。①

由此，徐先生认为南戏和金元杂剧也是同一类型的世代累积型集体创作。徐先生特别注意的是《杀狗劝夫》《救孝子》《丽春堂》《拜月亭》《货郎担》《村乐堂》《射柳捶丸》和杨显之的《酷寒亭》等八剧，认为它们成形于金，写定于元，是保存着世代流传的动态过程的活化石。

---

① 徐朔方：《金元杂剧的再认识》，《徐朔方集》第一卷，浙江古籍出版社1993年版，第108—109页。

"金元杂剧"的提法，正在得到越来越多学者的认可。车文明先生在《也谈"金元杂剧"》一文中，主要通过梳理元明文献，并根据戏曲文物的发现，进一步论定了这一历史事实：如何良俊《四友斋丛说》卷三十七"词曲"条中有"金元人呼北戏为杂剧，南戏为戏文""其余皆金元人杂剧词也"。沈德符《万历野获编》则有"北杂剧已为金元大手擅胜场"，并赞颂朱有燉杂剧具有"金元风范"，显然是包含着"金元杂剧"的内涵。又如，王骥德《曲律》"杂论第三十九"："金元杂剧甚多，《辍耕录》载七百余种，《录鬼簿》及《太和正音谱》载六百余种。"更关键的是近些年来的戏曲文物进一步支持了"金元杂剧"的提法。车先生文中列举宋金戏曲文物，且认为金代戏曲文物有了两点重大发展：有了展示角色形象的戏台模型，也出现了乐队家演员的雕塑场面等。车先生认为：

　　　　面对北杂剧的辉煌成就，研究者多迷惑不解，"元杂剧"何以一经出现，便立即放射出灿烂的光彩，它迅速崛起并高度成熟的原因是什么？虽然研究者的解释见仁见智，但始终未能给出一个令人满意的答案。"金元杂剧说"的重新提出，不仅可以使这类问题迎刃而解，而且有望还金元戏曲史以真正的本来面目。①

　　事实上，早在国内学者探究破解元代杂剧綦然兴起根源时，美国学者已经更进一步地发现了宋金元杂剧"戏剧形态的内在连续性"。这就是1977年，美国哈佛大学的伊维德和亚利桑那州立大学的奚如谷突破中国主流学界的框架，明确提出"杂剧的分期不应该基于政治事件的历史划分；杂剧和南戏可能早在元代建立之前就已经作为完全成熟的戏剧形式存在了"的观点。他们把中国杂剧从发生到衰落的整个时期定在12世纪到15世纪中叶——并称之

---

① 车文明：《也谈"金元杂剧"》，《戏曲研究》第62辑，文化艺术出版社2003年版，第58—63页。

为中国戏剧的第一个黄金时期①。这一发现,意义更为重大,却久不为国内学者所知,具体说来有以下四点。

首先,根据考古发现,结合文献记载如《都城纪胜》《西湖老人繁胜录》《梦粱录》《武林旧事》中的史料。奚如谷认为:复杂的戏剧表演在北宋时期已经存在,宋金时期已经有严肃的戏剧演出;废除科举制度对元杂剧的兴起并无多大影响,但它的长期影响是重要的和举足轻重的。蒙古的影响主要是在士大夫文人作家对大众的通俗戏剧没有直接影响,大众阶层其实是一种"传统的连续性"。至少从11世纪开始,中国已经存在一个长期连续发展的大众戏剧传统。北杂剧的兴起和发展是在中国乡村和城市的本土环境里实现的,完全独立于蒙古的影响,蒙古的影响有助于使大众戏剧的传统变为士大夫文化世界的一部分。②

其次,奚如谷认为:中国最早的戏剧是一种话剧(Spoken Drama),是活跃在北宋舞台上的通俗民间话剧。其所谓话剧,是指《都城纪胜》《梦粱录》《武林旧事》和《东京梦华录》等文献中所载"先做寻常熟事一段,名曰艳段;次做正杂剧、通名两段"中的"正杂剧"。

结合文献、文物以及杜善夫、高安道的散曲进行比较之后,他认为在这100多年的时间里,杂剧的演出形式保持着高度的连续性,这使得他倾向于把这种连续性上推到北宋时期。河南偃师出土的北宋墓杂剧雕砖被奚如谷视作支持他观点的最有力的证据。他指出,这些雕砖的发现意义重大,因为雕砖上化妆的演员正在上演一出相当复杂的戏,而这种戏剧比戏文或元杂剧要早100多年。③

再次,奚如谷把北宋的杂剧雕砖同山西永乐宫元初的宋德方墓石棺前壁

---

① 田民:《美国的中国戏剧研究》,张海惠主编《北美中国学——研究概述与文献资源》,中华书局2010年版,第667页。
② 同上书,第667—668页。
③ 曹广涛:《英语世界的中国传统戏剧研究与翻译》,广东高等教育出版社2009年版,第57页。

上的雕刻（此时恰值元杂剧兴盛期）相比较，认为二者在服饰化妆和表演动作上都没有发现明显的差异。这两种出土文物的相似性表明，从北宋到元代的戏剧装扮和表演确实保持着连续性。这些强有力的证据表明，就戏剧一词的基本意义而言，即由演员身穿剧中角色的服装，以对话表演故事，面对观众在舞台上演出，中国戏剧在元代之前很久就已经形成并存在了。

最后，鉴于文物、文献与文本材料揭示杂剧演出形式高度的连续性，奚如谷倾向于把这种连续性上推到北宋时期。戏曲艺人，无论是随宋室南迁还是继续留在北方，都主要是利用北宋的传统形式来满足观众的要求。既然北宋戏剧和元代戏剧保持着连续性，那么，如果元杂剧是成熟戏剧，宋杂剧也当是成熟戏剧。①

美国学者对中国戏剧史的研究没有师承影响和先入为主的局限，摆脱了中国学者对于《宋元戏曲史》信奉不疑的态度，没有预设中国戏剧"从元杂剧始"的立场，所以不是从剧本存留而是从戏剧形态角度考察宋金元三代戏剧的发展。毫无疑问，从"戏剧形态连续性"的角度而不是单纯从剧本来看待宋元戏剧，已经可以推导出中国戏曲剧本不过是戏剧演出的副产品的结论。事实上，王国维所据以立论的元刊杂剧之剧本形态，显然确实就是戏剧演出的记录本且以唱词为主。

打开现存元杂剧，我们看不到直接标示出来的剧中人姓名而是角色名，还看到一系列与故事本身无关的提示语如开、科、做意儿、打惨等词语，更会时不时看到一段游离于剧情外的表演提示。这能是剧作家创作的结果吗？显然不是。黄天骥先生以"开"为例评论说："元剧演出中，这'开'的程式的存在，说明当时的舞台表演重视伎艺性，重视对观众的直接提示，却对故事情节的完整性、连贯性，显然还未给予足够的关注。上述的见解如能成

---

① 曹广涛：《英语世界的中国传统戏剧研究与翻译》，广东高等教育出版社2009年版，第76页。

立，那么，可以想见，元剧的表演体制，包括每折戏、每套曲的间场以及人物的登场方式，既是继承了宋金杂剧，又是十分驳杂的。"① 在考察了大量剧本实例后，黄天骥先生指出：从演出的角度观察元代剧本，便可发现，在折与折之间，好些地方还保留着"爨弄、队舞、吹打"等伎艺的成分或痕迹。其所举一系列例证中最典型者为《孤本元明杂剧》中的《降桑椹》。

《降桑椹》剧的第一折，插入王伴哥与白厮赖的大段诨闹；第二折插入两个医生即太医和糊涂虫的大段诨闹；第三折插入桑树神、风伯、雷公、电母的大段表演；第四折又插入王伴哥和白厮赖的诨闹。而且各折诨闹中往往插入"外呈示答云得也么，这厮"的诨闹。此处的"外"作为表演区之外类似"检场"的人员，居然也能参与哄闹。黄天骥先生据此认为：元代一些剧作者十分重视伎艺的表演，乃至有人竟不理会戏剧创作需要配合剧情营造相应的气氛，倒是利用剧情，添加枝叶，给伎艺性的表演提供机会。就重视伎艺表演而言，元剧与宋金杂剧是一致的，如果它们有什么不同，那不过是宋金杂剧纯属伎艺性表演，而元剧则注意到以故事表演为主体，尽量利用故事进行的间隙来显示诸般伎艺而已。其实，戏剧演出中穿插伎艺性表演未必是如黄先生所说的元代剧作家十分重视伎艺的结果，而是由于伎艺内容已经成为中国古代戏曲先天基因的缘故。如果《降桑椹》还不足以说明这一点，明中叶才由郑之珍整理出来的《目连救母劝善戏文》可以作为另一个典型例证。其在文人编创剧本已经非常盛行的背景下，依然保持百戏杂陈、重视伎艺的特点，就印证了宋金以来戏剧演出传统的深刻影响。而剧作家无论如何编创剧本，可以构思故事，塑造人物，可以创作曲词，却无论如何也不能不顾演出实际地消除角色名目而径直代以剧中人的姓名。

戏剧史家董每戡先生曾提出疑问：两宋的戏剧名"杂剧"，后来元人的戏

---

① 黄天骥：《元剧的"杂"及其审美特征》，《文学遗产》1998年第3期。

剧同称"杂剧"。其实就内容和形式来论，前者名副其实的"杂"；后者一点儿也不杂，不知为什么沿袭了这名称。① 现在看来，董先生只是从剧本而非从演出时的实际情形看待元杂剧的得名，有此疑问在所难免。因为我们可以举出太多例证证明，没有任何书面依据的表演依然可以非常精彩，宋金古剧体现出来和积累的精湛表演艺术，正是依托于杂剧色群体的传承，才为后来的剧本深深嵌刻了表演艺术的烙印。并且，即使在剧作家一度引领元明清戏曲的发展步伐后，最终仍然回归了以演员群体为中心的戏剧发展模式上，恰和宋金古剧构成呼应。

正是由于看到了这些事实的存在，早在撰述《宋元戏曲史》之前，王国维已经赋予其"古剧"之名，这就是《古剧脚色考》。并且，随后的《宋元戏曲史》对此命名予以确认，该书第二章"宋之滑稽戏"云："今日流传之古剧，其最古者出于金、元之间。观其结构，实综合前此所有之滑稽戏及杂戏、小说为之。"② 随后该书中提出"真正之戏剧起于宋代"论断的第七章则更显豁地运用此概念而曰"古剧之结构"。

此后有冯沅君《古剧说汇》与谭正璧《话本与古剧》等先生的著作对"古剧"概念及其存在的事实作了进一步的确认。《古剧说汇》中，"古剧四考"考察了宋金戏剧演出时的场所"勾栏"，"路岐"戏班，编剧"才人"以及具体演出时的"做场"等情况，尤其在《古剧四考》跋中进一步考察了与上述四项有关系的戏剧活动和演出要素。"做场考"涉及的戏衣、假面、科泛和效果等项完全可以证实，宋金时期的古剧演出已经是非常成熟的戏剧形式了。虽然对于宋金时期的"才人"是否专业编剧人员，以及宋金时期出现的"掌记"的形式、内容和作用还有争论，但宋金戏剧已经发展出了高度成熟的艺术形式则可由戏曲文物的不断发现得到确证。

---

① 董每戡：《说剧》，人民文学出版社1983年版，第167页。
② 王国维：《宋元戏曲史》，第14页。

宋金元戏曲文物可依其形态约分为乐舞表演、说唱表演、傀儡戏表演、社火表演、杂剧演出、杂剧色与伎乐演员展示以及舞楼戏台等演出场所等。[1] 其中前四类属于"杂戏"，即它们的演出同样可以有故事性，但并非由杂剧色扮演，而且杂剧演出一般要由两名以上的杂剧色充任承当，这在杂剧演出类的文物资料中屡见不鲜。根据由杂剧色充任搬演的标准，宋金元戏曲文物中确定为杂剧演出的有12种，其中北宋6种，南宋与金代3种，元代3种，依次序列如下[2]：

1. 河南荥阳北宋绍圣三年（1096）朱氏墓石棺线刻杂剧做场图（D2）

2. 河南宜阳北宋宣和二年（1120）石棺线刻杂剧演出图[3]

3. 河南偃师酒流沟宋墓杂剧三段式演出砖雕（D9）

4. 河南新安宋墓杂剧演出壁画（H3）

5. 河南安阳小南海宋墓杂剧演出壁画

6. 陕西韩城宋墓杂剧演出壁画

7. 山西稷山马村二号墓杂剧做场图（D49）

8-9. 传世宋杂剧绢画《眼药酸》等两幅杂剧做场图（H22，H23）

10. 山西芮城永乐宫元中统元年（1260）潘德冲石椁杂剧演出图（D76）

11. 山西洪洞水神庙元泰定元年（1324）忠都秀杂剧做场图（H34）

12. 山西运城西里庄元墓《风雪奇》杂剧演出壁画（H35）

---

[1] 元鹏飞、王海燕：《宋金戏曲形成的文物考察》，《艺术百家》2004年第1期。

[2] 标识D、H编号的资料数据见车文明先生《20世纪戏曲文物的发现与曲学研究》，文化艺术出版社2001年版，第200—213、271—276页。未标识的资料第5条见李明德、郭艺田《安阳小南海宋代壁画墓》，《中原文物》1993年第2期；第6条见康保成等《陕西韩城宋墓壁画考释》，延保全《宋剧演出的文物新证——陕西韩城北宋墓杂剧壁画考论》等文章，《文艺研究》2009年第11期。

[3] 元鹏飞：《宋代戏剧形态发展的重大新物证——北宋宣和二年杂剧做场图探论》，《中华戏曲》第51辑。

至于杂剧色与伎乐演员展示类的戏曲文物，则更是数量繁多。据统计北宋约有15组，金代更是多达近40组。以河南山西交界地区为中心呈"水圈模式"波纹状①，影响达于周边地区如陕西、四川以及江浙都有所发现，黄竹三先生等人更是早在20世纪80年代就发现了散布于太行山区，反映民间戏剧活动高度发达的碑刻。② 所有这些实物证据表明自北宋到元代，王国维命名的"古剧"早已遍布南北城乡。

宋金"古剧"得以确立，演出遍布城乡，涌现出"路岐"戏班，编剧"才人"乃至各类演剧场所的基础是什么？是脚色制。肇源启始，王国维应该正是立足于宋金戏剧的演出实际才命名《古剧脚色考》的。遗憾的是，由于缺乏审慎考察，忽略了"古剧"演员群体正式的名称就是习见于《梦粱录》等文献中的"杂剧色"，王国维径以后来演化形成的"脚色"论述之，不仅使有宋一代的中国戏剧第一个黄金盛世湮没不彰，更阻碍了继踵者在"杂剧色"存在的事实前提下可能的理论原创与建设。

最新研究表明，"脚色"最早系个人简历之意，恰在戏曲发展与形成的唐宋以来的文献中颇为常见，其从日常语汇变为戏曲术语后指的是剧中人物的形象类别。这一事实是在戏剧艺术由"杂剧色"伎艺性的演出段子走向来扮演故事、塑造人物形象的过程中，逐步确立的。戏曲脚色和宋金杂剧院本中的末尼、引戏、副末、副净、装孤等名目的区别在于："杂剧色"就其本质是一些伎艺性的杂扮段子，并不以故事人物形象的塑造为主要目的，比如艳段演出赏心悦目，而正杂剧则"务在滑稽"等；戏曲脚色则是杂剧色在戏剧情节发展中，服务于人物形象塑造的过程中逐步形成的。杂剧色和戏曲脚色间

---

① 元鹏飞：《古典戏曲脚色新考》，人民出版社2012年版，第232页。
② 黄竹三：《从北宋舞楼的出现看中国戏曲的发展——山西中南部三通戏剧碑刻考述》，《蒲剧艺术》1983年第2期。收入黄竹三著《黄竹三学术论文自选集》，山西出版传媒集团三晋出版社2015年版，第158—166页。

的对应关系可列表为①：

杂剧色	末泥	引戏	副末	副净	或添一人
脚色	生（女为旦）	末（女为旦）	净	丑	外、贴

认识到杂剧色及其与戏曲脚色的大致对应关系，我们会看到在以往所说的清中叶以来花部戏曲兴起后，出现的剧作家退位而演员占据剧坛中心位置的情况，其实是有其历史渊源的。这个历史渊源就是早在元杂剧产生并兴盛之前，尤其是在北宋后期，即早在剧作家进入戏剧创作活动之前，戏剧艺人演员群体就已经将戏剧表演艺术发展到较为成熟的状态了。我们丝毫不否认剧作家在"戏曲"走向成熟的关键时刻的"曲"的创作上的巨大贡献，但是将"曲"的表演与"戏"的表演糅合起来的工作还是只能靠戏剧艺人而非剧作家。今所谓元刊杂剧剧本实际正是宋金以来形态连续、一脉相承的舞台演出，尤其是曲唱内容的记录本，在此基础上才有书会才人的加入、改编，才有今所见《录鬼簿》一书中反映的杂剧剧目的编创情况，最后才是独立剧作家的创作。

显然，中国戏剧走了一条不同于西方自古希腊戏剧以来主要以剧作家和剧本为核心的，本质是以演员为核心的戏剧成熟、发展的道路。这条道路，如果用更严格的术语概括就是"演员中心制"。因为就演员中心的表演来说，舞蹈、讲唱和曲艺也有这方面突出的特征，但"演员中心制"则为中国古典戏曲所独有。演员中心制戏剧不是一般意义的演员中心戏剧。演员中心戏剧当代较流行，但它无法呈现组织化、机制化，可以内部交流传承的活态，如卓别林就是演员中心。演员中心制还可以实现纯粹的戏剧特指，并完全排他地消除"演出—表演中心"不可避免地涉及非戏剧类型的情况。

---

① 元鹏飞：《"脚色"与"杂剧色"辨析》，《戏剧艺术》2009年第4期。另见《古典戏曲脚色新考》，人民出版社2012年版。

通过戏曲文物与文献典籍的相互联系，发现的杂剧色从根本上扭转了我们对中国戏剧格局的认识。因为以往我们一直认为是清中叶"花雅之争"后出现的地方戏勃兴，标志着中国戏剧从元明清的剧作家中心转变为演员中心，并成为近代戏剧引人瞩目的景观，其中梅兰芳先生蜚声中外的艺术成就堪为这一历史转折的辉煌典范。这一认识也是描述中国戏剧发展史的标准范式，使中国戏剧史的表述呈现为地方戏兴起前后剧作家中心和演员中心的二元格局。但在事实上，早在元代刊印杂剧剧本之前的北宋就出现的杂剧色，其实就是最早的演员中心制戏剧。也就是说：其一，中国古代戏剧形态的发展主流是由演员而非剧作家决定的！其二，宋金时期应被看作中国戏剧发展史上的第一个黄金盛世。①

2015年，河南郑州华夏文化艺术博物馆从洛阳文物市场征集到一组带铭文的北宋杂剧色砖雕，共四方。对这组见著于宋元文献的几位杂剧色演员的画像砖，虽有廖奔和康保成两位先生为之著文介绍②，但还缺乏对于其戏剧史意义的深入认识和理论阐发。

对于杂剧色具有的戏剧史价值和意义，廖文指出如下两点：一是"只有当杂剧已经成为一种为人所熟悉、所乐于欣赏的娱乐方式，才可能被容许进入墓葬为冥府中的墓主人服务，说明了杂剧日常演出在这一带的盛行"。二是"从丁都赛等人在汴京演出，到名声传播至三百里外的偃师县和温县，再到将其形象模勒造型、烧制成砖，最后在建造墓葬时砌入墓壁，这要有一个过程"。在古代资讯较为封闭，交通不甚发达的情况下，丁都赛等人能够迅速走红于地域广阔的城乡，成为迄今为止世界最早且见于史载的四人组戏剧演员，这种崇高的艺术声望必然由无数场成功的精湛演出锻铸而成。

---

① 元鹏飞：《北宋戏剧形态发展的重大新物证——宣和二年杂剧石棺线刻图考论》，《中华戏曲》第51辑。
② 廖奔：《北宋杂剧艺人肖像雕砖的发现》，康保成《新发现的四方北宋铭文杂剧砖雕初考》，《中原文物》2015年第5期。

四位杂剧色中的丁都赛、薛子小、杨总惜三人姓名见于南宋孟元老的《东京梦华录》。该书卷七"驾登宝津楼诸军呈百戏"条记述上巳节时，皇帝率群臣登上宝津楼，观看百戏表演，其中有"露台弟子杂剧一段——是时弟子萧住儿、丁都赛、薛子大、薛子小、杨总惜、崔上寿之辈，后来者不足数"的记载。"薛子小、杨总惜"二人名字又见同书卷五"京瓦伎艺"条，记载"崇、观以来"在汴京（今河南开封）瓦舍勾栏里进行商业演出的演员，有"教坊减罢并温习张翠盖、张成，弟子薛子大、薛子小、俏枝儿、杨总惜、周寿、奴称心等般杂剧"（对本段材料，有不同的断句异文，我们另有辨析，此处不赘）。事实上表明了宫廷杂剧艺术与民间杂剧活动的互动，这是在这样的条件下，普通民众才能近距离接触同时服务于皇室贵族的精湛杂剧艺术，并进而对其中的杰出代表极大追捧。若以雅俗共赏为标准，则这批雕砖中的四人就是出现于文献众人中的典范。除了未见诸文献的"凹脸儿"，四人恰好是一组成建制的演员群体。

我们知道，在散乐百戏时代，演员群体是不成体系、无组织、各自为战的。唐代梨园借鉴教坊管理演员的分部制，初步实现了歌乐舞演员的组织化，并在唐代已形成的戏剧基础上开创了乐舞演员有组织做戏剧表演的路径，唐玄宗李隆基由此堪称中国戏剧的"终极祖师"即原生戏神。北宋将唐代形成的杂剧艺术纳入宫廷管理的同时，也借鉴了梨园将乐舞戏演员组织化管理的方式，这就是杂剧色的出现。这里的杨总惜、丁都赛、薛子小和凹脸儿分别职司末泥色、引戏色、副末色和副净色的文物新发现，比之其他同样成组出现的无名氏杂剧色雕砖，具有了更大的戏剧史价值：杂剧色组织不仅是历史存在的演员演出机制，还是经由服务于皇廷贵族的实有其人的明星演员示范出来的"演员中心制"戏剧组织机制。

《南村辍耕录》曾记载金代："教坊色长魏、武、刘，三人鼎新编辑：魏长于念诵,武长于筋斗,刘长于科范。至今乐人皆宗之。"① 其中,魏氏显然属于末泥,武氏当为副末,而刘氏则为副净。呈现出各司其职而又各有所长的综合表演艺术同步演进的历史态势,恰与这组四人雕砖杂剧色的组织机制及其表演艺术均衡化同步综合呈现的事实相呼应。所以,四人组杂剧砖雕不仅典型体现了中国戏剧艺术在宋代的发展态势,更证实了中国戏剧的成熟以杂剧色的出现为标志。

造成《宋元戏曲史》将立论点确立于元杂剧现存剧本的根本原因就是王国维秉持的剧本中心论立场,对此,学界早有深入论证并不断予以质疑和反驳。耐人寻味的是,王国维氏明明是将宋代杂剧色如末泥、引戏、副末、副净和装孤等视作"脚色"的。也就是说,只要他依据其所处时代已经出现的"演员中心"的情形,看到"行当化"的脚色与宋金"杂剧色"的共通性,都可以得出中国戏剧本质是演员中心的结论,也就完全可以认可所谓"古剧"的成熟性质,乃至于得出北宋是中国戏剧完全成熟的开端的结论。

需要注意的是,王国维确认了宋金杂剧的真戏剧性质,其实是认可了其完备的成熟程度,其以"古剧"命名宋金杂剧院本恰与其《古剧脚色考》的思路一致。问题是如果《古剧脚色考》能够看出宋金"古剧"是由"杂剧色"而非"脚色"扮演的事实,《宋元戏曲史》立足脚色制论"古剧之结构"的写法将大为不同:确定"杂剧色"为中国戏剧成熟的标志。这种名为"杂剧"的成熟戏剧,又在与宋元讲唱伎艺的多种形式的结合中,由于大曲与诸宫调的音乐结构适应了杂剧的表演情况,"原生形成"以唱为主的金元杂剧,以及体制更加完备、脚色制更加整饬的南戏。只因王国维《古剧脚色考》以后世形成的"脚色"观念取代"杂剧色",无视文献原始记录,所以未能认识到杂剧色这一最早的演员组织;加上剧本中心论的立场,使他提出了不合

---

① (元)陶宗仪:《南村辍耕录》,辽宁教育出版社1998年版,第295页。

实际且具主观色彩的"代言体"观念,于是更忽视元刊杂剧剧本的形成过程。但他毕竟提出了"古剧"概念,确认了宋金戏剧成熟的性质,并且敏锐察觉出戏曲其实就是"戏"加"曲",并指出了戏曲的形式在"曲"的方面包括大曲与诸宫调的音乐结构要适应杂剧的表演情况。

在此基础上,我们略作修改就可以描述中国戏曲的形成路径:"戏曲"就是杂剧色演出的成熟戏剧与讲唱文学中的大曲尤其是诸宫调结合的产物,是中国戏剧成熟后与文学要素达到水乳交融阶段的新阶段。对此,本文称之为"原生形成",以与后来地方戏兴起时不同剧种的形成模式和路径即本质是基于"演员中心制""衍生形成"的情况相区分。而地方戏所谓"从剧作家向演员中心的历史转变"及脚色的行当化只是向杂剧色及其戏剧形态更高阶段的回归![1]

虽然我们没有列举中原戏曲文物的具体状况,但是,如果没有宋元戏曲文物,就没有重新论定的"金元杂剧",更不会出现美国学者论定的宋金元三代戏剧"形态一致性"的理论。同样,超越王国维,发现杂剧色的演员组织机制,进而发现中国戏剧并非晚至近代才出现演员取代剧作家的历史演化进程,而是本质上就是"演员中心制"戏剧的颠覆性论断,也是难以想象的。毫无疑问,中原戏曲文物是建设民族原创戏剧理论话语的基石!

---

[1] 元鹏飞:《中国戏曲形成模型假说》,《国学研究》第41辑。

马时芳交游考

张 艳

（郑州大学）

马时芳（1762—1837），字诚之，号平泉，晚号澹翁、见吾道人、衢歌老人等，禹州人，清代河南著名心学家、诗人、书法家。自十世祖马文升以军功明弘治时起家任兵部尚书后，禹州马氏遂成河南大族，由明至清350余年间，显宦名士代不乏人，至马时芳再次振励家声。马氏幼承庭训，常年随父兴淇在外游宦，遍历胜地，就教名家。年十四，其父任江西赣县县丞，延当地名士王省浡授课，始正式学习儒家经典。然此时马氏年少，虽胸襟远大，却落拓不羁，"纵酒辄醉使气""东浮淮南过江北，渡河，行歌燕市"，却"迄无所得"[1]。至19岁读李绂《陆子学谱》，大起兴趣。又读《王文成公集》，对阳明心学深感冥契。其祖父季吴之外曾祖赵御众为孙奇逢高弟，故而赵氏藏书尽传马氏。时芳精研之下，受益甚巨。

马氏弱冠即中副榜，此后却屡试不第。科名蹭蹬使之将满腹幽思都诉诸笔端，著述甚多。计有《求心录》《马氏心书》《道学论》《朴丽子》《续朴丽子》《风烛学钞》《易引》《论语义疏》《来学纂言》《黄池随笔》《芝田随

---

[1] 王琴林：《朴丽子·序》，民国四年（1915）存古学社石印本。

笔》《垂香楼文稿》《四家辑语》《挑灯诗话》《风槛待月》《山晓堂诗集》《传信录》《困亨录》《评点智囊补》等，总数在百卷以上。

马时芳对心学既有继承又有发展，强调"以本心为提纲，躬行为着落，明体达用为归宿"①。其哲学思想概言之约为四端。其一，继承夏峰北学经世致用的精神，崇尚实用事功，反对空疏道学。其二，将经世致用精神落足于现实，特别揄扬权谋智术，以实现事功。其三，继承王阳明致良知的思想，强调循顺物理人情，并将之与君子的修为联系在一起："君子处世，惟情惟理。情理穷，而君子之途塞然。"② 其四，继承王阳明的平等思想，将循顺物理人情向前推进，认为"圣贤与人同者也"③，齐人物，等贵贱，对居上者不迷狂，对在下者不鄙视。此外，马氏尚有对包容忍耐、礼俗与礼制、教化无功等问题的思考，至今仍能开人耳目。

马时芳毕生仕途坎坷，年五十二才授封丘县教谕。尽忠职守，倾心教育，深得生徒爱戴。历一年余因丁母忧离任。家居十数载，年六十五方再授巩县教谕。年七十五卒于官。为人诚恳谦逊，慷慨爽朗，对师长友辈一腔赤诚，对门生后辈热忱友善，对桑梓百姓不立崖岸。仗义疏财，虽家资不富却常倾囊待客。崇俭恶奢，不慕浮华，极重躬行。马氏家学渊源有自，加之一生嗜书、笔耕不辍，终成夏峰北学中期的代表人物。《圣清渊源录》卷二十七有传。

有清一代，由于各方面的原因，较之朴学发展的异常繁荣，思想研究颇显颓势。这一点，在中国北方尤为突出。长期以来，甚至颇有"清代北方无学术"的讲法。然而略翻史籍即可了解，事实并非如此。自明末清初理学大家孙奇逢定居河南苏门山，于百泉聚徒讲学、结社砺行之后，二百年间，夏

---

① 冯安常：《巩县志·文徵三·平泉先生传》，成文出版社1968年版，第2160页。
② （清）马时芳：《朴丽子》卷3，民国四年（1915）存古学社石印本。
③ （清）马时芳：《马氏心书》卷1，民国四年（1915）存古学社石印本。

峰北学终成中原显学。先有汤斌、耿介、赵御众、李来章等及门弟子发扬精神，继有冉觐祖、窦克勤、田兰芳、马时芳等后学传承思想，终有李棠阶、倭仁、王少白、李敏修、嵇文甫等继起余光。其中，作为夏峰北学后劲的马时芳，著述及思想影响深远，近人周作人、嵇文甫均曾多次撰文评介。然而，坊间所见其一生行状颇简略，交游则更不明，这对研究其人其学乃至夏峰北学的发展，无疑是一个障碍。因此，不佞不揣浅陋，试对马时芳平生交游作一考索，如能有裨同人则幸甚。

一 与前辈师长王省洤、王聿修、王耀临

王省洤，江西赣县人。马时芳早年业师姓名可考者，仅此一人。马氏年十三，父兴淇授赣县县丞，遂随父至任所。随后，兴淇即为延聘王氏。后马时芳谈及拜师事曰："初，府君与省洤先生遇赣之古庙中，异其气貌，与语，深服之。归谓时芳曰：'吾今为汝得师矣。'……聘至署中，凡四年。"① 可知，平泉13—17岁这段重要的成长时间，皆受教于王门，则王氏的人格与思想对时芳影响之深可以想见。

省洤先生虽生于心学重镇，为当时名士，但布衣终身，不喜著述，故传志中罕见其名。马氏对乃师学养深厚而声名未著的情况深为不平："以夫子经世之才、用世之心，澹于进取，遂至沉沦。及门虽多成就，而僻处荒远，未著经纶。"② 然而，王氏毕生从事教育，深受弟子爱戴。马氏盛赞："吾夫子之教人也，析精义于毫芒，辨疑似之纠纷，或片言以居要，或累辞而不烦。……故渊源所及，聪明者相戒以浮夸，鲁钝者亦有所持遵。"③ 可知，王氏深通教学之道，的是一位良师。马氏一生执着于躬行，对课徒极富热情，与王氏影响关系甚深。

---

① （清）马时芳：《垂香楼文集·筠友府君家传》，民国四年（1915）存古学社石印本。
② （清）马时芳：《垂香楼文集·祭业师王省洤先生文》，民国四年（1915）存古学社石印本。
③ 同上。

省浯先生爱憎分明，嫉恶如仇。平泉记从游时："有达官出，仪从甚都。或以语先师省浯。达官贪横，先师恶闻之，见于面……作色曰：'君见其外，未见其内。君以为拥护岿岿者，大人也。若校其实而论，其心不但不得为大人，且不得为人矣。何足道哉！'"① 及马氏成年，亦不畏权贵。年六十五授巩县教谕，因需到省晋谒上峰，耻之，至欲弃官。

从游省浯先生四年后，马氏归乡，师生之缘遂尽。然马氏仍对王氏极尊敬，分别十数年虽山高水长，音问两绝，犹自拳拳顾念不已。乾隆五十五年（1790），马氏复至江西省亲，惊闻乃师去世，痛心之余撰《祭业师王省浯先生文》及《先师省浯先生像赞》以纾其怀。师徒情深，至马氏七十余岁时，仍于其《朴丽子》《续朴丽子》中多次回忆王氏教诲。

王聿修（1709—1788），字念祖，号孝山。先世自洪洞迁禹州，与马氏同籍。早年设馆叶县。乾隆元年（1736）中举，三十一年（1766）大挑二等，授确山教谕。任职三年擢四川珙县知县，以讹误贬官，主政崇庆书院。乾隆四十三年（1778）补云南安州州判，旋以老归。授徒颖南书院。年八十卒于家。毕生热心教育，且勤于著述，有《四书五经简明讲义》《易说》《全史提要》《景贤录》《续纂禹州志》《叶县志》《确山县志》《珙县志》《嘉县志》等行世。

聿修与马氏祖父季吴素相交好，并为作墓志铭。与马氏行辈可拟为祖孙，却实属忘年知己。② 惜乎聿修著述不涉交游，故而不能了解他一方面与平泉的交往状况。可庆幸者，平泉曾作长诗《哭王孝山先生》，记述两人订交及往还始末。聿修年七十七致仕，归颖南书院。平泉时年二十三，从之受学。师徒教学极相得，平泉回忆："不鄙小子愚，疑义为商榷。动辄到夜分，往复意称乐。"惜仅三后年聿修即亡故。平泉评王氏"温温与人接，贤愚并心伏。学不

---

① （清）马时芳：《朴丽子》卷17，石印本，民国四年（1915）存古学社石印本。
② 平泉自认一生知己者有四，聿修即居其一。

争异同，躬行但粥粥。人不甚区分，介然耿幽独"。这与平泉日后特重躬行、深察物理人情的为学之本深相契合，可知受聿修影响至巨。故而聿修去日，平泉"焚香奠清酒，失声扶棺哭"。所悲痛者，正如他自己所言"不哭先生亡，吾道悲沉陆"。①

王耀临，字照万，号虚谷，又号逍遥子，禹州诸生。"少负隽才，博学能文章"，然而"中年以病累""坐卧一榻，伸缩动止，资人以济，非倚杖不能出户限""遂绝意仕进。……人或惜其才以残废，而耀临只借以刊落万缘，落落自足也"②。能文能诗，后终因病卒。马氏为作《逍遥子传》纪其行事，又哭之以诗曰："不图天下士，如此竟销沉。品与幽人远，神涵古道深。空挥国侨涕，欲碎伯牙琴。寂寞蒲西洞，寒风急暮砧。"③

耀临先与马氏父兴淇交好，后对时芳亦极爱护。两人书信论道，诗歌唱和，交往频频，异常融洽。耀临为时芳作《垂香楼诗稿》序有云："平泉马子，余老友安福左尹箓洲君之令嗣。素娴诗，然不轻与人言诗。昨过山房，示余诗草两卷，诸体皆备。余阅之不能一语该之也。但见其千态万状，如涉层峦，不可一望而尽，则知其工于诗也。根极理要，正襟而谈，一扫浮靡之辞，又知其深于诗也。"④敦厚长者赞赏之意毕现。马时芳亦赞耀临诗："瑰奇可喜……其佳处往往不减李梦阳。"⑤两人相知之深可见。

耀临主张"夫诗必本性情，关乎人伦日用及古今成败兴坏之故，方可言诗。不然徒凑韵语，只累累耳"。这与马氏毕生关注物理人情、执着于躬行的思想相一致，足见两人精神之契合。耀临对时芳又有殷切希冀，他说："吾郡风雅一道久不振矣，平泉诗出，温和雅正，觉悟叫号绮靡之习，不惟可增吾

---

① 本段引诗见马时芳《垂香楼诗稿·哭王孝山先生》，民国四年（1915）存古学社石印本。
② 王棽林：《禹县志·文学·王耀临》，成文出版社1976年版，第2049页。
③ （清）马时芳：《垂香楼诗稿·逍遥子传》，民国四年（1915）存古学社石印本。
④ （清）马时芳：《垂香楼诗稿·序》，民国四年（1915）存古学社石印本。
⑤ （清）马时芳《垂香楼诗稿·逍遥子传》，民国四年（1915）存古学社石印本。

乡之光，即以上拟古作者亦无愧焉。"① 可见，其对马氏诗风、节操推重之深。

二　与友辈郭典、宋元兆、康庆云、张用达

郭典，字尧臣，后改尧民，洛阳平乐（今属孟津）人。太学生，诰赠奉政大夫，世家子。族祖显星，万历戊午（1618）举人，雅好二程之学，曾任许昌学正。父世奇，乾隆二年（1737）进士。孙阶平，嘉庆十年（1805）进士。郭氏世通医术②并奇门遁甲，极重致用。尧民少时受族祖显星濡染，致力程朱。及长，读范彪西《理学备考》，对姚江倾倒备至，此后即寓心心学。壮年与刘温夫等讲学论道，砥砺互进。为人清正，笃于礼义，"行不由径，虽大风雨，必出入正路，造次颠沛未尝违之"③。一生未事著述，但交游广泛，与当时河南及旅豫名士如湘潭张九钺④等，都相交甚笃。嘉庆己未（1799）某日晨起觉身体不适，勉力支撑讲《中庸》首章毕，端坐而逝。

马时芳与郭尧民乾隆丙午年（1786）秋初识于大梁。虽为忘年之交，却一见如故。时芳作诗《寄赠尧臣先生》记订交时事："西方有美人，相遇汴之侧。素面而长髯，须发白如雪。飘飘有仙气，所学非元默。"对尧民气貌之仙风道骨颇心折。尧民又精通术数，平泉对此兴味亦极浓厚。而郭氏"远读孔孟书，近嗜王陆说"，更使两人在学术上相互砥砺。此三者遂使马郭成生死之交。返乡时，时芳叹息："相从日苦短，秉烛夜继日。长者颇忘年，我心早倾折。愿得常相随，共此晨与夕。"⑤ 别后，两人以书信频通音问，或相约同游，

---

① 本段引文见马时芳《垂香楼诗稿·序》，民国四年（1915）存古学社石印本。
② 其后人即为今洛阳正骨郭氏。
③ （清）曹肃孙：《洛学拾遗补编》卷7，同治刻本。
④ 张九钺（1721—1803）字度西，号紫岘，湖南湘潭人。七岁能诗，九岁通《十三经》。历任南丰、峡江等地知县。后以案件牵连落职，遍游嵩、洛、偃、巩间。毕沅重其名，迎之节署。著有《陶园文集》八卷，《诗集》二卷，《诗余》一卷，《历代诗话》四卷及《晋南随笔》，并编《峡江志》《偃师志》《永宁志》《巩县志》等。均《清史列传》并行于世。张氏有《雪行平乐道中寄郭尧臣》诗赠郭氏："老骨敌寒威，车冲朔雪飞。芒龙藏露密，雏鸟点冰微。来往因文字，严和识化机。正思郭功父，拥卷闭荆扉"（见《陶园诗文集》）。
⑤ 本段引诗均出自马时芳《垂香楼诗稿·寄赠尧臣先生》，民国四年（1915）存古学社石印本。

或辩难学术，或互通心曲。时芳对这段友谊极珍视，曾自陈原委："芳弱龄受学于豫章省洤先生，之为讲儒者为学之道惟时。虽不尽解，心向往之。比年来独无偶，如弱草当风。明不足以知几，而是非易以摇；健不足以决，而理欲难自主，将就判涣，日益颓落。既不敢自甘暴弃，廁于凡庸，又不能绝去悔尤，无愧夫前哲，斯所以终日忽忽，如有所失，而思得贤师友以自济也。"① 尧民正是时芳希冀可"自济"的"贤师友"。因此，他一见尧民便"窃自庆幸"，认为找到了心所依归之处。

尧民极推崇时芳文章。订交后，尧民泛览马氏著述，以其为心学中人且杂糅释道，正与自身志趣相投，遂与为莫逆之交。尧民对平泉寄予厚望，当面勉励："孙、汤风徽未远，努力向前，将来为吾乡之望。"② 至于以夏峰北学中坚汤斌、耿介相期许。并在学术上不断督催，告谕平泉通读阳明。马氏遂将《阳明集》全部点定，呈尧民检视。平泉对心学的通盘把握，亦颇得益于尧民。

两人不仅在文章上相互砥砺，在道德上亦相知极深。尧民向不著书，声名未显于世。时芳不以为懒怠，嘉许他蓄道德深藏不市，乃真正隐逸高人。时芳素来秉持夏峰北学之风，待人悃悃款款、不立崖岸，但亦以机缘偶有露峥嵘之时。尧民孙阶平中举，尧民命往谒时芳。阶平以顿首之礼相敬，时芳安然受之。曰："汝祖令汝来乎？曰：'然。'又曰：'汝中举，中了也好。'毫无奖掖之意，也不再多言。阶平归，言于尧民，颇有不平意。尧民却说：'渠为我故，待汝厚矣。'因他深知时芳深意，盖'于阶平始有期于功名之外者'"③。因此故以平淡示之，不令骄矜。两人相知之深可见。

时芳涵泳心学，也颇倾心释道，常有万事虚妄之感，此类烦苦只有尧民

---

① （清）马时芳：《垂香楼文集·上郭尧臣先生书》，民国四年（1915）存古学社石印本。
② （清）马时芳：《垂香楼诗稿·寄赠尧臣先生》，民国四年（1915）存古学社石印本。
③ 本段引文见高祐《嵩洛草堂遗编·洛阳人物卷·隐逸类》，中州古籍出版社2014年版，第242页。

堪与开解。任巩县教谕时,马氏寄书尧民:"(芳)值守空山……刊落浮华,视彼一切世味几同嚼蜡矣。惟是天生不甚蠢愚,时觉捉搦不定,翻恨聪明为累致劳,寤寐所愿,与老先生蹙眉而道之者也。"① 可知,时芳对尧民心理依恃之深。

因之,当尧民故世,时芳悲不自胜,赋诗曰:"闲庭晓起视茫茫,落叶缤纷屋有霜。人到眼中谁第一?伤心无有返魂香。"② 此后,时芳友辈中可与倾心论道者遂再无人。时芳弟子冯安常所撰乃师传略中,于友辈中亦仅及尧民一人。③

宋元兆(1749—1815),字吉三,号筼亭。先世山西洪洞人,明初迁郑。幼聪敏,癸卯(1783)中顺天乡试,限于人数被黜,转入四库馆修书。后历署陕西、甘肃诸县二十余年,断案如神,抚民慈惠,理边事有勇有谋。升任户部主事。性多病,旋归。乡居八年,疾剧,取《论语》略览,言:"《三省章》《召门弟子章》,一人毕矣。"④ 闭目端坐而逝。时当嘉庆乙亥(1815)秋九月,卒年六十七。

嘉庆九年(1804)平泉游历京师。宋元兆时任户部主事,延马氏为其子廷奎师。马氏以"自惟平生虽颇嗜诗书,然惟求通其大义,未能熟读精研,杂以疏略,摈于盛时,不足为师"⑤ 力辞。宋以"经师易得,人师难求"为言相劝,马氏感其意善,遂从之。宾主相处怡怡,闲暇"杯酒谈论,动辄移时"。且两人相知极深,马氏曾谓宋"明略有余",宋谓马氏"遇事知宜",

---

① (清)马时芳:《垂香楼文集,点次阳明文集答尧民先生书》,民国四年(1915)存古学社石印本。
② 高祐:《嵩洛草堂遗编·洛阳人物卷·隐逸类》,中州古籍出版社2014年版,第242页。
③ 冯安常《巩县志·文徵三·平泉先生传》曰:"(马时芳)师事同郡王孝山。谒洛阳郭尧民,尧民许为忘年交,以汤耿相期望。"
④ (清)马时芳《垂香楼文集·户部主事筼亭宋公墓志铭》,民国四年(1915)存古学社石印本。
⑤ (清)马时芳:《垂香楼文集·赠宋宿南序》,民国四年(1915)存古学社石印本。

言罢相视而笑，可谓莫逆于心。①

后时芳将南归，元兆体念其家连年歉收，生计窘迫，特为转圜，代谋学官之职。平泉赋诗答谢曰："异地相逢愧故知，风尘仆仆枉奔驰。私心一点难名处，盛意千人共见时。独外骊黄叨谬赏，数从庚癸荷鸿慈。我闻灵药堪增寿，此去为寻五色芝。"② 元兆急公好义，至时芳甫一抵家，而部覆文稿已到。惜此事因故未成，然时芳后任封丘县教谕、巩县教谕等学官的机缘亦由此而起，终成其安身立命之资。

康庆云（1745—1791），字锦章。弱冠举乾隆三十三年（1768）乡试。家贫多病，终身郁郁不得志。尝作《咏史诗》百篇，为时人盛赞。康马（1791）首晤于王耀临处，一见如故。当日，平泉方自江西父任所归，以其《南游日记》《归途日记》示王康两氏。康氏曰："阅此，深恨平生错用功夫。"遂以长歌赠平泉，对之期许极高，至云："端肃事业君家传，五朝风徽定嗣想。"③ 希冀平泉力追禹州马氏五世祖、明代五朝重臣马文升之踵武，重振家声。康氏系有清一代儒林识时芳最早者。未几，庆云卒。时芳为文祭之，谓一州之大知己者只有四人：一中表祖鹏举，一业师王孝山，一父执王虚谷，又一即锦章先生也。

张用达，字子兼，号晴皋，河内（今河南沁阳）县人。世代书香，祖振为县学生，父鸿业乾隆癸酉（1753）举人，曾任陈留县训导。用达"性颖敏，读书过目即解"。善诗文，"文格超拔，诗以唐人为宗，五言尤遒健中式"。著有《丹林诗草》。乾隆戊申（1788）科举人。初以设馆课徒业。对学术、文章强调："无经济之学，非学；无根底之文，非文也。"极重经世致用。对弟

---

① （清）马时芳：《垂香楼文集·户部主事筠亭宋公墓志铭》，民国四年（1915）存古学社石印本。
② （清）马时芳：《垂香楼诗稿·都中留别宋筠亭同年》，民国四年（1915）存古学社石印本。
③ 本段引文见马时芳：《垂香楼文集·祭孝廉康石友先生文》，民国四年（1915）存古学社石印本。

子循循善诱,"随其愚智必使自达",成才无算。"郡中数十年,其卓然自立、不惑异趋者,皆其弟子"。① 有才干。嘉庆丙寅(1806)秋大旱,用达请县分上流之余水至村外旧渠,颇缓灾情,当年仍有收成。后以大挑一等,授封丘县训导,施教如故。有谋略。嘉庆十八年(1813),与封丘接壤的滑县天理教牛亮臣变乱。抚台巡视封丘,问守御方略。用达陈四事,多见施行。又与同城官兵分守城池。乱平,因功当保荐县令,用达力辞不受。长官钦敬其恬退,亦不再勉强。

时芳于嘉庆十九年(1814)任封丘教谕,遂与用达相识。时芳论用达:"性恢廓,不设城府。博学,能文章,亦工韵语,五字诗尤精,一见如旧相识。"此后两人诗酒唱酬不断。时芳赠诗云:"半杯聊自分清浊,千里与谁逐梦魂?最喜眼前张学博,晓来一话到黄昏。"② 对谈终日,足见相知之深。

道德上,两人去取高度一致。用达有诗《城上秋眺》云:"斜日挂林端,秋风飒瑟寒。何人同啸咏,此地足游盘。茅屋炊烟起,疏篱野菊攒。予怀淡如此,干没笑潘安。"③ 表达恬淡不慕名利之意,这正是与时芳共通之处。某次,学台到署巡察,正值端午,同僚商议共送节礼,时芳与用达坚不相从。④ 秉持儒者风骨而绝不媚上,都源于对真正儒行的认同与践行,也是两人声气相投的原因之一。又有某次典礼,赞礼者不中节,晴皋自行其礼毕即无言而去。人有质之,时芳解释:"可师也:不徇人非,不炫己是。"⑤ 力赞晴皋行止合宜得体。两人非有默契于心者,不能如此。

学术上,时芳与用达亦砥砺互进。时芳《垂香楼文集》前半部收录个人对心学及史事的颇多看法,每条后往往附有师友论辩,近20条,其中七条都

---

① 本段引文见袁通、方履籛《河内县志·先贤传》,成文出版社有限公司1977年版,第1414页。
② 本段引文见马时芳《黄池随笔·封邑司训》,民国四年(1915)存古学社石印本。
③ (清)马时芳:《黄池随笔·立秋日张晴皋》,民国四年(1915)存古学社石印本。
④ (清)马时芳:《黄池随笔·学台安临卫辉》,民国四年(1915)存古学社石印本。
⑤ (清)马时芳:《黄池随笔·晴皋先生行礼》,民国四年(1915)存古学社石印本。

出自晴皋。这些论辩自然也一定程度上代表了平泉的观点。如评理学，平泉抨击一干曲儒"高谈性命而失之迂，矫情饰貌、拘牵文义失之陋。……古人修其实，今人崇其名。实者，众之所莫能假。名者，世之所必争也。此儒教所以所以啧啧多故也"。可谓透彻严厉。用达亦曰："理学二字未尝不是，但以此题目公然自处，则为物议所丛，而弊将有不可胜言者矣。宋南渡后，伪学之禁可为殷鉴。"[1] 对此时芳深表同意。又如，唐张柬之政变拥李反武，成功后欲杀武则天一事，时芳评："徒逞大言，绝不顾天理人心也。自古未闻臣其子而毒其母者。"张晴皋评曰："情事洞达，尚论卓识。"[2] 可谓深知时芳者。

惜乎两人仅仅同处一年有余，时芳即以丁忧去职归乡。然而交谊之深，使他三年后仍然不忘旧友，赋诗相寄："天涯倦游客，萍踪忽相联。感君缠绵意，心知口难言。相见视日影，常恐流光迁。卒乎我当去，君北我在南。漠漠古城外，悠悠大河边。孤飞离群雁，相看几时还。恸哭别时路，涵义俱未宣。哀哀诵蓼莪，回首已三年。收涕为此辞，神飞暮云端。我实莫可解，想君岂不然。愿各珍重好，颓魄待重圆。"[3] 读之令人伤感。

三 与弟子辈冯安常、刘瑞律、张鹤年

冯安常，字敦五，号朴园。岁贡生，巩县人。幼聪慧。为诸生时，与同邑刘瑞律、张鹤年以气类相推毂，订昆弟交。及长，倾心性命之学，以教授私塾为业。道光丁亥（1827），马时芳任巩县教谕，与士绅相交，安常亦在其中，两人接谈之下皆大悦。安常遂师事时芳，时芳亦倾心相授。安常之里塾距学署三十里，每有疑义即徒步前往请教，听后即为之心醉。道光乙未（1835），安常乡试落第，当年虽不过32岁，从此却谢却科名，"毅然以圣学

---

[1] （清）马时芳：《垂香楼文集·理学辨》，民国四年（1915）存古学社石印本。
[2] （清）马时芳：《垂香楼文集·五王不诛武辨》，民国四年（1915）存古学社石印本。
[3] （清）马时芳：《垂香楼诗稿·情言寄赠张晴皋》，民国四年（1915）存古学社石印本。

为归"，正如其师平泉科名屡挫后放弃举业时所言："人之所需为儒，得志则道行于天下，不得志则修明圣学昭示来兹。"①

安常随侍马氏左右，直至乃师病重。道光丁酉（1837）冬，时芳以病逝于任所。安常悲不自胜，作《平泉先生传》以悼亡师，内中所记颇有他处未见者。

安常学养兼修，从静入手，反而自求其本心，尝曰："尝得一分苦，寻得一分乐。学道何负于人哉？"动静皆必循礼，"离乡若久必拜宗祠，每春秋必省墓""常黎明起，正襟危坐，隆冬盛暑未尝有惰容"，终身不倦。课徒方法一遵平泉，"随资质高下造诣浅深，借书旨启牗本心"，务使"从游之士类能奋迅感发，注重实行"②。性恬淡。盛年之时家道中落，以至饮食不接，安常处之泰然。有武略。咸丰辛酉（1861）七月，土匪拥众犯境，安常与族人避居青龙山，百余家相从；并令掘洞凿池，整顿武备。匪至，见无隙可乘，遂退走。晚年涵养益纯粹。辑先儒语为《要言》《庸言》，又有《论语辑说》及《猛省录》二卷。

刘瑞律，字协六，号镜洛。拔贡生，巩县刘苏村人。性豪爽，以孝友知名。家资不富，但急危济困，即倾囊亦毫无吝色。于巩县学署初识马时芳，此后即以师事之，从游十年，能绍述乃师学术精要。道光丁酉（1837）时芳卒于官，贫乏无以收殓。瑞律与同人出资为备办丧事。躬自衔哀，扶榇送至禹县。同年，瑞律肄业于学署，坐馆授徒。发愿刊刻平泉遗著，积三年馆金，刻时芳所著《四家辑语》及《风烛学钞》。又与同志刊《马氏心书》行世，后交河内李棠阶，棠阶为作序。今所见马氏著述多以瑞律所刻为本。瑞律跋《朴丽子》谓乃师："博观约取，默会自得，顺情协理，期归至当。其于斯世

---

① 马时芳：《续朴丽子》卷10，民国四年（1915）存古学社石印本。
② 本段引文见刘莲青、张仲友《巩县志·人物上·冯安常》，成文书局1968年版，第887页。

斯民之故、成败得失之际固已悃悃款款，不遗余力矣。"① 可谓深知乃师。

瑞律教职之余，本待铨选，遭父母连丧，从此绝意仕进。设帐薪酬微薄，淡泊不以为意。倾心学术，以务实为本，求道勤勉，勇于改过，一时无两。晚年喜静坐，不事著述。咸丰辛酉（1861）以团练功保举知县，不久病殁。

张鹤年，字德长，号牧村。巩县世家子弟，邑庠生。当时邑内科名鼎盛，罕有立志求道者。鹤年二十二，至巩县学署拜谒教谕马时芳。时芳青眼有加，一席之谈令鹤年豁然梦醒，遂受业。自此，鹤年追随马氏，从游近十年。学求心得，以躬行实践为本。

鹤年侍师情笃。道光丁酉（1837）冬平泉病重，鹤年每五六日即往探视。时芳缠绵病榻，仍不忘教导，谓鹤年："《来学纂言》，为学之道备矣。"为指为学路径。言罢，时芳瞑目，再无一语。鹤年自述其时"五内崩摧，知吾师弟之缘分将尽矣。"时芳逝后，鹤年遵师命读《来学纂言》，以为乃师此书"勤勤恳恳，或导以先路，或杜其旁趋，或诱以婉言，或悚以危语，左右提携，真如亲之于子，出入顾复，莫能已已。"感伤之至，"且读且泣，至《警堕篇》则涕泗横流，几不能终篇"。②

鹤年事父母孝，与兄弟欢洽无间。交友直谅，常事规戒，直中肯綮而意态蔼然。家贫甚，然以困苦铸炼人心，裨益良多，曰："天之待我诚厚也。"③ 年四十一卒。

从上述诸人可以看出，马时芳交往者以同时期中原儒家知识分子为主。他们的学术取向多为陆王心学或夏峰北学，有时杂以释道，普遍循顺物理人情，恶空谈、尚事功，立身谨严而待人宽厚，绝重躬行。足见清初孙奇逢讲学百泉之流风遗韵延及当时，而未曾稍衰。而以马时芳为中心的一批学者在

---

① 刘瑞律：《朴丽子·跋》，民国四年（1915）存古学社石印本。
② 本段引文见张鹤年《来学纂言·跋》，民国四年（1915）存古学社石印本。
③ 刘瑞律：《朴丽子·跋》，民国四年（1915）存古学社石印本，第884页。

继承王学和夏峰之学的同时，为此后晚清河南心学的持续发展铺平了道路。

马时芳早岁遍历南北，交游亦复不狭，除上述诸师弟友人外，尚与北平郑健庵、皖城李晴园、酉山熊廷弼、许昌孙森圃、桧阳蔡正夫、夏邑彭东青、龙山李荷风等相交颇厚。但其青年时家已中落，成年后科名蹭蹬。仕途坎坷，仅以教谕终身，且中年后久处中原，远离当时中心文化圈，交接者并无一流学者，这些因素都在一定程度上桎梏了他在学术上的声名和发展。然而，他毕生勤勉，好学深思，嗜书善著。有时虽不免有"闭门造车"之感，却常能"出门合辙"，根源都在他的心学思想充满了质朴的人道主义精神。在某些方面，如对寡妇再醮的同情、对"二十四孝"中某些所谓"孝子"的残忍虚伪的强烈批判等，他甚至是时代的先行者。马时芳不愧是清代中原心学的后劲，是一位刻苦躬行的真儒。

史料综合研究

中国古典诗歌意境论

屈 光

(辽宁师范大学文学院)

在世界诗坛上,中国诗歌最显著的特点是含蓄性,形成中国诗歌含蓄性特点的理论原因是意象理论、意脉理论和意境理论。关于意象理论,笔者在《中国古典诗歌意象论》中作了较为全面的论证[①],关于意脉理论,笔者在《中国古典诗歌意脉论》中也作了较为全面的论证[②],这里专门探讨中国古典诗歌意境论。

一 意境体现的诗味

为阅读者顺畅,笔者先列出意境概念的界定:意境是物我融合的抒情氛围,下面从一首短诗说起。

> 日暮苍山远,天寒白屋贫。
> 柴门闻犬吠,风雪夜归人。

唐人刘长卿的压卷之作《风雪宿芙蓉山主人》,古今选本必选。其名句"风雪夜归人"于当代尤广为传诵,然而本诗被今人严重误解。流行观点认

---

① 屈光:《中国古典诗歌意象论》,《中国社会科学》2002年第3期。
② 屈光:《中国古典诗歌意脉论》,《文学评论》2003年第5期。

为，犬吠的原因是深夜有家人归来。"风雪夜归人"就是风雪之夜从外面回家的人。其云：

"柴门"句写的应是黑夜中，卧榻上听到的院内动静；"风雪"句应是因听到各种声音而知道风雪中有人归来。只写"闻犬吠"，而实际听到的当然不只是犬吠声，应当还有风雪声、叩门声、柴门启闭声、家人回答声。①

认为"犬吠"是旅人入寝后在卧榻上听到的，犬吠的原因是风雪中有家人归来，可以称为"寝闻说"。笔者认为"寝闻说"难以成立。"寝闻说"在逻辑上和学理上皆令人疑惑：旅人投宿时，犬何以不吠？避而不谈；家人深夜归来，犬何以反而要吠？亦避而不谈。难道荒山野岭独门人家的看家狗会荒唐到不吠生人而吠主人的地步吗？

"寝闻说"对本诗误解的原因是多方面的：其一，忽略了犬的动物习性。其二，误解了"归"字的意义，这两个原因还只是表层原因。其三，而深层原因是缺少中国诗学的"三意"理论，即意境理论、意象理论、意脉理论的观照。试逐一辨正。

1. 动物学常识：犬吠旅人

中国古代，家畜有"五畜""六畜"之说。《汉书》曰："民有五畜。"②《周礼》曰："庖人掌共六畜。"孔颖达《疏》："掌共六畜者，马牛羊豕犬鸡。"③犬这种家畜对主人有何用途？《汉书》曰："狗，又守御类也。"④又曰："犬以吠守。"⑤可知，狗负有守护、防御之责，而狗担负这种责任之方式，是用吠声来给主人报信。

"犬以吠守"这既是犬的自然属性，也体现犬对主人之忠诚。至于主人之

---

① 陈邦炎：《逢雪宿芙蓉山主人》，《唐诗鉴赏辞典》，上海辞书出版社1983年版，第404页。
② 《前汉书·地理志》，《天文志》，中华书局1988年版，第160页。
③ （清）孙诒让：《周礼正义》卷七，中华书局2000年版，第257页。
④ 《前汉书·地理志》，《天文志》，中华书局1988年版，第129页。
⑤ 同上书，第136页。

善恶及所吠对象之善恶，犬并不具备这种属于社会属性的分辨能力。《战国策》有云："跖之狗吠尧，非贵跖而贱尧也。狗固吠非其主也。"① 成语"吠非其主"即由此段文字产生。西汉人邹阳曰："桀之狗可使吠尧。"② 只是将强盗"跖"换成暴君"桀"。

辨正了犬"吠非其主"这一常识后，就会发现"寝闻说"难以服人：日暮黄昏旅人接近柴门时，犬不吠，而深夜主人归来时，犬却吠；在先的不吠，在后的却吠；该吠的不吠，不该吠的却吠，学理逻辑皆不通。既然从文献中找不到犬吠主人而不吠生人的记载，那么就只能有一种解释——犬吠的对象是旅人，犬吠的时间是日暮黄昏旅人接近柴门时。"柴门闻犬吠"的语义是，旅人走近柴门时听见柴门内犬吠。

2. 文字学原理："归"的意义是投宿

末句"风雪夜归人"中的"归"字是正确理解本诗的前提之一。"寝闻说"认为"归"的意义是"归来"，误解由此产生。"归"，繁体字写作"歸"，本义是女子出嫁。《说文》曰："歸，女嫁也。从止，从妇。"

《广雅》云："歸，往也"。指出了"歸"有"往……去"这一引申义。今天某些成语中的"歸"字保留了这一意义，如"众望所归"中的"歸"，意义是趋向、趋附，"百川归海"中的"歸"，意义是流向、奔向。本诗中"归"字的意义就是"趋向""投奔"的意思，就是"投宿"，扣题"宿"。"风雪夜归人"的意思是"风雪之夜投宿过夜的人。"大抵因为今人使用"归"字，多取其"回来、回归、归来"的意义，久而久之，"歸"似乎只有"归来"这一个意义，而形成误区。"寝闻说"误解本诗的直接原因恰在于此。

上文辨正的"犬以吠守"以及"归"的意义是投宿，分别属于动物习性

---

① 缪文远：《战国策新校注》卷十三，巴蜀书社1987年版，第453页。
② （南朝·梁）萧统：《文选》卷十九，上海古籍出版社1986年版，第1770页。

及文字学学理，这还只是两个表层原因，还只是正确理解本诗的两个前提。即使有了这两个前提，也未必能正确阐释本诗，因为本诗真正的难点在于中国诗学深层心理的"三意"理论：意境理论、意象理论、意脉理论。

3. 三意理论体现的含蓄性

下面对三意理论体现的含蓄性分别予以论述。

第一，意境理论：旅人的性命之忧。

当代意境理论研究，大都离不开王国维的"境界说"，而且众说纷纭。其实，古人谈意境者甚多，为避免牵涉已有观点而偏离本论，这里只采用古人的言论。宋僧释普闻把意境总结为"意从境中宣出"。他解释说："天下之诗，莫出乎二句：一曰意句，二曰境句。境句易琢，意句难制。……陈去非诗云'一官不辨作生涯，几见秋风卷岸沙'，境也，着'几见'二字，便成意句。"[1]

这段话似有脱文，但并不影响整体上的理解。"意句"即抒情表意诗句，"境句"即写景诗句。"宣"是显示，显扬，传达的意思。普闻的观点是这样的：情感意愿不要直说，而要通过写景显示出来。"秋风卷岸沙"是写景句，可是加上"几见"二字后，"几见秋风卷岸沙"就成了"意句"。"几见"就是几个秋天都看到，即已在此地做了几年官。地鄙官卑，滞留难迁之郁闷心情就这样通过写景显示出来。假若没有"几见"二字，"秋风卷岸沙"仅仅写景而已，不包含任何情感。

普闻谈意境时，仅举此一例，然而其诗学价值在于，从作诗和品诗两方面阐释意境，用语平易浅近，道理却深刻精到。清人吴乔云"诗而有境有情者，则自有人在其中"[2]，对意境的艺术本质概括得也很透彻。就笔者所见，当代有关的意境研究著述均未曾引用过这两条诗学文献资料。粗略地说，意

---

[1] （宋）普闻：《诗论》，四库全书影印本，第880册，第417—418页。
[2] （清）吴乔：《围炉诗话》卷1，《清诗话续编》上册，第490页。

境的艺术本质是境中有意，或说景中有情，这是研究者都能接受的观点。作了这些交代之后，就可以体味本诗的意境了。

首二句"日暮苍山远，天寒白屋贫"究竟有何种深意，须用意境理论来阐释。题目明言因"逢雪"而投宿。首二句互文。"日暮苍山"所写的景是日暮天寒，苍山雪飘，景中不含任何感情，然加上"远"字，就包含了感情。按吴乔的观点，这景中有旅人在。换言之，在旅人眼中"日暮苍山"是"远"的，"远"是旅人的感受：要想在黑夜降临之前走出深山已不可能，如果露宿，寒冷和饥饿尚在其次，被野兽吞噬的灾难将随时可能发生。

如今野生动物受到保护，而在古代，野兽出没，伤害人畜是一种生活现实。《水浒传》多处写老虎伤人。蒲松龄《聊斋志异》有一篇《狼三则》，叙述三个屠户在不同的情境下受狼威胁并杀狼自保的故事，可知在清代野兽白天竟敢恣意伤人。本诗中旅人的境况是风雪荒山日暮，今天的读者虽然很少能有类似的亲身经历，但只要有足够的想象力，就不难体味旅人担心遭到野兽伤害的紧张恐惧心情，而这种心情并不是词语本身具有的。这就是意境的艺术魅力。

再来体味"天寒白屋贫"包含的感情。"白屋"，以白茅覆之，故称白屋。《说文》："贫，财分不足也。"引申为一切不足，匮乏。如《慎子·外篇》："奢者心常贫，俭者心常富。"[①] 本诗中"贫"的意义就是简陋。为保全生命安全，旅人只有一种选择，那就是借宿，可是远远望去，视野之内没有村庄，只有一处茅屋，又那么简陋。有人居住，还是已经废弃？或者本来就是开荒人、采药人或其他什么人所搭以便白天休息用的窝棚？如果有人居住，今天是有惊无险，如果是弃屋，门窗皆无，或者根本无人居住，性命仍将难以保全——多么盼望有人啊！"天寒白屋"只是写景，不含有任何感情，加一

[①] 《慎子·外篇》，四部丛刊本。

"贫"字，就涵容了旅人的这许多心理活动。在原来的紧张、恐惧心理之上，又加了一层期盼、忐忑的心理。

第二，意象理论：有狗就有主人。

意象理论研究兴起于 20 世纪 80 年代初期，2002 年笔者曾撰《中国古典诗歌意象论》一文，指出意象是"具有双重意义即字面意义和隐意的艺术形象。字面意义又称外意，隐意又称内意。通俗地说，意象就是话里有话"。《文心雕龙》称为"隐"，即隐含寄托，后世称为"意象"。晚唐桂林淳大师用了许多比喻解说意象："诗之有言为意之壳，外壳而内肉也，如铅中金、石中玉、水中盐。但见其言，不见其意，斯为妙也。"①

第三句"柴门闻犬吠"，不是写景，而是叙事，意境理论不适用这句诗，这句诗的诗味属于意象理论范畴。在投奔茅屋的全过程中旅人都无法判断茅屋是否有人，紧张恐惧忐忑期盼的心情不但丝毫未减，而且愈近愈烈。直到走近柴门，猛听见一声犬吠，心头的千斤重负才顿然消逝，最高期望实现，投宿成功——有狗就有主人！

"犬吠"是个意象，隐意是有主人。表层意思是犬吠，而深层意思是屋内有人。这也可以从诗题得到证明。"风雪宿"三字，明言因逢雪而投宿。"芙蓉山"，山名。"主人"二字很有意味。唐人为诗，极其讲究诗题，诗题与诗意两相照应，所谓"题之所到，意必尽之"。本诗诗意如何回应诗题中"主人"二字？"寝闻说"以为"夜归人"就是主人归来，因之陷入犬吠主人的尴尬境地。仔细揣摩全诗所有字句，只有"犬吠"二字回应诗题中"主人"，扣题目"主人"。再缺乏想象力的人也会明白，旅人的主导意识就是渴望有人，担心无人。

第三，意脉理论："我是路遇风雪、投宿过夜的人。"

---

① 屈光：《中国古典诗歌意象论》，《中国社会科学》2002 年第 3 期。

本诗的前三句脉络清晰：旅人的行为和心理按时间顺序依次展现，今人不难想象这是 1300 年前唐代人真实的生活和真实的情感。本诗的最大难点在于，末句"风雪夜归人"与第三句"柴门闻犬吠"之间，既不符合语言逻辑，也不符合思维逻辑，在语言层面上无法解释，这正是"寝闻说"误解本诗的根本原因。其实，在生活中这种人情事理是极其简单的：主人听见院中犬吠，问道："谁呀？"旅人回答说："我是路遇风雪、投宿过夜的人！"主人的问话省略没写，如果写出，全诗就变成"日暮苍山远，天寒白屋贫。柴门闻犬吠，主人问是谁，风雪夜归人"。这样，谁都会觉得顺畅而不至于误解了，然而这也就不是诗了。

古典诗歌中大量存在诗句短缺、跳跃、颠倒等现象，从文本看，不合语言逻辑或思维逻辑。这类现象属于诗学的意脉理论范畴。意脉是中国诗学固有的理论，其研究对象是主旨与内在结构形式的关系，然而当代研究者向未曾注意。

意脉理论最深层的问题是诗歌中种种不符合语言逻辑或思维逻辑的现象，唐宋人对此有深刻的解说。唐释皎然有云："（作者）时时抛针掷线，似断而复续，此为诗中之仙。拘忌之徒，非可企及矣。"[①]"抛针掷线""似断而复续"指诗句有短缺或跳跃，从语句上看不符合语言逻辑或思维逻辑，但是从诗的意脉看，诗意并没断而是连续的。宋人胡仔引《诗眼》曰："所谓意若贯珠，状若断而还连。今人不求意处关纽，但以相似语言为贯穿，岂不浅近也哉！"[②]"以相似语言为贯穿"，指诗句之间符合语言逻辑，段落之间符合思维逻辑。"求意处关纽"指诗中可以有不符合语言逻辑或思维逻辑之处，虽然"状若断"，即从语言或思维逻辑上看断裂了，然而"意"即主旨将全诗贯穿成一个整体，即"意若贯珠"。相比之下，"以相似语言为贯穿"即遵循语言

---

① （唐）皎然：《诗式·明作用》，人民文学出版社 2003 年版，第 26 页。
② （宋）胡仔：《苕溪渔隐丛话》前集卷七，人民文学出版社 1962 年版，第 445 页。

和思维逻辑就"浅近"了。明王文录曰:"为文若河流入中国,或隐或现,若绝若续,而渊深长。今人恐句不属,字字挨粘,无文胆。"① 明胡应麟称赞《古诗十九首·青青河畔草》"此诗之妙,独绝千古",原因在于"语断而意属,曲折有余而寄兴无尽"。② 这些言论,一脉相承。而近人林纾云:"不相连者,正其脉连也。水之沮洳,行于地者,其来也必有源。山之绵亘,初若断为平地,然其起伏若宾主之朝揖,正所谓不连之连。"③用山脉和水脉比喻意脉,生动而又贴切。

上文所引有关意脉的言论远不是意脉理论的全部,意脉的基本理论要素笔者已另文专论④,这里只是对"柴门闻犬吠"与"风雪夜归人"两句之间的断缺作意脉理论的解说。主人的问话没写出来,断缺了一句,今人便如坠五里云雾,而这恰是诗味含蓄之所在,恰是古代诗评家反复提倡的。

可以这样解说《逢雪宿芙蓉山主人》:旅人途中遭遇风雪,天寒日暮,难以走出深山而急于投宿。表现了旅人投宿由紧张恐惧,到期盼忐忑,最后欣喜满足的心理变化过程,含蓄隽永。

这首短小的绝句的含蓄性及浓郁的诗味,竟然映射了深层诗学心理的"三意"理论,即意境、意象、意脉理论,而本诗的被误解正反映了诗学理论的缺失,理论的缺失必然导致相关的诗歌鉴赏陷于盲目。

二　意境概念的研究方法

关于意境,流行的观点是"《诗格》以意境与物境、情境并举,称三境"⑤。认为这个"意境"就是今天所说的意境,其实这是一种误解。王昌龄

---

① (明)王文录:《文脉》卷一,明嘉靖三十三年郑梓刻本,第7页。
② 胡应麟:《诗薮》,上海古籍出版社1979年版,第34页。
③ 林纾:《春觉斋论文》,人民文学出版社1959年版,第80页。
④ 屈光:《中国古典诗歌意脉论》,《文学评论》2003年第5期。
⑤ 袁行霈:《中国古典诗歌的意境》,《中国诗歌艺术研究》,北京大学出版社2012年版,第25页。

的原话是:"诗有三境:一曰物境,二曰情境,三曰意境。物境一:欲为山水诗,则张泉石云峰之境极丽绝秀者,神之于心,处身于境,视境于心,莹然掌中,然后用思,了然境象,故得形似。情境二:娱乐愁怨皆张于意而处于身,然后驰思,深得其情。意境三:亦张之于意而思之于心,则得其真矣。"①

对于"物境"和"情境"王昌龄解释得很明确,分别是"山水诗"和"抒情诗"。假若这里的"意境"就是意与境的融合,那么按着这一逻辑进行推理:其一,"物境"即"山水诗",就是物与境融合,这无疑是荒谬的。其二,王昌龄在论"情境"和"意境"时,并没有提及"境",更没有解说情、意如何与"境"结合。其三,假若"情境""意境"分别是情与境、意与境的融合,那么,"情境"和"意境"就必然是中国诗学中两个相对的概念,然而这并不是事实。由这三点可以反证,王昌龄所说的"意境"并不是意境概念的术语。笔者认为,王昌龄所说的"意境"指议论说理诗;"物境"指山水(写景)诗;"情境"指抒情诗;"诗有三境"指这三类题材的诗及其最佳作法。下面从词义受语境制约以及古人论诗歌题材这两个方面加以说明。

在古汉语中,"境"是一个多义词。《说文》:"境,疆也,经典通用'竟'",则"境"的本义是疆界。《玉篇》"境,界也",则由疆界引申出界限的意义。又可以引申为境界、境地、品类、类别等有界限范围意义的词。王昌龄"诗有三境"中"境"的意义就是类别、题材;"诗有三境"就是指三类题材的诗及其最佳作法。将"娱乐愁怨"归于"情境",显然"情"指情感。将"情境"和"意境"并举,"意"当然指感情之外的一切理性活动,"意境"指理性题材的诗,如咏史怀古、议论说理等,这类题材的诗到了王昌龄时代,已经是司空见惯,王昌龄统称之为"意境",使之与"物境"和"情境"并举,以示区别。

---

① (唐)王昌龄:《诗格》,格致丛书本。

"意"与"情"是两个近义词，意义上的相同点，都是精神活动，意义的区别是："情"指情感、情绪；"意"指志向、意愿。《说文》云"情，人之气阴有欲者"，《礼记·礼运》云："何谓人情？喜、怒、哀、惧、爱、恶、欲，七者弗学而能"①。《说文》云"意，志也"，《增韵》云"意，心所向也"。古人论诗，在一个语言环境中只要将"情"和"意"对举，其意义区别是确定的。例如，元人陈绎曾评《古诗十九首》曰"情真、景真、事真、意真"，又评陶渊明诗曰"情真、景真、事真、意真，几于《十九首》矣"。② 明王世贞径直照录陈氏的原话："陈绎曾曰：'情真、景真、意真、事真'"③。其中的"情""景""意""事"，都是指诗的内容，属于题材范畴，今天的术语叫作抒情、写景、议论说理、叙事。

或许由于古人诗论中"意"与"情"出现的频率非常高，在意义上可能会引起人们的误解，明人陆时雍对"情"与"意"的区别专门作了辨析："夫一往而至者，情也；苦摹而出者，意也；若有若无者，情也；必然必不然者，意也。意死而情活；意迹而情神；意近而情远，意伪而情真。情意之分，古今所由判矣。"④ 指出了"意"属于理性的某种志向或认识，有4个特点：其一，是思维的结果："苦摹而出者。"其二，是辨识的结果："必然必不然者。"其三，对于读者来说，理解是明确的："死。"其四，对于读者来说，在作品中有痕迹可循—"迹"，因而不难把握—"近"。而"情"的特点正与之相反，不赘。陆时雍对诗学中"情"与"意"区别的论述，符合文字学的原则，值得今天古代文论研究者深思，有助于避免按图索骥、望文生义。

继王昌龄之后，较早谈论诗歌题材的是贾岛。我们知道，古人论诗著作中，对于同一个概念，所使用的名词术语往往不统一，今天只能从内涵出发

---

① （清）阮元：《十三经注疏》下册，浙江古籍出版社1998年版，第1422页。
② （元）陈绎曾：《诗谱》，《历代诗话续编》中册，中华书局1983年版，第627、630页。
③ （清）王世贞：《艺苑卮言》卷1，《历代诗话续编》中册，第955页。
④ （明）陆时雍：《诗镜总论》，《历代诗话续编》下册，第1414页。

去考察，而不能拘泥于名词术语本身。贾岛谈论诗歌的题材，没用"境"，而用"格"："诗有三格：一曰情，二曰意，三曰事。"①不难看出，其中的"格"，与王昌龄的"境"同义，都是"类别"的意思，即题材，只不过王昌龄分为山水（写景）、抒情、说理三类，贾岛分为抒情、说理、叙事三类而已。

"意"又是一个多义词，其中一个意义就是"情"，如王勃"与君离别意，同是宦游人"，刘禹锡"花红易衰似郎意"等。古人论题材，如果将"意"与"理"并举，"意"的意义就是"情"，晚唐五代人李洪宣将诗歌分为三类——"诗有三格：一曰意，二曰理，三曰景"②，与王昌龄分类完全一致。上文所引四家的言论中，王昌龄、贾岛、李洪宣都分为三类。比较而言，陈绎曾分为写景、抒情、议论说理、叙事四类较为全面，从中可以看出学术的发展性。

总之，王昌龄"诗有三境说"的价值，并不在于最早提出"意境"一词，而在于在中国诗学领域内较早提出将诗歌分为写景诗、抒情诗和议论说理诗等三类的题材分类方法，以及这三类诗的最佳作法，并由此引起后世对于诗歌题材分类的深入研究。今人谈论诗歌题材分类运用的某些术语就是将古人的这些术语"现代化"。所以，意境概念的研究只能从意境概念的形成过程和意境的内涵入手。

三　意境概念的形成过程

（一）陆机的应感说，奠定了意境概念内涵的基础

哲学领域的感应研究始于《易经》，《易·咸》："柔上而刚下，二气感应以相与"③，而在文学领域内，最早最明确地阐释感应这一课题的是陆机，其

---

① （唐）贾岛：《二南密旨》，学海类编本。
② （唐）李洪宣：《缘情手鉴诗格》，格致丛书本。
③ （清）阮元：《十三经注疏》上册，浙江古籍出版社1998年版，第46页。

《文赋》谈论的中心问题是"意""物""文"的关系。《文赋》第1段就说："恒患意不称物，文不逮意。""意"指主观精神活动，"物"指客观对象，"文"指作品的语言和艺术技巧。陆机明确地指出了，文学的艺术特征是运用语言技巧表达出作家对客观对象的主观情志。就《文赋》全文看，"意"和"物"是两个大的概念，与"意"相当的词语还有"思""心""虑""精""膺""怀""情""志""情志""理"等；"情"的下一级词语有"叹""悲""喜""笑"等；与"物"相当的词语有"万物""象"等。尽管陆机没用"境"字，但是"物""万物"与"境"所指一致，《文赋》追求"意"和"物"要相"称"，就是追求"意"与"境"即主观与客观要结合得好，而这正是意境概念内涵的核心。而陆机所说的应感就是"意"和"物"的应感，陆机的"应感说"体现在以下两方面。

1. 应感是文思产生的动因

《文赋》的最后两段总结全篇，倒数第2段论述能否产生应感的两种情况，首二句总领全段"若夫应感之会，通塞之纪，来不可遏，去不可止"[①]，指出了物我应感是文思产生的动因。李善注："纪，纲也。"可以理解为总要或者规律。"会"就是通，即实现了物我结合；"塞"就是不通，即没能实现物我结合。"感"，影响；"应"，接受。《易·咸》："二气感应以相与""天地感而万物化生"[②]。《说文》"感，动人变心也"。《广雅·释言》："应，受。"一方发出影响，另一方接受影响，有感有应，如果缺少一方，应感就不能发生。"应感"与"感应"，同词异形。

2. 应感的产生有外物和书本两方面原因

《文赋》第2段曰："伫中区以玄览，颐情志于典坟。遵四时以叹逝，瞻万物而思纷。悲落叶于劲秋，喜柔条于芳春。……咏世德之骏烈，诵先人之

---

① 本文所引《文赋》语，见于《文选》卷17。
② （清）阮元：《十三经注疏》上册，浙江古籍出版社1998年版，第46页。

清芬。游文章之林府,嘉丽藻之彬彬。慨投篇而援笔,聊宣之乎斯文"。用意境理论分析:其一,悲喜之情由四时万物而生,就是境感发意,这类意境就是后代文论中所说的实境。其二,《易·序卦》:"颐者,养也,不养则不可动。"① 作者从三坟五典和文学文本中蓄养出某种情志而形成作品,其中必然有的要与"物"相结合而创造了意境,而这些"物"并不都是感官即时的感受,而主要出于想象,这类意境就是后代文论中所说的虚境。物我应感既是意境概念的基本内涵,又是创造意境的动因。所以说,陆机《文赋》的应感说奠定了意境概念内涵的基础。

(二)《文心雕龙》的互感说,是对《文赋》物我应感说的继承和发展

《神思》:"神与物游。"②《物色》:"物色之动,心亦摇焉""物色相召,人谁能安?""是以诗人感物,联类不穷。流连万象之际,沉吟视听之区"。这些言论显然是对《文赋》物我应感说的直接继承。而刘勰对陆机的发展表现为:反复揣摩《文赋》,其物我应感似只有客观感动主观这一个方面,而《文心雕龙》则明确地显示出有客观感动主观和主观感动客观共两个方面,即主客观互感。《物色》:"一叶且或迎意,虫声有足引心""情往似赠,兴来如答"。"一叶""虫声"是具体的客观环境,"虫声有足引心"是客观感动主观,而"迎"就是接受,"一叶且或迎意"则是主观感动客观。"赠"是感,"答"是应;"情往"是主观感动客观,"兴来"是客观感动主观。《神思》:"登山则情满于山,观海则意溢于海。"研究者常常引用,却往往忽视其中体现的互感:这两句互文见义,登山观海诱发情志,这是物感应我;情意洋溢于山海,这是我感应物。物我应感,往来赠答,境意涵容,浑然一体,形成了一种有机的艺术氛围,这正是意境的艺术本质。至刘勰,意境的内涵基本

---

① (清)阮元:《十三经注疏》上册,浙江古籍出版社1998年版,第96页。
② 范文澜:《文心雕龙注》,人民文学出版社1958年版。

完备，下文将以此为基础对意境概念作界定。

（三）意境概念的内涵认同于产生唐代，术语产生于宋代

唐代的意境研究涉到意境的分类、意境的艺术本质等诸多方面。唐人对意境概念内涵的认同有以下四个方面。

1. 明确地运用"意"与"境"两个相对应的词，主张意与境必须密切结合

许多唐人论诗将"心"与"境""意"与"境"相对言。王昌龄论诗反复强调"心"与"境"的关系，如"放安神思，心偶照境，率然而生""搜求于象，心入于境，神会于物，因心而得"等。① "境"都是指客观环境，"心"，就是"意"。日僧宏法大师的《文镜秘府论》是崔融、王昌龄、元兢、皎然等人论诗著作的分类摘编，常识不赘。其《南卷·论文意》专论意的重要性，主张"意高则格高"。有云："用意于古人之上，则天地之境洞焉可观""夫作文章，但多立意，令左穿右穴，苦心竭智，必须忘身，不可拘束。思若不来，即须放情却宽之，令境生，然后以境照之，思则便来，来即作文。如其境思不来，不可作也"。② 这是对陆机"应感""通塞"、刘勰"引心""迎意"的发挥。不但将"意"与"境""思"与"境"相对言，而且把境看作意的前提。《文镜秘府论》有时不用"意"字，而用"思""情""意兴"；不用"境"字，而用"景""景物""物色"。主张"物色兼意下为好""景物与意惬者相兼道""物色带情"。这些主张的本质内涵都是意与境必须密切结合。

2. 指出了"境"的具体含义

《文镜秘府论》："夫置意作诗，即须凝心，目击其物，便以心击之，深穿

---

① （唐）王昌龄：《诗格》，格致丛书本。
② 本文所引《文镜秘府论》，见王利器《文镜秘府论校注》，中国社会科学出版社1983年版，第278—327页。

其境。如登高山绝顶,下临万象,如在掌中。以此见象,心中了见,当此即用。如无有不似,仍以律调之定,然后书之于纸,会其题目。山林、日月、风景为真,以歌咏之。""境"就是"山林、日月、风景"等"万象",就是客观环境。

3. 用鉴赏的方法阐释意境

《文镜秘府论》:"凡诗,物色兼意下为好,若有物色,无意兴,虽巧亦无处用之。如'竹声先知秋',此名兼也。""竹声"是客观环境,"先知秋"是主观情意。在物的描写中融入意,就是创造了意境。又评"白云抱幽石,绿篠媚清涟""此物色带情句也"。"抱"和"媚"体现了主观感受,故云"物色带情"。这种从鉴赏角度谈论意境的研究方法,堪称别开生面,而旧题白居易的《文苑诗格》又有了新发展:"或先境而入意,或入意而后境。古诗'路远喜行尽,家贫愁到时',家贫是境,愁到是意。又诗'残月生秋水,悲风惨古台','月'、'台'是境,'生'、'惨'是意"①,把意和境如何结合解说得明明白白。《文镜秘府论》和《文苑诗格》实质上从鉴赏角度阐释了什么是意境以及如何创造意境。后世论者不断发展。宋释普闻抽象出"意从境中宣出"的观点:"天下之诗,莫出乎二句,一曰意句,二曰境句。境句易琢,意句难制。……陈去非诗云'一官不辨作生涯,几见秋风卷岸沙',境也,著'几见'二字,便成意句"②。清人吴乔云"诗而有境有情者,则自有人在其中"③,抽象概括得精当之至。凡此种种,都能给今人研究方法的启迪。

4. 意境的艺术效果是有诗味

唐人对意境的艺术效果进行了深入探讨。《文镜秘府论》:"诗贵销题目中意尽,然看当所见景物与意惬者相兼道。若一向言意,诗中不妙及无味;景

---

① 旧题白居易:《文苑诗格》,格致丛书本。
② (宋)普闻:《诗论》,(元)陶宗仪《说郛》卷79,四库全书影印本第880册,第417—418页。
③ (清)吴乔:《围炉诗话》卷1,《清诗话续编》上册,第490页。

语若多，与意相兼不紧，虽理道亦无味。昏旦景色，四时气象，皆以意排之，令有次序，令兼意说之，为妙。"从正面说，诗要"有味""妙"，必须意与景"兼说"，而且"以意排之（景）"；从反面说，如果只"言意"或者"景多"，就"不妙及无味"，景与意"相兼不紧"也"无味"。意与景相兼，即创造意境，成为诗"有味""妙"的必要和充分条件。"有味""妙"就是含蓄、耐人咀嚼。《文苑诗格》也说："若空言境，入浮艳；若空言意，又重滞。"[1] 意与境必须紧密结合，已经成为唐代诗人和评论家的一种共识。后世评论家不断重复这种观点，姜夔云"意中有景，景中有意"[2]，还只是从正面论说。王夫之则云："景中生情，情中含景，故曰：景者，情之景；情者，景之情。高达夫则不然，如山家村筵席，一荤一素。"[3] 不仅从正面论说，而且从反面论说，批评高适（字达夫）某些诗情景分离的倾向，具有告诫诗人、防止弊端之功效。

综如上述，从《文赋》的应感，到《文心雕龙》的互感，意境概念的内涵已经完备，又得到唐人的广泛认同。而意境术语则由苏轼创造。陆机以"应感之会"首创应感说时，用了"物""意"二字，六朝至唐人有意无意地用"境"字代替了"物"字，然而将"意""境"二字用在一句话中，又往往有一字之差：司空图云"长于思与境偕，乃诗家之所尚者"[4]，欧阳修喜爱常建的"竹径通幽处，禅房花木深""此景与意会，常欲道之而不得也"[5]，"思"与"意""景"与"境"，皆一字之差。至苏轼则产生了飞跃，苏轼激赏陶渊明"采菊东篱下，悠然见南山"，则曰"境与意会"[6]，虽然只将"意"

---

[1] 旧题白居易：《文苑诗格》，格致丛书本。
[2] （宋）姜夔：《白石道人诗说》，《历代诗话》下册，第682页。
[3] （清）王夫之：《唐诗评选》卷4，《船山遗书》第75册，太平洋书局民国二十二年版。
[4] （唐）司空图：《与王驾评诗书》，《全唐文》卷807，中华书局1982年影印本，第9册，第8486页。
[5] （宋）张镃：《仕学规范》卷38引，四库全书影印本，第875册，第189页。
[6] （宋）苏轼：《东坡志林》卷5，四库全书影印本，第863册，第50页。

和"境"并举,但后来的事实是,"意境"一词成为概念的术语,从这个意义上说意境术语由苏轼创造。苏轼之后,论意境者常见,或在一个词组中将意与境对举,如宋叶梦得称赞杜甫诗"意与境会"[1],明朱承爵认为"作诗之妙,全在意境融彻"[2];或把意境作为一个词,如清陈廷焯评论柳永词"意境不高,思路微左",评毛滂词"意境不深",评辛弃疾词"气魄极雄大,意境却极沉郁";评彭羡门(名孙遹)词"意境较厚"等。[3] 清王夫之又发展了意境概念的内涵(详后),王国维的境界说对现当代意境理论研究又深有影响。总之,意境是晋代至近代诗歌理论中固有的概念。下面,将古人的理论成果加以整合,并与美学原理相结合,对意境概念作界定,并归纳意境概念的内涵。

意境是意与境即作家的主观意识与客观环境互感的艺术氛围。

意境概念的内涵可以归纳为四点:其一,意指主观的一切意识活动,包括无意识的幻觉和梦。境指客观的一切自然环境和社会环境;感官接触的现实环境、想象环境以及梦境、幻觉环境;可以是单一的对象,也可以是多个对象。其二,互感是主客观互相感应,客观能感应主观,主观能感应客观。其三,主观意识与客观环境一旦实现应感,形成了作品,就不再是纯粹的客观环境和纯粹的主观意识,也不是二者的无机叠加,而是一种弥漫的艺术空间,一种艺术氛围,这就是意境的艺术本质。其四,意境是一种审美创造活动的成果,审美情感对意境创造起决定作用,意境创造的全过程始终受作家审美情感的监督,意是主,境是宾。

四 意境的分类以及审美情感对意境创造的决定作用

意境创造过程中的心理活动极为复杂,导致了文本中意境的存在形态极

---

[1] (宋)叶梦得:《石林诗话》卷中,《历代诗话》上册,第420—421页。
[2] (明)朱承爵:《存余堂诗话》,《历代诗话》下册,第792页。
[3] 以上四条分见陈廷焯《白雨斋词话》卷1、卷3,《历代词话丛编》第4册,中华书局1983年版,第3783、3786、3791、3829页。

为复杂；文学理论的重要任务之一在于对鉴赏和创作的指导功能。基于这两点考虑，本文从四个方面对意境进行分类：从意境创造的过程分；从意的存在形态分；从境的存在形态分；从意与境的基调分。同一意境，从不同角度看，有不同的类别归属。

（一）从意境创造过程分，分为由境生意和由意及境两类。这是从创作动因角度进行分类

1. 由境生意

诗人主观上原本没有某种特定的意识，由于感官被客观环境感动，顿时萌生出某种意而创造了意境，就是由境生意。这就是陆机所说的"瞻万物而思纷。悲落叶于劲秋，喜柔条于芳春"，刘勰所说的"诗人感物""虫声有足引心"。古今论诗常说"见景生情"，这类意境就属于由境生意的意境。如白居易《钱塘湖春行》"几处早莺争暖树，谁家新燕啄春泥。乱花渐欲迷人眼，浅草才能没马蹄"中的意境即是。

2. 由意及境

诗人先有主观的意识，然后触到客观环境，从而创造了意境，就是由意及境。这就是刘勰所说的"一叶且或迎意""情往似赠"。古今论诗常说的"移情入景"就是这类意境。如柳宗元"岭树重遮千里目，江流曲似九回肠"等皆是。

由境生意，是境在先，意在后；由意及境，是意在先，境在后。这两类意境创造时的心理状态有明显的不同。明顾起元论诗，主张写"真情与真境"，有云："吾内感于情而外触于境，以其介然不容已者，激而为声歌。当是时也，急起而追之，如兔起鹘落，犹恐不及。"[①] 从灵感角度看，"兔起鹘落"是沿用苏轼论画时曾用过的比喻；从创作动因角度看，继承并发挥了陆

[①] （明）顾起元：《竹浪斋诗序》，载于清黄宗羲《明文授读》卷36，味芹堂本。

机《文赋》的应感说和刘勰《文心雕龙》的互感说;"外触于境""内感于情"并举,给我们的启发是,从创作动因角度进行分类,意境只能分为由境生意和由意及境两类。

(二)从意的存在形态分,分为单纯意境和复合意境两类。这是从文本角度,即鉴赏角度进行分类

1. 单纯意境

整首诗歌中只有一种意,一气灌注,没有变化,这类意境就是单纯意境,如杜甫的《登高》、王维的《山居秋暝》等。单纯意境的鉴赏容易产生共鸣,不是难点。

2. 复合意境

一首诗歌中,存在意的变化,而不是一种意贯穿到底,这类意境就是复合意境。比如刘长卿《逢雪宿芙蓉山主人》,表现了投宿的全过程中情感由焦急到欣喜的变化,前半和后半就呈现了两种不同的意境,就是复合意境。由于诗中有意的变化,复合意境鉴赏的共鸣过程就必然不像单纯意境那样流畅。复合意境是运用意境理论进行鉴赏的难点之一。

(三)从境的存在形态分,分为现实意境(实境)和非现实意境(虚境)两类

1. 现实意境

意境中的境是感官接触到的客观现实环境,这类意境称为现实意境,古人称为实境或者写境。

2. 非现实意境

意境中的境并不是感官接触到的客观现实环境,而是想象、回忆或者梦境、幻觉,这类意境称为非现实意境,古人称为虚境或者造境。清方士庶云:

"山川草木，造化自然，此实境也；因心造境，以手运心，此虚境也。"① "因心"就是出于想象，"运心"就是把想象的表现出来，这就是造境或者虚境。王国维云"有造境，有写境，此理想与写实二派之所由分"②，观点略同。古典诗歌中还有相当数量的记梦、寻梦之作，如苏轼的词《江城子》（十年生死两茫茫）、辛弃疾的词《破阵子》（醉里挑灯看剑）；还有的诗句表现幻觉，如曹操《短歌行》中"越陌度阡"四句。按心理学理论说，这些都是无意识活动，这类意境在理论上都只能归属于非现实意境，或称虚境。

一首诗歌中，如果现实意境或者非现实意境单一存在，则很容易辨识，如果同时存在，理解上就有一定难度。比如，唐张仲素《秋闺思》："碧窗斜月蔼深晖，愁听寒螀泪湿衣。梦里分明见关塞，不知何处向金微。"前两句创造了凄凉悲痛的实境，表现思妇梦醒时的情境；后两句追梦，旷远的边塞环境和思妇焦急的心情浑茫一片，是虚境。

（四）从意与境的基调分，分为同质意境和异质意境两类

这是从诗人审美角度分类。就一般的审美情感而言，意和境均大致可分为高、中、低，即欢乐、平和、哀愁三种基调。由于意与境的基调存在不同的搭配关系，也就必然引出同质意境和异质意境的概念。

1. 同质意境

意的基调与境的基调相协调，称为同质意境。同质意境体现了人们的审美共性。人们心情欢乐时，往往与美好的环境相协调；哀愁时，往往与萧条的环境相一致。韩愈因谏迎佛骨而被贬潮州，心情抑郁，作《左迁至蓝关示侄孙湘》，而有"云横秦岭家何在，雪拥蓝关马不前"之句，意境阴冷悲凄；王维晚年万事不关心，半隐终南，以静为务，因有"竹喧归浣女，莲动下渔

---

① （清）方士庶：《天慵庵随笔》卷上，清光绪刻本。
② 王国维：《人间词话》，《历代词话丛编》第 5 册，第 4239 页。

舟"一联，意境闲适静谧。凡此种种，皆所谓人之常情是也。

2. 异质意境

意的基调与境的基调不相协调，称为异质意境。王夫之评《诗经·采薇》："'昔我往矣，杨柳依依。今我来思，雨雪霏霏'，以乐景写哀，以哀景写乐，一倍增其哀乐。"[①] 征人辞家，心情哀痛，情的基调是悲；杨柳依依，春光荡漾，境的基调是乐。幸存归来，满怀喜悦，情的基调是乐；大雪纷飞，天寒地冻，境的基调是悲。意的基调与境的基调完全对立，然而，乐景不能易悲情，则愈知其悲；悲景不能易乐情，则愈知其乐。所以，王夫之谓其"以乐景写哀，以哀景写乐，一倍增其哀乐"。

由异质意境必然引出审美情感对意境创造起决定作用这一美学命题。

笔者接触的文论文献，在王夫之以前意境研究集中于意与境的基调相协调的范围，今人也就往往把情景交融理解为意境概念的基本内涵，这种理解欠准确。用情景交融评价同质意境是准确的，但是如果把"交融"理解为意与境的基调相协调，进而当成是意境概念的基本内涵，则把大量的"以乐景写哀，以哀景写乐"的诗歌，如杜甫的《春望》《蜀相》，李煜的《虞美人》（春花秋月何时了）、欧阳修的《踏莎行》（候馆梅残）等，排除在意境范畴之外而无从归属了，这无疑是理论的缺漏。意境是一种审美创造成果，而无论不同的人还是同一个人的不同时空，审美情感不可能完全相同，而是有同有异，创造的意境也就必然有同有异。同质意境和异质意境都体现了作家的这一审美心理，同质意境体现了审美共性；异质意境体现了审美差异性（个性）。无论同质意境的创造还是异质意境的创造，都和一切审美创造一样，要受到作家审美情感的监督，即作家的意对意境的创造起决定作用。《文镜秘府论》云"以意排之（景）"。明人谢榛云"景乃诗之媒，情乃诗之胚，合而为

[①] （清）王夫之：《薑斋诗话》卷1，《清诗话》，上海古籍出版社1999年版，第4页。

诗。以数言而统万形，元气浑成，其浩无涯矣"①。《说文》云"胚，妇孕一月也"，意孕育了意境。近人林纾云："境者，意中之境也。……意者，心之所造；境者，又意之所造也。"② 境受意左右、由意造出。无论创造哪类意境，无论是客观感动主观，还是主观感动客观，审美心理活动的基本特征都是诗人的意识起主导作用。从根本上说，意境由意生出，境或者是意的媒介引发，或者是意的对应物。而宋人葛立方云："心无系累，则对境不变，悲喜何从而入乎？"③ 意拒绝境，就谈不上意境的创造。古人的这些言论，分别从正反两方面阐述了审美情感对意境创造起决定作用这一美学命题。

所以，从心理学和美学角度说，王夫之的"以乐景写哀，以哀景写乐"观点，发展了意境概念的内涵，意境是一个发展的概念。笔者在上文对意境概念的界定和内涵归纳的表述中，用"互感"，而没有用研究者们常用的"情景交融"或"主客融合"之类的词组，正是注意到王夫之对意境概念内涵的发展，考虑到"以乐景写哀，以哀景写乐"在理论上只能用异质意境来统摄，而与同质意境相区别。

五　"三意"是阐释古典诗歌含蓄性的理论

先来看谢榛的一段评论："韦苏州曰'窗里人将老，门前树已秋'，白乐天曰'树初黄叶日，人欲白头时'，司空曙曰'雨中黄叶树，灯下白头人'。三诗同一机杼，司空为优，善状目前之景，无限凄感，见乎言表。"④ 韦诗和白诗几乎把话说尽，没给读者留下想象的余地。司空曙的七律《喜外弟卢纶见宿》，写荒居贫困，苦读孤寂，谢榛评论的即其颈联。窗外的"雨中黄叶树"和窗内的"灯"是境，"白头人"是意。窗外，秋树黄叶，雨中洒染，

---

① （明）谢榛：《四溟诗话》卷3，《历代诗话续编》下册，第1180页。
② 林纾：《春觉斋论文》之《应知八则·意境》，都门印书局1916年版，第27页。
③ （宋）葛立方：《韵语阳秋》卷16，《历代诗话》下册，第617页。
④ （明）谢榛：《四溟诗话》卷1，《历代诗话续编》下册，第1142页。

节候无情，凋落日近，其境阴冷可见；窗内，孤灯昏暗，苦读无成，白发满头，前程何期？其情悲凄可知。窗内窗外，孤寂悲凄的情绪充塞了迟暮阴暗的空间，由人到树，由树到人，浑然一体，朦胧隐约，构成一种有机艺术氛围，令读者产生无限的遐想，故谢榛评曰"无限凄感，见乎言表"，这就是意境的含蓄所在。上文所引谢榛语"景乃诗之媒，情乃诗之胚，合而为诗。以数言而统万形，元气浑成，其浩无涯矣"，所谓"元气浑成，其浩无涯矣"，用今天的话说，意境就是一种主观与客观互感的不可分割的有机的艺术氛围。

司空曙这首诗的意境属于同质意境，以哀景写哀，再举一例异质意境来说明意境的艺术本质是一种艺术氛围。李白因永王李璘兵败获罪，长流夜郎（今贵州桐梓），行至巫峡夔州（今重庆奉节），遇赦东还，有诗"朝辞白帝彩云间，千里江陵一日还。两岸猿声啼不住，轻舟已过万重山"。关键词语皆由郦道元《水经注·江水》化出，常识不赘。郦道元描写巫峡猿啸的凄惨，引渔歌"巴东三峡巫峡长，猿下三声泪沾裳"，李白"猿声"本此。"两岸猿声啼不住"是境，三声尚且催人泪下，猿啼不停，则空间环境凄惨至极。"轻舟已过"是意，心情欢快至极。从意与境的基调角度看，以哀景写乐，属于异质意境；从意境创造的过程看，属于由意及境的意境：并不是猿声感发了李白的欢快之情，而是李白捕捉猿声来表现欢快之情。那么，船行千里，由猿到人，由人到猿，欢快的心情和凄惨的猿声都充塞了三峡空间，浑茫涵容，其结果是凄惨的猿声始终被欢快心情所掩盖，创造了一种欢快至极的意境，是一种物我互感的不可分割的有机的艺术氛围，李白何尝不在得意：任你群猿啼鸣，纵力尽而亡，其奈我何？"以哀景写乐，一倍增其乐"之艺术效果也正由此显现出来。试设想，倘使李白不化用郦道元句写猿啼，不创造这一异质意境，这首《朝发白帝城》还会有多少味道？

古今论诗每曰"含蓄""含蓄朦胧""情味隽永"云云。含蓄是艺术效果，形成诗意含蓄的最主要原因是属于深层文艺心理而又密切联系的"三意"，即意脉、意象和意境。迄今为止意象和意境概念仍然混淆不清、意脉又被忽视，客观上有两个原因：其一，就民族理论而言，"三意"言论散见于卷帙浩繁的古籍中，民族诗歌理论的突出特点是评点性、语录性、片断性，而且术语又往往不统一，不像西方理论那样注重系统性、论证性和概念的明确性。其二，就诗歌文本而言，"三意"混融一体，就像一种溶剂中同时溶解了三种溶质一样难以指陈。这种静态的历史事实给今天理论整合工作的前期任务——钩沉索引，带来了极大困难。笔者对今人研究得失的思考结果是，只能将"三意"作为一个体系来研究。笔者借用化学中分离混合物的鉴别提纯方法：在从艺术本质入手逐一鉴别清楚后；再提纯出意脉，继而提纯出意象，最后只剩下意境。窃以为"三意"各自的艺术本质业已确定[1]，其关系便随之确定。有关意脉和意象理论，请参阅两篇拙文。

意象是古人文论著述中固有的理论课题。意象是由于作家的主观意识即"意"与客观对象即"象"互感，而创造出的具有双重意义即字面意义和隐意的艺术形象，古人有时把意象称为"隐"。意与象在意义上的关系是内外关系，意象的艺术本质是寄托隐含。艺术效果是含蓄朦胧。鉴赏的难点在于透过外意把握内意。

下面通过四个方面进行解说。

第一，意象和意脉的融合：全诗或某一片段中，既存在寄托隐含的意义，又表现为意脉形式。如杜牧《赤壁》"折戟沉沙铁未销，自将磨洗认前朝。东风不与周郎便，铜雀春深锁二乔"。后两句是假设复句：如果东风不与周郎便，那么铜雀春深锁二乔。逻辑学称之为推理。按一般的语言表达和逻辑思维的习惯，这两句让人费解，因而意就产生了歧义。宋人许顗贬斥说"孙氏霸业，系此一战，社稷存亡，生灵涂炭都不问，只恐捉了二乔，可见措大不

---

[1] 屈光：《中国古典诗词中的意识流》，《中国社会科学》2000年第5期；《中国古典诗歌意象论》，《中国社会科学》2002年第3期。

识好恶"①，这一观点不断遭到后人的批评。这两句诗给人最直观的印象是意义不完整，断缺了许多内容，试作如下补充："曹操必将攻进东吴，百姓必将遭到杀戮，东吴必然灭亡，孙策的夫人大乔和周瑜的夫人小乔就会被俘获。"这样，意义就完整了，而且正是许颛说的"孙氏霸业，系此一战"，然而也就了无余味了。断裂跳脱，就属于意脉形式；而断缺的内容正隐含在"铜雀春深锁二乔"中，这句诗就是意象。这首诗之所以能千古流传，妙处恰恰在于意脉和意象的融合造成了含蓄的诗味，许颛却囿于语言逻辑而彻底否定了此诗。这个例子很能说明意象理论和意脉理论对于诗歌创作和鉴赏的理论指导意义。

第二，意境和意象的融合：全诗或某一片段中，既创造了艺术氛围，又有寄托隐含的意义。李白"两岸猿声啼不住"，既是意象（令人悲凄流泪），又构成了意境。又如，杜甫《晴》："啼鸦争引子，鸣鹤不归林。下食遭泥去，高飞恨久阴。"宋人张戒评曰："子美之志可见矣。'下食遭泥去'则固穷之节；'高飞恨久阴'则避乱之急也"，有寄托隐含的意义就是意象；又曰"子美之志，其素所蓄积如此，而目前之景适与意会"②，不难体味全诗创造了一种艺术氛围，就是意境。

第三，意境和意脉的融合：全诗或某一片段中，既创造了艺术氛围，又表现为意脉形式。如上文所引张仲素《秋闺思》，前两句表现梦醒，是实境，后两句写寻梦，是虚境，而前后两部分时空颠倒，思妇的心理呈现时间和空间、现实和追梦的转换，是真实的心理流程，是意脉形式。

第四，意境、意象、意脉的融合：全诗或某一片断中，既创造了艺术氛围，又有寄托隐含意义，又表现为意脉形式，如李清照《声声慢》"雁过也，正伤心，却是旧时相识"。

---

① （宋）许颛：《彦周诗话》，《历代诗话》上册，第392页。
② （宋）张戒：《岁寒堂诗话》卷下，《历代诗话续编》上册，第474页。

首先，意境：秋雁南徙，节候所迫，身不由己，唯求生存，物境凄凉，与词人靖康南渡、晚景飘零的身世心情相协调，物我浑融，创造了一种凄凉伤感的意境。

其次，意脉："旧时相识"是时空叠印，眼前之雁与故国故园之雁及其包含的生活和情感内容叠印在诗人的意识中。

最后，意象："雁"绝不是单纯的物象，而是意象，寄托隐含的意义是书信。李清照词中有多处"雁""鸿"的隐意是书信，如"征鸿过尽，万千心事难寄""草绿阶前，暮天断雁。楼上远信谁传，恨绵绵"等。可以认定为北宋故国所作的有："惜别伤离方寸乱，忘了临行酒盏深和浅。好把音书凭过雁，东莱不似蓬莱远"（《蝶恋花》），"云中谁寄锦书来，雁字回时，月满西楼。花自飘零水自流，一种情思，两处闲愁"（《一剪梅》）。昔日赵明诚外地为官，两地相思，频繁传书，伉俪浓情，深挚感人；而今，国亡夫丧，过雁无凭。词人意识里，物我融一、今昔浑涵、象意浃切，朦胧一片。这就是意境、意脉、意象的融合，而无限悲伤凄凉之情溢于言表。

清人吴乔论诗和散文的差别，有云："意喻之米，饭与酒所同出。文喻之炊而为饭，诗喻之酿而为酒""（文）如饭之不变米形，啖之则饱也""（诗）如酒之变尽米形，饮之则醉也""（文）犹饭之不变米形""（诗）犹酒之尽变米形""（诗）必有哀恻隐讳之词，与文之直陈者不同也""读其诗者，亦如饮酒之后，忧者以乐，庄者亦狂"。[①]

持论全属于心理学范畴。这番议论对我们的启发是，要想把中国诗学研究引向深入，必须进入心理学层面。

当代的意象研究和意境研究已经有整整 30 年历史，取得的成果应该充分肯定，笔者本人也深受启发并且多有借鉴。当前，意境和意象已经不只是学

[①] （清）吴乔：《围炉诗话》卷1，《清诗话续编》上册，第479页。

术研究课题，而是本专科教材和普通鉴赏读物中随处可见的术语，甚至已经出现在高中语文课本中。然而，迄今为止，不仅已有的意象理论和意境理论体系众说纷纭，就连对作为理论基石的概念的界定也都各执一词，这势必引起鉴赏者和学生们的困惑，理论对鉴赏实践的指导功能自然受到局限。造成这种状况的主观原因是，在研究方法上意境研究和意象研究相脱离，将二者结合起来进行系统研究者极少，更何况对意脉没有涉猎呢？学术研究或许各有兴趣，或许各有计划，但是鉴赏和教学实践亟待古典诗歌心理学理论研究的深入发展。文学理论研究的使命主要在于本体和应用两大项，即构建理论体系并使其在宏观上对鉴赏、教学和创作实践具有健全的指导功能。这也正是笔者不揣浅陋，试图构建属于诗歌心理学的"三意"理论体系的初衷。窃以为，古典诗歌鉴赏中许多悬而未决的问题，一经"三意"理论的关照，就有可能迎刃而解。比如，对于上文所引李清照的"雁过也，正伤心，却是旧时相识"，有观点认为"雁未必识，却云'旧时相识'者，寄怀乡之意"，这种观点又被肯定为"其说是也"。究其原因就在于缺少"三意"意识，"三意"理论对古典诗歌鉴赏的指导意义于此或可见一斑。当然，由于学力所限，笔者"三意"体系的谬误和疏漏在所难免，更重要的是，由于审美现象具有开放性，对于作为审美现象的"三意"的判断和评价完全有见仁见智的可能。能引起批评，进而把"三意"乃至民族的诗歌心理学理论研究引向深入是笔者所最希望的。

儒道"天人合一观"文本再读

王保国

（郑州大学文学院）

"天人合一"向来被视为中国传统思维中关于"天人关系"的重要表述，并以中国传统文化具有人与自然合一精神来解读。但实质上，在中国传统的"天人"关系中，"天"从来不是纯粹的自然对象，"天"更多地被表述为与人类社会有关的自然或者被人格化（或神格化）了的自然，是伦理体系的制高点，是价值与道德的终极裁判。人也不是独立的自然的人，而是被框定在某一社会等级中的社会阶层的存在。在这种"自然与人"的关系中，因为"自然"和"人"均被异化，所以"天人合一"是"人化了的自然与社会化的人"的"合一"关系。在这里，天人关系往往被阐释为一种伦理关系而被作为构建社会秩序的理论依据，天和人在以人为中心设计的等级秩序中方有了对象化和现实化的存在。因此，传统"天人合一观"在某种层面不能不说存在着不实的成分和倾向。

一

在中国哲学史上，"天人合一"观念是个古老的观念，形成于春秋战国或者更早。汤一介先生说："也许《郭店楚简·语丛一》：'易，所以会天道、人道也',是最早最明确的'天人合一'思想的表述。"①《郭店竹简》大约生成于公元前300年前后,而"天人合一"思想在这以前就应该形成了。

作为中国哲学重要问题,"天人"关系论受到历代的关注和讨论,孔墨孟荀、老庄,韩非、司马迁、董仲舒、王弼、柳宗元、刘禹锡、邵雍、朱熹、王阳明对此都有论述,近现代学者对传统的"天人合一论"也有不同角度的解读。宋志明先生曾将传统"天人合一"思想归结为以下九种:天人玄同、无以人灭天、天人相通、天人相交说、天人相与说、天人同体、天人一气、天人一理、天人一心。②宋志明先生的概括尽管不完全准确③,但相当全面,给我们了解传统"天人合一"的整体面貌提供了参考。天人玄同是老子的看法。老子认为人应当取法乎天,求得天人合一。"无以人灭天"是庄子的看法。庄子把"自然无为"的天道作为人道的最高准则,提出"无以人灭天"进而归化自然的观点。"天人相通"是孟子和《易传》的观点。按孟子的说法是:"尽其心者,知其性也;知其性,则知天矣。"④"天人相交说"是唐代柳宗元、刘禹锡等人的观点。此观点认为天人相分,实则相交,互有影响,各有胜场,实为辩证的"合一"。"天人相与说"是董仲舒的看法。董仲舒认为,天有四时,人有四肢;天有阴阳,人有哀乐。天与人"同类",可互相感应。董仲舒的"天人感应说"构成了中国传统"天人合一"理论的思想基础。"天人同体"是宋代理学家程颢的观点。他认为,"天人本无二,不必言合"⑤。"天人一气"是宋代张载和明清之际王夫之的观点,认为事物的生灭变化不过是"气"的聚散。"天人一理"是宋代理学家朱熹的看法。他把

---

① 汤一介:《我的哲学之路》,新华出版社2006年版,第38页。
② 宋志明:《中国古代哲学研究方法新探》,中国人民大学出版社2015年版,第54页。
③ 宋志明先生说董仲舒的"天人合一"思想为"天人相与",不如"天人同类"更准确;所述荀子、柳宗元、刘禹锡观点"天人相交"也不准确、全面,荀子所持为"天人相分",刘禹锡所持为"天人交相胜,还相用"。
④ 《孟子·尽心上》。
⑤ 《河南程氏遗书》卷六。

"天理"视为宇宙万物的总则和构建天、地、君、亲等级伦常的理论基础,在"存天理,灭人欲"中完成人与天的融合。"天人一心"是心学派陆九渊和王阳明的看法。他们不同意程朱理学的"理在事先"的观点,拒斥理学派把理归结为形而上的本体,把人和万物都归结为形而下的事物的做法,强调人是宇宙的核心。强调"心即理"和"心外无理",天理就在人心的人本主义"天人"观。

上文中各种"天人合一"之论既有原始儒家及其后学的观点,也有道家的观点,实际上也有墨家、阴阳家的影子。所以,在中国传统思想形成与发展过程中,"天人合一"实际上是一个被普遍认同的观念。只是由于儒家一直处于传统社会的核心,其思想因此一直占据主流位置,其"天人合一"思想也是这样。然而,不论是儒家,还是道家,还是其他生发于中国传统文化的"天人合一"之说,当我们对其进行深入分析后就不难发现都有着浓郁的"以人为本"的倾向。这种倾向不仅体现在对"天""人"的认知中,也体现在对"天人合一"的具体解读中,这是我们认识中国传统"天人合一"思想的重要出发点。

二

孔子是社会思想家,他的目光关注的是社会和历史,或因为他认为天命可畏,要敬而远之,所以他的哲学里很少言及天道。子贡就说:"夫子之文章,可得而闻也;夫子之言性与天道,不可得而闻也。"[①] 因此,他的思想多是关于社会、历史、政治、人生、道德的内容。孔子说:"道不远人,人之为道而远人,不可以为道。"[②] 这句话道出了孔子为学的基本原则。在这一原则之下,一切为道之学均该是"人学"。孔子发凡起例,后世儒家基本上没有突

[①] 《论语·公冶长》。
[②] 《礼记·中庸》。

破孔子的这一规范。孔子不谈天，这是因为他的思想落脚点在"人"，这也是春秋末期社会思潮的落脚点，所以他更愿意把天看成是"天命"，这是与人的行为和命运紧密相关的一种重要力量，人可敬而远之，可以以德配之，不知便不可多言。

在天人关系论上，孟子继承了孔子，并且进一步明确了孔子"天人相通"的思维取向，将人的德性与天性关系作了清楚的表述："尽其心者，知其性也，知其性，则知天矣。"① 他甚至指出，人性源自天性，仁、义、礼、智作为人性"四端"乃是天生。而且天性善良而崇高，自然会垂怜那些奋发向上的人，因为"天将降大任于是人也，必先苦其心志，劳其筋骨，饿其体肤，空乏其身，行拂乱其所为，所以动心忍性，曾（增）益其所不能"②。由于孟子坚信"天人相通"，所以实现上天赋予的伟大理想，不是去寻求什么征兆，祈祷什么垂象，而是要不惜劳筋骨、苦心志，经得起贫贱的考验、不受富贵的诱惑，不怕暴力的威胁，持之以恒地追求，最终必定"天随人愿"。显然，孟子已经把"天"看成是一种必然性存在，尽管没有神化，但已经具有某种神秘性和神圣品格。孟子的这种思想对后世影响很大，汉宋儒学对其继承发挥，成为儒家"天人合一"思想的基本表述。

孟子的天人论虽然没有将"天"的神性明确表达，但对天性的确认和崇信开启了儒家天人关系之说向"天人感应"之说的进一步演化。《礼记·中庸》所言"国之将兴，必有祯祥；国之将亡，必有妖孽"，实际上就是这种天人关系说一脉相承的解读。它影响深且广，成为中国传统思维中解读天人关系根深蒂固的信条：人世间的兴衰、祸福、哀乐等重大变故，必是受上天的支配，而且会出现种种征兆、预示、呈象。征兆有好有坏，有休有咎，有吉有凶。人们根据各种征兆做出不同的判断，可采取相应的措施。另一方面，

---

① 《孟子·尽心上》。
② 《孟子·告子下》。

人的行为也能感应上天，引发相应的祸福。开始，能够和天感应的只是天子，后来扩展到诸侯、大臣，乃至平民百姓。① 《周易·文言》所述"夫大人者，与天地合其德，与日月合其明，与四时合其序，与鬼神合其吉凶"，也表达了同样的思维。这样的思维实际上又实现了从"天人感应"到"人天感应"的转变，以人为中心的倾向更加明显。

到了董仲舒，儒家的"天人合一"加入了墨家、阴阳家的一些元素，制造出"天人同类""天人感应""人副天数""天谴说"等一系列理论。天被彻底人化、神化，天、人同类，天道、人道不再有区分。在天、人的互动关系中，更倾向于人天可相互感应的表达。董仲舒认为"美事召美类，恶事召恶类"②。人做了合天意的事，天降下好的征兆予以肯定；人做了有逆天意的事，天又会降下恶的征兆予以警诫。然而，董仲舒思想发明并没有停留在"天人感应"上，而是把高高在上的"天"进一步纳入人间社会秩序的构建中。董仲舒声称："王道之三纲，可求于天。"③ 又说："道之大原（源）出于天。"④ "三纲"是天理，不可违逆。天意阳尊阴卑，附会到人间，就是君、父、夫为阳为尊；臣、子、妻为阴为卑。董仲舒天人理论的基本思路就是将天进一步神化，并建立起与人事的对应关系，然后纳入以人为中心的社会秩序构建中，为君权神（天）授建立学说依据。这种"天人合一"或"天人感应"主导了中国传统社会的天人观念。如程颐说："道未始有天人之别，但在天则为天道，在地则为地道，在人则为人道。"⑤ 实际上就是董仲舒天人感应思想的进一步解读。宋代理学甚至由此演化成"存天理，灭人欲"的谬论。朱熹说："圣人千言万语只是教人存天理，灭人欲""学者须是革尽人欲，复

---

① 《孟子·告子下》。
② 《春秋繁露·同类相动》。
③ 《春秋繁露·基义》。
④ 《汉书·董仲舒传》。
⑤ 《程氏遗书》卷十八。

尽天理，方始为学"。① 至此，天人关系论完全被纳入政治伦理范畴，成为封建伦理教化的基础观点。

在以"天人感应"和"人天感应"为基本内容的儒家天人关系说的正统表述外，一些具有唯物思维的儒者也提出一些不同的声音。如荀子尽管赞成孔子为学之道在于人道的观点，也提出"道者，非天之道，非地之道，人之所以道也"②。但是，荀子又明确地将天、人分开，提出了"天人相分"理论。荀子的天人相分理论显现了那个时代的一种思维的进步，在还原自然的"天"方面作出了努力，但在其天人相分论基础上提出的"制天命而用之"的表达实际上又把"天人关系"拉回了以人为中心的轨道，为以人为中心的合一论开启了通道。只因为其思想在多方面危及君权神授的正统说教，所以被排斥在正统思想之外。唐代刘禹锡、柳宗元"非天预乎人"③的观点也有类似的性质，同样未进入正统思想系统。

三

如果说儒家的"天人合一"思想就如同其整体思想一样注重人的主动参与而与天实现合一的目标的话，道家的"天人合一"论则更注重阐述人与天同样作为物的等齐关系和天作为道的自然存续方式。道家提倡，人与天应共同遵循自然自在的法则，达致并生一同的"自然"境界；又因为"天法道，道法自然"④，天道最接近于自然，所以人应该效法天，顺应天道。

在儒道天人合一思想的对比中，道家比较重视谈论天和天道，但道家更倾向于把"天"解读为物的一种存在，与人并无二致；"天道"解读为一种存在的法则和必然状态，那是一种自然的、自在的、自生的、自长的、自亡

---

① 《朱子语类》卷四。
② 《荀子·儒效》。
③ 《河东先生集·天说》。
④ 《道德经》第二十五章。

的存生方式。人与天无别，人和天都需要效法这种自然生存之道。人类社会的最高境界也是回归和升华到这种方式，进入"天放"状态。老子秉持"人法地，地法天，天法道，道法自然"的认识，主张人应该弃绝圣智，消灭物欲，归于婴孩，合于自然。老子甚至对其理想的世界进行了形象的勾画："小国寡民，使有什伯之器而不用，使民重死而不远徙。虽有舟舆无所乘之，虽有甲兵无所陈之，使民复结绳而用之，甘其食，美其服，安其居，乐其俗，邻国相望，鸡犬之声相闻，民至老死不相往来。"① 这是一种田园牧歌般的自然境界，在这里，一切都回归到自然状态，并在悠然自在中生存消亡。庄子则彻底打破人天界限，创制齐物之说，追求人物齐一的结局。他强调，要通过实现人的自然性与天性的合一达成最终的天人合一状态。此中之人，返璞归真，同乎自然，无执无着，无挂无碍，无冷热之感，无悲喜之情，"同与禽兽居，族与万物并"②。世道进达此境叫"至德之世"："（人）其行填填，其视颠颠。当是时也，山无蹊隧，泽无舟梁；万物群生，连属其乡；禽兽成群，草木遂长。是故禽兽可系羁而游，鸟鹊之巢可攀援而窥。"③

在老庄看来，"天地不仁，以万物为刍狗"④ "天无私覆，地无私载，天地岂私贫我哉？"⑤ 天对于人本来就无所谓爱与不爱，他像对待万物一样对待人。它既不会有意使任何人穷困，也不会有心让任何人富足；它既不会有意使万物生，也不会有心让万物长。生老病死、祸福悲欢全由人或物自身造化，这是规律，是法则，人无须强求，也不能强求，只有适应和效法。正是基于这样的认识，道家的"天人合一"思想其实是一种天人同归的思想。

道家"天人合一论"看似游离于现实社会之外，但实际上它不过是一种

---

① 《道德经》第八十章。
② 《庄子·马蹄》。
③ 《庄子·马蹄》。
④ 《老子》第五章。
⑤ 《庄子·大宗师》。

有别于孟子、董仲舒之儒的主观构画、有意强为，反而追求自然归化、无为而治的思想。两者只是实践方式不同，在以人为本的原则上并无差别。老庄关注的仍然是现实人生，其谈天论道的目的在于实现人内在心性的构建和对现实的困惑的全面超越。人天一物，人的价值由"天"引出，所以当效法天道，与天相合，在达到了"天人合一"的境界时，理想人格方得以实现，理想的境界方才达到。这与儒家所讲在完成"天降大任"后实现了理想人格完全一致，两家所言都是要完成人与天道的弥合。如果说差别，只是理想人格的内涵的不同，我们可以说儒家的"天"是伦理的"天"，其导引的是人们对于天尊人卑秩序的遵守；道家的"天"则是"自然而然"的"天"，其提倡的是人们对"天"自然而然的存续方式的效法。但是，这种差别在理学将伦理的"天"纳入自然法则后就被泯灭而统一了。

需要指出的是，老庄的天人思想与荀子的天人思想实际上也同样相通。老庄注意到了天的自然性，荀子注意到了天的独立性，前者"独立而不改"，"无私覆、无私载"的天道观与后者"天行有常"的天道观几乎无差别。庄子强调顺天道而存生，荀子提出"制天命而用之"，两者谈的都是对天道的利用问题，只是方式不同，前者无为，后者强行。无为者以人为中心，强行者更是以人为根本。

四

儒道"天人合一"思想固然是中国传统思维的重要遗产，值得借鉴。但它与当代我们倡导的"天人合一"理念完全不在一个话语体系中。传统以人或社会为核心，当代以自然为视域。中国传统的天人合一观念基本上是将天纳入人类社会秩序中，以人为中心构建起来的、有伦理意义的关系说；或者强调天的道德原则意义，作为人内心修造的标尺。这种对"天"的人性化解读使其"天人合一"思想充斥着传统社会的糟粕，最为典型就是"天人感应"和理学对于天人关系的伦理化解说。在这里几乎没有纯自然的存在，所以，在传统的天人合一理论中很难找到多少今天我们强调的人与真正的自然界的和谐或合一的内容的，并且在多个方面有悖于现代文明建设。不过，其中以下两点具有现代价值，可资借鉴。

第一，物我并生不相害思想。道家主张"天地与我并生，而万物与我为一"①。对于天地物我，都应该听任自然，而不应该因为人的需要肆意改变和破坏自然，甚至伤害他人他物的本然生存，最终要实现的是"万物群生，连属其乡；禽兽成群，草木遂长"的境界。② 这也是现代生态文明应追求的第一个层次。

第二，参天地之化育精神。人类文明进步是人类生存的内在需求，这种进步的持续力既来自对于自然物我的多重尊重，也来自人类的主动保育。此所谓"民，吾同胞；物，吾与也"③。这是一种积极的天人关系论，是一种在获取人类文明进步的同时能对自然的优化生存有所贡献的思想。唯其如此，人类的生存价值方得以彰显。又如，《中庸》所言："唯天下至诚，为能尽其性；能尽其性，则能尽人之性；能尽人之性，则能尽物之性；能尽物之性，则可以赞天地之化育；可以赞天地之化育，则可以与天地参矣。"过分强调同于自然的无为思想和过分强调刚健有为的对自然利用与干预都是不对的，但人类的进步离不开人类的积极参与，恰当地参天地之化育，不仅是对人类文明进步的贡献，也是对自然存生的贡献。这也应该是现代生态文明的第二个层次。

---

① 《庄子·齐物论》。
② 《庄子·马蹄》。
③ （宋）张载：《西铭》。

《吕氏春秋》中的名家人物及其思想

俞林波

（济南大学文学院）

名家作为一个学派，首见于西汉司马谈《论六家要旨》。司马谈把先秦诸子之学分为阴阳、儒、墨、名、法、道德六家，其论名家曰："名家苛察缴绕，使人不得反其意，专决于名而失人情，故曰'使人俭而善失真'。若夫控名责实，参伍不失，此不可不察也。"① 司马谈指斥名家"专决于名而失人情"的一面，即诡辩的一面，又肯定其"控名责实"的一面。《汉书·艺文志》对名家的评论大体与司马谈一致。许抗生先生把名家的特征概括为两点：其一，"正名实，注重名实关系的研究"；其二，"苛察缴绕（烦琐论证），专决于名（专门从事概念分析）而失人情"。并认为并不是所有的名家学者都同时具有这两个特征。②

战国诸子普遍关注名实的关系问题，名实问题，不仅仅是名家学者讨论的问题。"控名责实"只是名家的一个长处，如《汉书·艺文志》所说："名家者流，盖出于礼官。古者名位不同，礼亦异数。孔子曰：'必也正名乎！名

---

① （汉）司马迁：《史记》，中华书局1959年标点本，第3291页。
② 许抗生：《先秦名家研究》，湖南人民出版社1986年版，第4页。

不正则言不顺，言不顺则事不成。'此其所长也。"① 而且名家人物具有丰富的思想，并不仅仅局限于名家思想。

《汉书·艺文志》所著录的名家著作有七家：《邓析》二篇、《尹文子》一篇、《公孙龙子》十四篇、《成公生》五篇、《惠子》一篇、《黄公》四篇、《毛公》九篇。② 后世学者研究名家，往往依据《汉书·艺文志》把邓析、尹文、公孙龙、惠施四人作为主要考察对象，而四人皆出现于《吕氏春秋》之中，探讨《吕氏春秋》中四人的思想，有助于我们对先秦名家人物的进一步认识和理解。

一 尹文子

《尹文子》被《汉书·艺文志》著录于"名家"，有其道理，因为尹文确实有名家思想。《吕氏春秋·正名》曰："尹文见齐王。齐王谓尹文曰：'寡人甚好士。'尹文曰：'愿闻何谓士？'王未有以应。尹文曰：'今有人于此，事亲则孝，事君则忠，交友则信，居乡则悌，有此四行者，可谓士乎？'齐王曰：'此真所谓士已。'尹文曰：'王得若人，肯以为臣乎？'王曰：'所愿而不能得也。'尹文曰：'使若人于庙朝中，深见侮而不斗，王将以为臣乎？'王曰：'否。大夫见侮而不斗，则是辱也。辱则寡人弗以为臣矣。'尹文曰：'虽见侮而不斗，未失其四行也。未失其四行者，是未失其所以为士矣。未失其所以为士，而王一以为臣，一不以为臣，则向之所谓士者乃非士乎？'③ 王无以应。尹文曰：'今有人于此，将治其国，民有非则非之，民无非则非之，民有罪则罚之，民无罪则罚之，而恶民之难治可乎？'王曰：'不可。'尹文曰：'窃观下吏之治齐也，方若此也。'王曰：'使寡人治信若是，则民虽不治，寡

---

① （汉）班固：《汉书》，中华书局1962年标点本，第1737页。
② 同上书，第1736页。
③ "未失其四行者"至"乃非士乎"四字，原作"未失其四行者，是未失其所以为士一矣。未失其所以为士一，而王以为臣，失其所以为士一，而王不以为臣，则向之所谓士者乃士乎？"，今据谭戒甫先生说改（陈奇猷：《吕氏春秋新校释》，上海古籍出版社2002年版，第1036页）。

人弗怨也。意者未至然乎。'尹文曰：'言之不敢无说。请言其说。王之令曰："杀人者死，伤人者刑。"民有畏王之令，深见侮而不敢斗者，是全王之令也，而王曰"见侮而不敢斗，是辱也"。夫谓之辱者，非此之谓也，以为臣不以为臣者罪之也，此无罪而王罚之也。'齐王无以应。论皆若此，故国残身危，走而之谷，如卫。齐湣王，周室之孟侯也。太公之所老也。桓公尝以此霸矣，管仲之辩名实审也。"①

尹文（？—前280），齐人，高诱注曰："尹文，齐人，作《名书》一篇，在公孙龙前，公孙龙称之。"②"《名书》一篇"，即《尹文子》，《汉书·艺文志》著录《尹文子》一篇，班固注曰："说齐宣王。先公孙龙。"③ 尹文主张"见侮不斗"，《庄子·天下》概括宋钘、尹文的思想有曰："见侮不辱，救民之斗，禁攻寝兵，救世之战。"④《正名》记载尹文与齐王探讨"何谓士"的问题时涉及了尹文"见侮不斗"的思想。尹文问齐王："士在庙堂之上见侮不斗，大王会让这样的士作大臣吗？"齐王的回答是否定的，尹文曰"虽见侮而不斗，未失其四行也。未失其四行者，是未失其所以为士矣"，又曰"深见侮而不敢斗者，是全王之令也"，这体现的是尹文"见侮不斗"的思想。

名家之中少有只讨论名实问题而不带诡辩论思想的学者，许抗生先生指出："从现有的名家史料来看，尚没有发现其典型的代表人物，只是尹文可以作为其代表人物之一。"⑤ 许先生此说可信。尹文与齐王讨论"何谓士"的问题，探讨的就是名实相副的问题。齐王认为尹文所说的具有"事亲则孝，事君则忠，交友则信，居乡则悌"四种品行的人是"士"，并且渴望得之以为臣。同时，齐王又认为具有孝、忠、信、悌四种品行的人如果"见侮而不

---

① 陈奇猷：《吕氏春秋新校释》，上海古籍出版社2002年版，第1030—1031页。
② 《吕氏春秋新校释·正名》注〔一四〕，陈奇猷《吕氏春秋新校释》，上海古籍出版社2002年版，第1034页。
③ （汉）班固：《汉书》，中华书局1962年点校本，第1736页。
④ （清）郭庆藩：《庄子集释》，中华书局1961年版，第1082页。
⑤ 许抗生：《先秦名家研究》，湖南人民出版社1986年版，第5页。

斗",那么他就不让这样的人做自己的大臣。尹文指出齐王对"士"这一概念的运用前后存在着矛盾:虽然"见侮而不斗",但是并没有失去孝、忠、信、悌四种品行;没有失去孝、忠、信、悌四种品行,就是没有失去可以称为"士"的"实";都是名副其实的"士",齐王您却认为一个可以做臣子,而一个不可以做臣子,那么,齐王您原先所谓的"士"难道不是"士"吗?齐王无以应答。尹文说理的依据是名实相副的思想,按实审名是尹文论证的方法,这些是尹文论辩成功的关键。

二 邓析

《吕氏春秋·离谓》曰:"郑国多相县以书者。子产令无县书,邓析致之。子产令无致书,邓析倚之。令无穷,则邓析应之亦无穷矣。是可不可无辨也。可不可无辨,而以赏罚,其罚愈疾,其乱愈疾,此为国之禁也。故辨而不当理则伪,知而不当理则诈,诈伪之民,先王之所诛也。理也者,是非之宗也。洧水甚大,郑之富人有溺者。人得其死者。富人请赎之,其人求金甚多,以告邓析。邓析曰:'安之。人必莫之卖矣。'得死者患之,以告邓析。邓析又答之曰:'安之。此必无所更买矣。'夫伤忠臣者,有似于此也。夫无功不得民,则以其无功不得民伤之;有功得民,则又以其有功得民伤。人主之无度者,无以知此,岂不悲哉?比干、苌弘以此死,箕子、商容以此穷,周公、召公以此疑,范蠡、子胥以此流,死生、存亡、安危,从此生矣。子产治郑,邓析务难之,与民之有狱者约,大狱一衣,小狱襦袴。民之献衣襦袴而学讼者,不可胜数。以非为是,以是为非,是非无度,而可与不可日变。所欲胜因胜,所欲罪因罪。郑国大乱,民口谨哗。子产患之,于是杀邓析而戮之,民心乃服,是非乃定,法律乃行。今世之人,多欲治其国,而莫之诛邓析之类,此所以欲治而愈乱也。"[1]

---

[1] 陈奇猷:《吕氏春秋新校释》,上海古籍出版社2002年版,第1187—1188页。

邓析，郑国人，生活于春秋末年，大致与孔子同时。《列子·力命》曰："邓析操两可之说，设无穷之辞，当子产执政，作《竹刑》。郑国用之，数难子产之治。子产屈之。子产执而戮之，俄而诛之。然则子产非能用《竹刑》，不得不用；邓析非能屈子产，不得不屈；子产非能诛邓析，不得不诛也。"①邓析"操两可之说，设无穷之辞"，《列子》对邓析的概括可谓独到，以《吕氏春秋》验之，可知此言不虚。郑国的一个富人淹死了，有人得到了死者的尸体。死者的家属要求赎回尸体，得尸体的人给死者的家属要很多赎金。死者的家属就去找邓析出主意，邓析说："别急，得尸体的人一定没有别的地方去卖尸体。"得尸体的人很担心也找邓析出主意，邓析说："别急，死者的家属一定没有别的地方去买尸体。"这是邓析"操两可之说"的极佳事例。在此，邓析的"两可之说"，从单方面来看都是很有道理的，尸体的买家和卖家是一对一的，二者在别处确实都做不成这桩买卖，但是，邓析的"两可之说"并不能解决实际问题，如果尸体的买家和卖家都听邓析的主意，那么这桩买卖永远也做不成。《吕氏春秋》对邓析这样的"两可之说"是批判的，指出"伤忠臣者，有似于此也。夫无功不得民，则以其无功不得民伤之；有功得民，则又以其有功得民伤之""死生、存亡、安危，从此生矣"。

子产治国，邓析与之作对。"郑国多相县以书者。子产令无县书，邓析致之。子产令无致书，邓析倚之。令无穷，则邓析应之亦无穷矣"，据陈奇猷先生考证，"县书者，以书相对抗也，即今所谓'答辩'""致书，谓文饰法律""倚书者，谓曲解法律条文"。②《吕氏春秋》对邓析辩驳法律、文饰法律、曲解法律的做法是批判的，指出"是可不可无辨也。可不可无辨，而以赏罚，其罚愈疾，其乱愈疾，此为国之禁也。故辨而不当理则伪，知而不当理则诈，诈伪之民，先王之所诛也"，认为像邓析这样的"诈伪之民"当诛。邓析还教

---

① 杨伯峻：《列子集释》，中华书局1979年版，第201—202页。
② 陈奇猷：《吕氏春秋新校释》，上海古籍出版社2002年版，第1190—1191页。

百姓打官司,所谓"与民之有狱者约,大狱一衣,小狱襦袴。民之献衣襦袴而学讼者,不可胜数"。许抗生先生认为邓析是一位民间的法律学者。① 这一看法不无道理。《吕氏春秋》认为邓析教人狱讼的做法是"以非为是,以是为非,是非无度,而可与不可日变。所欲胜因胜,所欲罪因罪。郑国大乱,民口谨哗"。子产为安定郑国考虑诛杀了邓析。《吕氏春秋》认为子产诛杀邓析是正确的,认为邓析是颠倒是非的诡辩,其罪当诛。

三 惠施

惠施(约前370—前318?),宋国人,其书《惠子》一篇已经亡佚。《庄子》书中保存了有关惠施的一些资料。

魏惠王与惠施进行了一场名实不副、虚情假意的"禅让"。《吕氏春秋·不屈》载:"魏惠王谓惠子曰:'上世之有国,必贤者也。今寡人实不若先生,愿得传国。'惠子辞。王又固请曰:'寡人莫有之国于此者也,而传之贤者,民之贪争之心止矣。欲先生之以此听寡人也。'惠子曰:'若王之言,则施不可而听矣。王固万乘之主也,以国与人犹尚可。今施,布衣也,可以有万乘之国而辞之,此其止贪争之心愈甚也。'惠王谓惠子曰:'古之有国者,必贤者也。'夫受而贤者舜也,是欲惠子之为舜也;夫辞而贤者许由也,是惠子欲为许由也;传而贤者尧也,是惠王欲为尧也。尧、舜、许由之作,非独传舜而由辞也,他行称此。今无其他,而欲为尧、舜、许由,故惠王布冠而拘于鄄,齐威王几弗受,惠子易衣变冠,乘舆而走,几不出乎魏境。凡自行不可以幸,为必诚。"② 魏惠王想要把君王的位子让给惠施,惠施拒绝了。《吕氏春秋》指出,如果惠施接受君位那是惠王想让惠施有舜之贤名,如果惠施不接受君位那是惠施想有许由之贤名,不管惠施接不接受君位,魏惠王都赢得

---

① 许抗生:《先秦名家研究》,湖南人民出版社1986年版,第8页。
② 陈奇猷:《吕氏春秋新校释》,上海古籍出版社2002年版,第1205—1206页。

了像尧禅让那样的贤名。《吕氏春秋》指出"尧、舜、许由之作,非独传舜而由辞也,他行称此",陈奇猷先生解释说:"此文之意,盖谓尧、舜、许由之所为,非独尧能以天下传人、舜能受尧之天下、许由能辞天下而已,他行亦当能与此所为相称然后可谓之圣贤也。"① 魏惠王、惠施不具备与禅让相称的"他行"而想要成为尧、舜、许由,《吕氏春秋》批评他们是名不副实、虚情假意。《吕氏春秋》提倡的是名副其实、真心真意的"禅让"。

《吕氏春秋·不屈》又曰:"匡章谓惠子于魏王之前曰:'蝗螟,农夫得而杀之,奚故?为其害稼也。今公行,多者数百乘,步者数百人;少者数十乘,步者数十人。此无耕而食者,其害稼亦甚矣。'惠王曰:'惠子施也,难以辞与公相应。虽然,请言其志。惠子曰:"今之城者,或者操大筑乎城上,或负畚而赴乎城下,或操表掇以善睎望。若施者,其操表掇者也。使工女化而为丝,不能治丝;使大匠化而为木,不能治木;使圣人化而为农夫,不能治农夫。施而治农夫者也。"公何事比施于朡螟乎?'惠子之治魏为本,其治不治。当惠王之时,五十战而二十败,所杀者不可胜数,大将、爱子有禽者也。大术之愚,为天下笑,得举其讳,乃请令周太史更著其名。围邯郸三年而弗能取,士民罢潞,国家空虚,天下之兵四至。众庶诽谤,诸侯不誉,谢于翟翦而更听其谋,社稷乃存。名宝散出,土地四削,魏国从此衰矣。仲父,大名也;让国,大实也。说以不听、不信。听而若此,不可谓工矣。不工而治,贼天下莫大焉,幸而独听于魏也。以贼天下为实,以治之为名,匡章之非,不亦可乎?"② 惠施曾是魏惠王的宰相,魏惠王称之为"仲父"。惠施声称以治理魏国为根本,而现实之中却把魏国治理得相当不好。魏惠王统治时期,在惠施的治理下,50场战争有20场是败仗,围攻邯郸三年而不能成功。惠施治理魏国的结果是"名宝散出,土地四削",魏国衰落。《吕氏春秋》批

---

① 陈奇猷:《吕氏春秋新校释》,上海古籍出版社2002年版,第1210页。
② 同上书,第1206—1207页。

评惠施是"以贼天下为实,以治之为名",名实不副,以诡辩来迷惑魏惠王,认为匡章指责惠施是应该的。

四 公孙龙子

公孙龙(约前325—前250?),赵国人,今有《公孙龙子》传世。《公孙龙子·迹府》曰:"公孙龙,六国时辩士也。疾名实之散乱,因资材之所长,为'守白'之论。假物取譬,以'守白'辩。谓白马为非马也。白马为非马者:言白所以名色,言马所以名形也;色非形,形非色也。夫言色则形不当与,言形则色不宜从;今合以为物,非也。如求白马于厩中,无有,而有骊色之马;然不可应有白马也。不可以应有白马,则所求之马亡矣;亡则白马竟非马。欲推是辩,以正名实,而化天下焉。"[①] 可以说,这一段话概括出了公孙龙主要的思想:其一,"正名实而化天下"的政治学说;其二,白马非马式的诡辩论哲学。

《吕氏春秋·淫辞》记载:"空雄之遇,秦赵相与约约曰:'自今以来,秦之所欲为,赵助之;赵之所欲为,秦助之。'居无几何,秦兴兵攻魏,赵欲救之。秦王不说,使人让赵王曰:'约曰:"秦之所欲为,赵助之;赵之所欲为,秦助之。"今秦欲攻魏,而赵因欲救之,此非约也。'赵王以告平原君。平原君以告公孙龙。公孙龙曰:'亦可以发使而让秦王曰:"赵欲救之,今秦王独不助赵,此非约也。"'"[②] 公孙龙运用其论辩智慧轻松帮助赵国化解了一场外交尴尬,为赵国争取到了外交上的主动权。

《淫辞》曰:"孔穿、公孙龙相与论于平原君所,深而辩,至于藏三牙,公孙龙言藏之三牙甚辩,孔穿不应,少选,辞而出。明日,孔穿朝。平原君谓孔穿曰:'昔者公孙龙之言甚辩。'孔穿曰:'然。几能令藏三牙矣。虽然

[①] 王琯:《公孙龙子悬解》,中华书局1992年版,第33—34页。
[②] 陈奇猷:《吕氏春秋新校释》,上海古籍出版社2002年版,第1195页。

难。愿得有问于君,谓藏三牙甚难而实非也,谓藏两牙甚易而实是也,不知君将从易而是者乎?将从难而非者乎?'平原君不应。明日,谓公孙龙曰:'公无与孔穿辩。'"①"藏三牙",毕沅曰:"谢云:'"臧三耳",见《孔丛子·公孙龙篇》。"耳"字篆文近"牙"。故传写致误。'"又王念孙曰:"'三耳'是也。今作'三牙'者,即因下文'与牙三十'而误。"②据此知"藏三牙"当作"臧三耳"。又《吕氏春秋译注》曰:"按'藏'即'臧'之借字,'臧'通'牂',母羊。"③"臧三耳"就是"羊三耳"。公孙龙振振有词地为平原君言"羊三耳",平原君认为公孙龙"羊三耳"之说十分雄辩。孔穿对平原君说:公孙龙"羊三耳"之说尽管非常人所能为却不符合实际情况,"羊二耳"之说虽然人人皆可为,但是符合实际情况。孔穿问平原君:您是听从容易而正确的说法,还是听从艰难而错误的说法呢?最终的结果是,平原君第二天告诉公孙龙不要再与孔穿辩论了。显然,平原君是选择了容易而正确的"羊二耳"之说。《吕氏春秋》在此批判的是公孙龙"羊三耳"之类的"淫词"。

公孙龙还主张偃兵,《吕氏春秋·应言》曰:"公孙龙说燕昭王以偃兵。昭王曰:'甚善。寡人愿与客计之。'公孙龙曰:'窃意大王之弗为也。'王曰:'何故?'公孙龙曰:'日者大王欲破齐,诸天下之士,其欲破齐者,大王尽养之;知齐之险阻要塞君臣之际者,大王尽养之;虽知而弗欲破者,大王犹若弗养;其卒果破齐以为功。今大王曰"我甚取偃兵"。诸侯之士,在大王之本朝者,尽善用兵者也,臣是以知大王之弗为也。'王无以应。"④公孙龙想要说服燕昭王偃兵,燕昭王认为偃兵的做法非常好并承诺说愿意偃兵。公孙龙认为燕昭王是不愿意偃兵的,因为燕昭王所养之士都是善于用兵的人。

---

① 陈奇猷:《吕氏春秋新校释》,上海古籍出版社2002年版,第1195—1196页。
② 同上书,第1198页。
③ 张双棣、张万彬、殷国光、陈涛:《吕氏春秋译注》,吉林文史出版社1993年版,第624页。
④ 陈奇猷:《吕氏春秋新校释》,上海古籍出版社2002年版,第1220页。

又《吕氏春秋·审应》曰:"赵惠王谓公孙龙曰:'寡人事偃兵十余年矣而不成,兵不可偃乎?'公孙龙对曰:'偃兵之意,兼爱天下之心也。兼爱天下,不可以虚名为也,必有其实。今蔺、离石入秦,而王缟素布总;东攻齐得城,而王加膳置酒。秦得地而王布总,齐亡地而王加膳,所非兼爱之心也。此偃兵之所以不成也。'"① 公孙龙当曾劝说赵惠王偃兵,所以这里才有赵惠王责问公孙龙偃兵之事。公孙龙指出偃兵是为了兼爱天下,而赵惠王所做之事皆于此相悖。赵惠王没有兼爱天下之心,所以,"事偃兵十余年矣而不成"。足见"偃兵"思想在《吕氏春秋》编撰之时还有相当的影响。

据陈奇猷先生考证,战国时主张偃兵者有公孙龙、惠施、惠盎、宋钘、尹文,并认为他们的偃兵思想和墨家有一定联系。② 公孙龙说"偃兵之意,兼爱天下之心也",据此可以看出偃兵思想与墨家的兼爱确有联系。"偃兵"与墨家的"非攻"有着共同的思想基础——兼爱,但是,"偃兵"与"非攻"又有不同,如陈奇猷先生所说:"墨子言兼爱,故非攻,但主张坚守以御攻,是兵仍不可废。至于偃兵之说,以为既废军备,当无攻战,自无坚守之必要。故偃兵之说较墨子非攻更进一步,然其出发点皆系兼爱天下之意。"③ 然而,《吕氏春秋》不取"非攻""偃兵"之说,并对二者进行了批判,《振乱》曰"今之世,学者多非乎攻伐。非攻伐而取救守,取救守则乡之所谓长有道而息无道、赏有义而罚不义之术不行矣"④,《荡兵》曰"今世之以偃兵疾说者,终身用兵而不自知悖,故说虽强,谈虽辨,文学虽博,犹不见听。故古之圣王有义兵而无有偃兵"⑤。《吕氏春秋》之所以要批评墨家的"非攻",是因为在秦国积极统一天下的时候提倡"非攻"很不合时宜。混乱的天下需要统一,

---

① 陈奇猷:《吕氏春秋新校释》,上海古籍出版社2002年版,第1152页。
② 同上书,第915页。
③ 同上书,第1161页。
④ 同上书,第399页。
⑤ 同上书,第389页。

统一就需要攻战，吕不韦是明白这一点的。攻战不可避免，但是，吕不韦反对秦国的攻战方式。秦国攻城大肆杀戮甚至屠城，过于残忍，吕不韦主张利用"义兵"来统一天下。

《吕氏春秋》对名家邓析、惠施、公孙龙诡辩论的批判，是为了给君主创造一个统一稳定的统治环境，如田凤台先生所说："吕氏著书，在预作统一国家之虑耳，其虑为何？则先求思想之一统，而为统一思想之大害者，非淫辞诡说而何？此吕氏书中于名家之诡辩，名家之钜子，一再予以非难者也。"[①]《吕氏春秋》认为，空言虚辞、淫学流说颠倒黑白、混淆是非，必定使百姓变得奸诈、使社会变得混乱。为了统一思想、巩固统治，《吕氏春秋》坚决反对名家的诡辩论，提倡名实相副。

---

① 田凤台：《吕氏春秋探微》，台北学生书局1986年版，第146页。

从挽歌欣赏看两晋士人的死亡审美化

黎 臻

(四川师范大学文学院)

两晋士人的死亡意识受到汉末以来混乱的政治社会秩序和魏晋玄学思潮的影响,成为两晋时期人生哲学、文学、历史和美学等多个领域的重要话题。这也是一个综合性的研究话题,从人生哲学角度来看,探讨士人人生的逍遥论、纵欲论和养生论,是从生的角度诠释死亡;在文学领域中,士人的死亡意识化作游仙诗、挽歌诗等,作为艺术的形式呈现出来;而根究其原因,不可避免地涉及历史背景以及玄佛思想的影响。前辈学者在这些方面的研究都颇有成果,主要以"生命悲歌""演生心态""以悲为美"为典型。"生命悲歌"是一个相济相悖的命题,是魏晋士人的养生避死的浪漫主义、忧生叹死的感伤主义、杀身靖乱的英雄主义、且趣当生的享乐主义的统一,最后归于陶渊明的南山歌咏。[1]"演生心态"是消泯生死、等量齐观的思想的体现,是六朝文士在生死面前的独特心路历程,在文学领域中多表现为从狂欢到悲歌的咏叹命运的主题,特别以挽歌情结表达出来。[2]"以悲为美"则是中国古代

---

[1] 参见李建中《魏晋诗人的死亡意识与生命悲歌》,《中南民族学院学报》(哲学社会科学版) 1999年第1期。

[2] 参见袁济喜《〈列子〉与六朝文士的演生》,《中国人民大学学报》2005年第6期。

美学的一个普遍特征，魏晋时期审美取向尤为悲美，其中便包含挽歌、挽歌诗欣赏在内的音乐与文学艺术的审美，以及文学批评中清、怨、雅等审美范畴的诠释。

总的看来，这些研究都从社会背景、玄学思潮、文学批评、审美范畴等领域作了多方面的探索，且都以士人的挽歌欣赏为主要对象进行分析。本文仍然以士人的挽歌诗为研究对象，结合士人日常生活中的挽歌欣赏以及居丧、吊丧行为，在文学、美学领域中分析士人的死亡意识，阐明两晋士人的死亡意识是一个审美化的过程。两晋士人挽歌诗的文本内容反映出来的是诗人的死亡体验以及死亡意象世界的建立，这是死亡审美化的第一步。而东晋士人欣赏挽歌的行为以及丧礼中突破礼制拘执的举动，都是对死亡的审美体验，体现出更进一步的艺术化、审美化过程。循其根源，这样的审美化在很大程度上受到两晋时期社会缨绕与思想冲击的影响，从世俗化审美趣味的生成到《列子》中齐死生的思想，最终复归于《庄子》的死亡至乐的大智慧。

一 两晋时期的死亡意象化

中国先哲体认的世界，是普遍生命流行的境界。天地万物，生机盎然，而人与天地和谐感应、合体同流。《周易》提出的"保合大和，各正性命"，正是全体宇宙的大气象。因而对"生"的阐释是最基础也是最伟大的。在自然大化中，随生而来的"死"的话题，同样备受瞩目。儒家文化中，生的价值源于至善至美的道德仁义，而死亦居于其下。人生的价值在于道德，死亡的价值亦在于道德。孔子曾有"朝闻道，夕死可矣"（《论语·里仁》）的感叹，将生的意义总归于"得道"。在反复阐释生的灿烂时，孔孟都有如何面对死亡的考量。孔子说："志士仁人，无求生以害仁，有杀身以成仁"（《论语·卫灵公》）。孟子也说："生，亦我所欲也；义，亦我所欲也，二者不可得兼，舍生而取义者也"（《孟子·告子上》）。生与仁义的选择即对于死亡的态度。儒家乐生而安死，树立了道德境界中完美的理想人格。而汉末以后儒学独尊的地位下降,继而玄学大盛,士人又援引佛学入玄,在人生短暂、变幻无常的生命中尝试着以自我认可的方式去面对死亡,想象死亡。两晋士人对待死亡的态度,经历了由痛感到超越的过程。士人对死亡的想象,在初期往往带有与生时强烈对比之下的悲恸与无奈,而随着魏晋玄学的进一步发展和世俗趣味的逐渐精神化和雅化,士人重新认识庄子的"至乐观",发展了庄子对于死亡的洞见,从而将死亡赋予审美的意象世界的意义。

(一)痛感的死亡想象

自汉末以来,文学作品中便多出现对人生倏忽、变幻无常的感叹。在这个痛苦、混乱的时代,儒家道德精神的高蹈已经无力支撑时人的心理与精神缺失。士人追求日常生活中的财富权力及感官享乐,对于死亡的态度也逐渐变得世俗化。特别是西晋士人,在自作的挽歌诗中流露出强烈的恋生恶死的情感,他们将自己融入死亡的世界中去,从中寻求到一种审美的痛感。

西晋士人在面对死亡时,往往囿于世俗生活的感官享乐,强调死亡的空寂与毁灭,与声色生活形成强烈对比。此时,生与死联系,形成一种审美的痛感和体验。西晋士人陆机曾自作《挽歌诗》三首[1],诗文从占卜选择墓地开始说起,详细描摹死者出殡、亲友哀丧、死者自嗟三个场面。诗人对死亡的体验性描述大都通过与生活体验的对比来完成。

第一、二首诗主要叙述出殡活动,以行殡时亲友的行为举动为观照对象,来赋予死者的死亡体验。亲友占卜选择墓地、驾灵车出殡、哀哭送别、饮酒践行、送至墓地、怀念往昔,这一系列的行为过程,生人只是参与者,而死者才是主角。在出殡活动的体验中,死者觉到"饮饯觞莫举,出宿归无期""三秋犹足收,万世安可思?殉没身易亡,救子非所能"。在生死大化面前,

---

[1] (晋)陆机著,刘运好校注整理:《陆士衡文集校注》,凤凰出版社2007年版,第655—667页。

人是无能为力的。践行之时，不能举杯共饮；宿入墓中，不能远想归期；思念之时，万世遥隔，不可断绝。与其说是亲友对于死者的不舍，毋宁说是死者对于生的眷恋。西晋士人傅玄在他的自作《挽歌》三首①中也有"欲悲泪已竭，欲辞不能言。存亡自远近，长夜何漫漫""地下无刻漏，安知夏与冬"的死亡想象。

在第三首诗中，这种眷恋得到直接体现。诗人陆机描述死者的一座孤坟埋藏在山冈的重岩峭石之间。墓室之中，下平为地，穹顶为天，宛如人间世界的天地一般。而这个孤独的逝者，侧耳可听地下暗流如江河之水涛涛涌动，卧身可见墓室天象如东井之宿悬立空中。在死亡里没有空间，没有时间，七尺身躯化为尘土，终始与蝼蚁鬼魅为伴，生死两端各在一方。随后，诗人大量提及生时的世俗声色生活，并将其与死后世界并举："昔居四民宅，今托万鬼邻。昔为七尺躯，今成灰与尘。金玉昔所佩，鸿毛今不振。丰肌飨蝼蚁，妍姿永夷泯。寿堂延魑魅，虚无自相宾。"楼台宅院、器服饰品、姿容仪表、邻里友宾，这些都是西晋士人在日常生活中最注重的方面。美丽的姿仪是士人谈论品评的重要内容，它往往与人的潇洒风神之美直接相联系，是士人容止美的重要表现方面；而金玉饰品与友人宾客则显示的是士族与庶族之间的等级差别，也是士人维护尊贵身份的重要标志，士庶等级往往与声誉、风尚相关。西晋士人的审美趣味逐渐世俗化之后，常常免不了为此般缨络所缠绕，因此死后舍弃了地位与财富的光明，在阴暗之中与魑魅为伍，是最让人恐惧的。这种死亡想象表现出来的恐惧与作者陆机的思想性格也颇有关系。陆机出身于儒学世族，一生追求建功立业，担负着重振家声的重任，因此死亡对他来说意味着追求功名之路的拦腰截断，也是声色生活的结束。在对死亡的体验过程中，陆机充满焦虑与悲戚之感。这是西晋时期大多数士人

---

① 逯钦立辑校：《先秦汉魏晋南北朝诗》，中华书局1983年版，第565—566页。

共同的感受。

(二) 超越的意象世界

逮至东晋,陶渊明的《拟挽歌辞》① 表现出东晋名士对于死亡的超越的审美风尚。他们大都秉承庄子对死亡的洞见,以自由精神超越对死亡的恐惧与困顿,将名士风尚的审美趣味赋予死亡意象当中。

死亡的意象化,溯源于庄子对死亡的洞见。在庄子的眼中,死亡已经成为一个美的意象世界。审美意象是一个感性的世界,它存在于人的审美活动当中,是人与万物融于一体的生活世界。在我们认识世界、以逻辑思维去辨别世界的阶段中,审美的意象是被遮蔽的。只有我们截断思维的认知,将人的生死与自然界融合一体,这时的死亡才会呈现出它本然的意味。西晋时期,死亡延续着一直以来的未知性与神秘性,往往引起人们的恐惧,这种恐惧建立在对生命的留恋之上,带有一定的功利性和目的性。而死亡的意象化正是将此种客观的主客体二分的思想截断,以审美的方式看待死亡的本真。

陶渊明《拟挽歌辞》中有以生者的感官感觉和情感去叙写死者的死亡体验的内容,如亲友的痛哭、送葬离别的悲戚等。但是,陶渊明将全诗的意象世界聚结于自我顺应大化的圆融之中,从中获得了审美的超越。第一首开篇便言"有生必有死,早终非命促"。生死相依存,这在《庄子·大宗师》中有:"死生,命也,其有夜旦之常,天也。"② 生死顺应天行物化,就如四时昼夜一般。而《知北游》具体解释了这种生死转化:"生也死之徒,死也生之始,孰知其纪!人之生,气之聚也。聚则为生,散则为死。若死生为徒,吾又何患!故万物一也,是其所美者为神奇,其所恶者为臭腐;臭腐复化为神奇,神奇复化为臭腐。故曰'通天下一气耳'。"③ 生死之间的循环复归,是

---

① (晋) 陶渊明撰,袁行霈笺注:《陶渊明集笺注》,中华书局2003年版,第420—424页。
② (清) 郭庆藩撰,王孝鱼点校:《庄子集释》,中华书局2012年版,第245页。
③ 同上书,第730页。

放在天地永恒的变化视野中去看待的。气聚而生，气散而死，生死相互为始，相互为终，变化无定。这里所说的神奇与腐朽，物之本然是没有的，这是人情所美所恶而产生的。人情以生为神妙奇特，以死为腥臭腐败，正是将自己局限在"我"的有限的天地之中，如同被关进牢笼而与真实世界相隔绝。要想打破这个有限的空间，获得精神的自由，便是要将自我植根于万物一体的世界中去，超越自我，返归自然。如此，便不存在神奇与腐朽的界限，而是"臭腐复化为神奇，神奇复化为臭腐"，与天下共通一气。从这个角度来看，庄子并未将自我客观地独立于自然世界之外、以逻辑理性的眼光看待生死，相反，他尽力地泯灭生死界限，将人放在万物中，避免人物之间的隔离，在人随物化的真实世界中回归本真的自然。

陶渊明便是通解了这与天下共通一气的本真，认识到当下的现实包蕴了过去与未来，形成一个永恒的存在。他说道："千秋万岁后，谁知荣与辱？但恨在世时，饮酒不得足。"他并没有像前代文士那样执着于生死的强烈对比，而是将生死归结于当下，并具体在饮酒的行为上。诗文最后，他还豁达地叹道："死去何所道，托体同山阿。"《庄子·知北游》篇有："人生天地之间，若白驹之过隙，忽然而已。注然勃然，莫不出焉；油然漻然，莫不入焉。已化而生，又化而死，生物哀之，人类悲之。解其天弢，堕其天袭。纷乎宛乎，魂魄将往，乃身从之，乃大归乎！"① 庄子描述了出生入死的意象化世界。乾坤交感，万物生焉，人的生命亦在其中。然而相对于天地之永恒而言，人生如白驹过隙，是"一朝"对"万古"的须臾。然而如何应对这"一朝"，在这须臾之中洞见到富含完整意蕴的世界呢？"注然勃然，莫不出焉；油然漻然，莫不入焉"，顺应大化、自由生死，才是这生死的本质。本段成玄英疏曰："纷纶宛转，并适散之貌也。魂魄往天，骨肉归土，神气离散，纷宛任

---

① （清）郭庆藩撰，王孝鱼点校：《庄子集释》，中华书局2012年版，第742页。

从,自有还无,乃大归也。"① 这里的大归,并不仅仅是指死亡乃是生命的大归,还表达了以审美的态度对待生死的一种超越与复归。对生死的悲哀,是人或生物未能超出自身而融身于世界,是殁袭,是束缚。只有摆脱这种束缚,超越物我二分,才能洞见现时的世界。自我与万物整体合一,便是一个回归了精神家园的美的世界。在陶渊明这里,死亡的意象从人与天地的圆融相合中还归了它的本来面貌,展现给诗人一个真实自然的世界。死亡也获得它本有的意义,充满着美的华奕,代替了其在人主观认识上的恐惧与神秘。

这种旷达的审美意象,亦可溯源于三国魏时的缪袭。缪袭的自挽诗曰:"造化虽神明,安能复存我?形容稍歇灭,齿发行当堕。自古皆有然,谁能离此者。"② 缪袭已显出顺任自然的心胸,认识到自古以来死亡的不可避免,但更多的是一种无奈。然而,陶渊明则以超越的心态看待死亡,寻求到那个被礼制与认知所掩盖的真实世界,看到物我合一的天地自然。

死亡的意象化,向我们展现了一个审美的世界。这个世界与人的生时命运和思想相关,执着于世俗的财富权力以及一切感官享受,则获得的是痛感的死亡体验,而以超脱飘逸的姿态顺应大化,则在有限天地中摆脱牢笼与束缚,于万古的永恒之中寻找自我生命的立足之处。这种意象世界的形成,正是对待死亡态度的审美化的基础。

二 两晋士人的死亡审美体验

美感不是认识,而是一种体验。自19世纪70年代德国哲学家狄尔泰由"生命"动词化为"经历"再构造成"体验"这一概念以来,体验便与生命、生活密切相关。而这种生活是融入了我们的经历意义的生活,以审美体验为本质类型。魏晋南北朝时期,"感兴"的概念基本可以包含这一深层次的内

---

① (清)郭庆藩撰,王孝鱼点校:《庄子集释》,中华书局2012年版,第743页。
② (南朝梁)萧统编,(唐)李善注:《文选》,上海古籍出版社1986年版,第1332页。

涵。首先是对外物的感知，士人常有感物而动的心理状态，是不经过逻辑理解的从声、色、味、嗅等方面引发的直接的感动。而"兴"则进一步说明了由此产生的精神愉悦。士人对于死亡的审美体验，正是这种感兴的活动。

（一）挽歌欣赏中的审美体验

东晋士人喜欢自作挽歌诗，亦喜欢吟唱挽歌、欣赏挽歌。作为名士风流的一部分，挽歌已经被艺术化、审美化，如同书法、绘画、山水一般，被东晋士人赋予了新的意蕴。

《世说新语·任诞》中有非常典型的例子：

> 张湛好于斋前种松柏。时袁山松出游，每好令左右作挽歌。时人谓："张屋下陈尸，袁道上行殡。"①

> 张骡酒后挽歌甚凄苦，桓车骑曰："卿非田横门人，何乃顿尔至致？"②

周代礼制中士葬礼要求坟茔之上加封土堆、坟前植树来表示尊贵，于是松柏成为封树标识中的重要部分，常常有坟冢、死亡的文化蕴含。而张湛好在自家院前种植松柏，又好酒后吟唱挽歌，实乃有别于时人。袁山松亦好欣赏挽歌，常在出游时令左右吟唱。本条刘孝标注曰："《续晋阳秋》曰：'袁山松善音乐。北人旧歌有《行路难曲》，辞颇疏质。山松好之，乃为文其章句，婉其节制。每因酒酣，从而歌之，听者莫不流涕。初，羊昙善唱乐，桓尹能《挽歌》，及山松以《行路难》继之，时人谓之三绝。'"③《行路难》曲

---

① （南朝宋）刘义庆等撰，余嘉锡笺疏，周祖谟、余淑宜整理：《世说新语笺疏》，中华书局1983年版，第890页。
② 同上书，第892页。
③ 同上书，第890页。

调哀凄，但文辞疏简质朴。袁山松喜欢这乐调，便以颇具文人审美趣味的藻采歌词配之，其情哀伤，但婉约含蓄，使听者感动。这一行为已经是艺术化的行为，而且产生了艺术化的审美效果。艺术欣赏驾驭在死亡意蕴之上，形成一种包蕴生死的审美对象。

除张湛、袁山松之外，东晋直至南北朝时期许多士人都有此种审美的体验。桓温当政时，司马晞喜好挽歌，常自己边摇大铃边唱挽歌，并使左右从人齐声和唱。南北朝时期，名士颜延之在宋文帝召见时，"常日到酒肆裸袒挽歌，了不应对，他日醉醒乃见"①。梁士人庾仲容与谢几卿"二人意志相得，并肆情诞纵，或乘露车历游郊野，既醉则执铎挽歌，不屑物议"②。宋士人范晔亦欣赏挽歌，"元嘉九年冬，彭城太妃薨，将葬，祖夕，僚故并集东府。晔弟广渊，时为司徒祭酒，其日在直。晔与司徒左西属王深宿广渊许，夜中酣饮，开北牖听挽歌为乐。义康大怒，左迁晔宣城太守。"③北魏尔朱文略"系于京畿狱……谈琵琶，吹横笛，谣咏倦极，便卧唱挽歌"④。在士人欣赏挽歌的活动中，挽歌的美感含义得到显现。具体说来有以下三点。

首先，挽歌的欣赏是士人当下的直接的感兴，没有借助知识分析或是逻辑演绎。这是美的"现在"意义。王夫之提到"现在，不缘过去作影"（《相宗络索·三量》），又解释道"不知通已往将来之在念中者，皆其现在，而非仅刹那也"（《尚书引义》卷五）。"现在"具有当下的直接性的特质，具有美感的特质，是当下对象本身显现出来的感性世界。就欣赏挽歌而言，士人注重的是当时当下挽歌呈现出来的生与死的圆融境界。在挽歌的欣赏中，士人的意识里包含了过去生命的纷乱复杂、短暂无常，也包含了未来死亡的孤寂与悲切，而在这个现时中，士人能够深切地感受到这是一个永不再现的却永远

---

① （唐）李延寿：《南史》，中华书局1975年标点本，第878页。
② （唐）姚思廉：《梁书》，中华书局1973年标点本，第709页。
③ （梁）沈约：《宋书》，中华书局1974年标点本，第1819—1820页。
④ （唐）李延寿：《北史》，中华书局1974年标点本，第1764页。

鲜活生动的瞬间，作为艺术欣赏的形式存在，没有我，没有物，没有主，没有客，虽是转瞬即逝，而生死之本然却能长久伫立于其中。

其次，挽歌的欣赏是士人通过直觉领悟到生死的内在蕴含，显现出一个真实的完整世界。这个完整世界的显现有赖于士人的想象。康德说："想象是在直观中再现一个本身并未出场的对象的能力。"① 士人在对生命的直观感受中想象一个本身并未出现的对象——死亡。前文所提到的陆机、傅玄等西晋士人在自作挽歌诗中都充分发挥对死亡体验的想象，描述自己如何以一个不能言语、没有感知的身份去进行出殡、埋葬的死亡体验。而这种想象在张湛、袁山松、司马晞等士人这里得到了行为的实现。张湛在屋前屋后种植松柏，正是对"重阜何崔嵬，玄庐窴其间。旁薄立四极，穹隆放苍天"（陆机《挽歌》三首其三）的直接体验；袁山松出游时，乘马或坐车，令左右随行之人吟唱挽歌，正是对"翼翼飞轻轩，骎骎策素骐。按辔遵长薄，送子长夜台"（陆机《挽歌》三首其一）的直接体验。作为生者的他把自己与死者联系起来，通过想象，把现时与未来绾合在同一个时空而形成一个充满意蕴的世界。这个世界即庄子所洞见的物我合一、不死不生的审美世界。

最后，挽歌的欣赏是士人对于死亡之"真"的审美超越。死亡对人而言总是充满神秘、恐怖的色彩，世人也往往避忌与死亡相关的音乐、歌诗等。死亡的意象化发展使得东晋士人以审美的心胸面对挽歌，欣赏挽歌，此时死亡的审美世界便一时明白起来，在自然大化、品物流行的真实世界中超越自我，寻找到一个本真自然的世界。

然而，不论是痛感或超越，死亡或挽歌都会沉淀为一种审美偏爱，折射出士人的神韵风度，两相映照。如颜延之、范晔等士人，不以世俗为缨；而司马晞等，则于悲切凄苦的挽歌声调中焕发出自然的深情。又如，晋时扶引

---

① 张世英：《哲学导论》，北京大学出版社2002年版，第48页。

帝室灵柩的挽郎，便能在其中获得风流的擢升。挽郎是一时之秀彦，是有名士风度、博学通识、为世人所赞誉的士人。能够成为挽郎，是士人引以为耀的荣誉。《世说新语·纰漏》中记载，士人任育长年少时有美名，神明可爱，姿容姣好。晋武帝驾崩之时，任育长便被挑选为挽郎，名士王戎选婿，也是从这120位挽郎中挑选出最优秀的4位士人，任育长又被选中。任育长到江东后，经过一家棺材铺，竟不由得悲伤落泪，神情恍惚。王导称之："此是有情痴。"[①] 成为挽郎的士人获得了时人的认可，同时在个人风度的深处藏下了自然真情，往往沉浸于其中。而晋人对此种人生真情也多予以品赏和肯定。

生命是一种体验，在生命的时间里欣赏死亡亦是一种体验。当士人在生时欣赏带有死亡质性的挽歌时，士人正是从美的角度欣赏死亡，赋予死亡生命的意义，而这都归于物我的统一体。士人欣赏的已不是挽歌本身，而是人与挽歌合一后生成的意象世界。

（二）吊丧礼仪中的审美体验

除对自我死亡意识的审美之外，对于他人死亡的态度也有审美化的趋势。早在周代，《礼记》便记载了丧礼之中居丧、吊丧等礼仪，儒家的核心内容"孝"在丧礼中得到较好的体现。《礼记·曲礼》曰："居丧未葬，读《丧礼》；既葬，读《祭礼》；丧复常，读《乐章》。居丧不言乐。"《礼记·檀弓上》又曰："始死，充充如有穷；既殡，瞿瞿如有求而弗得；既葬，皇皇如有望而弗至。练而慨然，祥而廓然。"其中不仅规定了形式上的行为制度，还格外要求孝子的心理活动与仪态表现。同样，《礼记》中对吊丧者的礼仪规范也作了要求，以表达对死者与生者的哀悯、尊敬。然而，自庄子妻死、鼓盆而歌始，由于生死观的不同，道家呈现出与儒家完全不同的一面。《庄子》认

[①] （南朝宋）刘义庆等撰，余嘉锡笺疏，周祖谟、余淑宜整理：《世说新语笺疏》，中华书局1983年版，第1069页。

为，人本无生、无形、无气，生死随天地运化而变，嗷嗷哭之，则是不通于命的表现，因此不必有居丧、吊丧等礼仪。降及魏晋，士人在对自我的死亡态度进行审美化的同时，对待周围人的死亡态度也渐趋不同。

文士生前有特殊艺术偏爱的，在吊丧之时，有好友知己为之，以示追忆和哀痛。例如，《世说新语·伤逝》中记载：

> 顾彦先平生好琴，及丧，家人常以琴置灵床上。张季鹰往哭之，不胜其恸，遂径上床，鼓琴，作数曲竟，抚琴曰："顾彦先颇复赏此不？"因又大恸，遂不执孝子手而出。[①]

顾荣与张翰同为吴地入洛奉职的士人。在顾荣的丧礼上，张翰因为悲恸而生感兴，径自上灵床鼓琴数曲。琴作为一种艺术形式在这里显现出一种美，由悲情而生，又让鼓琴人再获悲情的心境。这时琴与死亡的意象世界显现出更微妙的复合的情感体验，加之在丧礼的场景中，又不自觉地受到礼仪秩序的约束，显得这种突破拘执的美感达到最大限度的满足。张翰得到满足，读者亦获得这种淋漓尽致的满足。

如果说鼓琴仍是一种高雅脱俗的艺术趣味，那么"驴鸣"则全然带有怪诞不羁、特立独行的特征。吊丧之礼中士人的"驴鸣"风尚，同样反映士人对待死亡的审美体验。《世说新语·伤逝》中有：

> 王仲宣好驴鸣。既葬，文帝临其丧，顾语同游曰："王好驴鸣，可各作一声以送之。"赴客皆一作驴鸣。[②]

> 孙子荆以有才，少所推服，唯雅敬王武子。武子丧时，名士无不至

[①] （南朝宋）刘义庆等撰，余嘉锡笺疏，周祖谟、余淑宜整理：《世说新语笺疏》，中华书局1983年版，第753页。

[②] 同上书，第748页。

者。子荆后来,临尸恸哭,宾客莫不垂涕。哭毕,向灵床曰:"卿常好我作驴鸣,今我为卿作。"体似真声,宾客皆笑。孙举头曰:"使君辈存,令此人死!"[1]

王粲、孙楚好驴鸣,本自东汉一位隐士。《后汉书》卷八十三《逸民列传》有:"(戴)良少诞节,母喜驴鸣。良常学之以娱乐焉。"[2] 在《世说新语·伤逝》第一条后,余嘉锡指出:"此可见一代风气,有开必先。虽一驴鸣之微,而魏、晋名士之嗜好,亦袭自后汉也。况名教礼法,大于此者乎?"[3] 魏晋人的种种人生趣味本原自汉代,从戴良的驴鸣便可见一斑。

士人喜好驴鸣,与驴鸣的特质相关。《后汉书》中提到东汉灵帝曾好在宫内驾驴,李贤注引《续汉志》曰:"驴者乃服重致远,上下山谷,野人之所用耳,何有帝王君子而骖驾之乎!"[4] 驴是山野之人所用,带有隐遁之风韵、不拘礼法之任诞的意味,因而能为魏晋之士喜爱。而驴鸣之音,悠长不绝,声似悲哭,更有如"长啸"一般宣抒情绪的功用。有学者认为,驴鸣就是一种另类的啸。文士喜好驴鸣,是抒发内心的另一种特殊方式,也是纵情任性的一种体验。他们选择这样一种怪诞的嗜好,大抵与各人的人生经历与心境有关。王粲一生经历坎壈,他的祖先本是汉代三公,献帝西迁时,他一同前往长安,后来又辗转到荆州依附刘表。刘表因其相貌不扬且体弱多病,并没有重用他。刘表死后,王粲皈依曹操,才得重回北方。他经历了那个时代大多数士人辗转的命运。因此,驴鸣也是最好的寄托理想、嘲戏当下的抒情方式。

驴鸣悲凄的音质及悠长便奠定了驴鸣的悲剧品格。而士人对于驴鸣的欣

---

[1] (南朝宋)刘义庆等撰,余嘉锡笺疏,周祖谟、余淑宜整理:《世说新语笺疏》,中华书局1983年版,第750页。

[2] (南朝宋)范晔撰,(唐)李贤等注:《后汉书》,中华书局1965年标点本,第2773页。

[3] (南朝宋)刘义庆等撰,余嘉锡笺疏,周祖谟、余淑宜整理:《世说新语笺疏》,中华书局1983年版,第748页。

[4] (南朝宋)范晔撰,(唐)李贤等注:《后汉书》,中华书局1965年版,第346页。

赏,正是以审美的眼光去观照,从中寻得一个充满悲戚趣味的意象世界。在吊丧礼仪中,生者与死者通过驴鸣这一爱好的形式联系在一起,冲破普通的礼仪秩序,而展现出心灵深处的真情的美感。这种美感包蕴着士人的一生。

从士人对待自己和对待他人的死亡体验中,我们可以看到两晋时期,士人在挽歌欣赏与吊丧之礼中的怪诞行为上获得了特殊的审美感受。他们突破了"自我"的限制,或痛感地,或超越地,对死亡进行重新的体验,逐渐形成了一种独特的审美趣味。

三 死亡审美的精神气候

法国批评家丹纳在《艺术哲学》中将一个社会的风俗习惯和时代精神称为"精神的气候"[①]。在士人的审美活动中,时代的趋向总是占着统治地位。两晋时期世俗化的人生趣味以及玄学影响下对《庄子》《列子》等著作的阐释都为士人的死亡态度营造了精神氛围。下面分三部分予以论述。

(一) 世俗化的人生趣味

受到向秀、郭象《庄子注》倡导的玄学的影响,西晋士人形成一种各是其是、各非其非、顺从世俗的人生态度,即郭象提出的"独化"与"逍遥"。郭象认为,世界万物各依据本性自生、独化,形成玄冥之境;而万物各自的活动又相互影响而构成现象世界。在此基础上命运即是"性分"与"时遇"的结合。

万物都有各自的性分,当人们对自己的命运无所作为,任其所禀受的性分自我发展,顺应自己的本能时,便是实现了命运的安排。人的一生中,行为取舍、情性知能,所有所无、所为所遇,都是冥冥之中注定发生,各自有理,最后复归于万物自然本性中去。而自由逍遥则是生命个体的内在主观感受。如斥鴳、大鹏、恪守功名的人、宋荣子、列子等,有待于外界的特定环

---

① 参见[法]丹纳《艺术哲学》,傅雷译,天津社会科学院出版社2004年版,第29页。

境或条件,但若满足了这个条件,那么其自然本性亦得到满足,便可达到"无待"的自由逍遥之境界。在当时的社会中,士人无法把握自己的命运,便要放任情性,在人生欲望上努力满足自己。两晋士族的放纵享乐,便在一定程度上受到这种人生哲学的影响。

这种面对现实的心态,是自魏以来晋代士人的一个转变。它消泯了生命的形而上学意义,只认同当下性而否定理想境界,否认形而上之道,即人类共有的精神之境的获得性与必要性,生活趣味演绎成没有形而上追求的世俗化与热衷时流。于是,西晋士人对于财富的追求,自然融入人生趣味之中。士人感官欲望高涨,喜爱聚敛财富。炫耀财富,如石崇、王恺、羊琇、王济等人以炫耀财富、追求欲望为满足。他们的奢靡行为表现在生活中的衣食住行及娱乐等各个方面。在两晋文士的诗文创作中有不少描写贵族庄园经济以及富足日常生活的内容,充满了贵族士人的奢侈趣味。

在陆机《挽歌》三首中我们看到他将声色生活与死亡世界进行对比,这种声色生活在他的其他诗文中有详细的体现。如《七征》[①] 一篇,铺陈了贵族士人的饮食、居处、歌舞、声色等奢华的生活状态,以说服隐者积极入世。其中,言居处则"丰居华殿,奇构磊落。高宇云覆,千楹林错",言音乐则"金石谐而齐响,埙篪协而和鸣",言歌舞则"妖嫔艳女,搜群擢俊。穆藻仪于令表,茂当年之柔嫚"。这种奢侈的士族生活是当时贵盛士人的生活现状,也是他们追求的物质感官之欲的满足。而他的另一首《百年歌》[②],叙写人的一生,从"颜如蕣华晔有辉",到"光车骏马游都城""跨州越郡还帝乡",再到"明已损目聪去耳",最后"感念平生泪交辉",言尽人生百年之苦乐。由此再看《挽歌》三首中描述的死亡世界,悲切之情便敞亮起来。这种世俗

[①] (晋)陆机著,刘运好校注整理:《陆士衡文集校注》,凤凰出版社2007年版,第784—810页。

[②] 同上书,第675—689页。

化的人生趣味在很大程度上影响了人们对于死亡的趣味判断。

(二) 张湛《列子注》的形神思想

东晋士人在死亡上的审美体验,与张湛主张的神不灭论相关。张湛本人便是一个有着酒后挽歌、于斋前种松柏的生命体验的士人。他在《列子·周穆王》注中这样说道:"所谓神者,不疾而速,不行而至。以近事喻之,假寐一昔,所梦或百年之事,所见或绝域之物。其在觉也,俯仰之须臾,再抚六合之外。邪想淫念,犹得如此,况神心独运,不假形器,圆通玄照,寂然凝虚者乎?"[1] 这种"神",能够见于须臾之间,游行于六合之外,能见死亡,适绝域。就如慧远所说:"神也者,圆通无声,妙尽无名。感物而动,假数而行。感物而非物,故物化而无灭;假数而非数,故数尽而不穷。"[2] 慧远认为"神"是不灭而无穷的,因此也应合了因果报应、六道轮回等佛教教义。张湛在这里以"神"来解析梦境,以为人在做梦的时候,对梦境是有亲身感受的,就如同自己在清醒时的生活一样。这种感受是一样的,但是感知的内容是不一样的,在梦境里可以超越古今山河的时空阻隔,变幻莫测。张湛之前的郭象,也曾在《庄子·齐物论》注中说道:"世有假寐而梦经百年。"在梦境中的感知就如同在清醒生活中的感知一般,而死亡也就像是一个梦境一样。有着不灭不穷的灵魂,在生时感知死亡,在死后过生时的生活。张湛还以佛学"万物唯识"的思想诠释,外界事物的变化都是由于人为的执着意念。"意所偏感,则随志念而转易。及其甚者,则白黑等色,方圆共形,岂外物之变?故语有之曰,万事纷错,皆从意生。"[3] 世间万物随意志转移,意念决定了"白黑"颜色,决定了"方圆"形状。因此,欣赏、吟唱挽歌等当下性的审美体验是一种源自心物关系的体验。后来宋明理学中谈到"你未看到此花时,

---

[1] 杨伯峻集释:《列子集释》,中华书局1979年版,第94页。
[2] 华梵佛学研究所编:《慧远大师文集》,原泉出版社1980年版,第12页。
[3] 杨伯峻集释:《列子集释》,中华书局1979年版,第272页。

此花与汝同归于寂，你来看此花时，则花颜色一时明白起来"，正是审美体验中真实世界的显现。士人欣赏挽歌，同时创造了一个意象世界，从这个意象世界出发超越自我，汇通于永恒不灭的"神"，从而明白地见到知死如梦、生来如觉的美。

（三）审美愉悦的最高境界

两晋士人欣赏挽歌，丧礼中不顾礼法而鼓琴、喜好驴鸣等怪诞行为，都可以看作一种艺术式的审美愉悦。这种愉悦在很大程度上要归结于魏晋玄学对于庄子学说的继承。庄子对于生死的洞见，不仅让士人能够观照到死亡的意象世界，而且能够产生审美的愉悦。

《庄子·至乐》篇有：

> 庄子妻死，惠子吊之，庄子则方箕踞鼓盆而歌。惠子曰："与人居，长子老身，死不哭亦足矣，又鼓盆而歌，不亦甚乎！"庄子曰："不然。是其始死也，我独何能无概然！察其始而本无生，非徒无生也而本无形，非徒无形也而本无气。杂乎芒芴之间，变而有气，气变而有形，形变而有生，今又变而之死，是相与为春秋冬夏四时行也。人且偃然寝于巨室，而我噭噭然随而哭之，自以为不通乎命，故止也。"[1]

庄子既能以审美心胸看待人的死亡，因而能在妻子死后获得审美愉悦。我们看到，惠子的理由是"与子居，长子老身"，妻子与你共同居处，长养子孙，身老而死，怎么还能欢歌呢？这是一种功利性态度，是从人伦经验的角度出发，因此显得视野狭隘。而庄子则以己之随物顺化的整体世界待之，从"通乎命"的视角看待妻子的死亡，摆脱了世俗生活的约束，而能进到对"道"的审美观照中去。

---

[1] （清）郭庆藩撰，王孝鱼点校：《庄子集释》，中华书局 2012 年版，第 613 页。

于是在《至乐》篇中，庄子又借骷髅之口言及死亡的快乐。

> 庄子之楚，见空髑髅，髐然有形，撽以马捶，因而问之，曰："夫子贪生失理，而为此乎？将子有亡国之事，斧钺之诛，而为此乎？将子有不善之行，愧遗父母妻子之丑，而为此乎？将子有冻馁之患，而为此乎？将子之春秋故及此乎？"
>
> 于是语卒，援髑髅，枕而卧。夜半，髑髅见梦曰："子之谈者似辩士。视子所言，皆生人之累也，死则无此矣。子欲闻死之说乎？"
>
> 庄子曰："然。"
>
> 髑髅曰："死，无君于上，无臣于下；亦无四时之事，从然以天地为春秋，虽南面王乐，不能过也。"
>
> 庄子不信，曰："吾使司命复生子形，为子骨肉肌肤，反子父母妻子闾里知识，子欲之乎？"
>
> 髑髅深矉蹙頞曰："吾安能弃南面王乐而复为人间之劳乎！"①

这是一段非常有趣的对话。庄子以骷髅的快乐之谈消解了死亡的恐怖与神秘。在对话中，庄子以常人的角度将人世间"生"的苦难一一问出，有贪生失理，有亡国之事，有不善之行，有冻馁之患等。而骷髅站在死亡的角度道："生人之累也，死则无此矣。"死后没有等级秩序、君臣上下，没有伦理纲常的规定与约束，这是从社会关系上来讲的精神自由。死后亦没有四时代序，春夏更迭，而与天地齐寿，这是从自然秩序上讲的个体自由。如果庄子在妻死之后的鼓盆而歌是从生者的角度观照生死圆融，那么此处骷髅之语的描写则是从死者的角度来表达死亡的快乐。他超越了现实功利的纠缠进入豁达通脱的审美世界，能够"注然勃然"又"油然漻然"，自由出入生死，无

---

① （清）郭庆藩撰，王孝鱼点校：《庄子集释》，中华书局2012年版，第616—618页。

生无死，形成一种如朝日般洞彻朗然的审美体验。

庄子的这种审美愉悦已然超越了两晋士人的死亡审美的痛感，而主要表现在陶渊明的生死观中。前述陶渊明所作《拟挽歌辞》便表现出这一点。可以说，陶渊明是两晋时期士人审美人生的最高典范，也是两晋士人死亡审美化的最高境界。

四 结语

自汉末以来文人欣赏挽歌、自作挽歌的行为兴起之后，士人对死亡的观照逐渐审美化。在挽歌诗中对于死后意象世界的建构，对挽歌的欣赏，丧礼中冲破礼制的怪诞行为，都是两晋士人展开审美心胸面对死亡的表现。死亡的审美化已经形成了士人群体中比较常见的审美趣味，融入他们的人生之中。士人试图解脱痛苦，超越生死，在死亡审美中获取自我的慰藉与满足。这种美的体验，经历过痛感的过程，如"肤痒的人，用手抓到出血，越抓越畅快"①；同时试图跳脱出现实社会的束缚，而向着庄子对死亡的洞见与达观、向着另一些士人如陶渊明者获得超越之后的精神自由去努力。

---

① 刘东编《梁启超文存》，江苏人民出版社2012年版，第266页。

中唐儒士群体形成、传承与集序写作

蒋金珅

（浙江大学中文系）

中唐时成长起来一批复兴儒道，宗经征圣的儒士群体，其传承如下：一是以萧颖士、李华为核心的第一代儒士，活跃于天宝到大历年间（742—779）。二是以梁肃、权德舆为核心的第二代儒士，活跃于大历到贞元年间（766—805）。独孤及在两代儒士中起到承上启下的作用。学界已充分注意到中唐儒士群体在韩愈、柳宗元之前的复古主张和实践，并且将他们作为中唐"古文运动"的先驱。对于这个崇儒复古的儒士群体的形成、传承与文章创作的关系，仍有值得深入探究之处，以此可窥见这一儒士群体的特殊时代意义。

一 科举制度与萧李儒士群体的形成

以萧颖士、李华为首的第一代儒士群体，其形成与科举制度有着密切的关系。

首先，萧颖士、李华等儒士都是在开元崇儒的氛围中成长，并在开元末参加科举脱颖而出。萧颖士和李华都在未冠时游太学，其时同学者还有赵晔和邵轸。李华、萧颖士、赵晔同时在开元二十三年（735）进士及第，邵轸二年后擢第。李华《寄赵七侍御》诗云："昔日萧邵游，四人才成童。属词慕孔门，入仕希上公。"① 萧颖士和李华是太学同学，科举同年。太学隶属于国子监，当时进士擢第者，多以出身国子监为荣。《唐摭言》"两监"条载："开元已前，进士不由两监者，深以为耻。"② 太学是国家设立的教学机构。武则天时官学隳散，儒学不彰，韦嗣立曾建议让公卿子弟入太学，以为表率：

> 永淳后，庠序隳散，胄子衰缺，儒学之官轻，章句之选弛。贵阀后生以徼幸升，寒族平流以替业去。垂拱间，仕入弥多，公行私谒，选补逾滥；经术不闻，猛暴相夸。陛下诚下明诏，追三馆生徒，敕王公以下子弟一入太学，尊尚师儒，发扬劝奖，海内知响。③

太学作为隶属国子监的唐帝国最高学府之一，是崇儒尊师之地。就其所教授的课程而言，"以《周易》《尚书》《周礼》《仪礼》《礼记》《毛诗》《春秋左氏传》《公羊传》《谷梁传》各为一经，《孝经》《论语》兼习之"④。在太学学习的都是儒家最重要的经典，而且"每岁生有能通两经已上求出仕者，则上于监。堪秀才进士者，亦如之"⑤。因此，在唐代前期以太学生身份参与科举且能及第者，必定是通熟儒家经典的士子。这也是萧颖士和李华等士人推崇儒学的教育背景。

更重要的是，萧颖士和李华进士及第时的座主是孙逖。孙逖常游张说之门，并于开元二十一年（733）为集贤院修撰，是以张说为首的集贤学士集团的一员。张说喜汲引文儒之士，并且在开元时形成文学入仕、儒学为政的理念。孙逖以进士及第，三科第一，为张说所赏识，后又再中两科制举，声名大振，由此仕途平顺，一路高升。孙逖是张说文学入仕，儒学为政理念的受

---

① （清）彭定求等编：《全唐诗》卷153，中华书局1979年整理本，第1588—1589页。
② （五代）王定保：《唐摭言》卷1，中华书局1960年标点本，第5页。
③ （宋）欧阳修、宋祁：《新唐书》卷116，中华书局1975年标点本，第4230页。
④ （后晋）刘昫等：《旧唐书》卷44，中华书局1975年标点本，第1891页。
⑤ 同上。

益者,他选中的萧颖士和李华无疑也符合这个标准。《旧唐书·萧颖士传》载:"天宝初,颖士补秘书正字。于时裴耀卿、席豫、张均、宋遥、韦述皆先进,器其材,与钧礼,由是名播天下。"① 这些赏识和提拔萧颖士的士人都是围绕以张说和张九龄为核心的文儒集团的成员,可见萧颖士的学识和才器是非常契合开元文儒集团。萧颖士在开元二十九年(741)给韦述的信中,曾详细阐述过自己的心路历程和理想抱负。萧颖士先是通过自己在孙逖手中科举及第的事迹,与韦述拉近距离,因为韦述曾经听孙逖夸赞过萧颖士。"忽记往年奉诣时,足下云:'孙大所言第一进士,子则其人。'不肖诚愧孙公之过谈、足下误听,然尚恐足下正由此见知。"② 孙逖曾称赞萧颖士为"第一进士",后韦述与萧颖士见面时引述此言赞叹,充分肯定萧颖士词策之能、文学之才。萧颖士自己认为这只是他"词策之知己",但还不是"心期之知己"。他有自己真正的理想抱负:

> 丈夫生遇升平时,自为文儒士。纵不能公卿坐取,助人主视听,致俗雍熙,遗名竹帛,尚应优游道术,以名教为己任,著一家之言,垂沮劝之益,此其道也。岂直以辞场策试,一第声名,为知己相期之分耶?③

萧颖士自命为"文儒士",其首要理想是"助人主视听,致俗雍熙,遗名竹帛",也就是致君尧舜、化民成俗的政治追求。退而求其次则是"以名教为己任,著一家之言,垂沮劝之益",也就是游心儒学、著述传道的学术理想。萧颖士的两个理想抱负具有鲜明的盛唐烙印,是唐代最强盛时代的士人宏志,也是饱含儒家淑世精神的人生追求。从现实政治层面来说,公卿可能不会立取,著述亦非一时之事,萧颖士又提及另一种具有可行性的政治目标:

---

① (宋)欧阳修、宋祁:《新唐书》卷202,第5767—5768页。
② (清)董诰等编:《全唐文》卷323,中华书局1983年影印本,第3274—3275页。
③ 同上书,第3275页上。

> 仆从来宦情，素自落薄，抚躬量力，栖心有限。假使因缘会遇，躬力康衢，正应陪侍从近臣之列，以箴规讽谲为事。进足以献替明君，退足以润色鸿业。决不能作擒奸摘伏，以吏能自达耳。①

所谓"侍从近臣"，指的就是学士词臣。他们作为天子亲近之臣，作用就是以诤谏献替明君，以文采润色鸿业。而且萧颖士强调不以"吏能自达"，意味着其坚守的是盛唐开始确立的以文学作为判断政治精英的标准。从萧颖士的理想抱负来说，他所坚守的是文学入仕、儒学为政的政治理想追求，学士词臣作为天子近臣成为他理想的政治职位，这都是由于张说和张九龄为首的开元文士集团建立和推动的政治理念变革。萧颖士受到张说和张九龄等人在开元时所作功业的鼓舞，形成自己追慕前辈的理想抱负，也因此在科举考试上更容易被开元文臣所赏识。

李华与萧颖士（字茂挺）同年及第，是至交好友、儒学同志。其在《祭萧颖士文》中称"古称管鲍，今则萧李，有过必规，无文不讲"②，可见二人交道之厚。李华最重要的是记录下天宝时萧李集团交游的盛况。在《三贤论》中载：

> 工部侍郎韦述修国史，推萧同事。礼部侍郎杨浚掌贡举，问萧求人，海内以为德选。汝南邵轸纬卿词举标干，天水赵骅云卿才美行纯，陈郡殷寅直清达于名理，河南源衍季融粹微而周，会稽孔至惟微迹而好古，河南陆据德邻恢恢善于事理，河东柳芳仲敷该练故事，长乐贾至幼隣名重当时，京兆韦收仲成远虑而深，南阳张有略维之履道体仁，有略族弟邈季遐温其如玉，中山刘颖士端疏明简畅，颖川韩拯佐元行备而文，乐安孙益盈孺温良忠厚，京兆韦建士经中明外纯，颖川陈晋正卿深于诗书，

---

① （清）董诰等编：《全唐文》卷323，第3276—3277页。
② （五代）王定保：《唐摭言》卷4，第49页。

天水尹征之诚明贯百家之言，是皆厚于萧者也。尚书颜公，重名节，敦故旧，与茂挺少相知。颜与陆据、柳芳最善，茂挺与赵骅、邵轸洎华最善，天下谓之颜萧之交。殷寅、源衍睦于二交之间。①

上面所列诸人都是与萧颖士交好的士人。其中形成所谓颜萧之交，盖虽然都是萧颖士的亲近好友，但是也有亲疏之别。颜真卿与陆据、柳芳最善，萧颖士与李华、赵骅（《旧唐书》作赵晔）、邵轸最善，他们是整个萧李交游集团的核心。其中，陆据于开元十五年（727）进士及第，颜真卿于开元二十二年（734）及第。萧颖士、李华、赵晔三人前已提及为开元二十三年（735）进士及第，同年及第的还包括贾至、柳芳。邵轸于开元二十五年（737）进士及第，殷寅于天宝四载（745）进士及第。因此，萧李儒士集团的核心人士都是由进士出身，不得不说科举制度对于士人群体的凝聚作用，从中可寻到志同道合之人。如《旧唐书·赵晔传》载："晔性孝悌，敦重交友，虽经艰危，不改其操。少时与殷寅、颜真卿、柳芳、陆据、萧颖士、李华、邵轸，同志友善，故天宝中语曰：'殷、颜、柳、陆、萧、李、邵、赵'，以其重行义，敦交道也。"② 由此可见萧李儒士集团进士出身士人的交道之深。

二 中唐儒士集团的传承方式及意义

萧颖士和李华在安史之乱前后名重一时，他们推崇儒学，重视道德，提倡文章复古，以亲友、同年为核心，形成一个儒士复古集团。这种崇儒复古的思潮在他们推动下，持续的往后传承，可以连接到元和时韩愈、柳宗元的"古文运动"，这也是萧颖士和李华被认为是"古文运动"先驱的原因。从开元到元和之间（713—820），复古思潮的发展主要是依靠儒士群体的代际传承。实现儒士代际传承的方式有以下两种形式。

---

① （清）董诰等编：《全唐文》卷317，第3215页上。
② （后晋）刘昫等：《旧唐书》卷187下，第4907页。

第一，以自身的学识教授弟子，直接实现复古思想的传承。《旧唐书·萧颖士传》载："奉使括遗书赵、卫间，淹久不报，为有司劾免，留客濮阳。于是，尹征、王恒、卢异、卢士式、贾邕、赵匡、阎士和、柳并等皆执弟子礼，以次授业，号萧夫子。"① 师徒教授是复古思想传承最直接方式，赵匡作为中唐儒学传承的"春秋学派"重要一员，是萧颖士及门弟子中的佼佼者。萧颖士有次赴东府，有萧门弟子前来作诗赠行，包括相里造、贾邕、刘舟、长孙铸、房白、元晟、刘太冲、姚发、郑愕、殷少野等。萧颖士以《江有归舟三章》诗歌回赠，在序文中阐述其教学理念以及门人的情况。其一，萧颖士引《礼记》中"尊道成德，严师其难哉"之语，说明为师之难。其弟子刘太真视之如父，亦如颜渊之于孔子，这是非常难得的师生关系。其他弟子如贾邕、卢冀科举登第之后，名声大振，以至于后来有京畿太学生至淮泗来拜他为师。萧颖士在这里表达为师来者不拒、有教无类的思想。其二，萧颖士详细阐发其教学理念：

> 猗尔之所以求，我之所以诲，学乎，文乎？学也者，非云征辨说，摭文字，以扇夫谈端，辁厥词意，其于识也，必鄙而近矣。所务乎宪章典法，膏腴德义而已。文也者，非云尚形似，牵比类，以局夫俪偶，放于奇靡，其于言也，必浅而乖矣。所务乎激扬雅训，彰宜事实而已。众之言文学者或不然。于戏！彼以我为僻，尔以我为正，同声相求，尔后我先，安得而不问哉！问而教，教而从，从而达，欲辞师也得乎？孔门四科，吾窃其一矣。②

萧颖士将学习的内容分为"学"和"文"。"学"并不是如汉儒寻章摘句，琐碎繁冗，而是要以经典为本，重视道德，即"宪章典法，膏腴德义"。

---

① （宋）欧阳修、宋祁：《新唐书》卷202，第5768页。
② （清）彭定求等编：《全唐诗》卷154，第1594页。

"文"并不是六朝以来崇尚形似骈偶的文章,而是要回归风雅,言之有物,即"激扬雅训,彰宜事实"。这就是他向弟子们讲述的重德行、兴风雅的教学理念。萧颖士同样认识到社会上与他对"文学"的认识并不相同,而他教授的弟子都成为跟他同声相求的同道,都认同他的理念追求,"彼以我为僻,尔以我为正",这就成为传承崇儒复古思想传承的最好方式。其三,萧颖士提及门弟子接连中举的盛况:

> 吾尝谓门弟子有尹征之学,刘太真之文,首其选焉。今兹春连茹甲乙,淑问休阐,为时之冠。浃旬有诏,俾征典校秘书,且驰传垅首,领元戎书记之事。四牡骓骓,薄言旋归,声动日下,浃于寰外。而太真元昆,前已甲科,未始间岁,翩其连举,谓予不信,岂其然乎?①

萧颖士盛赞其门弟子尹征之学,刘太真之文,二人同时于天宝十三载(754)进士及第,声名在外。刘太真之兄刘太冲,已于天宝十二载(753)中举,兄弟接连登第,光耀门楣。萧颖士盛称门弟子科举登第的成果,是因为无论是为官辅政,还是崇儒传道,在盛唐以后由科举入,实则是一条捷径和坦途。萧门弟子的兴盛与萧颖士在科举上的影响力有极大关系。

第二,奖掖后进,提携认同自身理念的士人。这种传承方式在更大范围扩大了崇儒复古思想的传播。《新唐书·萧颖士传》载:"颖士乐闻人善,以推引后进为己任,如李阳、李幼卿、皇甫冉、陆渭等数十人,由奖目,皆为名士。"②《新唐书·李华传》:"华爱奖士类,名随以重,若独孤及、韩云卿、韩会、李纾、柳识、崔祐甫、谢良弼、朱巨川,后皆执政显官。"③ 作为第一代儒士集团核心的萧颖士和李华都以奖掖士人、推引后进知名,其奖掖者或

---

① (清)彭定求等编:《全唐诗》卷154,第1594页。
② (宋)欧阳修、宋祁:《新唐书》卷202,第5769页。
③ (宋)欧阳修、宋祁:《新唐书》卷203,第5776页。

为名士，或为达官，都进一步推动崇儒复古理念在政坛和社会上的扩散。其中作为第一、二代儒士承上启下人物的独孤及，正在李华奖掖的士人之中。独孤及本人亦喜汲引士人。《新唐书·独孤及传》载："（独孤）及喜鉴拔后进，如梁肃、高参、崔元翰、陈京、唐次、齐抗皆师事之。"① 第二代儒生群体的核心梁肃（曾任右补阙）也受到独孤及的提拔。梁肃在《常州刺史独孤及后序》中自称"门下士安定梁肃"，对独孤及执弟子礼，感佩独孤及的提拔之恩。师徒二人相继引领大历以后的崇古风潮。"大历、贞元之间，文字多尚古学，效仿扬雄、董仲舒之述作，而独孤及、梁肃最称渊奥，儒林推重。（韩）愈从其徒游，锐意钻仰，欲自振一代。"② 梁肃则进一步提拔中唐"古文运动"的主将韩愈。《唐摭言》载：

> 贞元中，李元宾、韩愈、李绛、崔群同年进士。先是，四君子定交久矣，共游梁补阙之门；居三岁肃未之面，而四贤造肃多矣，靡不偕行。肃异之，一旦延接，观等俱以文学为肃所称，复奖以交游之道。③（文中误"肃"为"萧"，径改。李观，字元宾）

韩愈和李观等四人同年科举及第，相交甚厚。他们之所以中举，并得盛名，离不开梁肃的提携。韩愈在《与祠部陆员外书》称："往者陆相公司贡士，考文章甚详，愈时亦幸在得中，而未知陆之得人也。其后一二年，所与及第者，皆赫然有声，原其所以，亦由梁补阙肃、王郎中础佐之。梁举八人，无有失者，其余则王皆与谋焉。"④ 贞元八年（792），以陆贽为科举主考官，梁肃、王础辅佐，进士及第共23人，包括韩愈、李观、崔群和李绛等四人，号称"龙虎榜"。韩愈在给主考陆贽的信中，特意提及辅佐的梁肃、王础。可

---

① （宋）欧阳修、宋祁：《新唐书》卷162，第4993页。
② （后晋）刘昫等：《旧唐书》卷160，第4195页。
③ （五代）王定保：《唐摭言》卷7，第81页。
④ （清）董诰等编：《全唐文》卷553，第5598页下。

见，他们两人确实在科考选拔人才中发挥重要作用，而且韩愈等人执意拜访梁肃，亦可见梁肃在当时文坛的地位。因此，开元至元和时，儒士之间的互相提拔和汲引构成了崇儒复古思潮的传承。正如清人赵怀玉在《独孤宪公毗陵集序》中指出："退之起衰，卓越八代，泰山北斗，学者仰之，不知昌黎固出安定（梁肃）之门，安定实受洛阳（独孤及）之业，公则悬然天得，蔚为文宗。大江千里，始滥觞于巴岷；黄河九曲，肇发源于星宿。"[①] 韩愈的功业自然有其天才之处，但并非天成，其往上追溯可至梁肃、独孤及以及李华、萧颖士的贡献。这也是盛唐时兴起的崇儒尚古的风潮泛滥至中唐韩愈时发展成声势浩大"古文运动"的原因。

儒士集团为了使弟子和后进真正发挥社会影响，传承师长学说，必须结合科举制度，使他们入仕，在政坛发声，产生社会影响，这样才能使崇儒复古的思想在社会上得到快速的传播。从开元到元和之间，儒士集团的传承是依靠科举制度让弟子和后进持续入仕。师长凭借着社会声望和地位推荐志同道合的后辈，以完成对弟子和后进的代际传承。如李华《三贤论》所称"礼部侍郎杨浚掌贡举，问萧（颖士）求人，海内以为德选"[②]。在杨浚掌选的天宝十二十三载，萧颖士向其推荐士子，其间进士及第者，除了之前所提尹征、刘太冲、刘太真之外，尚有刘舟、长孙铸、房白、姚发、郑愕、殷少野、邬载等士人。短短两年间，门弟子及第如此之多，可见萧颖士举荐之功。前已提及的贞元八年的"龙虎榜"，崇尚儒学，主张复古的韩愈和李观都在梁肃手中科举及第，并且游于其门下，文才得其奖掖。可见科举座主门生制度对于传承儒学理念的重要作用。教授弟子和奖掖后是代际传承的两种主要方式，科举制度则是其间的黏合剂。以韩愈为核心的"韩门弟子"就是此种传承的集大成者。"韩门弟子"既指最初为求科第的后进之士，"韩愈引致后进，为

---

① 赵怀玉编校：《毗陵集》卷1，上海商务印书馆1919年四部丛刊初编缩印本，第1页。
② （清）董诰等编：《全唐文》卷317，第3215页上。

求科第，多有投书请益者，时人谓之韩门弟子"①，也包括韩愈的受业弟子，如李翱、李汉、皇甫湜等，还泛指与韩愈交游亦师亦友的张籍、孟郊等当时名士。"韩门弟子"概念的形成意味着萧颖士、李华以来的儒士传承模式发展到极致，最终在中唐形成以科举制度为中心，门生、故旧、亲友为核心脉络的人际网络和士人群体，造成崇儒复古思潮社会影响的极大化，从而形成韩、柳主导的"古文运动"。而且这种运用科举制度造就复古思潮的模式一直延续到宋代，"宋代欧阳修正是以此为借鉴，利用两次知贡举机会推行诗文革新运动，自己成了诗文革新领袖，也使天下文风为之一变"②。

三　集序写作与中唐儒士思想传承

唐代崇儒复古思潮从萧、李发展到韩、柳，除了在现实层面人际网络和士人群体的传承，还要实现在思想领域的道统建构和理念传承。士人诗文创作编成的别集就成为了这种传承最好的载体，其中的集序皆是提纲挈领，总结作者的思想，昭示后来的读者，尤为重要。

诗文别集序文之作，唐代之前偶有作者，如收入《文选》的任昉所撰《王文宪集序》。入唐以后，作者稍众。初唐作集序者，包括吕才《东皋集后序》、间邱允《寒山子诗集序》（疑伪）、卢照邻《驸马都尉乔君集序》《南阳公集序》、杨炯《王勃集序》、卢藏用《右拾遗陈子昂集序》等。盛唐开元时，作者亦稀，作者有张说《唐昭容上官氏文集序》《洛州张司马集序》《孔补阙集序》、韩休《唐金紫光禄大夫礼部尚书上柱国赠尚书右丞相许国文宪公苏颋文集序》、王士源和韦縚分别作有《孟浩然集序》等。之后作者蜂起，渐生波澜。兹根据《全唐文》录天宝至元和间（742—820）别集序及作者如下表所示。

---

①　（唐）李肇：《唐国史补》卷下，上海古籍出版社1979年标点本，第57页。
②　陈友冰：《论唐代科举制度在古文运动中的作用》，《安徽大学学报》2006年第3期。

赠礼部尚书清河孝公崔沔集序	李华
扬州功曹萧颖士文集序	李华
杨骑曹集序	李华
尚书刑部侍郎赠尚书右仆射孙逖文公集序	颜真卿
皇甫冉集序	高适
工部侍郎李公集序	贾至
李翰林集序	魏颢
文编序	元结
唐故左补阙安定皇甫公集序	独孤及
唐故殿堂中侍御史赠考功郎中萧府君文集集录序	独孤及
检校尚书礼部员外郎赵郡李公中集序	独孤及
齐昭公崔府君集序	崔祐甫
唐李翰林草堂集序	李阳冰
独孤常州集序	李舟
岑嘉州集序	杜确
穆公集序	许孟容
唐右补阙梁肃文集序	崔恭
右仆射赠太子太保姚公集序	权德舆
徐泗濠节度使赠司徒张公文集序	权德舆
兵部侍郎杨君集序	权德舆
比部郎中崔君元翰集序	权德舆
中岳宗元先生吴尊师集序	权德舆

续　表

右谏议大夫韦君集序	权德舆
左武卫胄曹许君集序	权德舆
唐银青光禄大夫守中书侍郎同中书门下平章事赠太傅常山文贞公崔祐甫文集序	权德舆
唐赠兵部尚书宣公陆贽翰苑集序	权德舆
唐御史大夫赠司徒赞皇文献公李栖筠文集序	权德舆
唐故漳州刺史张君集序	权德舆
唐故通议大夫梓州诸军事梓州刺史上柱国权公文集序	权德舆
丞相邺侯李泌文集序	梁肃
秘书监包府君集序	梁肃
常州刺史独孤及集后序	梁肃
补阙李君前集序	梁肃
礼部员外郎陶氏集序	顾况
信州刺史刘府君集序	顾况
右拾遗吴郡朱君集序	顾况
监察御史储公集序	顾况
刘商郎中集序	武元衡
故四门助教欧阳詹文集序	李贻孙
释皎然杼山集序	于頔
崔处士集序	王仲舒
大理评事杨君文集后序	柳宗元
濮阳吴君文集序	柳宗元

如上表所示，中唐集序创作渐众，崇儒尚古的儒士又是写作的主力，如李华、颜真卿、贾至、元结、独孤及、崔祐甫、李舟、权德舆、梁肃、柳宗元等。儒士群体对于集序文体的关注并非偶然，他们是将集序的写作当成一种凝聚儒士群体和传承儒士道统的方式。因此，中唐崇儒复古之士递相撰写文集之序，成为一种潮流。韩愈之前儒士集团的代表人物，都由同时或者后代的儒士为其诗文集作序，如李华撰《扬州功曹萧颖士文集序》，独孤及撰《检校尚书吏部员外郎赵郡李公中集序》，梁肃撰《常州刺史独孤及后序》，李舟撰《独孤常州集序》，传承色彩尤为明显。具体来说有以下两点。

第一，定道统传承。所谓"定道统"，其原因在于儒士群体都是秉持"文章衰落论"，由孔子开启的道统，历时而衰。李华《赠礼部尚书清河孝公崔沔集序》载：

> 文章本乎作者，而哀乐系乎时。本乎作者，六经之志也；系乎时者，乐文武而哀幽厉也。立身扬名，有国有家，化人成俗，安危存亡。于是乎观之，宣于志者曰言，饰而成之曰文。有德之文信，无德之文诈。皋陶之歌，史克之颂，信也；子朝之告，宰嚭之词，诈也，而士君子耻之。夫子之文章，偃、商传焉，偃、商殁而孔伋、孟轲作，盖六经之遗也。屈平、宋玉哀而伤，靡而不返，六经之道遁矣。论及后世，力足者不能知之，知之者力或不足，则文义浸以微矣。①

李华强调文章作者须以"六经之志"为根本。孔子传至孔伋、孟轲尚是六经之遗，至屈原、宋玉则六经亡佚，后来作者无力恢复。这种"文章衰退论"的论调对推动唐代儒士群体崇儒尚古理念起到了铺垫作用。既然文章道统在孟子之后无人承继，那么有唐一代儒士须有舍我其谁的气魄来承续道统。

① （清）董诰等编：《全唐文》卷315，第3196页上。

李华首先在《扬州功曹萧颖士文集序》中肯定陈子昂的价值：

> 君以为六经之后，有屈原、宋玉，文甚雄壮，而不能经。厥后有贾谊，文词最正，近于理体。枚乘、司马相如，亦瑰丽才士，然而不近风雅。扬雄用意颇深，班彪识理，张衡宏旷，曹植丰赡，王粲超逸，嵇康标举，此外皆金相玉质，所尚或殊，不能备举。左思诗赋有《雅》《颂》遗风，干宝著论近王化根源，此后夐绝无闻焉。近日陈拾遗子昂文体最正，以此而言，见君之述作矣。①

这是李华（字遐叔）继续追述屈原、宋玉之后的文章发展，虽然两汉魏晋南北朝时才杰之士代有人出，但都只是各有所长。初唐则唯有陈子昂获得正面肯定，被认为此是文章脉络的重要一环。当然，李华推重陈子昂也是为了突出唐代文章演进脉络中萧颖士的文体之正。其后，独孤及（字至之）在《检校尚书吏部员外郎赵郡李公（华）中集序》中提出：“帝唐以文德勚祐于下，民被王风，俗稍丕变。至则天太后时，陈子昂以雅易郑，学者浸而响方。天宝中，公与兰陵萧茂挺、长乐贾幼几勃焉复起，振中古之风，以宏文德。”②在独孤及手中，除了继续肯定陈子昂以雅易郑的先驱贡献外，将陈子昂与李华、萧颖士和贾至（字幼隣）的天宝儒士集团连接起来，形成初唐至盛唐文章的一个发展脉络。至李舟在《独孤常州集序》中称：

> 噫！文之弊有至是者，可无痛乎！天后朝，广汉陈子昂，独溯颓波，以趣清源，自兹作者，稍稍而出。先大夫尝因讲文谓小子曰：“吾友兰陵萧茂挺、赵郡李遐叔、长乐贾幼几，洎所知河南独孤至之，皆宪章六艺，能探古人述作之旨。”③

---

① （清）董诰等编：《全唐文》卷315，第3198页上。
② （清）董诰等编：《全唐文》卷388，第3946页上。
③ （清）董诰等编：《全唐文》卷443，第4520页上。

李舟通过父亲之口，将独孤及列入陈子昂和萧颖士、李华、贾至的脉络，由此将唐代文章演进脉络扩展到中唐。他们的核心理念就是"宪章六艺"。到梁肃手中，则最终完成唐代从初唐、盛唐至中唐的文章发展谱系。梁肃为李翰的文集《补阙李君前集》作序，李翰是李华的儿子。其序中称：

> 唐有天下几二百载，而文章三变：初则广汉陈子昂以风雅革浮侈，次则燕国张公说以宏茂广波澜，天宝已还则李员外、萧功曹、贾常侍、独孤常州比肩而出，故其道益炽。①

这段精辟的"文章三变"说，分别概括出陈子昂、张说（封燕国公）和李华、萧颖士、贾至、独孤及三代士人对于文章变革的贡献。张说的加入，使得陈子昂和李华、萧颖士等人之间构成无缝的衔接。这样等于跳脱出纯粹以第一、二代儒士集团为本位的视角，站在唐代文章发展的整体高度来看待问题，从而使得"文章三变"体系下，以复古道、兴风雅为核心理念的唐代文章发展脉络更具有说服力。

这个唐代"文章三变"的脉络，为宋代学者所接受和改造。《新唐书·文艺传序》载：

> 唐有天下三百年，文章无虑三变。高祖、太宗，大难始夷，沿江左余风，缔句绘章，揣合低卬，故王、杨为之伯。玄宗好经术，群臣稍厌雕琢，索理致，崇雅黜浮，气益雄浑，则燕、许擅其宗。是时，唐兴已百年，诸儒争自名家。大历、贞元间，美才辈出，擩哜道真，涵泳圣涯，于是韩愈倡之，柳宗元、李翱、皇甫湜等和之，排逐百家，法度森严，抵轹晋、魏，上轧汉、周，唐之文完然为一王法，此其极也。②

---

① （清）董诰等编：《全唐文》卷518，第5261页下。
② （宋）欧阳修、宋祁：《新唐书》卷210，第5725—5726页。

《新唐书》所论"三变",在第一变时,走出中唐儒士群体建构起来的以陈子昂为核心的复古道、兴文雅脉络,而是切实地面对初唐骈文占据主导地位的状况,肯定王勃和杨炯作为初唐文学的代表人物。第二变则进一步肯定梁肃加入的张说的历史地位,其在玄宗朝推动士人转型的努力和崇儒尚雅的风气对于唐代文章变革具有转折性的意义。第三变时,让天宝到贞元间(742—805)的儒士群体退后,只以"美才辈出,擩哜道真,涵泳圣涯"概括之,就是为了凸显韩愈、柳宗元等倡导的"古文运动"的功业,这也是能直接连接起欧阳修时代的思想文化运动。经过《新唐书》对"文章三变说"的改造,开元后儒士集团所建构起来的唐代文章脉络完全塌陷,这也是他们的贡献和意义在之后的历史中容易被忽略的原因之一。

第二,叙文章理念。中唐儒士集团文集的编撰,就是将所著的各类文体完全地呈现在读者面前。作为推介和缅怀文集作者的作序者,自然而然就会根据所读的文集内容阐发作者的理念,这也就让后人更加方便和清晰地了解作者的所思所想。如梁肃《常州刺史独孤及集后序》载:

> 凡立言必忠孝大伦,王霸大略,权正大义,古今大体。其中虽波腾雷动,起伏万变,而殊流会归,同志于道。故于赋远游、颂啸台,见公放怀大观,超迈流俗;于《仙掌》《函谷》二铭、《延陵论》《八阵图记》,见公识探神化,智合权道;于议郊祀配天之礼,吕谭、卢弈之谥,见公阐明典训,综覈名实。若夫述圣道以扬儒风,则《陈留郡文宣王庙碑》《福州新学碑》;美成功以旌善人,则《张平原颂》,李常侍、姚尚书、严庶子、韦给事、韦颖叔墓铭,《郑氏孝行记》,李暭阳、杨怀州碑;纂世德以贻后昆,则《先秘书监灵表》。陈黄老之义,于是有《对策文》;演释氏之奥,于是有《镜智禅师碑》;论文之损益,于是有《李遐叔集序》;称物状以怡情性,于是有《琅琊溪述》《卢氏竹亭记》;抒久

要于存殁之间，则祭贾尚书、相里侍郎、元郎中、李叔子文。其余纪物叙事，一篇一咏，皆足以追踪往烈，裁正狂简。①

梁肃指出独孤及各类文体写作的特点。本来文体各有自身的规范体式，但独孤及秉持着"忠孝大伦、王霸大略、权正大义、古今大体"的儒家道德伦理和政治理念，故其各类文体皆能从最恰当的角度把握住神髓，以符合儒家主张的世理人心。除了从文体来解读文集作者的理念之外，最重要的是以儒士后辈继承者的身份，对于之前儒士贡献作出总结和概括，从而实现文集作者和集序作者的理念共鸣。其中，最显著的两篇当属独孤及的李华集序和梁肃的独孤及后序：

公之作本乎王道，大抵以五经为泉源，抒情性以托讽，然后有歌咏。美教化，献箴谏，然后有赋颂。悬权衡以辩天下公是非，然后有论议。至若记序、编录、铭鼎、刻石之作，必采其行事以正褒贬，非夫子之旨不书。故《风》《雅》之指归，刑政之本根，忠孝之大伦，皆见于词。于时文士驰骛，飙扇波委，二十年间，学者稍厌《折杨》《皇荂》，而窥《咸池》之音者什五六。识者谓之文章中兴，公实启之。②（独孤及《检校尚书吏部员外郎赵郡李公中集序》）

洎公为之，于是操道德为根本，总礼乐为冠带。以《易》之精义，《诗》之雅兴，《春秋》之褒贬，属之于辞，故其文宽而简，直而婉，辩而不华，博厚而高明。论人无虚美，比事为实录。天下凛然，复睹两汉之遗风。③（梁肃《常州刺史独孤及集后序》）

---

① 董诰等编：《全唐文》卷518，第5260—5261页。
② 董诰等编：《全唐文》卷388，第3946页上。
③ 董诰等编：《全唐文》卷518，第5260页下。

通过独孤及对于李华，梁肃对于独孤及在集序中对他们思想的阐发，可以清晰看出二人在都怀揣着共同的理念，即"先道德而后文学"[①]。一方面，以儒家经典为本，崇尚温柔敦厚的文学观，兴风雅，讲人伦，一一皆合夫子之道。这是从儒家道德上对文章创作主旨进行约束。因此，文学的功用不是文辞华美的无病呻吟，而是要用来明儒家之道。对"文"和"道"关系定位的再思考，才是促成中唐儒学变革和"古文运动"的关键，这也是独孤及认为李华开启"文章中兴"的缘由。另一方面，在以道德为根本的理念下，具体如何行文又是一个问题。毕竟高举道德，仍要让所作之文章能被社会所接受，需要保持和发扬其中的文学色彩，而不是写出佶屈聱牙的传道文。因此，梁肃对于独孤及文章解读的重点就是如何在道德为本的理念下做好文章。故其文章学习的对象是跳过追求骈文俪句，雕琢辞藻的南北朝文学，回归到质朴刚健、大气雄浑的两汉之风。具体而言，就如梁肃概括的"其文宽而简，直而婉，辩而不华，博厚而高明"，行文主张中正平和，有种孔子所论的"文质彬彬"感觉。

经过"道德"和"文学"两方面的理论准备和行文实践，才最终使以复古为核心的文章改革在盛唐以后轰轰烈烈地展开。中唐儒士群体的集序集体写作，就提供这样一个理念传承的平台，让他们对于复古思想的演进和文道关系的思考都传递到下一代的儒士群体，最终造就了韩愈、柳宗元领导的中唐"古文运动"。

[①] 董诰等编：《全唐文》卷518，第5261页上。

论《坛经》中弘忍形象书写对惠能的影响

方新蓉

(西华师范大学文学院)

弘忍是禅宗发展史上非常重要的一环,但他的生平事迹在《神会语录》之后的禅宗史传中处于空白状态,因此学术界将其研究的重点放在生平考证、禅法思想上,而较少关注他在禅林书写中的文学形象。《坛经》第一部分对弘忍有很细致的描绘,但《坛经》的研究者们不仅很少从文学的角度来研究,而且对弘忍给予惠能的影响缺乏细致梳理。虽然惠能是《坛经》的传主,但是弘忍的书写在《坛经》中具有非常重要的作用,它对惠能及其禅法产生了多方面的影响。本文拟通过细读周绍良《敦煌写本〈坛经〉原本》[①](简称"敦煌写本")、郭朋《坛经对勘》[②]中"法海本""惠昕本""契嵩本""宗宝本"展开具体分析。

一 《坛经》不同版本弘忍书写发展变化轨迹日益奠定了惠能正宗的六祖地位

"敦煌写本"与"法海本"同称"敦煌本",其他三个版本同称"传世本"。它们在弘忍书写发展变化上的轨迹日益彰显了惠能顿悟禅法来自五祖弘

[①] 周绍良:《敦煌写本〈坛经〉原本》,文物出版社1997年版。
[②] 郭朋:《坛经对勘》,齐鲁书社1981年版。

忍的正宗性，奠定了惠能六祖的地位。

弘忍对智慧与无上菩提的看法，敦煌本点到为止。以"敦煌写本"为例：

> 五祖忽于一日唤门人尽来，门人集记，五祖曰："吾向汝说，世人生死事大，汝等门人终日供养，只求福田，不求出离生死苦海。汝等自性迷，福门何可求？汝等总且归房自看，有智慧者自取本性般若之知，各作一偈呈吾。吾看汝偈，若悟大意者，付汝衣法，禀为六代。火急作！"

有一天，弘忍忽然召集起所有的弟子，对他们说："我告诉你们，生死是世人最大的事情。你们每天供佛念佛，做功德善事，只求有好报与好的来生，不去追求脱离生死轮回的苦海。如果你们不认识自己的本性，又怎么能够有福报呢？你们回房自看，有智慧的人就会悟到自性，每人作一首偈颂给我。如果发现谁能够领会佛法的大意，我就传给他袈裟禅法，让他成为第六代祖师。你们快行动起来，不得拖延。"两个敦煌本在对弟子的催促中结束，但是传世本有了增加，进一步发挥与敷演了智慧、无上菩提。既有对弘忍训话中自性、本性的解释，又有对"无上菩提"概念的解释。以"宗宝本"为例：

> 思量即不中用。见性之人，言下须见。若如此者，轮刀上阵，亦得见之！……无上菩提，须得言下识自本心，见自本性，不生不灭，于一切时中，念念自见，万法无滞；一真一切真，万境自如，如如之心，即是真实。若如是见者，即是无上菩提之自性也。

以上话表明弘忍所说智慧不能掺杂思维理性，而是要顿悟，就好比挥刀上阵厮杀、生命攸关、无暇他顾的紧急关头没有思量，瞬间认识自己的本性。这种解释不仅有为后来惠能顿悟禅法张本的深层意蕴，而且表明惠能顿悟的禅法是从五祖弘忍禅法中继承下来，是禅宗正宗的禅法，突显了惠能六祖的地位。反之，神秀的渐悟不是来自五祖的衣钵，不是正宗的禅法。

如果说以上的叙述从反面得出了神秀的渐悟不是来自五祖的正宗禅法的结论还只是我们的推理的话，还不具有足够明显性的话，那么传世本在字眼行间慢慢露出的端倪却是越来越明显地证明了这个结论的正确性。传世的三个本子在弘忍未见神秀偈语时无一例外地比敦煌本多出了一个判断句的评价，以"宗宝本"为例："祖已知神秀入门未得，不见自性。天明，祖唤卢供奉来……"它明确表明弘忍内心早有评价，神秀的偈语一定不符合五祖入门见自性的法脉继承者条件。接下来，弘忍见到了神秀偈语，大加赞扬，令门人焚香诵偈，并且告诫门人，依此见性，依此修行，有大好处，不会堕恶道。敦煌本都作"若是汝作，应得我法"，但传世本有了一个渐渐否定的过程。"惠昕本"是个过渡，有着矛盾，既有延续了敦煌本中弘忍对神秀的肯定说法，"若是汝作，应得我法"，并且加了其他四本没有的一个否定性的惋惜：不是我弘忍吝惜佛法，不传你神秀，而是因为你神秀悟性差，"吾不惜法，汝自见迟"。到了"契嵩本""宗宝本"连这些话都完全剔除了，从而完全抹杀了神秀得到五祖正宗衣钵的任何可能性。

传世本刻画了一个体贴与矮化的弘忍。弘忍因为惠能不满，怕他有心理负担，于是主动去找惠能私下解释，"吾思汝之见可用，恐有恶人害汝，遂不与汝言，汝知之否？"这里与其说弘忍体贴，还不如说弘忍有讨好与婆婆妈妈之嫌，不然，何必如此？一个"恶"字更深、更细、更直白地刻画了弘忍的偏见心、分别心。而面对弘忍的解释，惠能的反应与其说二人的心有灵犀一点通，不如说更加显示出弘忍形象的矮化，因为惠能有大言不惭之态，说话无恭敬与感恩之心，针尖对麦芒——"弟子亦知师意，不敢行至堂前，令人不觉"表明自己完全明白弘忍知道他厉害这事。这有点像博弈论，惠能很厉害，惠能也知道弘忍知道他很厉害的这件事，所以二者在博弈中，弘忍失败，成为惠能陪衬。弘忍夜晚送别惠能，殷殷嘱托，事后考虑的体贴与最初面试弘忍"遂责惠能曰：'汝是岭南人，又是獦獠，若为堪作佛'"的不屑形成鲜明对比。弘忍说,惠能你找不到路,不要担心,我送你,"汝不须忧,吾自送汝"。送别时,弘忍不仅像平常的师傅送弟子一样殷殷嘱托,而且亲自摇橹。弘忍摇橹情节无论是表明弘忍对惠能的尊崇、赞叹,还是弘忍想再次确信惠能这个接班人是否找对,在其实质上都是对弘忍的矮化。前者不必说了,后者已经传法传衣,何须再次试探,即使后悔也来不及了。弘忍送别惠能后,向弟子们宣告了惠能的正统地位。以"契嵩本""宗宝本"为例:

> 五祖归,数日不上堂。众疑,诣问曰:"和尚少病少恼否?"曰:"病即无。衣法已南矣。"问:"谁人传授?"曰:"能者得之。"众乃知焉。逐后数百人来,欲夺衣钵。

弘忍回去后几天不上堂,弟子问其是否生病。弘忍说没有得病,是因为已经传衣传法了。弟子问传给谁了,弘忍说传给惠能了,于是引起众人追夺,惠能狼狈不堪,东躲西藏。如果弘忍不说,加之前面弘忍尽可能地淡化了惠能的影响,惠能可能没人注意到,也就没有危险。但是弘忍不说,惠能的六祖地位是口说无凭,因此即使弘忍知道他这一说会引起惠能的灾难,但二者择其重,只能是弘忍自说。

二 《坛经》不同版本弘忍的具体书写影响了惠能传法思想及其方式

(一)弘忍问话方式使惠能传法时大肆提倡"愚人知人,佛性本亦无差别"

惠能因听《金刚经》开悟,而弘忍又是讲《金刚经》的大德,于是前往拜见弘忍,于是二人展开了戏剧性的对话,弘忍生动的形象从而跃然纸上。我们先看五个版本相同的内容。以"敦煌写本"为例:

> 弘忍和尚问惠能曰:"汝何方人,来此山礼拜吾?汝今向吾边复求何物?"惠能答曰:"弟子是岭南人,新州百姓,今故远来礼拜和尚。不求

余物，唯求作佛。"① 大师遂责惠能曰："汝是岭南人，又是獦獠，若为堪作佛！"惠能答曰："人即有南北，佛性即无南北；獦獠身与和尚不同，佛性有何差别？"大师欲更共议，见左右在傍边，大师便不言，遂发遣惠能令随众作务。时有一行者，遂着惠能于碓坊踏碓，八个余月。

当底层劳动者（破落世宦子弟、岭南人、獦獠、百姓）惠能来到弘忍面前，弘忍首先发问："大远来我的寺庙来干什么，求什么？"惠能回答："我想成佛。"弘忍斥责道："你是南方人又是蛮夷，凭什么可以成佛？"惠能说："人不同，但佛性相同。"弘忍没有再说话了，叫惠能跟着大家一起劳作。敦煌本到此结束，我们姑且不论惠能懂得人人有佛性的观点是来自《金刚经》，还是后来他在叙述这件事时加上去的，而是关注传世本接下来的补充。传世本在接着"令随众作务"后增加了一段对话，以"宗宝本"为例：

> 乃令随众作务。惠能启和尚言："弟子自心常生智慧，不离自性，即是福田，未审和尚教作何务？"五祖言："这獦獠，根性大利！汝更勿言，且去槽厂。"有一行者，差惠能破柴、踏碓，八个余月。祖一日见惠能曰："吾思汝之见可用，恐有恶人害汝，遂不与汝言，汝知之否？"惠能曰："弟子亦知师意，不敢行至堂前，令人不觉。"

惠能认为自己听别人读《金刚经》就开悟了，得到了人人皆有佛性，自性是佛的思想，并且可以因着自己的佛性在适当的因缘下显现出来而成为佛，来弘忍处只是为了求印证认可，而不是什么参加体力劳动。于是在听到弘忍叫他跟大家劳作时，非常不满说："弟子自心常常生出智慧，不离开自性，就是福田，弟子没明白和尚您还让我做其他的什么工作？"这里惠能挑战了成佛的惯常修行方式，有取消参加劳动的"农禅"倾向。弘忍听了说：惠能你太

---

① "求作佛"，斯坦因本、敦博本、旅博本均作"求佛法作"。

厉害了，不要再说了，去后院劳动吧。惠能劳动了八个多月后的一天，弘忍私下找惠能谈话："我知道你见解可被大用，但是怕恶人害你，所以没有与你多说话，你知道吗？"惠能说："我也知道您要保护我的意思，所以我也不敢公开到前堂去，就默默在此令人没有发觉。"传世本的补充表明，弘忍根据惠能的回答对其刮目相看，并且认为其具有大智慧。从而学界在研究这段时存在着对弘忍解读的神圣化与美化。有研究者认为，弘忍有善观因缘、练达人情、虑事周详、富有远见、不拘一格的过人智慧。①张新民《敦煌写本坛经獦獠辞义新解》认为，弘忍发问是从一切众生平等的关怀心出发来讨论"獦獠"能不能成佛的严峻问题②。魏玮《禅宗基本经典的处世观解读》认为，这是弘忍想看看惠能的悟性与根性，看似叱责实为考验的问难，以及面试后弘忍叫惠能去碓房舂米，也是对惠能的考验与点化。③其实这是神化，是过度阐释。从僧传的记载来看，僧人大多在经过或长或短时间的问道参禅后忽然顿悟，但是还需要高僧印可，才能超凡入圣，凌跨流辈。也就是说，禅林不是根据修行的时间，而是根据证悟与否来区别凡、圣的。惠能此时只是高僧大德影响的对象，而不是主动影响他人的人，因此需要弘忍认可，所以他才去找弘忍。至于弘忍叫他去柴房干活是唐代禅宗的农禅性质决定的，也是弘忍本人身体力行的。

我们认为，弘忍对惠能的恶语问话无论是有意贬低试探，还是真瞧不起，都对惠能禅学思想产生了重要影响，那就是惠能"愚人知人，佛性本亦无差别"的提倡，并且这句话成为《坛经》中惠能说法的开篇，可见其重要性。这句话少去"亦"字不会改变整句话的意义，但是加一个"亦"就有很强的感情色彩，包含了惠能曾经被人不重视的多少心酸。这点在《坛经》惠能圆

---

① 参见哈磊《弘忍之禅法及其方便法门》，《西南民族大学学报》2015年第2期。
② 张新民：《敦煌写本坛经獦獠辞义新解》，《贵州大学学报》1997年第3期。
③ 魏玮：《禅宗基本经典的处世观解读》，硕士学位论文，西安电子科技大学，2013年，第42页。

寂前所诵的弘忍颂与自己的颂比较中也可看到,弘忍两次提到了"无情",而惠能的偈语却两次提到"情种"。因此,惠能面对学人提问总是和蔼可亲的,直接回答,不转弯抹脚的。另外,我们回头去看面试,就会发现弘忍恶语面试其实是为了突显惠能的传法主张。惠能自贬身价的亲身说法与后世成就为世人确定了"愚人知人,佛性本亦无差别",任何人都有佛性的真实案例与榜样。神秀是上层路线,惠能是下层路线,"强化惠能作为普通劳动者的典型性,使南宗理直气壮地以卑贱的愚民形象站立起来,同出身高贵、以儒学传家的同行们公然对立"①。这种叙述方式直接开启了后世禅宗祖与弟子问答模式,如唐人慧海撰的《诸方门人参问语录》卷下:"师初至江西参马祖。祖问:'从何处来?'曰:'越州大云寺来。'祖曰:'来此拟须何事?'曰:'来求佛法。'祖曰:'我这里一物也无。求什么佛法?'"

(二) 弘忍矛盾态度使惠能提出和开辟了新的禅法思想及其法脉传承方式

1. 弘忍对神秀偈语的矛盾态度使惠能提出了"定慧即等"

惠能在传法开篇谈完佛性后,马上进行了定慧关系的分析,就与弘忍对神秀偈语的矛盾态度密切相关。

神秀是弘忍一手培养起来的,"持奉《楞伽》,递为心要",深受弘忍传授的《楞伽经》"心性本净,客尘所染"思想及其农禅思想、苦修思想影响。"誓心苦节,以樵汲自役,而求其道",用功勤苦,令人敬仰。当弘忍叫弟子们作偈后,门人们是"递相谓……神秀上座,现为教授师,必是他得。我辈设作偈颂,枉用心力"。这表明对神秀的认可已经由个人意识转化为门人的共识,即使有人曾想跃跃欲试也放弃了,"息心"。而弘忍对待神秀是矛盾的。敦煌本、传世本都是先扬后抑,弘忍公开高度赞扬神秀,门人尽诵,生敬心,

---

① 杜继文、魏道儒:《中国禅宗通史》,江苏古籍出版社1993年版,第3页。

叹善哉①，私下见神秀时指出了其偈作的优缺点。优点在于依此修行即不堕落，跟公众说的一样，更指出其缺点是：见解只到门前或门外，尚未得入，不可以觅无上菩提。神秀注重的修炼过程本身，而这远远没有达到弘忍认为"自看智慧，取自本心般若之性"，其标准是"不得迟滞""思量即不中用，见性之人，言下须见"。因此，见性之人，绝少思量。神秀过于执着于参禅修佛等名相即虚妄，这一点可以从神秀作偈前后内心翻滚，犹豫反复，坐卧不安的行为举止中看到。弘忍希望神秀回去好好想想，如果写出的偈能够入门，见自本性，就把衣法传给他。依着弘忍对待神秀偈语的公开评价，如果没有惠能及其他的偈语，神秀是众望所归，没有丝毫悬念。弘忍大张旗鼓地叫弟子们学习神秀的修行方法，虽然这种修行方法从其内心深处来说是不赞成的。可见，弘忍作为一个老师，对神秀的态度是恩威并施，有所希望，有所培养的，既和蔼又严肃。可是意外出现了，惠能偈的忽然冒出，弘忍马上就传衣传法了，不再等神秀了。弘忍不知道这种一方面高调抬高神秀地位，另一方面私下传法给惠能的做法会使神秀处于多大的尴尬境地中。传世本增加了内容更是放大了弘忍对神秀的言行不一。正因为神秀是弘忍一手培养起来的，所以他在未看到神秀偈前，已经深知神秀的缺点，"祖已知神秀入门未得，不见自性"。明知神秀不行，可看到神秀偈后，表面上大加赞颂，但赞颂的力度明显比不上敦煌本，以致到后来，神秀偈"应得我法"的评价消失。私下里一反敦煌本中弘忍见神秀的正大光明，"五祖遂唤秀上座于堂内"，变为"祖

---

① 在其他僧传书写中，弘忍很多言行暗示了对神秀传衣传法器重之心。如（唐）净觉《楞伽师资记》曰："吾涅槃后，汝（玄赜）与神秀，当以佛日再晖，心灯重照"（《大正藏》第85册，第1289页中）。（宋）祖琇《隆兴编年通论》曰："（神秀）服勤六年，不舍昼夜。"大师叹曰："'东山之法，尽在秀矣。'命之洗足，引之并坐"（《卍续藏》第75册，第179页下）。（清）陆心源《唐文续拾》卷三《大唐嵩山会善寺故大德道安禅师碑》："唯秀与安，惜其才难也。将吾传之不至欤？今法要当付，付此两子，吾无忧哉"（《全唐文》，上海古籍出版社1990年版，第15页）。而对惠能，只承认其能为一方禅师罢了，仿佛未抱过高期望。《楞伽师资记》曰："嵩山老安，深有道行。潞州法如、韶州惠能、扬州高丽僧智德，此并堪为人师，但一方人物"（《大正藏》第85册，第1289页中）。

三更唤秀入堂",显得偷偷摸摸,见不得人,其形象的光明与黑暗顿见。

弘忍对神秀的公开称赞成就了后来神秀北宗禅、两京帝师的崇高地位与名望。惠能以弘忍的赞扬为靶子,公开批判神秀的偈语是单向流程,只看到了"身是菩提树,心如明镜台。时时勤拂拭,莫使有尘埃",即慧是体,定是用,并且指出"有人教人坐,看心看净,不动不起,从此置功。……即有数百般如此教道者,故知大错""自错尚可,更劝他人迷;不自见迷,又谤经法""看心看净,却是障道因缘",公开廓清神秀的地位,打倒神秀的权威。而另一方面,惠能为了表示自己批评的合理性,叙述了弘忍私下与神秀的对话,指出神秀偈语不入五祖法门,以表明自己才是正统,因为自己的偈语是双向的,是"定是慧体,慧是定用,即慧之时定在慧,即定之时慧在定",是无相无念无住的集合体。

2. 弘忍对惠能的矛盾态度使惠能开辟了只传法不传衣的新的法脉传承方式

弘忍对惠能的矛盾态度使惠能公开传法不传衣,不指定继承者。弘忍刚见惠能时语气就不好,大大咧咧,一副高高在上的样子。既然弘忍你自己说诵持《金刚经》可以成佛,那么惠能说自己来的目的就是成佛也是顺理成章的事,那么弘忍应认可惠能的说法。但是弘忍在听了惠能的回答后又是责问,内容上也充满了不屑、歧视。无论学界哪种解释,"獦獠"都具有很强的贬义性[①],都可见弘忍的轻慢之心,有背于祖师悲悯之心。在之后场景的展开中,我们可以看到弘忍对待惠能是小心谨慎的,这里面既有对惠能人身安全的谨慎,也有对惠能是否开悟有所谨慎。弘忍并未因惠能所说的俗语(选官不如选佛)——我想成佛,众生皆有佛性的话,就完全肯定惠能,因此在对门人

---

① 参见潘重规《敦煌写本六祖坛经中的獦獠》,《中国文化》1994年第9期;蒙默《坛经中獦獠一词读法》,《中国文化》1995年第11期;张新民《敦煌写本坛经獦獠辞义新解》,《贵州大学学报》1997年第3期。

宣告作偈选接班人时也未通知惠能。弘忍见惠能之诗偈后，心中马上涌现对惠能的赞扬肯定，敦煌本明确表白"知识大意"，但是鉴于众人"尽怪"的态度，担心惠能见地悟性之高令人忌妒，于是"恐众人知，乃谓众人曰'此亦未得了'"，没有公开肯定其见性开悟，而以"未见性"草草应之，然后结束。传世本铺叙了敦煌本没有详说的弟子们"尽怪"的原因，原来众人认为惠能其貌不扬，身份低微，但见解颇高，可以成为肉身菩萨。如此高的群众舆论使得弘忍之前对神秀的评价岌岌可危，因为"契嵩本"就明确表明如果惠能被害，弘忍就没有继承人了，"恐人损他，向后无人传法"，于是传世本都说："五祖见众人尽（惊）怪，恐人损他（害）。"接下来传世本的书写有细微差异，"惠昕本"无弘忍称赞心理描写，只有口头批评，"向众人言：'此偈亦未见性，云何赞叹！'""契嵩本""宗宝本"用动作加强口头批评，弘忍用"鞋擦了偈"，云"亦未见性"。弟子们弘忍对惠能偈语的评价，是什么反应，敦煌本没有写，然而传世本曰"众便息心，皆言未了，各自归房，更不赞叹""众人疑息""众以为然"。由此可见，弘忍的动作一下子就平息惠能偈的巨大影响力。弟子们受弘忍评语及其动作影响，不再称赞惠能偈语，也不再怀疑惠能是肉身菩萨。当然，神秀也就不会把惠能当作最强劲的对手了。就在所有人不知不觉中，弘忍夜叫惠能传衣传法。五个版本相同内容是弘忍三更半夜叫惠能来自己堂内，讲授《金刚经》，惠能真正彻悟，弘忍传衣传法，并说此间危险叫他速速离去，但具体书写中明显看出传世本比敦煌本更带有后世机锋性质和神秘色彩、体贴性质，如"契嵩本""宗宝本"增加了弘忍潜入碓坊，二人斗机锋、打哑谜的故事，以"宗宝本"为例：

次日，祖潜至碓坊，见能腰石舂米，语曰："求道之人，为法忘躯，当如是乎？"乃问曰："米熟也未？"惠能曰："米熟久矣，犹欠筛在。"祖以杖击碓三下而去。惠能即会祖意。三鼓入室。

这里既有米熟与开悟的谐音暗蕴，又有后来《西游记》中菩提老祖打孙悟空三下的原型。又如，"自渡与他渡"，以"宗宝本"为例：

祖相送，直至九江驿。祖令上船，五祖把橹自摇。惠能言："请和尚坐。弟子合摇橹。"祖云："合是吾渡汝。"惠能云："迷时师度，悟了自度。度名虽一，用处不同。惠能生在边方，语音不正，蒙师传法，今已得悟，只合自性自度。"

传世本都神秘地说弘忍先以袈裟遮围，不让众人见，然后才说《金刚经》，并且具体展开了《金刚经》的经义。至于说到如何传法传衣时，敦煌本简单，"将衣为信，代代传法，以心传心，当令自悟"。"惠昕本"多加了一句"自古佛佛唯传本体，师师默付本心，令汝自见自悟"。"契嵩本""宗宝本"更详细，不仅增加了五祖的偈语"有情来下种，因地果还生，无情既无种，无性亦无生"，还提到了达摩及其将来预言"逢怀则止，遇会则藏"。但到了后来，"契嵩本""宗宝本"明确说，"'衣法已南矣。'问：'谁人传授？'曰：'能者得之。'众乃知焉。逐后数百人来，欲夺衣钵"，于是引起众人追夺，惠能狼狈不堪，东躲西藏。

弘忍对惠能公开否定、私下承认的矛盾态度使自己苦不堪言，因此他不愿自己的继承者同样遭受此罪，于是他在圆寂前把众僧招至身边，公开诵《真假动净颂》，嘱咐众僧依法修行。当法海问惠能将传法传衣何人时，惠能说"法即付了"，而继承者只要符合定事非立宗旨条件即可，现在还是个谜，"有人出来，不惜身命，定佛教是非，竖立宗旨，即是吾法"。即使后来法海再问，惠能也坚持不说。

（三）弘忍动作语使惠能产生了棒打的传法方式

"契嵩本""宗宝本"在弘忍正式传惠能《金刚经》前增加了"祖以杖击碓三下而去"的机锋动作也影响了惠能对其弟子的作法。如《坛经》就提到惠能用拄杖打了三下神会的头启发神会顿悟自性，并由此引出了"见不见"的中道观、"痛不痛"的生灭论的讨论。从此之后，禅宗棒打经常出现，"棒唱"甚至成为了洪州禅的一个传统。当然，作为一种特殊的言说方式，并不喝局限于棒喝，任何动作都可来传达禅机。

（四）惠能对弘忍禅法思想的继承与发展

弘忍对《金刚经》的重视使惠能坚定了顿悟的禅法及认识到了导师的重要性。惠能听《金刚经》有悟，弘忍为惠能讲《金刚经》，"至'应无所住，而生其心'，惠能言下大悟：一切万法，不离自性。遂启祖言……祖知悟本性，谓惠能曰：'不识本心，学法无益；若识自本心，见自本性，即名丈夫、天人师、佛'"。顿悟一说并不是摒弃高僧大德的重要性，而是更提出了导师的重要性，惠能曰："善知识，我于忍和尚处一闻，言下大悟，顿见真如本性，是故以教法流行后代。今……若能自悟者，须觅大善知识示道见性。"

弘忍把达摩以来择人根机、不轻传授的禅法向广大信众弘传，并且认为根据门人根性不同，因此修习禅法方式及老师传法方式也应不同，既可以学神秀的戒定慧的渐修，也可以学自己的顿悟，对上根之器采取心印、密印的传授方法。然而，弘忍又有分别心、偏见心。弘忍瞧不起惠能南方蛮夷的身份，他认为弟子修行有未见性、见性途中、已见性之分。他不信任自己的弟子，因为弟子中有恶人、嫉贤妒能者、小人、趋炎附势者等，如弘忍处处要避弟子耳目，使惠能免遭弟子害。惠能接受了弘忍禅法思想即"人有利钝"，有"大智上根人""少（小）根智人"之分，"人自两种"。针对不同的根器实行不同的教育方式，因此才有了"一切经书及文字，大小二乘十二部经，皆因人置""一切经书因人说有，缘在人中有愚有智"。但是惠能在弘忍的基础上更进一步提出"悟无差别"，一旦"愚者悟解心开，迷人若悟心开，与大智人无别。故知不悟，即佛是众生；一念若悟，即众生是佛"，因此人人可成佛。

综上所述，弘忍在惠能的传奇中不仅仅承担传法的叙事功能，《坛经》书写的弘忍发展变化轨迹彰显了惠能六祖的正宗地位，而且对惠能禅学禅法产生了深刻的影响，具有实际意义。为了这个实际意义，《坛经》弘忍的书写就有着很多的细节、言语和行为的虚构、文学修辞手法，把弘忍的分别心、焦急、惋惜、矛盾、情绪化表现得更为曲折，更具文学色彩。

史料学及方法

史料学三题

罗家湘

（郑州大学文学院）

史料学与文献学概念常常混用，二者是异名同质的关系吗？史料学的边界在哪里？我们该如何进行史料学研究？这些问题是本文所关注的。

一 文献学与史料学的学科定位

1. 古典文献学的学科定位

学科划分建基于知识体系的不同，专业区分建立在社会职业领域的区分上。作为二级学科的中国古典文献学，在学科分类中属于中国语言文学一级学科。中国语言文学一级学科下涵盖了八个二级学科：文艺学重在传授文学理论知识，中国古代文学、中国现代文学、中国少数民族语言文学、比较文学与世界文学重在传授文学经验知识；语言学及应用语言学、汉语言文字学传授语言理论知识和汉语经验知识；中国古典文献学则以传授有关中国古代文化典籍研究与整理的知识为任务。从这个学科构架的设计看，中国语言文学一级学科包括了文学类课程、语言类课程和文献类课程三类基础课程，语言、文学与文献，可称为中国语言文学的三驾马车。但中国语言文学真的能包含住中国古典文献学吗？

历史学科不愿意了。1979 年，张舜徽先生与学界同人在桂林发起成立

"中国历史文献研究会"，创办会刊《中国历史文献研究集刊》（1986年改名为《中国历史文献研究》，1990年改名为《历史文献研究》），首次提出了"历史文献学"的名称，同年在华中师范大学兴办历史文献学硕士学科点。1982年在中州书画社出版张舜徽《中国文献学》一书，全面、系统地论述了文献学的基本知识，介绍了前人文献整理的丰硕成果，初步构建起文献学学科的理论体系。1983年华中师大获批当时全国唯一的历史文献学博士点，成立了历史文献学研究所，该所是当时国家教育委员会（现教育部）"全国高等院校古籍整理研究工作委员会"直属的18个重点研究所之一。

中国古典文献学、历史文献学分属于文学专业和历史专业，各自服务于文学研究和历史研究领域。但从知识体系角度看，两个学科大体一样。张三夕先生指出："古典文献学、历史文献学的基本框架和知识体系大体上是一样的，比如都必须讲到版本学、目录学和校勘学。"从学科建设角度说，古典文献学、历史文献学有合并的必要。文献学的学科归属究竟是在文学还是在历史呢？黄永年先生认为："其实'历史文献'本是指历史上的文献，和'古文献'是一个意思，为避免误解起见，用'古文献'比'历史文献'更好一些。"① 但使用"古文献"名头，并不意味着该归属文学之下。回顾当年国家设立古文献学专业的目的，主要是为了培养古籍整理人才。1959年7月17日，翦伯赞先生在《光明日报》上发表文章《从北大古典文献专业谈到古籍整理问题》。他指出："设置这个专业的目的是培养整理中国文化遗产的人才，主要是整理中国古典文学、史学、哲学方面的文献。"因此，"古典文献学"并非局限于文学文献整理，北京大学将其归属文学只是因为它太弱小，挂靠在文学只是偶然的选择。若以古文献学为母体，以文学史料学、史学史料学、哲学史料学等为分支，构建起古文献学体系，扩大古文献研究队伍，应该可

---

① 黄永年：《古文献学四讲》前言，鹭江出版社2003年版，第2页。

以追求与文史哲并列的独立文献学学科建制。

2. 史料学的学科定位

在古典文献学学科体系内部，包括目录学、版本学、校勘学、典藏学、古籍整理、中国文化史、史料学等课程。其中，史料学的地位比较特殊，它属于交叉学科，要在文献学与其他学科之间建立起联系，比如文学史料学、史学史料学、哲学史料学等。如果说古典文献学与历史文献学该合为一体，史料学则需分为百千。在指称书籍这一点上，文献与史料是相交关系。先秦就有"文献"一词，孔子说："夏礼，吾能言之，杞不足征也；殷礼，吾能言之，宋不足征也。文献不足故也。足，则吾能征之矣。"（《论语·八佾》）《论语集解》引郑玄注："献，犹贤也。我不以礼成之者，以此二国之君，文章贤才不足故也。"朱熹《论语集注》："文，典籍也；献，贤也。"到元代马端临的《文献通考》，文献的外延就收缩到书籍，不再包括贤人。其《自叙》云："凡叙事，则本之经史而参之以历代会要，以及百家传记之书，信而有证者从之，乖异传疑者不录，所谓文也。凡论事，则先取当时臣僚之奏疏，次及近代诸儒之评论，以至名流之燕谈，稗官之记录，凡一话一言，可以定典故之得失，证史传之是非者，则采而录之，所谓献也。"后来的文献用例，无论分合，都是局限在书籍的意思里。如郑鹤声、郑鹤春《中国文献学概要·例言》云："结集、翻译、编纂诸端谓之文；审订、讲习、印刻诸端谓之献。叙而述之，故曰文献学。"

史料一词出现于明代，意思是书籍。明代沈守正《雪堂集》卷九，天启二年（1622）《拟上命儒臣开局纂修神光二庙实录谢表》云："不聚一代之墨庄，孰作百年之史料。"明末陈燕翼《思文大纪》卷一，隆武元年（1645）六月二十五日日记："书坊送《纲鉴》一部、《续稗海》一部、《史料》一部、《浙江通志》一部。"其中的《史料》指王世贞的《弇州史料》，方以智《浮山集》卷十《六辞入直疏》称之为"本朝王世贞私作《史料》"。民国时期，傅斯年提出"史学便是史料学"①，要求大家"上穷碧落下黄泉，动手动脚找东西"，除了书籍史料外，主要找文物性史料。史料的外延就扩展到书籍之外了。

就指称书籍而言，文献即史料。但现代学科建设赋予文献学与史料学不同的使命。文献学重在传承，它以一个独立的文明为其边界，重视维持该文明内在的独立性、整体性、系统性。史料学重在创新，它的使命恰如混沌凿窍，为了打通古今中外，必须将原有文献序列破拆，用外在的标准对文献材料进行挑选、清洗和切割，使其变成标准化材料。这些标准化材料要重新复活，必须服务于一个新文化系统的构建。

综上所述，要正确处理古典文献学与历史文献学的分合，首先需要对文献学进行正名，要在古文献学系统之内分出层次来；要从根本上解决问题，还需要确立文献学一级学科建制。有了这个学科约束，各门类史料学研究才不会起冲突。

二　当代学术的史料学任务

改革开放以来，重新认识我们的文化成为一种潮流。重写文学史、重写学术史等成为学术发展的标志性事件。重写有三类：一类是文学性润饰，如同房屋翻新；一类是结构调整，如同房屋扩建；一类是考辨史料、重建系统的重写，如同推倒房屋重建。不同的重写，找到的史料是不一样的。

第一类，翻新式重写主要表现为课堂讲授与教材编写，观点进一步提炼，史料或增或换，整体上属于表达方式变化，每天都在进行，但学术价值有限。

第二类，扩建式重写，或者源于观念的革命性改变，或者源于新发现史料的性质不同，其根基在于新文献类别的确认。中国古代文献分类从七略到四部的变化，从观念上看，反映了从上古以天为则到中古以史为鉴的变化；

---

① 傅斯年：《史学方法导论》，中国人民大学出版社2004年版，第2页。

从史料上看，则是史书的迅猛增多，已经溢出了七略框架，必须建立单独的史部文献类别。进入近代社会，经史子集四部分类不能适应自然科学文献大量增长的现实，又被文科、理科、法科、商科、医科、农科、工科七科之学所取代。由于现代学科框架直接取用自国外，在本土适应过程中，出现过许多问题。以中国文学为例，传统目录里经部诗类、史部传记类、子部小说类和集部等被整合为文学史料，但集部中原有的诏令、碑志、策文等文体又因其驳杂被踢出纯文学之门，历史上称誉的"（沈诗）任笔""燕许大手笔"等失去了居于核心的文学史地位。这样的文学史取材，服务于批判性文学正统观念。整体性的文献系统改变周期较长，单一学科发展中表现出来的分合变化则非常快。20世纪80年代，在中国现代文学史研究中，出现了重写文学史的风潮。其宗旨就是要用"审美的文学史"取代"政治的文学史"，讲求现代性、文学性。这种新观念落实到写作中，就是对被政治遮蔽的文学史料的重新发现，如张爱玲、沈从文、钱锺书等人的作品，得到重写文学史的推崇，恢复了应有的文学史地位。现代文学史里新增的章节，就如同在一个庙宇里加盖的大殿，不仅分走了原来殿堂的香火，而且改变了整个庙宇的结构。但在批评家眼里，重写的文学史在史料处理方面仍有很多不足之处。曹顺庆、童真认为，新文学史存在史料残缺，没有讨论到现代文言文学作品和少数民族文学作品。[1]

20世纪90年代出现"重写学术史"的呼声，其重写的基础是出土文献的研究。20世纪考古学的巨大成绩不仅为古代学术史研究提供了丰富的材料，而且提供了科学的观念。局限于传世文献的学术史，由于得不到外来材料的验证，就如同混沌，处于一个系统中，自我俱足；若抱残守缺，就会变成僵尸系统，丧失成长可能。以层位学、类型学为基础的考古学不仅把出土材料

---

[1] 曹顺庆、童真：《重谈"重写文学史"》，《西南民族大学学报》2004年1期。

分门别类，而且能够为出土材料建立起准确的时间序列。银雀山出土兵书汉简、马王堆的黄老帛书、郭店楚墓的儒家著作等，这些考古发掘材料，对传世文献记载起到了印证、补充、纠谬的作用。云梦睡虎地及江陵张家山的秦汉律法文书、马王堆方术书、居延与敦煌的汉代屯戍公文、湖南里耶、东海尹湾、长沙走马楼的行政文书等出土材料完全刷新了我们对于古代知识系统与学术面貌的认识。扩建式重写将主要精力用在新材料的归类与解读上，这是当代学术最有成就的部分。

第三类，考辨式重写的第一步是解散既有文献系统，将其还原为史料；第二步是以人类全体文明为背景，对于具体问题进行辩证分析。考辨史料，在我国有着悠久的历史传统。孟子指出："尽信《书》则不如无《书》，吾于《武成》，取二三策而已矣"（《孟子·尽心下》）。为了辨析《尚书》史料真伪，人们读其言语，"其语浅薄，似依托也"（《汉书·艺文志》）；探其宗旨，"不类圣人之旨"（《隋书·经籍志》），疑为假造。汉唐以诸子书考辨为主，宋代以后推广到经史书籍。解散图书，考辨具体篇章真伪及其价值，这是20世纪20年代兴起的学术研究方法。史料学派重视原始文献资料的考辨，傅斯年说："凡能直接研究材料，便进步。凡间接地研究前人所研究或前人所创造之系统，而不繁丰细密地参照所包含的事实，便退步。凡一种学问能扩张它研究的材料便进步，不能的便退步。凡一种学问能扩充它作研究时应用的工具的，则进步；不能的，则退步。"[1] 同时代的古史辨派也重视史料，顾颉刚认为："我们研究史学的人，应当看一切东西都成史料"（《古史辨》第3册"自序"）。故徐公持先生在回顾20世纪学术发展时说："'古史辨'派所辨者，基本上仍是史料问题。"[2] 号称"古史辨"，实际从事的工作只是考辨古

---

[1] 傅斯年：《历史语言研究所工作之旨趣》，《中央研究院历史语言研究所集刊》第一本第一分，1928年10月。

[2] 徐公持：《二十世纪中国古典文学研究近代化进程论略》，《中国社会科学》1998年第2期。

书,第二步重写古史的工作还没有来得及开展。

就先秦文学史而论,长期以来分为《诗经》《楚辞》、历史散文、诸子散文几个板块编写教材,对于自尧舜至秦亡的文学发展历程并不能作出清晰的描述。前人集结起来的文献,必然承载着编者的意图,不能识别这样的意图,就不能触摸到文献的真意。解散书籍,还原到作品的发生时代,这是写出新的先秦文学史该做的基础工作,赵逵夫先生主编的《先秦文学编年史》已着先鞭。余嘉锡先生《古书通例》为我们揭破周秦古书编成之谜,使我们知道其书往往是教学的副产品,"门弟子相与编录之,以授后学,若今之用为讲章;又各以所见,有所增益,而学案、语录、笔记、传状、注释,以渐附入"[1]。今人正该在此基础上,以讲章还讲章,以附入还附入。

从上面的三类重写看,重写学术史有浅有深,但从来就没有停止过。在现代学科体系中,传统目录分类已经被冲散,中国学术史的扩建式重写已经成为事实。考辨式重写还处于史料准备阶段。以汉字文献为范围的史料考辨,成果已较为丰厚,而贯通各大文明的不同文字书写的史料比较还处于起步阶段。要在世界文明体系中,确定中国学术的价值,还有待于继续努力。

三 史料学方法

1. 段顾之争

清代嘉庆年间,学术界发生了段玉裁与顾广圻(字千里)之间关于校勘方法的争论。从学派相争着眼,漆永祥认为:"段、顾之争,实际上是乾嘉时期学术界,尤其是校勘学界内部吴、皖两派之间围绕着校勘中对待古本、他校材料、校勘方法原则、校勘成果保留方式等方面不同意见而进行的一次全面性学术检讨,是吴、皖两派矛盾的冲突化,也是两派优劣得失相比较下的

---

[1] 余嘉锡:《余嘉锡说文献学》,上海古籍出版社2001年版,第186页。

一次总曝光。"① 王记录以为，段顾之争是两种校勘学思想的斗争，"顾广圻在校勘思想上受颜之推、邢邵以及相台岳氏《刊定九经三传沿革例》和彭叔夏《文苑英华辨证》影响较大，继承了他们重版本、不轻改的优良传统，强调校勘的客观标准。"而"段玉裁继承了郑玄敢于通过推理考据刊误订正的传统，再加上戴震的影响，读经为了明道，校经亦为了获取义理。校勘既要'兼综'，宏观思考问题，又要'独断'，敢于决断是非"②。

本文以为，段顾之争代表着文献学与史料学两个学科的对话，造成段顾之争的根源在于文献学与史料学校勘目的不同。顾千里校勘，在文献学范围内以书校书，重视保存古本原貌。他认为"书必以不校校之。毋改易其本末，不校之谓也；能知其是非得失之所以然，校之之谓也"（《思适斋集》卷十四《礼记考异·跋》）。而段玉裁校勘，是在史料学范围内以史实校书，以"明圣贤之义理于天下万世"为目的，"有所谓宋版者，亦不过校书之一助也。是则取之，不是则却之，宋版岂必是耶"（《经韵楼集》卷十一《答顾千里书》）。段玉裁对此有深刻认识，他在《与诸同志论校书之难》中说："校书之难，非照本改字不讹不漏之难也，定其是非之难。是非有二：曰底本之是非，曰立说之是非。必先定底本之是非，而后可断其立说之是非。二者不分，轇轕如治丝而棼，如算之淆，其法实而聱乱，乃至不可理。何谓底本？著书者之稿本是也。何谓立说？著书者所言之义理是也。……故校经之法，必以贾还贾，以孔还孔，以陆还陆，以杜还杜，以郑还郑，各得其底本，而后判其义理之是非，而后经之底本可定，而后经之义理可以徐定。不先正注、疏、释文之底本，则多诬古人；不断其立说之是非，则多误今人"（《经韵楼集》卷十二）。定底本是非是文献学的任务，定立说是非是史料学的任务。

---

① 漆永祥：《论段、顾之争对乾嘉校勘学的影响》，《古籍整理研究学刊》1991 年第 3 期。
② 王记录：《段、顾之争的若干问题及乾嘉时期校勘理论的发展》，《商丘师范学院学报》2011 年第 1 期。

2. 文献校勘

文献学研究将文献看作有生命的事物,文献物质载体的产生、存藏和消亡过程即其生命的展开过程。历史上,人们曾尝试运用各种材质来记录发现的知识,有自然存在的龟甲、竹木等动植物资源,有石、玉等矿物资源,更能代表人类文明发展水平的是金属、缣帛、纸张和以光、电、磁等为介质的人造记录设备。在利用这些材质记录知识信息过程中,不同的材质与不同的知识类型和表述方式形成共生关系,如龟甲材质与占卜知识及简短精练表述共生,金石材质与纪念性知识及庄重文雅表述共生,简帛材质与庙堂文学及规范性表述共生,纸本则与娱乐化、通俗化文学及自由流畅的表述共生。对于古老文献载体的珍爱,使人们在文献校勘工作中也尽量保存古本原貌。后来再抄重刻的本子只是古本的复制,校勘工作的目的是为了恢复古本。校出不同版本的异同,可以描绘出知识运动的轨迹。

3. 史料校勘

史料学研究是以史料来还原史实,史实才是关键。多种史料比对校勘,以求史实之真,这就是校立说之是非。傅斯年史学方法论讲考辨史料的方法,包括直接史料对间接史料、官家的记载对民间的记载、本国的记载对外国的记载、近人的记载对远人的记载、不经意的记载对经意的记载、本事对旁涉、直说与隐喻、口说的史料对著文的史料等史料比较方法。[①] 史料研究者按照课题收集同一事件的不同记录,这些来自不同时空的史料记录者立场不同、视角不同、观察工具不同,他们记录下来自己认为真实的历史。错误的史料校勘可能选定一条记录为真,将其他记录都抛弃;正确的做法应该是去寻找各条记录后面的观察点,建立起由所有观察者与事件共同组成的立体模型。一个观察点只能看清楚事件的一个侧面,但多个观察点的观察记录合并起来,

---

① 傅斯年:《史学方法导论》,中国人民大学出版社2004年版,第3—51页。

事件的整体面貌就展露出来了。所以，史料研究对于史料记录的需求总是多多益善，对于史实的描述也总是要跳出事件之外，对于那些记录者本身的情况给予关注。

史料学的魅力在于，要认清事件，先要认识记录事件的人。人都具有主观性，会出现认识偏误，但史料多了，相互映射，就如同无影灯，主观偏误就会被照亮。任何事情，藏着掖着，都容易出问题；公开透明，多方对话协商，反而最接近真实。

程千帆《唐代进士行卷与文学》研究方法片谈

周 璐

(郑州航空工业管理学院人文社科学院)

程千帆先生以广博深厚的学识和谨严通达的治学态度,于校雠学、史学、古代文学、古代文学批评等诸多领域取得了卓越成就,对现代学术的发展和古典文学研究有着不可磨灭的贡献。在程先生多部著作中,《唐代进士行卷与文学》是唯一一部文学史专题之作。该书对唐代行卷之风的由来和具体内容、时人对行卷的态度、行卷对唐代文学的影响进行了深入探索,虽篇幅不长,但论述凝练,内容丰富,不仅在唐代科举与文学研究领域中有着极为重要的作用,还对后学的学术研究有着方法论上的启迪意义。现今学界在对此书的评述、探讨中,已充分认识到其"文史结合""考评结合"等研究方法的运用,但对其问题意识、材料的考证处理方式等方面的论述还有所欠缺。基于此,本文从以下三个方面对此书丰富的研究方法进行探讨。

一 问题意识和"敌"情观念

学术研究的目的之一就是解决问题,故具有问题意识是从事学术研究的基本条件。程先生早年撰写论文时便"尝试着从不同的方面提出问题,并且企图用各种不同的方法加以解决"①。在研究生培养过程中,他也一再强调要"了解学术研究的发展状况,弄清哪些问题已经解决,哪些问题已部分解决,哪些问题尚无人问津"②,要求学生要有问题意识,要在总结前人研究成果的基础上提出问题、解决问题,以达到开拓、创新的学术目的。程先生如此强烈的问题意识在《唐代进士行卷与文学》有着鲜明的体现。

首先,此书的开端即"问题的提出"。这一节共有三段,而前两段均是对前人相关研究成果的简述,具体可以概括为两点:其一,在《新唐书》《旧唐书》《唐会要》《文献通考》《登科记考》《册府元龟》等重要文献中对基于唐代进士科举制度而形成的行卷这种风尚均无详细记载,更无系统性可言;其二,在当代学者们关于唐代进士科举与文学之关系的研究成果中,尚未对行卷与文学发展的关系问题进行全面探讨。由此产生了两个具有针对性的具体问题:其一,唐代进士行卷这种风尚是怎么一回事;其二,行卷这种风尚对唐代文学的发展有着怎样的影响。之后便围绕这两个具体问题举证论述,使之得到较为圆满的解决。

如果将"问题的提出"往前追溯的话,可知程先生对行卷问题的关注,是从王维《送綦毋潜落第还乡》一诗引发而来的。他对此诗中涉及的唐代进士科举情况及沈德潜关于此诗的简评产生了浓厚兴趣,而后又看到了陈寅恪《韩愈与唐代小说》③(英文版)一文中关于行卷之风与唐代小说之关系的简单阐述,从而发现了唐代科举制度派生出的进士行卷风尚这一问题。④ 程先生

---

① 沈祖棻:《〈古典诗歌论丛〉后记》,巩本栋编《程千帆沈祖棻学记》,贵州人民出版社1997年版,第1页。
② 程千帆、巩本栋:《关于学术研究的目的、方法及其他》,见巩本栋编《程千帆沈祖棻学记》,贵州人民出版社1997年版,第116页。
③ 陈寅恪《韩愈与唐代小说》开始是用中文写成,后经魏楷(J. R. Ware)翻译成英文于1936年发表在《哈弗亚细亚学报》第一卷第一期上。1947年程千帆先生又将其翻译成中文,后发表在《国文月刊》第57期。参见程千帆《闲堂文薮》,齐鲁书社1984年版,第20页。
④ 参见程千帆述,张伯伟编《程千帆全集》第十五卷《桑榆忆往》,河北教育出版社2000年版,第46页;莫砺锋《程千帆评传》,《学术界》2000年第4期。

于1947年年初撰写的《王摩诘〈送綦毋潜落第还乡〉诗跋》一文，受陈寅恪先生"诗史互证"方法的影响，通过文史结合的研究对唐代科举制度及其习俗进行了周密考证，揭示了此诗中深刻的社会内涵，其中便涉及进士行卷这一现象。但他并不止步于此，而是在以后的研究中，广泛搜集相关的文史材料，历经30余年终于撰成《唐代进士行卷与文学》。这一方面体现了程先生锲而不舍、深入钻研的治学精神，另一方面则说明了他提出的两个具体问题是在研究过程中得出的。其研究思路似乎可以概括为：发现问题存在—搜集材料加以分析—提出具体问题—深入探讨以解决问题。

程先生鲜明的问题意识亦体现在此书其他小节中，如第五节至第八节。它们的行文有一个特点，即先对前人的相关论述进行述评，然后或就争论焦点提出自己的看法，或在一致结论的基础上指出前人未发现之处，而后便举证加以补充。例如，第五节"前人论唐代文学与进士科举的关系诸说的得失"本身就是一篇具有考评性质的文章。该节首先指出严羽、王嗣奭与王世贞、杨慎、钱振锽等人关于唐人工诗与以诗取士有无关系这一问题的不同认识，而后举证讨论各家言论的得失之处及其原因，最后表明己见。

程先生曾说："从事科学研究工作必须具备'敌'情观念，即要把自己研究的那个范围的国内外同行及其作品经常进行排队，了解它们的动向和成果，这样才可以避免重复，互相补充，进行商讨和开拓领域。"[①] 这一治学理念在本书第七节有着典型体现。在该节中，程先生首先对陈寅恪、黄云眉、郭绍虞三家的观点做出评述，表明认同他们的一致结论，即唐代古文运动是一次有组织、有领导、有理论的文学运动，且韩愈在其中起到了号召、推广的作用，接着便通过对唐代进士科举、行卷之风与古文运动之关系的考述，进一步证明这场运动的策略性和行卷之风对古文发展的助益，以此作为对上述三

---

① 程千帆：《詹詹录》，见程千帆《治学小言》，齐鲁书社1986年版，第43页。

家意见的补充。

程先生的问题意识和"敌情观念",对当今从事学术研究的工作者无疑有较大启示:撰写论文之前必须了解研究对象的研究现状,并在此基础上发现新的、尚待解决的问题,而不做重复研究,否则只是浪费精力和资源,并无多少学术价值可言,学术创新更无从谈起。

二 材料的搜集、考证和处理

文献材料是古典文学研究的重要支柱和依据,因为只有将研究建立在通过考证而得出的坚实可靠的材料的基础上,并通过材料的妥善处理来考述相关问题,这样得出的结论才有信服力,才符合历史实际。这一古代汉学的治学传统在现代诸多著名学者的研究中有着明确体现,如朱自清《诗言志辨》、王瑶《中古文学史论》等。程千帆《唐代进士行卷与文学》亦是如此,可以说文献材料贯穿其整个研究的始终:他从文献中发现问题,进而以自己独特的方法和意识搜集运用材料加以解决。对此,王立敏《〈唐代进士行卷与文学〉对小说类文献的运用》一文有着相关探讨,认为程先生受陈寅恪先生的影响,在研究中重视、并以"详辩而慎取之"的治学方法从多个方面运用小说类文献。[①] 该文着重探讨了此书对小说类文献的运用,角度新颖独特,但就整体材料而言,难免有论述不到之处。现在其研究的基础上,对此书中材料的相关问题予以补充。

(一) 搜集材料

搜集材料是开展学术研究的基础工作,程先生对此甚为重视。他认为"从事于一个专题研究,材料是基础。必须从搜集材料开始,然后进入整理材料,即由低级阶段进入高级阶段。那种想跳过搜集材料的阶段而直接进入整

[①] 王立敏:《〈唐代进士行卷与文学〉对小说类文献的运用》,《沧州师范学院学报》2014 年第 2 期。

理阶段、逃避搜集材料的艰苦工作、利用别人搜集的一点材料大发议论的人，与科学研究是无缘的"[①]。从20世纪40年代关注到行卷这一问题开始，他便将遇到的相关材料纂录下来，可谓博览群书，搜罗宏富。而在撰写此书时，他又从中提炼精选，去掉了许多他认为与所谈问题关系紧要的材料。即便如此，呈现在我们面前的这本只有六万余字的著作依然征引了"大小八十余种文献以及三十余种近代学者的论著"[②]，且古典文献涉及了正史、政书、类书、杂史笔记、小说、诗文集和诗文评等多种类别。这说明程先生的立论是建立在坚实材料的基础上的，可谓言必有据，无征不信。

（二）版本和校勘

程先生的治学是从校雠学入手的。他青年时代便师从刘衡如先生学习目录学和版本、校勘等方面的知识，又向汪辟疆先生请教目录学方面的问题，亦认真学习了由汉至清的许多目录学著作，充分认识到校雠学对于读书治学的重要性，并认为要在弄清文献的版本、卷数、真伪的前提下才可使用它们。[③]因此，版本和校勘意识在《唐代进士行卷与文学》中有着清楚的体现。首先，我们可以在此书中看到同一书多种版本的采用。例如，韩愈《昌黎先生集》有廖莹中集注本和《四部丛刊》本；钱易《南部新书》有《粤雅堂丛书》本和《学津讨源》本；王定保《唐摭言》有《雅雨堂丛书》本和《学津讨源》本。多种版本的采用，可以使各本之间相互补充，增强材料的可信度。当然，这些都是建立在对版本进行校勘的基础上。如第三节最后一条脚注中指出《雅雨堂丛书》本和《学津讨源》本的《唐摭言》都将"乞旧衣"之"衣"字误作为"诗"，并用《唐音癸签》和《全唐诗》中所引的《唐摭言》

[①] 程千帆：《詹詹录》，见程千帆《治学小言》，齐鲁书社1986年版，第42页。
[②] ［日］村上哲见：《评程千帆著〈唐代进士行卷与文学〉》，王长发译，见巩本栋编《程千帆沈祖棻学记》，贵州人民出版社1997年版，第285页。
[③] 见程千帆述，张伯伟编《程千帆全集》第十五卷《桑榆忆往》，河北教育出版社2000年版，第42页。

来校正。

进一步来说,程先生深厚的校勘功力在此书中体现为两个方面:其一,理校方法的运用。如第三节中征引了中华书局重排《云自在龛丛书》本《北梦琐言》卷七中的一条材料,认为其中"所以刻于首章"之"刻"字当为"列"之误,原因就是"晚唐时,雕版印刷才萌芽,而且行卷必须写得规矩(所谓'谨字'),无论就物质条件或赞谒礼仪来说,都没有用刻本的卷子去向显人投献的可能"①。程先生能在没有其他版本佐证的情况下,发现如此细小的错误,并根据历史实际和道理来校勘,着实令人佩服。其二,理校和他校的结合。如第三节中引用《北梦琐言》的一则材料中有"貂卻"二字,程先生指出此二字无义,应为"貂脚","卻"当为"脚"之坏字,之后用《粤雅堂丛书》本《南部新书》中所载的"貂脚"二字来证,并结合《容斋随笔》的相关记载推测该词的由来。

(三) 考订史实

程先生在家学和师承的影响下,提倡考证与批评结合、文献学与文艺学结合的治学方法,但又强调在具体研究中要依据实际情况有所侧重,"如果题目偏重于文献学的题目,需要进行考证的,那就不能用艺术手段去解决"②。他重视材料和考证,要求文学研究"在材料上要考证清楚,尽量使它没有问题,靠得住"③。由于《唐代进士行卷与文学》这一专题本身偏重于文献学,对文学作品和作家涉及较少,所以程先生便在此书中进行了大量的、严密的考证。其表现之一便是对史实的考订。

程先生不盲从于材料,"他重视史实考订,为了弄清唐代行卷之风的真

---

① 程千帆:《唐代进士行卷与文学》,上海古籍出版社1980年版,第20页。
② 程千帆、巩本栋:《学术论文写作贵在创新》,《文艺理论研究》1996年第2期。
③ 同上书,第11页。

相，曾在史料中钩沉索隐长达数十年"①，秉持着怀疑精神对材料记载的历史内容做出剖析，对其中不符合史实的部分。即使十分细小的问题，也要进行仔细甄别、考订。如第二节中，程先生在举证阐明行卷之风只与进士科有关而与明经科无关这一事实后，对赵彦卫《云麓漫钞》②中一则关于唐人用传奇小说行卷的重要材料表示不满，认为其记载含混不清，既没有将纳省卷与投行卷之间的不同予以区别，也没有指出纳省卷和投行卷都主要是进士科举子特有而与明经科无关这一事实。故而他先从《元次山集》《唐摭言》《南部新书》中征引材料来证明纳省卷风尚的存在，然后根据《唐音癸签》中的一则材料来说明省卷和行卷之间的区别，还分别从《旧唐书》《东斋纪事》的相关记载中推论纳省卷风尚的形成和消失时间，从而综合这六则材料来证明省卷与行卷的不同，对这则与其他文献提供的历史事实不相符的记载予以订正。实际上，程先生在《王摩诘〈送綦毋潜落第还乡〉诗跋》一文中曾引用过《云麓漫钞》中的这则材料，但因所谈主要问题不是行卷，又因对行卷尚未深入钻研，故当时并未对其进行解读。随着对众多文献资料的搜集整理，程先生便发现了其记载的失当之处。而且，由于这则材料是许多学者引用过的，也曾引起过某些研究者的误解，那便更有订正的必要了。

在《唐代进士行卷与文学》中，程先生所鉴别、考订的材料，不仅有王立敏所论的小说类和上述《云麓漫钞》等杂史笔记类，而且有可靠性相对较高的学术笔记和正史文献。如为了考察唐代进士的考试科目（第二节），程先生在诸多相关史料中选引了叙述较为扼要的赵翼《陔馀丛考》，继而指出《陔馀丛考》中存在的两处疏误：其一，误以为试杂文即试诗、赋（故赵翼说进

---

① 莫励锋：《批评与考证相结合的学术创获——〈程千帆文集总序〉》，《学术界》2000年第3期。
② 《云麓漫钞》在《唐代进士行卷与文学》（上海古籍出版社1980年版）中作《雲麓漫抄》，今据《四库全书总目提要》卷一二一《杂家类五》将"抄"改为"钞"，"雲"则按今例简写为"云"。参见永瑢等撰《四库全书总目提要》（上册），中华书局2003年版，第1044页。下文《云麓漫钞》同出，不再出注。

士试诗、赋始于永隆二年）。其二，误以为进士试诗、赋自唐德宗建中二年（781）赵赞奏罢之后，直至唐文宗大和八年（834）才恢复。并且，程先生还以脚注的方式指出了叶梦得《避暑录话》、胡震亨《唐音癸签》、岑仲勉《隋唐史》、卢言《卢氏杂说》、杭世骏《道古堂文集》中相关记载的错误，认为杭世骏对《新唐书·选举制》的误记不加订正，从而导致错上加错。对于《陔馀丛考》中的第一个错误，程先生首先举出徐松《登科记考》卷二"永隆二年"条的按语，而按语意在表明永隆二年（681）所加试的杂文不仅包括诗、赋，还包括箴、铭、论、表、赞之类，且专试诗、赋是在天宝年间（742—756）。而后又据王应麟《玉篇》所载的《辞学指南》中高宗显庆年间（713—741）、玄宗开元年间（656—661）五篇进士考试时的文章名称（体裁为表、箴、颂），以及《旧唐书·玄宗纪》"天宝十三载"条的关于科举加试诗、赋的记载，来说明进士科考试科目的演变情况及过程，并用这些材料来证明上述徐松之语的正确性。对于第二个疏误，程先生则引了徐松《登科记考》卷十一"建中二年"条按语。因为该按语通过文献和考证表明科举罢诗、赋是在建中三年（782），恢复约在贞元（785—805）之初，所以程先生认为"这也比赵翼据《新唐书·选举志》所说曾罢除诗赋五十余年为合于事实"[①]。在此，程先生并没有完全肯定徐松的按语，只是认为徐比赵之说更为合理，其审慎谨严的治学思想可见一斑。窃以为，程先生之所以选择赵翼《陔馀丛考》中的这条材料，不只是因为其叙述较为扼要，还是因为通过对其间疏误的考订，可以使唐代进士考试科目的演变情况得到符合史实的彰显，因为"弄清楚这些细节对研究行卷问题是很重要的"[②]。并且，之所以在脚注中考述那些记载失真的史料，应是为了说明前人对这一重要问题的认识大都有误，那么对这些错误记载便非要考辨订正不可了。

[①] 程千帆：《唐代进士行卷与文学》，上海古籍出版社1980年版，第12页。
[②] 同上。

此外，程先生"在材料上要考证清楚"这一学术主张，不仅体现为对内容失真材料的考订，还在于对记载可信的重要材料做出补充和佐证。如该书第六节通过征引《云麓漫钞》的一则记载来表明，赵彦卫认为进士行卷之诗是《唐百家诗选》取材的主要来源，这与程先生的论点——行卷对唐诗发展有促进作用，密切相关。但程先生并未因此忽视对材料可靠性的考证，而是先指出这则材料的不足之处，即赵彦卫没有提到可以证明自己看法的直接证据，然后用三条旁证和一条本证对赵说进行考辨，进而认为其言应是有征可信的，并非无稽之谈。

（四）结合文献的实际情况来有效运用记载有误的材料

从此书材料使用的情况来看，程先生对于记载有误的材料应有三种处理方式：其一，如无助于本书的讨论，当然摒弃不用；其二，考订疏误之处，还原历史真相；其三，发现其中特殊的价值，以说明某些问题，哪怕它们所记述的故事完全是假的，这也正是程先生的敏锐思维和独到眼光所在。对于第三种，王立敏之文中已有论述，其注意到程先生善于从记载不实的材料中发现问题，但尚未指出程先生的另一种做法，即在运用这些记载不实材料的同时，也会结合文献的实际情况。

如第二节中所引的《学津讨原》本康骈《剧谈录》中的一则材料，记述了明经及第的元稹拜谒李贺而遭拒的故事。程先生先考述元稹15岁明经及第时李贺才4岁，又引朱自清《李贺年谱》之语确定该故事为假。但他从这则虚构的故事中看出了两个重要现象：其一，时人重进士而轻明经。其二，明经科出身的人一般不从事行卷，否则他们可能会像上述故事中描绘的那样，遭到拒绝和奚落。对于第一点，程先生在前文中已用文献证实。至于第二点，则因故事的虚构性会令人质疑。对此，程先生十分清楚。故而他从文献方面对其结论的信服力予以加强："事实上，我们也还没有在文献中看到明经举的人从事行卷的事例。"① 而且，他在表明观点时用"一般""可能"等程度副词，并不下断语。

类似的情况在本节末再次出现。对于薛用弱《集异记》中记载的王维借岐王之力向太平公主行卷一事，程先生一方面结合近人的相关研究成果认为其不足据信，另一方面则认为"这种依托，却不失为唐人行卷之风出现较早的旁证"②。因为前文已经通过诸多文献证明行卷之风的兴起是在永隆二年以后、安史之乱之前，所以这则虚构故事便可作为旁证。可见，程先生不仅能从记载有误材料中得出新见，而且注重结合文献实证，以确保结论的可靠性。

程先生对材料精妙的考证、处理，除上述几点外，还有两个方面：注重材料之间的互证、从材料内容的反方向得出结论。这在王立敏之文中有着充分论述，兹不赘言。总体来说，此书从搜集材料的初级工作，到整理、运用材料的高级阶段，都体现出了程先生开阔宏通的研究意识、敏锐独到的学术眼光和严谨求实的治学态度。

三 内容具体丰富，判断审慎求实

虽然程先生在此书中侧重于材料和考证，但他并未偏废其提倡的批评方法，而是继承、实践了姚鼐义理、考证、文章三者统一的治学主张③，在对翔实材料进行周密考证的基础上，坚持一分为二、实事求是的原则对相关问题进行鞭辟入里的剖析阐释，行文凝练简洁，立论全面客观。

（一）注重内容的丰富性和论述的层次性

《唐代进士行卷与文学》的特点之一便是内容丰富充实，对细节问题亦会做出较为全面的考察。并且，其富有层次的论述使得文章脉络清晰，条理分

---

① 程千帆：《唐代进士行卷与文学》，上海古籍出版社1980年版，第7页。
② 同上书，第13页。
③ 姚鼐：《惜抱轩诗文集》卷四《述庵文抄序》。参见程千帆《阳湖文派研究序》，载曹虹《阳湖文派研究》，中华书局1996年版，第1页。

明。这些都是程先生在很窄范围内深度开掘的结果。

从宏观层面来看，程先生在第五节对前人诸说的得失考述之后，认为唐代进士科举对文学的影响，就省试诗、赋这方面来说是坏的，是促退的，而就行卷之作这方面来说，虽有一些消极之处，但主流是好的，是促进的。然后在第六至第八节分别考察了行卷对诗歌、古文、传奇小说三种唐代最具代表性的文学样式的影响，将行卷之风对文学发展的影响予以具体落实。

从微观层面而言，第三节先后征引了四五十条材料对行卷之风的具体内容进行全面考述。程先生将其归纳为十项：行卷的时间；行卷的地点；行卷以每年更新为正常；行卷所用的纸张、写卷的书法和行款；投献的卷轴数及每卷的内容量；卷首的安排；避讳；行卷对象的选择；行卷的情态；行卷时穿着的服装。在论述过程中，程先生有层次地对每一项具体内容包含的细节都进行了深度挖掘，这在以下三处中有着明显的体现。其一，在说明行卷以每年更新为正常之后，又论述了更新对文学创作带来的影响——或有利于提高创作水平，或有利于吸收新的题材以获得赏识，从而在此细节中将进士行卷对文学的影响落实到实处。其二，在说明行卷的对象应是显贵而非主考官之后，又考述了选择行卷对象时要注意的三个方面：要赶热门；投献的先后顺序；要考虑对象的政治面貌。其三，引《文献通考》中的一则材料来说明行卷的情态之后，又对这一记载反映的内容从三方面加以补充：一是进士不仅在及第之前行卷，而且及第之后为求官也会继续行卷；二是举子求知己时往往会另外准备一封书信与行卷一起投献；三是温卷的时间、作用及其于行卷的差异。这般详而凝练的论述，不仅突显了行卷之风内容的具体性和丰富性，而且彰显了此书内容的充实性和论述的层次性。

另外，程先生在此书中采用了正文与脚注结合的方式来行文，这自然是当今学术规范的要求。但是，他更注重在注释中以丰富的材料来佐证、补充正文的观点，这样既可增强结论的说服力，又使得文章简洁凝练。如此，便为后学的学术论文写作提供了很好的范式。

（二）坚持一分为二、实事求是的原则

1980年6月，程先生在与山东大学研究生们的一次谈话中，指出了当时古典文学研究中存在的一些问题。其中之一就是把马克思主义奉为教条而未能真正使用其科学原理，使得学术研究发展缓慢。基于此，他提倡要真正根据辩证唯物主义进行学术研究，并对辩证和唯物作出了"最通俗"的解释："什么叫做辩证呢，就是一分为二。什么叫做唯物呢，就是实事求是。"① 他呼吁古典文学研究"要真正做到一分为二和实事求是"②。而成书出版于此时的《唐代进士科举与文学》，正典型地体现了程先生对一分为二、实事求是这一基本原则的坚持，因为其审慎客观的判断和结论基本上都是在此原则的指导下得出的。

坚持一分为二、实事求是，就是要对具体问题进行具体分析，不能笼统地一概而论。如此书第四节首先从坏、好两个方面层层递进地考述了举子们对待行卷的态度及其与文学发展的关系：有的举子为了敛财而行卷，有的为了引人注意而创作一些逐新失真的作品来行卷，这两种态度对文学发展便无促进作用；有些举子以严肃的态度创作了许多具有思想性和艺术性的作品行卷，其中虽然思想水平突出的作品很少，但艺术性较高的则有许多，那这种严肃的态度便对文学发展起到了促进作用。而后，他对这一论题作出如下判断：

> 我们可以说，行卷对于文学有无促进作用，就举子们这方面说，要取决于他们的写作态度是否严肃，作品是否能够在客观上达到一定的思想水平和艺术水平。这也就是说要针对具体的人和作品，加以具体分析，

---

① 程千帆：《关于治学方法》，见程千帆《治学小言》，齐鲁书社1986年版，第7页。
② 程千帆：《詹詹录》，见程千帆《治学小言》，齐鲁书社1986年版，第40页。

不能一概而论。①

接着，他又层次分明地考述了显人对待投来行卷的两种截然相反的态度（鄙视嘲弄和热情帮助），在总结其对文学发展的作用时表明："这也同样要做具体分析，不能一概而论。"② 可见，程先生对举子和显贵行卷的态度及其对文学发展的作用，都分别从正反两个方面进行具体辨析。既没有忽视反面情况，又没有对复杂现象以偏概全。

更重要的是，本书在一系列论证之后，得出了最终结论：

> 这种作用③，应当一分为二，如果就它以甲赋、律诗为正式的考试内容来考察，那基本上只能算是促退的；而如果就进士科举以文词为主要内容因而派生的行卷这种特殊风尚来考察，就无可否认，无论是从整个唐代文学发展的契机来说，或者是从诗歌、古文、传奇任何一种文学样式来说，都起到过一定程度的作用。④

正是这个建立在一分为二、实事求是原则基础上得出的结论，解决了文学史研究中一个长期存在争议的问题，即唐代科举对文学的作用到底是怎样的。并且，从"基本上""算是""一定程度"等词的运用，可以看出程先生在下此结论时是比较审慎的，很注意分寸的把握。至此，其治学的谨严性、明辨性再次得到了彰显。

程先生认为在其诸多学术成果中文史结合研究做得比较具体的一部，便是《唐代进士行卷与文学》⑤。该书以行卷这一特殊风尚为中心，在考证诸多

---

① 程千帆：《唐代进士行卷与文学》，上海古籍出版社1980年版，第38页。
② 同上书，第45页。
③ 即唐代进士科举对文学发展的作用。
④ 程千帆：《唐代进士行卷与文学》，上海古籍出版社1980年版，第88页。
⑤ 见程千帆述，张伯伟编《程千帆全集》第十五卷《桑榆忆往》，河北教育出版社2000年版，第47页。

史料的基础上,深入而系统地考察了唐代进士行卷的具体情况及其对文学发展的实际影响,并通过富有层次性的论述将所谈的具体问题予以落实,以丰富的内容和信服力较强的结论解决了一个历来争议不断的难题。因此,不仅其学术价值和贡献深受国内外学者的重视,而且在方法论和学术思想上,无论是程先生一贯提倡的文史结合研究,还是他鲜明的问题意识和较强的"敌"情观念,对材料搜集考订的重视和巧妙的处理,以及深入钻研、实事求是、审慎谨严的治学精神,都对古典文学研究者有着较大的启迪。

编后记

  中华文学史料学，对中华文学研究具有基础性意义和价值。其研究范围涉及两个方面：其一，是与古典文献学、哲学史料学、历史文献学和古籍整理等相关相近学科异同关系的辨析，以确定外延。其二，就学科自身内涵而言，既包括学科属性和特点、对象和任务、方法和理论，及文学史料在整个文学研究中的地位和作用等综合性研究，也包括中华文学史料的本体性研究，其中宏观者，如中华文学史料的源流、构成、类别、演变、断代、载体、媒介等；微观者，如具体文学史料的搜集整理（求全）、鉴别审查（求真）、了解使用（贵透）和研究运用（贵活）等。随着近代以来文学研究学科化发展的日益成熟，中华文学史料学自身也已有了不短的学术史，亟待总结经验，辨剖得失利弊，指明前进方向。

  有鉴于此，在 2017 年金秋十月，中华文学史料学学会与郑州大学文学院联合举办古代文学史料研究分会丙申年会暨中原文学文献国际学术研讨会。来自中国社会科学院、复旦大学、山东大学、西北大学、南昌大学、黑龙江大学、台湾东华大学等 40 余家高校和科研机构的学者参加研讨。不仅就上述中华文学史料学学科发展进行了切实有益的切磋，广泛深入的交流，而且在作家作品、方志墓志、出土文献、电子文献、石刻史料、图像史料、口头史料、域外史料等各个领域，均有新发现或新发明，同时围绕中原文学文献，对文学史料学的地域文学文献研究方向，也有良好的推动与增进之功，会议圆满且取得丰硕的研讨成果。

其中的主题发言环节，郑州大学文学院俞绍初教授论述了古籍整理的基本方法，复旦大学中文系教授杨明讲述了自己整理《陆机集校笺》的几点做法，南昌大学中文系文师华教授分析了元代文人杨维桢的行书墨迹《张栻城南诗卷》，笔者作为中国社会科学院文学研究所研究员介绍了对《韩偓集系年校注》进行的勘斟和补订工作，台湾东华大学中文系程克雅教授诠释了胡绍煐《昭明文选笺证》引用"三礼"对史料进行的注释。小组讨论期间，与会同人分为五个小组，围绕中国古代文学史料学科的理论与方法、中国古代文学名家名著史料研究、大数据时代文集的编纂与研究、中原文学文献的梳理与研究、古代文学文献的梳理与研究等五个主题展开广泛而深入的讨论。小组讨论结束后，各组主持人分别做了小组汇报总结，简要介绍了各组的发言、讨论情况，有机呼应和补充了大会主题议程。

顺应与会同人"既要开花、更要结果"的良好愿望，在这次会议论文集基础上，受中华文学史料学学会刘跃进会长委托，笔者承乏编辑《中华文学史料》第四辑，供与会同人印记学术交流的难忘回忆，同时为中华文学史料学的发展镌勒一笔史料。这笔史料，也献给成立30周年的中华文学史料学学会，祝它由而立迈向不惑！